LAURA JANE WILLIAMS

SAY YES

Perfekter wird's nicht

Roman

Aus dem Englischen
von Nadine Lipp
und Ingeborg Romoschan

Die englische Originalausgabe erschien 2021
unter dem Titel »The Lucky Escape« bei AVON,
a division of HarperCollinsPublishers, London.

Besuchen Sie uns im Internet:
www.knaur.de

Aus Verantwortung für die Umwelt hat sich die Verlagsgruppe
Droemer Knaur zu einer nachhaltigen Buchproduktion verpflichtet.
Der bewusste Umgang mit unseren Ressourcen, der Schutz unseres
Klimas und der Natur gehören zu unseren obersten Unternehmenszielen.
Gemeinsam mit unseren Partnern und Lieferanten setzen wir uns
für eine klimaneutrale Buchproduktion ein, die den Erwerb von
Klimazertifikaten zur Kompensation des CO_2-Ausstoßes einschließt.
Weitere Informationen finden Sie unter: www.klimaneutralerverlag.de

Deutsche Erstausgabe November 2021
Knaur Taschenbuch
© 2021 Just Show Up Ltd
© 2021 der deutschsprachigen Ausgabe Knaur Verlag
Ein Imprint der Verlagsgruppe
Droemer Knaur GmbH & Co. KG, München
Alle Rechte vorbehalten. Das Werk darf – auch teilweise –
nur mit Genehmigung des Verlags wiedergegeben werden.
Redaktion: Birthe Vogelmann
Covergestaltung: Zero media
Coverabbildung: Frau: RossHelen/Getty Images;
Mann: FinePic®, München
Satz: Adobe InDesign im Verlag
Druck und Bindung: CPI books GmbH, Leck
ISBN 978-3-426-52742-9

2 4 5 3 1

Für Katie Loughnane
Danke für alles, was ich durch dich lerne
(und für deine Geduld)

1

Das war der glücklichste Morgen meines Lebens.
»Annie-Doo, du siehst aus wie ein Model ... nein, warte, noch besser, wie ein *Supermodel*«, verkündete meine kleine Schwester Freddie, während meine beste Freundin Adzo den Lipliner auftrug. Adzo hat mir mal erzählt, dass ihr Name in Ghana »an einem Montag geboren« bedeutet. Freddie nannte mich Annie-Doo, seit sie sprechen konnte – also quasi sofort nach ihrer Geburt, wie unsere Mutter immer wieder betonte. Ganz im Gegensatz zu mir, ihre große Enttäuschung, die die ersten drei Jahre ihres Lebens nachdenklich und still gewesen sei, weshalb meine Mutter beinahe eine Angststörung entwickelt hätte. Auch das brachte sie permanent zur Sprache.

Freddie neigte den Kopf zur Seite und begutachtete Adzos Arbeit. Es war ziemlich praktisch, eine beste Freundin zu haben, die zwar Theoretische Physikerin war, aber auch bestens mit einem Lipliner umgehen konnte. Nicht, dass ich nervös gewesen wäre oder so, aber ich hätte mein Gesicht niemandem sonst anvertraut.

»Du siehst umwerfend aus«, fuhr Freddie fort. »Wie sagt man noch mal zu der großen Chefin, der, die über allem steht?«

»Majestätisch?«, schlug Adzo vor.

»Ja! Besonders mit dem Blumenkranz im Haar!«

Meine dreizehnjährige Schwester macht einfach die besten Komplimente.

»Komm mal her«, murmelte ich grinsend und zog sie an ihrem schmalen Handgelenk zu mir.

Wir hatten die Nacht in der Suite dieses schicken Hotels in Mayfair verbracht – ein Geschenk meiner Schwiegereltern in spe für meine beiden Girls und mich. Freddie, Adzo und ich hatten es uns gemütlich gemacht, hatten in unseren flauschigen Bademänteln getratscht, gekichert, albern herumgetanzt, Fotos und Videos für diverse Social-Media-Kanäle gemacht. Es war ein perfekter Junggesellinnenabschied gewesen, und ich habe nur zweimal geweint. Nun war ich schon ziemlich aufgeregt, gleich zu heiraten, sollte ich aber auf dem Weg zur Kirche in ein tiefes Loch fallen und sterben, hätte ich zuvor die schönsten vierundzwanzig Stunden meines Lebens verbracht. Es war einfach zauberhaft gewesen.

Adzo richtete meine brünetten Locken, die mir auf den Rücken fielen – auch das Hairstyling würde ich sonst niemandem anvertrauen –, und ich senkte meine Stimme, um Freddie zu sagen: »Du kannst weiterhin so oft bei uns übernachten, wie du willst. Daran ändert sich nichts, okay?« Ich rieb meine Nase an ihrem Nacken und betrachtete unser Spiegelbild in dem riesigen Spiegel. »Alexander mag dich sehr.«

»Auch am Samstagabend?«, fragte sie.

»Bärchen, ich glaube nicht, dass du die Samstagabende noch lange mit deiner verstaubten alten Schwester verbringen werden willst.«

»Das werde ich.«

Ich rümpfte die Nase, was sie zum Kichern brachte. »Das werden wir ja noch sehen.«

Adzo trat zurück, musterte mich kurz und trank den letzten Schluck ihres Sekts mit Orangensaft – was darauf hindeutete, dass sie mit ihrem Werk zufrieden war. Sie sah umwerfend aus, ihre hohen Wangenknochen waren noch stärker betont als sonst. Sie hatte den Highlighter so aufgetragen, dass das reflektierte Licht sie wie von innen leuchten ließ. Ihre dunklen Augen waren im Cat-Eyes-Look geschminkt, und ihre Rastazöpfe hatte sie in dicken Strängen auf dem Kopf verschlungen. Zum Glück führte nicht sie mich zum Altar, denn sie hätte mir sicher die Show gestohlen.

Noch bevor ich sie überhaupt fragen konnte, ob sie meine Brautjungfer werden wollte, hatte sie abgelehnt. »Das ist nicht so meine Welt«, hatte sie gesagt, nachdem ich ihr meinen Verlobungsring gezeigt hatte. »Frag mich erst gar nicht, okay?« Ich habe gekichert und zugestimmt. Typisch Adzo. Sie macht nie das, was alle anderen machen. Darin ist ihr Freddie übrigens ähnlich, sie tanzen beide nach ihrer eigenen Pfeife.

»Sag mal, Freddie-Frou, gehst du jetzt eigentlich in die achte oder in die neunte Klasse?«

Adzo hatte schnell begriffen, dass man sich in unserer Familie nie mit dem richtigen Vornamen anredete. Jeder hieß irgendwas mit Doo oder Frou, war ein Bärchen, Käfer oder Piggy Poo. Freddie antwortete, dass sie in die Neunte komme.

»Sie ist dreizehn, aber im Kopf ist sie fünfundzwanzig«, neckte ich sie. Freddie hieß eigentlich Frederica, aber als sie vom Gender Pay Gap erfahren hatte, hatte sie beschlossen, einen Namen zu tragen, »bei dem man im Lebenslauf nicht erkennen kann, ob ich eine Frau oder ein Mann bin, damit sie mich nicht diskriminieren können«. Sie ist klug. Sehr viel klüger als ich.

Freddie entspannte sich auf meinem Schoß, und ich atmete ihren Duft ein: Wassermelonen-Bodylotion und eine leichte Haarspray-Note in ihrer offenen Ombré-Mähne. Ich hatte ein Vermögen ausgegeben, um meinen Ansatz dunkler und die Längen bis zu den Spitzen heller färben zu lassen, ihr Haar war von Natur aus so …

»Danke, dass du meine makellose Brautjungfer bist«, flüsterte ich. »Du bist die Beste.«

»Nein, *du* bist die Beste«, flüsterte sie zurück. Plötzlich rümpfte sie angewidert die Nase. »Hast du ein Tic Tac? Du hast Mundgeruch.«

Ich schrie auf und wollte sie in den Schwitzkasten nehmen, aber ich war nicht schnell genug, sie hatte sich bereits mit diebischer Freude aus meinem Griff befreit.

»Vorsicht, der Lipgloss!«, rief Adzo und stürzte herbei, um sich zwischen uns zu stellen. »Ich habe noch nie jemanden so perfekt geschminkt!« Freddie hüpfte auf die andere Seite des Zimmers, und da ich auf mein Kleid achten musste, konnte ich nur in übertriebener Zeitlupe die Verfolgung aufnehmen. Aber sie hatte Glück, denn wir wurden unterbrochen. Unser Dad kam gerade zur Tür rein – wir hatten eine Schlüsselkarte für ihn an der Rezeption hinterlegt. Wir froren alle in unseren Bewegungen ein, und uns wurde schlagartig bewusst, dass die Zeit des Herumblödelns nun vorbei war und der Hochzeitstag eine ernsthaftere Angelegenheit sein sollte als das, was wir gerade veranstalteten.

»Daddy!« Freddie tappte auf ihn zu. »Wir hatten einen supertollen Abend mit Tee und Sandwiches und Scones und Kuchen! Und dann noch Pizza im Bett!«

Er trug seinen marineblauen Lieblingsanzug und eine dicke rote Krawatte mit einem dazu passenden gemusterten Einstecktuch; seine hochgewachsene, norwegische Statur kam in dem maßgeschneiderten Anzug besonders gut zur Geltung. Im Knopfloch seines Jacketts steckte, passend zu meinem Hochzeitsstrauß, eine kleine Callablüte. Er legte seinen Arm um Freddie, holte tief Luft und strahlte mich an.

»Da wären wir also an deinem Hochzeitstag, Froogle«, sagte er zur Begrüßung und betrachtete mich in meinem Kleid.

Ich grinste zurück. In seinen Augen glitzerten nun Tränen, sodass mir auch sofort welche kamen und mich verstummen ließen. Verdammte Hochzeiten. Man denkt, es wird ganz easy, »Ich bin ganz lässig, nicht wie die anderen Bräute«, und dann – bäm!, trifft es dich. Und du bist genauso rührselig und emotional wie die nächstbeste Lady in Weiß.

»Du siehst wunderschön aus«, sagte er. »Wunderwunderschön.«

Freddie zog an seinem Arm und ließ ihre Hand in seine gleiten. »Ich finde, sie sieht *majestätisch* aus.«

»Wie die Königin der Welt!« Dad lächelte, und Adzo wedelte mit einem Taschentuch vor meinem Gesicht, in Erwartung dessen, was noch kommen würde.

»Tupfen, nicht wischen«, wies sie mich streng an. »Tupfe sanft, sonst verschmierst du alles.«

Ich atmete tief ein. Mein Hochzeitstag.

Ich hatte ein Designerkleid an, Dad würde mich zum Altar führen, und in weniger als einer Stunde würde ich Alexanders Nachnamen annehmen.

Hätte man mich vor Beginn der Hochzeitsplanung gefragt, wie traditionell ich es auf einer Skala von eins bis zehn haben wollte, hätte ich zwei oder drei gesagt. Adzo und ich hatten endlos darüber diskutiert, wie man es anstellt, eine starke, unabhängige Frau zu sein und sich gleichzeitig an jemanden zu binden. So vieles von dem, was von einer Braut erwartet wird, ist in der Vorstellung verwurzelt, dass sie jemandes Eigentum sei (etwa, dass sie »weggegeben« wurde), und dass sie wertvoll sei, weil rein und unberührt (daher das jungfräulich-weiße Kleid). In einer unserer Mittagspausen hatte Adzo mich mal gefragt, ob Alexander sich vorstellen könnte, dass wir unsere Nachnamen miteinander verbinden, oder ob er sogar meinen annehmen würde. Und ich hatte mir vorgenommen, ihn darauf anzusprechen. Aber als sich die Hochzeitsplanung dann konkretisierte, fand ich die uralten Traditionen einer konventionellen Hochzeit irgendwie tröstlich und fügte mich fast all seinen Vorstellungen. Ich wollte das ganze Ritual, mit allem, was dazugehört: die Spannung vor dem Gang zum Altar und die Geschichten, die man danach erzählen konnte.

Mein einziges feministisches Bekenntnis nach außen sollte darin bestehen, beim Abendessen eine Rede zu halten. Bei der Hochzeit meiner Freundin Jo hatte sie sich das Mikro geschnappt und gesagt: »Guten Abend. Danke, dass ihr heute gekommen seid. Mein großartiger Vater, mein wunderbarer Trauzeuge und mein gut aussehender frischgebackener Ehemann werden ihre Reden gleich halten …«, woraufhin alle losbrüllten und jubelten. »Aber ich werde zuerst etwas sagen, denn das geht nur über meine Leiche, dass ein Haufen Männer für mich spricht …«, der Saal brüllte und jubelte noch lauter.

Ich fand sie wahnsinnig lustig.

Mum war schockiert, dass die Braut das Wort ergriff, aber ich wollte es ihr gleichtun.

»Also dann, Mrs Mackenzie, sind Sie bereit?«, fragte Dad und senkte sogleich den Kopf. »Verflixt! *Mrs Mackenzie,* Sie werden keine Wiig mehr sein.«

Er wandte sich an Freddie und sagte neckisch: »Versprich mir, dass du nie heiratest, ja? Du bist die nächste Wiig-Generation. Wir brauchen dich, damit der Familienname weitergeführt wird.«

Freddie rollte scherzhaft mit den Augen. »Daaaaaad …«

»Schon gut, Fred. Erst wenn du eigene Kinder hast, wirst du verstehen, wie es sich anfühlt, wenn sie groß werden und dich damit verblüffen, was für Menschen sie geworden sind. Das ist ziemlich bewegend.« Er legte seine Hand auf sein Herz, als könne er seine Gefühle von außen wegmassieren.

»Im Moment bin ich ja noch eine Wiig«, beruhigte ich ihn und griff nach seiner Schulter. »Und auch wenn ich nicht mehr so heißen werde, bleibe ich deine Tochter.«

»Und ich gewinne einen Schwiegersohn hinzu.«

Er lächelte, als er das sagte, aber ich hatte Dad absichtlich nie gefragt, ob er Alexander mochte, denn seit dem ersten Mal, als ich ihn fürs Wochenende mit nach Hause gebracht hatte, keimte in mir der Verdacht, dass mir seine Antwort nicht gefallen würde. Jetzt war aber nicht der richtige Zeitpunkt, sich mit so was zu befassen. Ich liebte Dad, aber ebenso war ich überzeugt von meiner Entscheidung. *Spiele nicht mit dem Feuer,* pflegte meine Großmutter zu sagen, *du würdest dich nur verbrennen.*

»Genau«, sagte ich in einem beschwichtigenden Ton. »Du verlierst nichts, du gewinnst etwas.«

Dad beugte seinen Arm und lud mich ein, mich einzuhaken.

»Lass uns auf dem Weg nach draußen einen Schnaps trinken, ich muss meine Nerven beruhigen«, schlug er vor. »Es sollte einen speziellen Leitfaden für Väter am Hochzeitstag ihrer Töchter geben. Ich bin ganz … durcheinander. Und aufgeregt.«

»Ach, komm schon …«, sagte ich und spürte, wie meine Wangen anfingen zu glühen. Ich wusste, es war ein Warnzeichen, ich würde gleich anfangen zu schluchzen, falls ich nicht das Thema wechselte. »Na gut, lass uns einen Kurzen trinken!«

Adzo packte die letzten Dinge ein, die sie brauchte, um mich den ganzen Tag über frisch und brautmäßig aussehen zu lassen, und Freddie drehte sich ein letztes Mal vor dem Spiegel und griff nach ihrem Brautjungfernstrauß. Mum war bereits zur Kirche vorausgegangen, um die Gastgeberin zu spielen. Sie liebt es, ein Publikum zu haben und im Mittelpunkt zu stehen, also hatte sie es vorgezogen, sich heute um die Gäste zu kümmern, statt die Nacht mit uns im Hotel zu verbringen. Sie hatte gemeint, sie würde nur stören und könne den Hochzeitstag besser meistern, wenn sie die Nacht davor in ihrem eigenen Bett schliefe. Um ehrlich zu sein, war ich erleichtert. Unsere Beziehung ist … kompliziert. Aber ich will nicht weiter darauf herumreiten. Jeder hat mal Reibereien mit seiner Mutter, nicht wahr?

Ich schaute von meinem Vater zu meiner Schwester und dann zu meiner besten Freundin. Meine liebsten Menschen auf der Welt waren bei mir und freuten sich für mich. Und Alexander liebte mich – natürlich tat er das! Ich hatte mich bloß in letzter Zeit ein wenig benommen gefühlt, weil sich Familie, Freunde und Bekannte seit unserer Verlobung wie ein Bienenschwarm um mich versammelt und ihre Meinung zu allen Details kundgetan hatten. Ich war von einem behaglichen Kokon aus herrlicher Romantik und den allerbesten Wünschen umgeben gewesen, sodass ich außerhalb dieser Blase gar nicht viel wahrgenommen hatte. Wenn ich darüber nachdachte und daran, dass ich, wenn ich heute Nacht ins Hotel zurückkehren würde, Mrs Mackenzie heißen würde, stockte mir der Atem – *verheiratet! Ich! Endlich!* Was konnte diesen Tag noch toppen? Es knisterte in jeder Faser meines Körpers, ich fühlte mich wacher und präsenter denn je. Die Farben waren intensiver, die Gefühle stärker.

Alles war einfach *perfekt*.

2

Als sich Jo, meine Studienfreundin, die die witzige Hochzeitsrede gehalten hatte, verlobt hatte, fing ich ernsthaft an, an dem zu zweifeln, was Alexander und ich hatten. Irgendwo hatte ich mal gelesen, dass es bei Beerdigungen gar nicht um die Toten, sondern um die Lebenden geht, und ich denke, das kann man auf Hochzeiten übertragen: Es geht nicht so sehr um das Paar vor dem Altar als vielmehr um die Gäste. Wer schon einmal auf einer Hochzeit war, kennt das – man denkt ausschließlich an sich selbst. Als Jo geheiratet hat, habe ich mich natürlich für sie gefreut. Sie hatte Kwame über eine Dating-App kennengelernt. An einem einsamen Sonntagabend hatte sie sein Profilbild nach rechts gewischt, zwei Tage später traf sie ihn zum ersten Mal, und einen Monat später stellte sie ihn mir als ihren festen Freund vor. Das hatte mich überrascht. Davor war sie mit einer Frau zusammen gewesen, und gemessen daran, wie sie in dieser Zeit über Männer gelästert hatte, war ich davon ausgegangen, dass sie nie wieder einen Mann daten würde. Aber Menschen sind immer für Überraschungen gut, und es geht natürlich nicht, dass ich eine Freundin sexuell in eine Schublade stecke, nur damit ich beruhigt sein kann, dass wir nicht mehr im selben Teich fischen. Es war also falsch, irgendetwas anzunehmen. (*Mutmaßungen sind was für Dummköpfe*, lautete eine andere Weisheit meiner Oma.)

Wie auch immer.

Nach drei Monaten sagten sich Jo und Kwame »Ich liebe dich«, nach sechs Monaten zogen sie zusammen. Ich wollte eine gute Freundin sein, genauso wie Bri und Kezza, die beiden anderen in unserer Viererclique, und so näherten wir uns Jo nur vorsichtig mit der Idee, dass sie ein ganz schön schnelles Tempo an den Tag gelegt hatte. Warum so eilig? Jo nahm es uns überhaupt nicht übel, als wir sie darauf ansprachen. Sie lächelte nur. Ich erinnere mich noch ganz genau daran. Es war an einem frühlingshaften Samstagnachmittag, wir saßen im Bridges in Stoke Newington und aßen Quinoa mit Würstchen. Sie zuckte mit den Schultern und sagte verträumt: »Dieses Mal fühlt es sich einfach anders an. Wir wollen das Gleiche.« Und da wussten wir, dass es einfach das perfekte Match war.

Wir wollen das Gleiche.

Das ging mir nicht mehr aus dem Kopf. Ich war damals seit neun Jahren mit Alexander zusammen, und wir hatten immer noch getrennte Wohnungen und getrennte Freundeskreise. Obwohl wir an den Abenden oder Wochenenden, an denen er nicht Rugby spielte, eine lustige Zeit miteinander hatten, konnten wir nicht so recht entscheiden, in welche Richtung sich unsere Beziehung entwickeln sollte. Ich wollte keine Nervensäge sein oder »die Art von Frau«. Also die Art von Frau, die Männern die Pistole auf die Brust setzt: Verlobung oder Trennung; alles oder nichts. Ich wollte cooler sein. Und das war ich auch. In unseren Zwanzigern war ich durchweg cool. Und als meine Unifreunde anfingen, sich dominoeffektmäßig zu verloben, zu heiraten und schwanger zu werden, bummelte ich gemütlich von den Zwanzigern in die Dreißiger hinein und ließ mich von allen überholen.

In dieser Zeit lernte auch Bri ihren Freund kennen; aus Einwanderungs- und Papierkramgründen heiratete sie ihn und erzählte es uns erst danach. Kezza wiederum hatte bereits die Genehmigung erhalten, als alleinstehende Frau adoptieren zu dürfen, und war aktiv auf der Suche. Dabei gab sie uns als Referenzen in ihrem »engagierten Unterstützungsnetzwerk« an. Sie weigerte sich, sich mit einem mittelmäßigen Mann zufriedenzugeben, um ihre wichtigste Lebensaufgabe anzugehen, wie sie es formulierte. Sie erklärte, dass sie froh sei, diesen Schritt allein zu machen und vielleicht später jemanden kennenzulernen. Es sei ihr einfach wichtiger, Mutter zu sein als Ehefrau. Von uns vieren blieb also nur ich übrig, die nichts weiter tat, als auf der Stelle zu treten. Die Viererclique brach auseinander, wie ein Stern, der auf die Erdatmosphäre trifft. Und ich geriet zunehmend in Panik und fragte mich, wie ich mein weiteres Leben eigentlich gestalten sollte.

Von wegen, Freunde sind die Familie, die man sich aussucht … Freunde verlassen einen und gründen ihre eigenen Familien. Mir wurde ganz schummrig, als ich bei einer weiteren Hochzeitszeremonie neben Alexander in der Kirche stand und miterlebte, wie einer meiner Lieblingsmenschen einen Mann heiratete, den sie gerade mal seit einem Jahr kannte. Im Anschluss sprach ich Alexander darauf an, dass wir über unsere eigene Zukunft nachdenken mussten. Ich glaube, Jos Hochzeit hat auch etwas mit ihm gemacht, denn in der darauffolgenden Woche kam er mit Immobilienanzeigen in Islington an. Seine Eltern wollten ihm die Anzahlung für ein Haus finanzieren, und er wollte dort mit mir zusammen einziehen. Ich war begeistert – und erleichtert.

Es gibt nichts Schöneres, als zu hören, dass jemand etwas Gemeinsames aufbauen will. Ich glaube, ich habe mich mit dreißig so unsicher gefühlt, weil es damals so aussah, als hätten alle anderen Pläne für ihr Leben, nur ich war immer noch nicht richtig erwachsen. Mit Alexander zusammenzuziehen bedeutete, dass auch ich erwachsen wurde und in die gleiche Spur wechselte wie alle anderen auch. Ich kochte für ihn, möblierte das Haus und machte Dinge, von denen ich mir geschworen hatte, sie nie zu tun: Ich kaufte die Geburtstagskarte für seine Mum oder gab Dinnerpartys, um die Partner seiner Arbeitskollegen und seine Rugbykumpels kennenzulernen. Es machte mir Spaß. Ich schwelgte richtig darin. Endlich wollten auch wir das Gleiche.

Als ich mit Dad, Freddie und Adzo an der Kirche ankam, stellte ich überrascht fest, dass die Hochzeitsplanerin draußen vor der Kirche stand. Sie war businessmäßig gekleidet, schwarzer Anzug mit Caprihose und flachen Ballerinas, das seidige dunkle Haar zu einem tiefsitzenden Pferdeschwanz gebunden. Am Abend zuvor hatte sie mir in ihrem trällernden sri-lankischen Tonfall geraten, mir Zeit zu lassen, um aus dem Auto zu steigen, das Kleid zu richten und ganz tief ein- und auszuatmen. »Alle warten auf die Braut«, hatte sie immer wieder betont. »Du kannst dir Zeit lassen, okay?« Sie wollte *an der Kirchentür* auf mich warten, damit sie die Gäste in den Bänken im Blick hatte. Als ich sie also *vor der Kirche* stehen sah, runzelte ich die Stirn.

»Wer ist das?«, fragte Freddie und musterte mein besorgtes Gesicht.

»Das ist Happy«, murmelte ich, und meine Hände verkrampften sich sofort. Bevor mein Verstand hinterherkam, wusste mein Körper schon, dass etwas nicht stimmte. Mein sechster Sinn schlug Alarm. »Da stimmt was nicht. Sie sollte im Eingangsbereich der Kirche warten.«

Dad schaute aus dem Fenster. »Ich bin mir sicher, dass alles in Ordnung ist«, sagte er vorsichtig. »Was sollte schon sein?«

Sein Beschwichtigungsversuch blieb in der Luft hängen. Wir stiegen aus.

Happy kam auf das Auto zu und sah müde und blass aus. Also definitiv *nicht* so, wie man sich die eigene Hochzeitsplanerin wünscht. Mir kam der Gedanke, der Pfarrer könnte krank geworden sein und es würde uns jemand trauen, den wir noch nie zuvor gesehen hatten. Das war das Erste, was mir durch den Kopf ging. Das Zweite war, dass vielleicht etwas mit der Hochzeitstorte nicht stimmte oder dass nicht genug Eis für die Sektkübel bestellt worden war. Aber ums Catering ging es erst beim Empfang, das war also ein Problem für später, nicht für jetzt.

Vielleicht ist sie gekommen, um mir zu sagen, dass Alexander sehr emotional wirkt.

Vielleicht lässt er mir etwas ausrichten.

Vielleicht ist sie gekommen, um mir zu sagen, wie sehr er mich liebt und dass ich mich beeilen soll.

Nichts davon hat sie gesagt.

»Wie meinst du das, er kommt nicht?«

»Ähm …« Happy stockte, es war ihr sichtlich unangenehm. »Er hat mir eine SMS geschickt. Anscheinend hat er … seine Meinung geändert …«

Ich fand keine eigenen Worte, konnte nur nachplappern, was sie sagte: »Seine Meinung geändert.«

Ihre großen Augen wurden noch größer, denn sie wollte, dass ich verstand. Aber ich tat es nicht.

»Ich habe versucht, dich anzurufen …«, presste sie hervor.

Sie schenkte meinem Vater, meiner Schwester und Adzo ein entschuldigendes Lächeln. Adzo war komplett erstarrt, sie wirkte so, als würde die Welt zusammenbrechen, wenn sie sich nur einen Zentimeter rührte. Allein ihre Augen bewegten sich zwischen mir und der Hochzeitsplanerin hin und her. Ich bin mir nicht einmal sicher, ob sie atmete.

Alexander kommt nicht.

Es war mein Hochzeitstag. Der Himmel war blau, mein Vater stand neben mir, und die Hochzeitsplanerin hatte einen Klecks rosa Lippenstift auf einem Vorderzahn. Ich fuhr mir instinktiv mit der Zunge über die Schneidezähne, für den Fall, dass auch ich fleckige Zähne hatte, während sie mir sagte, dass mein Verlobter eine SMS geschrieben habe *(eine SMS!),* um mitzuteilen, dass die Hochzeit nicht stattfand.

»Tut mir leid. Ich versuche nur … das alles … zu kapieren.« Ich fuchtelte mit den Händen herum. »Nur damit ich es richtig verstehe, hast du versucht, mich anzurufen, oder hat er es getan?«

Meine Augen juckten, meine Gedanken waren zäh. Ich blinzelte schnell. Happy blinzelte überhaupt nicht, während sie abwog, was sie sagte.

»Ich …«, fing sie an. »Ich habe zuerst ihn angerufen, aber er ist nicht rangegangen. Dann habe ich dich angerufen. Du bist aber auch nicht rangegangen.« Sie hielt inne, überlegte, was sie als Nächstes sagen sollte. »Es tut mir so leid, Annie.«

»Kann ich dein Handy sehen?«, bat ich knapp. Ich brauchte einen Beweis. »Die Nachricht?« Meine Stimme klang wie aus dem Off. Ich bewegte meinen Mund, aber alles geschah am anderen Ende eines sehr langen Tunnels.

Ich spürte, dass Dad etwas sagen wollte, es sich dann aber anders überlegte. Er legte stattdessen seinen Arm um Freddie. Freddie starrte mich an, ihre hellen Augen huschten zwischen uns Erwachsenen hin und her, und dann griff sie nach Adzos Hand. Als ich Adzos Gesichtsausdruck sah, wurde mir schlecht.

»Bitte«, fügte ich hinzu. Meine Stimme war piepsig und schrill. Angestrengt. Ich holte tief Luft und lächelte Freddie gezwungen an, um ihr zu versichern, dass sie nicht in Panik geraten sollte. Sie sah finster drein. Sie wusste, was mir der heutige Tag bedeutete, und hatte so mit mir mitgefiebert.

Happy lächelte gequält zurück, ihr Gesicht war voller Mitleid. Sie muss sich geirrt haben, überlegte ich. Sie muss durcheinandergekommen sein, seine Nachricht falsch verstanden haben. Alexander würde an unserem Hochzeitstag einfach nicht *nicht auftauchen.* Das wäre entsetzlich. Unverzeihlich. Natürlich würde er kommen. Wir waren verlobt. Die Gäste warteten. Ich hatte seit sechs Monaten keine ganze Mahlzeit mehr zu mir genommen, war fake-gebräunt und hatte bereits die »Mr und Mrs Mackenzie«-Dankeskarten bestellt.

Der Tag unserer Verlobung blitzte vor meinem inneren Auge auf. Er hatte am Weihnachtsmorgen gefragt, gleich nachdem wir aufgewacht waren; die kleine Schachtel mit dem Ring musste er irgendwann auf meinen Nachttisch gelegt haben, während ich schlief.

»Was meinst du?«, fragte er grinsend, er lag auf der Seite, sein schlanker nackter Oberkörper war mir zugewandt. Mir entfuhr ein langer Schrei, und ich schob mir sofort den Ring auf den Finger. Dabei hätte er das natürlich tun müssen. Ich hatte es bis dahin nie für möglich gehalten, dass man vor Glück in Ohnmacht fallen könnte, aber nun war ich kurz davor. Ich fühlte mich froher, glücklicher, ekstatischer als jemals zuvor in meinem Leben. Dieser Ring gab meiner Zukunft Konturen.

»Ich nehme an, das ist ein Ja?«, sagte Alexander, und ich brach prompt in Tränen aus, nickte und machte so viel Lärm, dass seine Mutter an die Schlafzimmertür klopfte, um zu fragen, ob alles in Ordnung sei (wir waren gemeinsam mit seinen Eltern in einem Ferienhaus).

Und nun stand ich wieder kurz davor, in Ohnmacht zu fallen, nur leider nicht vor Glück. Happy entsperrte ihr iPhone und öffnete den Nachrichtenthread. Meine Hand zitterte, als ich das Handy entgegennahm, mein Mund war so trocken wie Gin. Ich versuchte, mich zu konzentrieren.

Liebe Happy, du hast alles super organisiert, aber ich komme nicht. Ich kann nicht. Sag bitte Annie, dass es mir leidtut. Deine Rechnung begleiche ich bis Ende nächster Woche. Danke für alles. Ich vertraue darauf, dass du das mit den Gästen gut handelst. Alexander

Man könnte meinen, das sei nur ein überstrapazierter, klischeehafter Spruch, wenn es heißt, man fühle sich wie geohrfeigt, wenn man etwas Schockierendes erfährt. Aber als ich die Nachricht noch einmal las, und dann noch ein drittes und viertes Mal, während ich verzweifelt nach einem versteckten Hinweis suchte, nach dem Teil, den Happy falsch interpretiert oder falsch verstanden haben könnte, begann ich eiskalt zu schwitzen, und mir wurde richtig übel. Ich rief mir Alexanders grinsendes, gut aussehendes Gesicht ins Gedächtnis. Wie konnte er mir das antun? Was zum Teufel war seit gestern Nachmittag passiert, seit ich ihn das letzte Mal gesehen hatte? War eine andere Frau im Spiel? War das alles nur ein Scherz? Mein Gehirn war nicht in der Lage, die geheime Botschaft zu entschlüsseln. Die Nachricht war so kurz. Ich las sie noch einmal: Mein Name tauchte nur nebenbei auf, zwischen einem Kompliment für eine Frau, die wir seit gerade mal acht Monaten kannten, und dem Versprechen, ihre Rechnung zu begleichen. Mich kannte Alexander seit dem Studium. Das ergab alles keinen Sinn.

Meine Augen wurden feucht, eine Träne fiel auf meinen Handrücken. Nur eine. Es war kein reißender Tränenstrom, kein großes Heulen, Weinen oder Schluchzen. Geistesabwesend reichte ich Freddie meinen Blumenstrauß und gab anschließend, schwer schluckend, Happy das Handy zurück. Nun hatte ich beide zitternden Hände frei und konnte meine Fingerkuppen unter meine Augen pressen und mich zwingen, nachzudenken.

Wie biege ich das wieder hin?

Ich hatte mein Handy nicht dabei, da ich vorgehabt hatte, den Tag mit den Gästen zu verbringen, mich ihnen ganz zu widmen, und jede Person, die mich hätte anrufen können, war eh eingeladen. Ich konnte Alexander also nicht von meinem Handy aus anrufen oder nachsehen, ob er mich angerufen hatte.

Was er, verdammt noch mal, besser getan haben sollte.

Ich musste seine Stimme hören. *Er könnte das wieder hinbiegen.* Er könnte erklären, was das war, und dann könnten wir alle über dieses schreckliche Missverständnis lachen; Adzo könnte meine Schminke nachbessern, und wir würden uns darüber lustig machen, wie doll ich mir in den neuen, blauen Slip gemacht hatte.

Nicht wahr?

NICHT WAHR?

»Dad, kannst du ihn bitte anrufen? Das kann alles nicht sein.«

»Ja, Liebes, du hast recht, das kann nicht sein«, stimmte er zu und verzog den Mund zu einer dünnen Linie. »Lass uns mit ihm reden.«

»Das wird schon«, sagte Adzo leise. »Ganz sicher.«

Dad fischte sein Handy aus der Jacketttasche, scrollte zu Alexanders Namen und drückte die Anruftaste. Ich hörte sofort die Mailbox, es kam nicht einmal ein Freizeichen. Er musste sein Handy ausgeschaltet haben.

Hallo, hier ist Alexander Mackenzies Mailbox. Ich bin zurzeit entweder im Labor oder beim Rugbytraining. Hinterlassen Sie mir doch bitte eine Nachricht, ich melde mich umgehend zurück.

Er klang so normal. So gewöhnlich. Ich hatte die Sätze auf seiner Mailbox schon so oft gehört, dass ich sie auswendig kannte. Wie konnte ein Mann, der seine Braut sitzen gelassen hatte, so normal und gewöhnlich klingen? Wo zum Teufel war er?

»Ich werde ihn umbringen«, sagte Dad schließlich. »Das ist nicht zu fassen. Ich werde ihn auf jeden Fall mindestens erwürgen.«

Mit zittriger Stimme und großen braunen Augen sagte Freddie: »Annie?«

Und das war's dann. Ich konnte stark sein, wenn alle anderen auch stark waren. Ich konnte mich so lange zusammenreißen, wie alle anderen so taten, als ließe sich eine Lösung finden. Aber die Wut in Dads und die Angst in Freddies Stimme katapultierten mich in die Realität: Alexander würde nicht kommen – und alle wussten es.

»Okay«, sagte Adzo bestimmt, »alle zurück ins Auto. Los, los, schnell!«

»Ich sage den anderen Bescheid«, flüsterte die Hochzeitsplanerin Dad zu. Und dann zu mir gewandt: »Es tut mir wirklich sehr leid, Annie.«

Ich quetschte mich in den hinteren Teil des Wagens; Gott sei Dank war der Fahrer dageblieben und nicht für eine Rauchpause um die Ecke gefahren. Dad stand hinter mir und hob hilfsbereit die Schleppe meines Kleides hoch, damit sie nicht schmutzig wurde. Als ob das jetzt noch zählte.

»Was wirst du sagen?«, krächzte ich aus dem Auto. Freddie klammerte sich fest an meinen Arm. Das war das Schlimmste, was mir je passiert ist.

Happy setzte eine finstere Miene auf. »Mach dir keine Sorgen. Ich musste das schon mal machen. Leider.«

Sie schloss die Autotür, und Dad kurbelte das Fenster herunter.

»Danke«, sagte er mit trauriger Stimme zu ihr.

»Pass auf dich auf«, wandte sie sich an mich.

Freddie schmiegte sich ganz fest an mich, und ich starrte aus dem Fenster. Adzo wackelte mit dem Fuß, sagte aber nichts. Nicht einmal sie wusste, was sie sagen sollte. Das Auto fuhr langsam los, und bald war die Kirche nur noch ein kleiner Strich im Rückspiegel.

Wir schwiegen alle. Immer wieder kamen mir Dinge in den Sinn – vor allem Fragen –, die so schnell wieder verschwanden, wie sie gekommen waren, denn es kamen immer wieder neue Gedanken hinzu und dann wieder andere.

Geschah das gerade wirklich?

Hatte er mich jemals überhaupt heiraten wollen?

War ich zu dick?

Waren meine Zähne zu schief?

Hatte er eine Affäre gehabt und eine andere geschwängert? Und hatte er es gerade erst erfahren und gedacht, es wäre die moralischere Entscheidung, sie statt mich zu heiraten?

War er schwul?

Hatte ich mir nur eingebildet, dass er heiraten wollte? Hatte ich mir den Ring eingebildet? Hatte ich mir eingebildet, wie er sich Gedanken über die Einladungen und die Sitzordnung gemacht hatte, wie überglücklich er war, als er erfuhr, dass die Band, die auch auf der Hochzeit seines Cousins gespielt hatte, eine Absage bekommen hatte und nun doch auch auf unserer Hochzeit spielen konnte?

Was, wenn er es sich doch noch einmal anders überlegen und zur Kirche kommen würde, nachdem ich weggefahren bin?

Was, wenn er dort wartete? Wenn es ihm leidtat und er sich schämte? Wenn er verzweifelt hoffte, dass mein Auto wenden würde? Und wenn wir zur Kirche zurückführen, würde er dort warten, uns entgegenlaufen, von seiner eigenen Dummheit überwältigt weinen und mich quasi in die Kirche zerren, bevor einer von uns es wieder vermasseln konnte.

Was würde Mum sagen?

Es sah aus, als ob Freddie gleich anfinge zu weinen und sich sehr bemühte, es nicht zu tun.

Es war so schrecklich. So unfassbar. Ein solcher Albtraum.

»Anhalten«, sagte ich zum Fahrer. »Halten Sie den Wagen an.«

»Sind Sie sicher?«, antwortete er, fuhr langsamer und schaute über die Schulter. »Geht es Ihnen nicht gut?«

Ich hatte mich schon an dem Handgriff hochgezogen, bevor wir zum Stehen gekommen waren, was den Fahrer zwang, eine Vollbremsung hinzulegen. Irgendwo in der Nähe von Kings Cross zwängte ich mich aus dem Auto; Touristen, Busse, Taxis und Leute auf Shoppingtour wurden langsamer oder hielten an und sahen zu, wie ich mich über mein Kleid übergab.

»Bei der läuft es wohl nicht gut heute«, hörte ich jemanden sagen.

3

Die unmittelbaren Nachwirkungen davon, am eigenen Hochzeitstag versetzt worden zu sein, waren genauso beschissen, wie man es sich vorstellt.

Ich konnte es nicht über mich bringen, zurück in die Hotelsuite zu gehen und meine Sachen zu holen, also tat Adzo es für mich. Ich hatte den Fahrer gebeten, uns nach Hause zu bringen, aber als wir ankamen, stellte sich heraus, dass ich keinen Schlüssel dabeihatte, weil es MEIN HOCHZEITSTAG war, und so musste Dad bei Dash und Lenny klingeln, den Nachbarn von gegenüber, die unseren Ersatzschlüssel hatten.

Wir kannten sie erst seit Kurzem, und da die Kirche klein war, hatten wir sie nicht zur Zeremonie eingeladen. Aber wir erwarteten sie zum Abendempfang, zusammen mit ihren kleinen Zwillingen – eigentlich. Es hätte drin zu Livemusik getanzt und später im Garten der Location ein Spanferkel gegrillt werden sollen.

Ich hatte monatelang von dieser Feier am Abend geträumt. Das würde die entspannte Zeit sein, hatte ich mir vorgestellt, wenn alle Formalitäten erledigt wären und man nicht mehr sein allerbestes Verhalten an den Tag legen müsste. Der Abend war immer der schönste Teil bei einer Hochzeit, also hatte ich mich bei den vielen Treffen mit Happy darauf konzentriert: Neben der Tanzfläche sollte ein Korb mit Flip-Flops stehen, für den Zeitpunkt, wenn die schicken Schuhe anfangen zu scheuern; auch für zwei Kinderanimateure war gesorgt, damit sich die Eltern entspannen konnten. Wir hatten Lichterketten für die Bäume und Hunderte von Kerzen für die Tische im Freien bestellt, damit man draußen noch den Sommer genießen konnte, wenn einem die Musik drinnen zu viel wurde. Ich hatte sogar dafür gesorgt, dass die Raucherecke gemütlich wird, denn dort würden sich sowieso die meisten aufhalten – selbst wenn sie, wie Alexander, das Rauchen schon vor Jahren aufgegeben hatten.

Ich stand da und beobachtete, wie Dad an Dashs und Lennys Tür klingelte und wie sie miteinander sprachen. Dash schüttelte den Kopf, als könne er nicht glauben, was er gerade erfuhr, dann kam auch Lenny dazu und legte seinen Arm lässig um die Schultern seines Mannes. Es war das perfekte Bild für genau das, was ich gerade verloren hatte. Dann schauten sie alle drei in meine Richtung und ertappten mich dabei, wie ich sie anstarrte. Ich hob eine Hand, um zu bestätigen, dass der Typ in seinen Sechzigern mit dem Ansatz einer Glatze und im Hochzeitsanzug mein Vater war, und ja, wir waren tatsächlich ausgesperrt.

Lenny hob langsam und unsicher ebenfalls eine Hand und war nicht so subtil, wie er vermutlich dachte, als er mein Kleid mitleidig von oben nach unten abscannte. Dash neigte den Kopf, um etwas zu ihm zu sagen, und dann ging Lenny ins Haus. Nachdem er wiederaufgetaucht war und Dad den Schlüssel gegeben hatte, blieben sie beide in der Haustür stehen und sahen Dad hinterher. Es war, als würden sie Popcorn essen und einen Gangsterfilm mit einer überraschenden Wendung angucken und nicht Zeugen meines auseinanderbröckelnden Lebens sein.

Ich nahm an, dass es nicht nötig war, sie explizit darauf hinzuweisen, dass die Party heute Abend ausfallen würde.

Nachdem Dad die Tür aufgeschlossen hatte, sagte er: »Schatz, warte mal, ich hol mal einen Müllsack für das Kleid.« Ich schaute ihn verwirrt und verletzt an, bis er erklärte: »Das Erbrochene, das willst du doch nicht im Haus haben, oder? Fred-Fred, gehst du mal hoch und holst ein T-Shirt und eine Hose für deine Schwester?«

Freddie hielt auf der Treppe inne und schaute mich an, während ich im Türrahmen wartete. Sobald ich das Kleid ausgezogen haben würde, wäre es wirklich vorbei.

»Du hast ja noch mich«, sagte sie zärtlich, ihr Gesicht unschuldig und hoffnungsvoll. Ich blinzelte. Das konnte alles nicht wahr sein. Sie rannte die Treppe hinauf, und Dad kam mit dem Müllsack zurück. Er sah vor Sorge um vierzig Jahre gealtert aus.

»Leg dein Kleid hier rein.« Er reichte mir den Sack. »Ich kümmere mich drum.«

Freddie tauchte wieder auf und hatte eine Pyjamahose und ein übergroßes Rugby-Shirt von Alexander über dem Arm. Ich starrte das Shirt an, und erst jetzt, wo ich wortlos darauf hingewiesen hatte, wurde ihr klar, dass es nicht die beste Idee gewesen war, mir eine seiner Klamotten zum Anziehen zu geben.

»Es war in deiner Schublade«, entschuldigte sie sich. »Tut mir leid. Ich dachte, es wäre deins.«

»Ich warte in der Küche«, sagte Dad. »Ich mach mal Tee.«

Freddie öffnete geduldig die dreiundfünfzig Knöpfe an der Rückseite meines Kleides, und dann beugte ich mich vor, damit sie sich vor mich stellen und die Ärmel langsam abziehen konnte. Schwarze Wimperntuscheklumpen fielen auf die bereits mit Erbrochenem besprenkelte Seide. Ich konnte den Schnaps riechen, den wir vor weniger als einer Stunde getrunken hatten, aber die Hotelbar gehörte bereits zu einem anderen Leben. Ich war halb nackt und weinte, als Mum an der Tür klopfte. Ihre Silhouette war ein trüber Umriss in hellem Kirschrot mit Türkis-Kontrasten.

»Was in Des O'Connors Namen ist hier los?«, kreischte sie schrill. Nur ihre Familie und bestimmte Hunderassen konnten sie hören, da war ich mir sicher. »Annie. Wo ist Alexander? Was ist passiert? Da ist eine Kirche voller Menschen, die auf euch warten!« Sie klopfte mit ihren Ringen gegen die Glasscheibe, aber mit der Handinnenseite. Ich wusste, dass sie das tat, um die Edelsteine in ihren Ringen nicht zu beschädigen. »Annie!«

Ich ging zur Seite, damit Freddie sie hereinlassen konnte, hielt einen Arm über meine nackte Brust und ließ das Sonnenlicht und Mums Missbilligung in den Flur eintreten. Sie betrachtete mich mit offenem Mund. Zwei Leute schlenderten mit ihren Hunden vorbei und warfen einen kurzen Blick auf die Szenerie: ich mit Blumenkranz und Pyjamahose, Freddie mit einem zerknitterten Hochzeitskleid in der Hand, und meine Mutter, in der eine Wut kochte, die sie mindestens um einen halben Meter größer machte – was lustig war, weil sie immer noch kaum an Freddie heranreichte. Wir hatten beide Dads hochgewachsenen norwegischen Körperbau geerbt und nicht ihre stämmige Yorkshire-Statur.

»Ach du meine Güte«, stellte sie fest. »Was hast du getan?«

Freddie runzelte die Stirn und stampfte mit dem Fuß auf. »Sei nicht so gemein zu ihr«, sagte sie, wobei ihre Sopranstimme bebte und ihre Unterlippe auch. »Er war es!« Sie zitterte, in ihrem kleinen Körper war nicht genug Platz für ihre Gefühle. Was Alexander mir angetan hatte, war schlimm, aber noch schlimmer war es, dass Freddie die komplizierte Mentalgymnastik erwachsener Gefühlswelten durchmachen musste. »Er ist ein … ein Arschloch!«

Sie wagte es, unserer Mutter in die Augen zu sehen, um herauszufinden, ob ihr Zornausbruch Konsequenzen haben würde. Kurz war ich mir auch nicht sicher, in welche Richtung es gehen würde, denn niemand flucht vor Judy Wiig.

Mum trat entschlossen ein und schloss die Tür hinter sich.

»Ich verstehe«, entschied sie. Freddie und ich hielten den Atem an, während wir darauf warteten, was sie als Nächstes sagen würde. Ihre Gesichtszüge entspannten sich ein wenig, aber sie war *not amused*.

»Das ist sehr bedauerlich. Ich nehme an, euer Vater hat den Wasserkessel schon aufgesetzt?«

Ich habe mit Fernanda gesprochen. Endlich«, sagte Mum, während ich zur Frühstückstheke »unseres« Hauses schlich. Eine Sofadecke hing mir dabei wie ein kunstvoller Schleier über Kopf und Schultern. Welch Ironie.

Sie zog die Teebeutel durch die Kanne, wärmte Tassen vor und gab mir den Rat, auf Milch mit einem Prozent Fett umzusteigen, weil man den Unterschied zur Halbfettmilch nicht merken würde. So ging das nun schon seit drei Tagen: ich ungewaschen, traurig, weitestgehend unfähig, in ganzen Sätzen zu kommunizieren, und meine Eltern, die dageblieben sind, obwohl ich sie nicht darum gebeten habe. Sie versuchten, sich zu beschäftigen, Dinge zu organisieren und Leute anzuschreien, anstatt die Person anzubrüllen, die sie am liebsten in den Boden gestampft hätten: Alexander. In einer anderen Welt hätte das ein Sitcom-Setting sein können, das ich Kezzas Produktionsfirma angeboten hätte. Oder gar eine Realityshow: *Null Tage als Braut*.

»Annie, sie ist genauso baff wie alle anderen auch – und gedemütigt. Ich kann das nachvollziehen, denn, ganz ehrlich, wenn's andersherum gewesen wäre, wenn du nicht aufgetaucht wärst, bei all den versammelten Gästen, ich glaube nicht, dass ich mich jemals wieder in der Öffentlichkeit hätte blicken lassen können. Ich wäre am Boden zerstört, ein Kind zu haben, das so rücksichtslos ist.«

Freddie schaute vom Sofa aus zu uns rüber und schaltete den Fernseher stumm, damit sie mithören konnte. Was für eine langweilige, traurige Art, ihre letzten Sommerferientage zu verbringen. Ich schlurfte zu ihr und zerzauste ihr Haar. Sie stand auf, stellte sich auf ein paar Kissen, sodass wir in etwa gleich groß waren, und öffnete ihre Arme zu einer Umarmung.

»Ich liebe dich, Froogle«, sagte sie, und ich küsste ihre glatte, weiche Wange. Als sie sich zurückzog, um mich anzusehen – um mich ernsthaft zu mustern –, streckte ich ihr die Zungenspitze raus. Ich versuchte, lustig zu sein, aber die Art, wie sie den Kopf zur Seite legte, ließ mich erkennen, dass ich ihr leidtat. Meine kleine Schwester hatte Mitleid mit mir.

Mum reichte mir eine Tasse Tee, die zu milchig war, aber ich sagte nichts. Ein Kaffee wäre mir lieber gewesen.

»Ihr beiden habt die Rollen vertauscht«, kommentierte sie. »Ihr tut so, als wäre Frederica in ihren Dreißigern und du das Kind, Annie.«

»Hey!«, widersprach Freddie. »Ich bin kein Kind. Ich bin ein *Teenager*, okay! Und mein Name ist Freddie.«

Mum gab ein vages, abweisendes »Hmmm« von sich, während sie zur Kücheninsel zurückkehrte, um ihre Tasse zu holen.

»Ich will nicht kaltherzig klingen«, fuhr Mum fort, und es war klar, dass sie wusste, dass sie sich wie ein Trampeltier benahm, aber die Unzulänglichkeiten anderer zu kommentieren, war ihre absolute Leidenschaft, und sie würde jetzt, angesichts der Apokalypse, nicht davon lassen. »Aber ich bin wirklich erleichtert, dass du die Person bist, die stehen gelassen worden ist, und nicht diejenige, die abgehauen ist. Wenigstens hast du die Sympathiewerte auf deiner Seite. Die Mackenzies werden sich für mindestens ein Jahr aus dem öffentlichen Leben zurückziehen müssen. *Mindestens!*«

»Mum.« Ich seufzte tief, die Migräne, von der ich dachte, sie sei weg, klopfte plötzlich wieder mit einem Vorschlaghammer an meine Schläfen. Ich zog die Decke fest unter meinem Kinn zusammen. »Alexander ist kein freches Mitglied der königlichen Familie, das die Queen kompromittiert hat. Er wird nicht mit einem Klaps aufs Handgelenk und einem schlechten Image bestraft. Er ist einfach nur ein Mann. Für ihn wird sich die Welt weiterdrehen. Niemand wird sich aus dem öffentlichen Leben *zurückziehen müssen*.«

»Hm, schade«, sagte sie missbilligend und wischte mit einem feuchten Lappen über die Arbeitsflächen. »Flash, Darling?«, fügte sie hinzu und schwenkte den Küchenreiniger hin und her. »Probier das nächste Mal Dettol, das riecht besser. Und überhaupt, Fernanda war zwar angemessen verzweifelt, hatte aber immer noch keine Erklärung. Niemand weiß, wo Alexander ist oder warum er das getan hat – er ist nicht erreichbar, seine Mailbox springt sofort an.«

Der Vorschlaghammer hämmerte stärker.

»Hmmm«, antwortete ich, denn was sollte ich dazu sagen.

»Oder es gibt niemand zu, etwas zu wissen. Ich denke, so ist das, wenn man einen Sohn hat, man lernt ihn nicht so gut kennen wie eine Tochter. Wahrscheinlich liegen alle Hinweise direkt vor ihrer Nase, sie weiß nur nicht, wie sie sie deuten soll.«

Ich stand auf und sah in den Garten hinaus. Es war zwar erst August, aber der Herbst hielt schon Einzug, einige Blätter waren schon rost- und bernsteinfarben. *Der Sommer ist vorbei,* dachte ich und hatte dabei eine abstrakte Idee von Jahreszeiten und Zyklen und der Natur der Dinge und dass sich das Ganze irgendwie auch auf mein Leben beziehen musste, aber ich konnte nicht erkennen, wie. Als Adzo meine Sachen vorbeigebracht hatte, hatte ich verzweifelt mein Handy hervorgekramt, um nachzusehen, was mir Alexander persönlich zu sagen hatte, aber da war nichts. Er hatte mir keine Nachricht hinterlassen. Unter Schock (gedemütigt, voller Abscheu, empört) hatte ich es ausgeschaltet, und seitdem lag es in einer Schublade. Die Bettlaken auf seiner Seite rochen immer noch nach ihm. Seine Post lag auf dem Tresen, Notizen in seiner Handschrift hingen am Kühlschrank. Ich fand es zunächst ganz schlimm, dass mir Freddie sein Trikot zum Anziehen gegeben hatte, aber ich habe es seitdem nicht wieder ausgezogen. Ich wollte ihn auf irgendeine Art in meiner Nähe haben, überall um mich herum – ich wollte ihn hier, bei mir, und dass alles wieder normal war. Wenn er zurückkäme, würde ich ihm verzeihen. Ich würde ihn reinlassen und allen anderen sagen, sie sollten nach Hause gehen. Ich wollte nicht, dass das, was gerade passierte, die Realität war.

»Annie? Hallo? Ich hab dich was gefragt, also gebietet es die Höflichkeit, darauf zu antworten.«

Freddie sah wieder fern, und Carol döste auf ihrem Schoß. Eigentlich war Carol ein Geschenk für mich gewesen – ein winziger Cavalier King Charles Spaniel aus einem Tierheim –, aber Alexander hatte ihren Namen ausgesucht. Als Teenager hatte er nach der Schule immer die Fernsehshow *Countdown* geguckt und sich in Carol Vorderman verknallt, sie symbolisierte also sein sexuelles Erwachen, und er sagte, er hätte sich vorgenommen, eines Tages einen Hund zu haben, der so heißt wie sie.

»Hm?«, murmelte ich.

»Seine Kleidung. Ich habe ein paar Kisten bestellt, die kommen morgen. Dann können wir seine Sachen einpacken.«

»Aber das ist doch sein Haus«, erwiderte ich. »Sollten wir nicht meine Sachen einpacken?«

Mum entgegnete nichts darauf. Laut Plan hätte ich nach der Hochzeit den Hypotheken-Papierkram erledigen sollen. Nach der Hochzeit hätte ich meine Sicherheit gehabt. Zwei Jahre lang hatte ich Alexander die Hälfte der monatlichen Kosten gezahlt, aber rechtlich hatten wir meinen Namen noch nicht in den Akten hinzugefügt. Ich war im Grunde nur seine Untermieterin. Aber ich hatte ja keinen Grund gehabt, mir Sorgen zu machen. Schließlich hatte ich einen Ring am Finger! Ich hätte mir nie träumen lassen, dass ich in so eine Situation kommen könnte! Mums Schweigen sprach Bände. Ihr Schweigen sagte: Wie konntest du nur so dumm sein, Annie?

Draußen mochte es kühler geworden sein, aber in der Küche war es warm. Ich zog mir die Decke von den Schultern und ließ sie auf den Boden fallen. Der Schmerz in meinem Kopf war konstant. Wo sollte ich nur wohnen? Sicherlich würde Alexander mich eine Weile bleiben lassen, bis ich wusste, wie es weitergehen sollte. Sicherlich würde er nicht so grausam sein, mich auf die Straße zu setzen. Ich wollte, dass mir jemand sagte, was ich tun sollte. Aber ich wünschte mir auch, allein zu sein. Ich wünschte, Mum und Dad kämen auf die Idee, Freddie nach Hause zu bringen, damit sie sich auf den Schulanfang vorbereiten und ich in Ruhe unglücklich, einsam und unsicher sein konnte.

»Ich *mag* den Geruch von Flash«, sagte ich schließlich. »Kritisiere meine Reinigungsprodukte nicht.«

Sie blickte auf und warf die Hände in die Luft. »Ich gebe auf«, stöhnte sie. »Das tue ich wirklich. Es ist, als ob ich ein Geist wäre, den niemand hören kann. Ehrlich!«

Das Geräusch der aufgehenden Eingangstür ließ Freddie und Carol gleichzeitig neugierig den Kopf heben. Der Duft von indischem Essen wehte durch den Flur, und beide sprangen auf, als sie merkten, dass das Abendessen im Anmarsch war.

»Das Essen ist da!«, trillerte Dad. Freddie machte ein Geräusch, das Carol aufspringen ließ, und Dad warf ihr einen Kuss zu, während er das Essen auf der Kücheninsel abstellte. »Ein gebrochenes Herz kann nicht heilen, wenn man nichts isst«, flüsterte er mir zu und beugte sich vor, um mir einen Kuss auf die Stirn zu geben. Ich zwang mich zu einem Grinsen, um ihm zu zeigen, dass ich ihm dankbar war, dass er die Spannung aufgelöst hatte. »Judy«, fuhr er fort, »hast du die Teller vorgewärmt?«

»Danke, Dad«, krächzte ich, aber ich wollte nichts essen. Ich konnte kaum Wasser oder Tee bei mir behalten. Schon allein vom Geruch wurde mir übel.

»Bin gleich so weit, Peter«, sagte Mum, gerade als Dad mich daran erinnerte, dass ich mir mal die Zähne putzen könnte.

»Ich bin gerade aufgestanden«, sagte ich müde.

»Es ist schon fünf Uhr nachmittags ...«

»Worauf willst du hinaus?«, fragte ich.

Ich konnte sehen, wie Mum von der anderen Seite der Küche aus wütend den Kopf schüttelte und Dad davor warnte, mich zu sehr zu drängen. Die Art, wie sie es tat, war offensichtlich: Ich sollte es sehen und wissen, dass sie meine »Launen« zur Kenntnis nahm.

»Nein, nein, nichts«, sagte Dad und wechselte das Thema. »Ich habe nur gesagt, es ist schon fünf Uhr nachmittags! Wo ist nur die Zeit geblieben?!«

Mum begrüßte diesen diplomatischen, nahtlosen Themenwechsel mit einem Kopfnicken.

»Hier sind die Teller, Peter«, sagte sie und stellte sie neben den Gabeln ab.

»Hast du saure Gurken mitgebracht?«, fragte Freddie, während sie verschiedene Packungen aus den braunen Papiertüten zog. »Ich finde sie nicht.«

Dad war damit beschäftigt, Freddies Linsenmehlfladen zu suchen, während Mum fast Wort für Wort wiederholte, was sie mir vorhin erzählt hatte.

»Ich habe *endlich* mit Fernanda gesprochen«, begann sie, und Freddie rollte drollig mit den Augen in meine Richtung.

Alle stürzten sich auf ihr Essen.

»Sie ist genauso durcheinander wie alle anderen, Peter – und gedemütigt. Ich kann das wirklich verstehen, denn ganz ehrlich, wenn wir an ihrer Stelle gewesen wären und unser Kind wäre nicht erschienen, bei all den versammelten Gästen, da hätte ich mich jetzt nicht mehr in der Öffentlichkeit blicken lassen können. Ich wäre am Boden zerstört, ein Kind zu haben, das so rücksichtslos ist.«

Nachdem wir gegessen hatten, räumte Freddie die Spülmaschine ein – oder besser gesagt, nachdem sie gegessen hatten. Ich hatte etwas Safranreis auf meinem Teller herumgeschoben und knabberte gerade noch an der Ecke eines Peshwari Naan.

»Ich werde mich ein wenig hinlegen«, sagte ich. »Sagst du Adzo, dass sie bitte sofort zu mir hochkommen soll, wenn sie da ist?«

Ich konnte nicht aufhören, darüber nachzudenken, wo ich nun wohnen sollte. Ich hatte nie ein Erwachsenenleben ohne Alexander gekannt. Warum passierte das nur? Was sollte ich bloß tun? Der Kummer kam in großen, krachenden Wellen und drohte, mich in die Tiefe zu drücken.

Ich schloss die Augen, um mich zu sammeln.

»Oh, Liebling«, sagte Mum, in ihrer Stimme lag etwas, das erschreckend nah am Mitgefühl war. »Soll ich dir ein paar Löffel kühlen? Das soll bei geschwollenen Augen helfen.«

Als ob mich meine Augen einen Scheißdreck interessierten. Mir tat jeder Knochen weh. Länger als eine Stunde wach zu sein war eine Herkulesaufgabe. Ich hatte bei der einen Sache versagt, die mich endgültig erwachsen machen sollte – der Ehe.

»Klar«, antwortete ich, um einem Streit auszuweichen. »Gekühlte Löffel klingen gut. Danke, Mum.«

Sie seufzte. »Ich versuche nur zu helfen, Annie. Ich weiß nicht, was ich sonst tun soll.«

»Ich weiß, Mum«, flüsterte ich über die Schulter und schlurfte zurück ins Bett. »Niemand weiß das.«

5

Über Alexander waren mir schon diverse Gerüchte zu Ohren gekommen, noch bevor ich ihn überhaupt zum ersten Mal gesehen hatte. Bereits im zweiten Uni-Jahr hatte er seinen Ruf als Charmeur weg. Nicht, dass er alles flachgelegt hätte, was nicht bei drei auf den Bäumen war, aber irgendwie hatte jede Frau auf dem Campus eine Geschichte zu ihm parat. Das ganze erste Jahr über war er noch mit seiner Freundin von der Highschool zusammen, die an eine andere Uni gegangen war. Aber als er im nächsten Oktober als Single nach York zurückkehrte, verbreitete sich diese Nachricht in der Bar der Studentenvereinigung wie ein Lauffeuer.

Gossip-Fetzen und Infos aus zweiter Hand zu seiner Person zu hören, war, wie einen alten FM-Radiosender einzustellen. Das Brummen und Rauschen wurde immer schneidender, bis wir an einem Dienstagabend vor dem The Willow anstanden, um dort Old-Skool-R'n'B zu hören und Krabbenchips zu essen – und da war er. Er blieb stehen, um mit den Leuten zu reden, die vor uns standen. Ich war mit meiner Mädelsclique dort, meinen engsten Freundinnen seit der ersten Uni-Woche. Unsere Blicke trafen sich. Alexander verbrachte die nächsten fünf Minuten damit, immer wieder über die Schulter seines Gesprächspartners zu mir zu schauen. Im Grunde starrte er mich an. Ich erinnere mich, wie die Mädels mich anstupsten und sich über mich lustig machten.

Es dauerte ein Jahr, bis etwas passierte. Ich datete zu dem Zeitpunkt halbherzig einen Typen, den ich im Urlaub kennengelernt hatte. Obwohl ich, sobald wir wieder zu Hause waren, kaum ein Kribbeln spürte – Urlaubsromanzen sind eben nur was für den Urlaub –, hätte ich ihn nie betrogen.

Ich konnte sowieso nicht glauben, dass Alexander an mir interessiert war. Ich bin ganz hübsch, nehme ich an, aber eher auf die Beste-Freundin- als auf die Mir-bleibt-der-Atem-weg-Art, und ich bin zwar clever, aber kein Genie. Ich bin wie eine gute Tapete: glücklich im Hintergrund, und wenn sie einem auffällt, zeigt man vielleicht drauf und sagt: »Oh! Die ist schön.« Das ist in Ordnung. Außergewöhnlich zu sein würde bedeuten, sichtbar zu sein, gesehen zu werden. Aber wenn man gesehen wird, wird über einen geredet, und mein Körper, meine Persönlichkeit und mein Intellekt wurden zu Hause durch Mums Blicke und Kommentare schon genug seziert. Ich zog es vor, unter dem Radar zu fliegen. Und wenn Alexander jede haben konnte, warum sollte er mich wollen? Hätte man mich auf einer Skala von eins bis zehn bewertet, war ich eine Sieben, und alle Zehner-Girls begehrten ihn. Mit seinen großen braunen Augen und dem markanten Kiefer, der seine gebrochene, schiefe Nase so wirken ließ, als gehöre sie zum Design und wäre kein Makel, war er eine Elf. Er hatte eine Privatschule besucht und trat sehr selbstbewusst auf. Die Welt hatte ihm nie ein Nein entgegengebracht, er war noch nie enttäuscht worden. Es galt das Gesetz der Anziehung: Er erwartete für sich nur das Beste, und so geschah auch nur das Beste.

Wir lernten manchmal zusammen, was eine bequeme Art war, Zeit mit ihm zu verbringen, ohne zuzugeben, dass ich für ihn schwärmte. Es war aufregend, neben ihm in der Bibliothek zu sitzen. Manchmal kam er vom Rugbytraining, frisch geduscht und mit nassen Haaren, die ihm in die Stirn fielen, während er sich über seinen Bücherstapel beugte. Er brachte mir was Süßes aus der Cafeteria mit oder klaute zwei Plastikbecher vom Wasserspender und teilte ungefragt sein Red Bull mit mir. Ich konnte sehen, wie andere Mädels uns misstrauisch beäugten, und fand es aufregend, diejenige zu sein, der er Aufmerksamkeit schenkte. Ich mochte das Gefühl, auserwählt und etwas Besonderes zu sein. In jenem Jahr absolvierten wir beide ein Sommerpraktikum in London und trafen uns am Wochenende am Soho Square oder gingen ins Kino, und im letzten Studienjahr waren wir ein Paar. Eines Abends saßen wir in meinem Zimmer – er saß auf meinem Bett und sah zu, wie ich mich schminkte, während die anderen aus der Viererclique in der Küche ein Trinkspiel begannen.

»Du musst nicht mit mir warten«, hatte ich gesagt. »Ich bin gleich fertig.«

»Die Party fängt sowieso erst an, wenn du da bist«, hatte er geantwortet, und mein Magen schlug Purzelbäume, weil er mit mir zusammen sein wollte, weil ich ihm wichtig war. Ich stand am Waschbecken und hatte mich zu ihm umgedreht, und er war nicht aufgestanden, als er sagte: »Also ist das jetzt was Ernstes oder was?«

So hatte er es ausgedrückt: »Ist das jetzt was Ernstes, oder was?«

Seitdem waren wir zusammen.

Bis wir es nicht mehr waren.

»Annie?«

Es klopfte leicht an der Tür. Adzo war da. Ich lag auf meiner Seite des Bettes, von der Tür abgewandt und mit dem Gesicht zur Wand. Ich hatte die Vorhänge zugezogen, aber versehentlich einen Spalt offen gelassen, und ein Schimmer verblassenden Lichts schien hindurch, kurz bevor die Sonne unterging. Darauf richtete ich meinen Blick, es war ein Meditationspunkt zwischen halb geschlossenen Augenlidern, weder ganz schlafend noch ganz wach. Ich drehte mich langsam um und lächelte schwach.

»Das ist vielleicht eine Scheiße, nicht wahr?«, lächelte ich gekünstelt. Sie schmunzelte und war vorsichtig mit Witzen über meinen Schmerz, aber sie war offensichtlich erfreut, dass ich dazu noch in der Lage war. Das war alles so unglaublich lächerlich. Wer wird schon sitzen gelassen? Es war total absurd – und niederschmetternd. Vor allem aber hätte ich, wenn es jemand anderem passiert wäre, kaum glauben können, dass es *möglich ist*. Vielleicht war das alles eine seltsame Halluzination oder eine Art Zusammenbruch. Vielleicht würde ich irgendwann aufwachen und denken: *Wow, was für ein Albtraum.*

»Das kann man wohl sagen.«

Sie hielt inne, musterte das Zimmer, kam dann zu mir und streichelte mir zärtlich über den Kopf. Ich ließ meine Augenlider wieder zufallen. Mit Adzo war ich seit unserem ersten gemeinsamen Arbeitstag befreundet. Meine drei engen Freundinnen aus Studienzeiten waren wunderbar, aber sie waren auch alle sehr sesshaft geworden. Die Begegnung mit Adzo hatte mich daran erinnert, wie es war, sich von den Möglichkeiten des Alltags motiviert zu fühlen. Sie tat mir gut. Sie befreite mich aus meinem eigenen Kopf.

»Das ist nicht witzig, meine Liebe«, sagte sie, genauso, wie wenn man sagt: Ich scherze nicht, wenn man genau das tut. »Sag mal, macht es dir was aus, wenn wir etwas Luft reinlassen? Es ist ziemlich stickig hier drin.« Sie hustete ein wenig, um das zu unterstreichen.

Ich sah ihr in die Augen und schürzte die Lippen, dann nickte ich zustimmend. Sie schlüpfte aus ihren Schuhen und bahnte sich einen Weg zwischen den auf dem Boden verstreuten Kissen, hob sie auf und stapelte sie neben dem Kleiderschrank. Dann knipste sie die Lampe auf dem Schminktisch an und erreichte schließlich das Fenster. Sie öffnete es und schob die Vorhänge zurück.

»Übrigens, ich habe dir Lucozade mitgebracht.« Sie steckte ihre Hand in die Chloé-Vintage-Handtasche und zog zwei orangefarbene Flaschen des Energydrinks heraus.

Lucozade war unser Insiderscherz. Wenn ich bei der Arbeit mit einer Lucozade-Flasche reinkam, wusste Adzo, ohne dass ich es zu sagen brauchte, dass ich verkatert war. Es passierte nicht oft, aber das machte es wahrscheinlich noch schlimmer: Ich war ungeübt im Umgang mit Katern. Durch das Trinken verlor ich die Kontrolle, und Regel Nummer eins in meiner Jugend war: *Niemals* die Kontrolle verlieren, das ist nicht ladylike. Adzo hatte Erfahrung mit Katern. Sie war eine Maschine, quasi jede Nacht auf einer Party, immer eine Story parat, die sie am nächsten Morgen zum Besten geben konnte – etwa dass sie Jude Laws Sohn oder einen der alten *X-Factor*-Kandidaten gesehen hatte. Und doch war sie besser in ihrem Job als wir alle, konnte den obersten Chef mit Leichtigkeit zufriedenstellen und ein Team locker und mit Sinn für Humor leiten.

Das war es auch, was mich zu ihr hingezogen hatte. Sie war einer von diesen von den Göttern geküssten Menschen. Sogar schwierige Situationen erschienen ihr nicht wie ein Kampf; sie lächelte einfach und managte alles, was das Leben so brachte – und das waren, zugegebenermaßen, eine ganze Menge irre komischer Dating-Geschichten und Männer, die ihr zu Füßen lagen. Einmal wurde ihr die gesamte La-Mer-Hautpflegeserie an ihren Schreibtisch geschickt, gefolgt von hundert roten Rosen; und am letzten Valentinstag hatten sich zwei Typen in der Lobby im Erdgeschoss geprügelt, weil sie sie beide um ein Date fragen wollten. Als sie von der Polizei wegen Erregung öffentlichen Ärgernisses befragt wurden, war ein dritter Verehrer auf seinem Motorrad vorgefahren, aber Adzo hatte beschlossen, dass sie sowieso lieber mit mir etwas trinken gehen wollte. Alexander war in jener Nacht geschäftlich unterwegs, und sie wusste, dass ich nach der Arbeit nicht direkt nach Hause eilen würde. Je weniger sie sich für Männer interessierte, desto mehr verfolgten sie sie.

»Ich dachte, ein bisschen Zucker tut dir gut. Und ich weiß, das klingt seltsam«, fügte sie hinzu und setzte sich wieder neben mich aufs Bett, »aber ich habe gerade erfahren, dass das auch hilft.« Sie zeigte mir ein winziges Tütchen.

»Salz?«

»Das machen die Tennisprofis wohl so, wenn sie dehydriert sind. Ich dachte mir, nachdem du so viel geweint hast … vertrau mir einfach. Es hilft.«

Sie musterte mich, während ich an dem Energydrink nippte.

»Du siehst … «

»Sehe ich furchtbar aus?«

»Furchtbar schön«, antwortete sie liebevoll. »Während du duschst, wechsle ich die Bettwäsche, okay?«

Ich schüttelte den Kopf. »Aber sie riecht nach ihm«, protestierte ich. Ich wusste, wie erbärmlich ich klang.

»Sie riecht nach Schweiß und Herzschmerz, Annie«, presste sie hervor. »Du verdienst schöne Bettwäsche, Liebes.«

Ich dachte darüber nach.

»Okay?«, drängte sie.

»Gut.« Ich beschloss, dass dieser Punkt nicht auf der Liste mit den Dingen stehen sollte, über die es sich zu streiten lohnt. »Frische Bettwäsche. Aber lass mich wenigstens in einem anderen seiner T-Shirts schlafen. Ich weiß, es ist Quatsch, aber das ist mir egal. Es hilft mir.«

Sie hatte schon angefangen, die Kissenbezüge abzuziehen. »Abgemacht. Aber wirf mir das raus, wenn du es ausgezogen hast«, wies sie mich an und deutete auf das Rugby-Shirt, das an mir klebte. »Ich glaube, wir werden es verbrennen müssen. Es würde mich nicht wundern, wenn es sogar alleine zum Feuer laufen könnte.«

»Haha«, entgegnete ich und zog es über den Kopf. »Sehr witzig.« Als ich meine Arme hochhob, bemerkte ich, dass ich stank, also lag sie nicht falsch.

Ich blieb lange unter der Dusche, das Wasser war so heiß, dass meine Brust rot wurde und brannte. Als ich schließlich das Wasser abstellte, musste ich mich auf den Badewannenrand setzen, damit sich mein Kreislauf wieder stabilisierte. Sobald sich der Raum nicht mehr drehte, fühlte ich mich merklich wohler. Sauber. Es tat gut, die Zähne zu putzen. Ich benutzte sogar Mundwasser und genoss das Gefühl der kühlen Minze in meinem Mund und den kalten Luftzug, der mir über das Gesicht strich.

Ich konnte hören, dass sich Adzo im Schlafzimmer mit Freddie unterhielt. Ich wickelte mir ein Handtuch um, öffnete die Badezimmertür und blickte in einen Raum, der sich wieder in ein Schlafzimmer verwandelt hatte. Die beiden hatten das Bett neu bezogen und ein paar Duftkerzen angezündet. Auf der Kommode standen Blumen, es lief leise Musik, und auf dem Bett lag ein sauberes T-Shirt für mich bereit.

Ich schnappte mir das Shirt, drehte ihnen den Rücken zu, ließ mein Handtuch fallen und zog es an. Ich versuchte, meinen Körper nicht vor Freddie zu verstecken – ich wollte nicht zu dem neuzeitlichen kulturellen Narrativ beitragen, dass wir uns für unsere Körper oder für unsere Nacktheit schämen sollten. Ich wollte aber auch keine große Show daraus machen, *keine* Show zu machen.

»Deine Wirbelsäule sieht komisch aus. Sie bahnt sich einen Weg aus deiner Haut«, kommentierte Freddie.

Verlegen strich ich mir mit einer Hand über den Rücken. Ich konnte die harten Knochen fühlen. Vor der Hochzeit hatte ich Diät gehalten und es wohl etwas übertrieben, denn bei der letzten Anprobe hatte mir die Schneiderin gedroht, wenn ich noch mehr Gewicht verlöre, wäre die Passform des Kleides ruiniert. Mir kam nun in den Sinn, dass ich es mir nicht erlauben konnte, körperlich zu verkümmern, nur weil ich es emotional tat. Wenn ich mich auflösen wollte, war nicht zu essen eine Möglichkeit, aber eine sinnlose. Ich hatte aber ehrlich gesagt keinen Appetit.

»Trink deinen Lucozade-Drink aus«, sagte Adzo. »Das gibt dir Energie.«

Ich nahm einen Baumwollslip aus der Schublade und hoffte, dass niemand meine Hochzeitsnachtsüberraschung für Alexander gesehen hatte – ich hatte mir die Schamhaare in Form eines Herzens waxen lassen – als Scherz. Das wirkte jetzt natürlich total lächerlich. Als ich wieder unter die Decke kroch, nahm Adzo meine Hand, verteilte Handcreme darauf und massierte sie zärtlich.

»Ich kenne mich mit Shiatsu aus«, sagte sie nonchalant, als ich ihr sagte, sie wisse offensichtlich, was sie tue. »Ich hatte ein paar Dates mit dem Typen, der das Spa im Harrods leitet.«

Normalerweise würde ich um Details betteln, aber der Gedanke an Männer, Frauen und Dates und dass man Massagetechniken voneinander lernt, das waren Details und Verbindungen, für die mein Gehirn nicht aufnahmefähig war. Das war die Außenwelt. In meiner Welt, zwischen den sicheren vier Wänden dieses Schlafzimmers, gab es nur Scham und Selbstverachtung.

Du bist furchtbar und konntest ihn deshalb nicht halten.

Er hat dich nie geliebt.

Du hast ihn ausgetrickst, damit er mit dir zusammen ist, und er ist dir schließlich auf die Schliche gekommen.

Meine innere Stimme sagte laut und deutlich, wer ich war und was ich wert war.

»Frou, nicht weinen«, sagte Freddie, und ich wünschte, ich könnte aufhören. »Wenn ich erwachsen bin, möchte ich so sein wie du«, erklärte sie, wobei ihr winziger Körper eine dünne Schutzschicht an meiner Seite bildete. Meine Augen waren ein stummer Niagarafall. »Du bist die Beste, die Allerallerbeste.«

»Nein, du bist die Allerbeste«, sagte ich mit tränenerstickter Stimme.

Adzo sagte: »Wie, ich dachte, ich bin die Allerbeste?!«

Ich stieß ein rotziges Lachen aus.

»Du bist zu neundreiviertel die Beste«, erklärte Freddie. »Aber meine große Schwester gewinnt, denn so sind die Regeln.«

Adzo überlegte. »Das sind wohl die Regeln. Ich habe mich noch nie in meinem Leben mit etwas zufriedengegeben, aber ich denke, ich kann mit neundreiviertel sehr gut leben.«

Wir saßen zusammen und umarmten uns.

»Ich weiß nicht, wie sich jemals wieder irgendwas normal anfühlen soll«, sagte ich. »Ich schäme mich so. Ich kann nicht glauben, dass er mir das angetan hat.«

»Er hat es uns allen angetan«, sagte Adzo. »Wir haben alle an ihn geglaubt. An euch beide. Er war ein Teil deines Lebens, deiner Familie.«

Freddie lockerte ihren Griff. »Aber jetzt nicht mehr«, sagte sie. »Ich hasse ihn.«

»Du musst ihn nicht hassen, Frou. Das musst du wirklich nicht.«

»Ich tue es aber«, beharrte sie.

»Ich hasse ihn auch«, stimmte Adzo zu.

Ich hasste ihn auch. Ich hasste ihn und liebte ihn doch mehr, als ich je jemanden geliebt hatte. Wo war er nur? Was zum Teufel war mit ihm passiert?

»Ich habe heute Morgen mit Chen darüber gesprochen und darüber, wann du wieder zur Arbeit kommst«, sagte Adzo. »Nur damit du Bescheid weißt …«

Ich habe nichts gesagt. Ich würde wieder dieses Gebäude betreten müssen, und jeder Einzelne würde wissen, was mir passiert ist. Der reinste Horror.

»In meiner Tasche ist ein Brief für dich. Ich glaube, Chen macht sich Sorgen, dass du durchdrehen könntest, dein altes Leben über Bord werfen und die Firma verlassen könntest, um in einem Zelt irgendwo in Myanmar zu leben. Sie sagte, das würde sie an deiner Stelle auch tun, aber sie kann es sich nicht leisten, dich zu verlieren.«

Ich sagte weiterhin nichts. Mein altes Leben komplett wegzuschmeißen klang tatsächlich verführerisch – vor allem, wenn es bedeutete, dass in der Mitarbeiterküche nie wieder über mich getrascht oder spekuliert werden würde und die Leute sich nicht laut fragen würden, warum ich keinen Mann halten konnte. Wo genau liegt Myanmar?

»Ich habe ihr gesagt, sie soll all deine Überstunden zusammenzählen – all die Frühschichten, die Wochenenden, die verfallenen Urlaubstage –, und sie hat zugestimmt, dir Sonderurlaub zu genehmigen, bis du eh in Urlaub gegangen wärst. Also in die Flitterwochen. Der Brief ist ziemlich förmlich, aber sie hat mir gesagt, ich soll dir ausrichten: Scheiß auf den Typen und tu, was nötig ist, damit du wieder zu Kräften kommst. Du hast es verdient, Annie. Chen will wirklich, dass du dich um dich kümmerst. Das wollen wir alle.«

Ich rechnete schnell nach – ich hatte drei Wochen Urlaub für die Flitterwochen eingereicht, und mit der zusätzlichen Zeit, die Chen mir anbot, wären das insgesamt sechs Wochen. Was zum Teufel sollte ich tun, wenn ich sechs Wochen lang nicht arbeiten würde? Mir fiel ja jetzt schon die Decke auf den Kopf.

Wenn Mum und Dad erst einmal weg sein würden, wären die Arbeit – und Carol – die einzigen Gründe, das Haus zu verlassen. Und dann die Flitterwochen! Gütiger Himmel, was für eine Verschwendung. Alexanders Eltern hatten so viel Zeit damit verbracht, sie zu planen. Was für eine Schande, dass sie niemand antreten würde. Was sollte ich stattdessen tun? Auf Wohnungssuche gehen, nehme ich an. Ich könnte die Zeit nutzen, um mir meine nächsten Schritte zu überlegen. Aber dafür brauchte ich keine sechs Wochen.

»Ich werde mir den Brief ansehen«, sagte ich. »Ich glaube aber nicht, dass ich ihn brauche. Ich werde mich zusammenreißen. Ich habe keine andere Wahl. Ich werde schon klarkommen. Das muss ich auch. Ich werde wahrscheinlich so schnell wie möglich wieder arbeiten kommen, ehrlich gesagt, das wird eine gute Ablenkung sein. Aber danke trotzdem, ich weiß das sehr zu schätzen.«

»Denk gut darüber nach, okay?«, stimmte Freddie ein und fügte hinzu: »Was ist überhaupt so toll am Arbeiten?«

Das war natürlich eine gute Frage.

6

Tagsüber wollte ich mich am liebsten im Bett verkriechen, wo ich in einen unruhigen Schlaf fiel, der ein oder zwei Stunden anhielt, bevor ich davon wach wurde, dass Mum irgendetwas rief – dass sie Freddies neuen Schulrock enger machte oder Hackfleisch kaufen gehen würde, weil der Metzger gegenüber so charmant war –, oder vom Hundegebell, weil Dad Carol die Leine gezeigt hatte, bevor er in seine Schuhe geschlüpft war. Nachts war es schwieriger, in den Schlaf zu finden. Es war zu still. Viel zu still. Das machte mich total fertig. In den meisten Nächten lag ich von Mitternacht bis Sonnenaufgang wach, wälzte mich hin und her und malte mir die schlimmsten Sachen aus. Nach fast einer Woche ertrug ich es nicht mehr. Ich konnte nicht mehr, ich hielt es in meiner eigenen Haut nicht mehr aus. Ich hätte sie am liebsten abgerissen und die von jemand anderem übergestreift, nur um eine Pause von mir selbst zu haben.

Im Vorfeld der Hochzeit hatte ich sechsmal pro Woche Sport gemacht, aber heute, das erste Mal, dass ich Mums und Dads Kontrolle entkommen war, hatte ich eigentlich gar nicht vor, zu joggen. Ich hielt es einfach nicht mehr im Haus aus. Es war fünf Uhr morgens, und ich wusste, dass es noch mindestens zwei Stunden dauern würde, bis irgendjemand aufstand. Ich konnte mich also unbemerkt hinausstehlen, nicht zuletzt, weil Carol mit Freddie auf dem Klappbett in Alexanders Büro schlief – ich musste also nicht einmal befürchten, dass sie kläffen könnte. Um fünf Uhr morgens konnte ich sicher sein, nie-

50

mandem auf den Straßen zu begegnen, den ich kannte, oder mich jemandem erklären zu müssen; fünf Uhr morgens bedeutete Freiheit.

Ich war es leid, Worte für alles finden zu müssen. Eigentlich hatte ich nur gehen wollen, aber das war nicht genug. So wurde ich schneller und schneller, bis ich langsam anfing zu laufen. Je mehr Tempo ich aufnahm, desto besser fühlte ich mich. Später legte ich einen Hausschlüssel unter den Blumentopf neben der Tür, um mich jeden Morgen aus dem Haus zu stehlen. Ich lief von Newington Green nach Highbury Fields, manchmal auch in einer Schleife hinunter zur Old Street, ohne Musik, ohne etwas, das mich belastete. Da war nur das Geräusch meiner Füße, die auf den Asphalt trafen.

Eines Morgens kam ich an einem Fitnessstudio vorbei, einer Filiale von Barry's Bootcamp. Ich musste schon mehrmals daran vorbeigelaufen sein, aber an diesem Morgen fiel es mir zum ersten Mal auf. Barry's hatte ein sehr anspruchsvolles Fitnessprogramm, das einen fast umbrachte – zumindest hatte Kezza das mal erzählt. Sie ging in ein Studio in der Nähe ihres Büros. In einem großen, rot beleuchteten Raum, hatte sie gesagt, rennt man abwechselnd auf einem der aufgereihten Laufbänder und macht dann Burpees, Ausfallschritte, Kniebeugen und Gewichtheben. Ich dachte den Rest des Tages darüber nach, und am nächsten Morgen hielt ich am Laden an und steckte den Kopf durch die Tür. Ich glaube, was mich anlockte, war die Vorstellung von lauter Musik und Dunkelheit. Ich wollte nicht noch mehr abnehmen, wenn überhaupt, hätte ich wahrscheinlich eher ein bisschen was zulegen sollen. Sogar meine Laufklamotten flatterten an meinem Körper, dabei hatte ich sie schon eine Nummer kleiner gekauft. Beim Fitnesstraining könnte es um etwas anderes gehen. Um Stärkung vielleicht. Um Ausdauer. Widerstandsfähigkeit. Kraft. Das sprach mich an.

Als es mir mental am schlechtesten ging, meldete sich eine Stimme in mir, die mich aufforderte, mich körperlich zu stärken. Der Gedanke, Gewichte zu heben und Kniebeugen zu machen, war aufregend. Da ich ein eher knochiger Typ war (danke, Dad), fiel mir das Abnehmen immer leicht, aber ich wusste, dass ich keine Rumpfkraft hatte und dass ich mich mit meinen dürren Armen kaum vom Sofa hochstemmen konnte, geschweige denn einen Liegestütz richtig machen.

Das ist eine Sache, die ich kontrollieren kann, dachte ich, und so verbrachte ich weitere vierundzwanzig Stunden damit, meinen Mut zusammenzunehmen und mich für einen Schnupperkurs anzumelden. *Ich kann nichts kontrollieren, aber auf meine Muskelkraft kann ich einwirken,* dachte ich mir. *Die kann ich kontrollieren.*

Kezza hatte recht, es hat mich fast umgebracht. Nach der Schnupperstunde meldete ich mich für zehn Trainingsstunden an, berauscht von der Dopamin- und Serotoninausschüttung, die ein gutes Training auslösen kann. Ich fühlte mich high. Ich war nicht besonders gut, aber es war so dunkel und laut, und alle anderen waren ausschließlich auf sich selbst konzentriert, dass ich am nächsten Morgen wiederkam. Ich hatte Muskelschmerzen, fühlte mich aber seltsam entschlossen. Vielleicht lag es daran, dass ich an einem neuen Ort war und etwas tat, wovon Alexander nie erfahren würde. Die Annie, die er kannte, ist nicht ins Fitnessstudio gegangen, aber er hatte jedes Recht verwirkt, noch irgendetwas über mich zu wissen. Ich stand nun nicht mehr unter Schock, ich war regelrecht empört. Ich sagte mir, dass es mir egal sei, wo er war. *Scheiß auf ihn,* war mein Mantra. Ich war nicht mehr traurig, ich war wütend.

Im Barry's wimmelte es von unglaublich fitten Leuten. Ich hatte noch nie so viele durchtrainierte und gebräunte Körper an einem Ort gesehen – ich nehme an, sie waren alle im Sommer verreist, daher die gebräunte Haut. Meistens schaute ich auf den Boden und flitzte unbemerkt rein und wieder raus, aber auf dem Weg zur dritten Trainingsstunde spürte ich die Augen eines Mannes auf mir. Als ich aufschaute, blickte ich in ein neugieriges Gesicht. Ich verfinsterte meinen Blick, denn ich wollte nicht angesprochen werden. Ich hatte in letzter Zeit mit niemandem, außer mit meiner Familie und mit Adzo, geredet. Ich konnte mich dem nicht stellen. Mein Handy war nach wie vor ausgeschaltet, und ich war immer noch nicht in der Lage, ein Treffen mit meiner Mädelsclique auszumachen. Bei Barry's genoss ich die Anonymität: Schreien, Sprinten und Heben mit fünfzig anderen Leuten, die das Gleiche taten, und anschließend wieder nach Hause eilen. Das half.

Der Mann in der Lobby schaute schnell weg, sein Gesicht nahm einen grüblerischen Ausdruck an, als würde er versuchen herauszufinden, was zwei plus zwei ist. Ich hielt inne und scannte den Fitnessraum, bevor ich ihn betrat. Ich wollte sichergehen, dass mein Laufband nicht in seiner Nähe ist. Männer sollten einen großen Bogen um mich machen. Männer sollten einfach nicht existieren. Das war das Nächstbeste, wenn ich selbst schon nicht aufhören konnte zu existieren. Ich war mit meiner geschrumpften Welt zufrieden und brauchte niemanden, der sich in sie drängte, bevor ich dazu bereit war.

Nach dem Training war ich völlig durchnässt. Mir war früher nicht klar gewesen, dass es möglich war, so stark zu schwitzen. Ich schaute mich in der Umkleidekabine um, um abzuschätzen, wie lange es dauern würde, bis alle weg waren und ich etwas Platz zum Verschnaufen haben würde, aber ich dachte mir, dass bis dahin der nächste Kurs beginnen und ein ganzer Haufen neuer Teilnehmer auftauchen würde. *Scheiß drauf,* dachte ich.

Ich gehe einfach verschwitzt nach Hause. Ich schnappte mir meinen Rucksack aus dem Spind und ging einen Schlängelweg zwischen halb nackten Körpern hindurch, um zum Eingangsbereich zu gelangen.

Auf dem Weg zum Training hatte ich einen Lycra-Pullover angehabt, aber nun hatte ich Probleme, ihn wieder anzuziehen, weil mein Körper so pitschnass war. Ich stellte mich an die Seite, um niemandem im Weg zu stehen, und versuchte umständlich, einen Arm durch den Ärmel zu stecken, und dann auf der anderen Seite noch mal das Gleiche. Der Stoff klebte an mir wie ein ängstliches Kind, das sich an seine Mami klammert.

»Annie?«

Ich hatte mir gerade den Pullover über den Kopf gezogen, als ich meinen Namen hörte. Ich drehte mich in die Richtung, aus der die Stimme kam, konnte aber nichts sehen, weil ich … feststeckte. Ich hatte nur das Lycra-Polyester-Gemisch vor Augen.

»Oh, Entschuldigung«, sagte die Stimme – eine männliche Stimme. Eine tiefe, nachdenkliche Männerstimme. »Ich wollte dich nicht erschrecken. Ich dachte, wir kennen uns.« Pause. »*Kennen* wir uns?«

Ich zappelte herum, meine Hände suchten nach der Halsöffnung des Pullovers. Was für eine riesenbeknackte Scheiße, in seinem verdammten Pullover festzustecken, und dann auch noch vor Publikum.

»Ich kann dich nicht sehen, um es zu bestätigen oder zu verneinen«, sagte ich durch den Stoff. Je mehr ich mich bewegte, desto mehr steckte ich fest. Ich hatte gar nicht bemerkt, wie sehr ich meine Arme beim Trainieren beansprucht hatte, bis ich versuchte, sie zu heben, um mich anzuziehen. Alles tat jetzt schon weh. Es war ein guter Muskelkater, aber auch ein einschränkender. Ich wusste, dass sich meine Muskeln im Laufe des Tages immer weiter anspannen würden. Würde ich überhaupt in der

Lage sein, eine Hand zu heben, um dem Busfahrer anzuzeigen, dass er halten soll?

»Ich bin Annie, ja«, fuhr ich fort, weil ich immer noch spürte, dass jemand in meiner Nähe stand. Aber ich sagte es weniger als Feststellung, sondern mehr als Frage, immer noch gedämpft durch den Stoff vor meinem Mund. »Wenn das hilft.« Ich fühlte, dass sich die Wärme eines menschlichen Körpers meinem Bauch näherte. Dann zogen breite, männliche Hände an dem Stoff an meiner Taille, und mein Kopf tauchte plötzlich durch die Pulloveröffnung auf. Ich konnte wieder sehen.

»Tut mir leid, dass ich dich angefasst habe«, entschuldigte sich der Typ vor mir. »Ich wollte meinen Tag nur nicht damit beginnen, indem ich zusehe, wie du im Pullover erstickst.« Er neigte den Kopf zur Seite, wie Carol es tut, wenn ich mit ihr rede und sie versucht zu verstehen. »Vor allem, da ich mir nicht sicher war, ob wir uns kennen oder nicht.«

Meine Augen passten sich an das Licht an und blickten in das Gesicht eines Fremden. Woher kannte er meinen Namen? Ich hatte keine Ahnung, zu wem das schiefe Lächeln, die römische Nase und die funkelnden Augen vor mir gehörten.

Ah, Moment mal. Das war der Mann von vorhin, der mich angeschaut hatte und den ich mit Dolchblicken bedacht hatte, weil er es gewagt hatte, meine Anwesenheit zu bemerken. Hatte er versucht, meine Aufmerksamkeit zu erregen, weil wir uns kannten? Er war ungefähr so groß wie ich – dank meiner Statur, obwohl alles andere an mir überwältigend durchschnittlich ist, befanden sich unsere Augen auf gleicher Höhe –, und er lächelte breit und strahlend. Er trug Shorts über Lycra-Leggins und ein grau meliertes T-Shirt. Es war nicht gerade ein Brad-Pitt-Body, aber definitiv ansehnlich und trainiert.

Bei Alexander fühlte ich mich immer ein bisschen minderwertig, weil ich weder definierte Bauchmuskeln noch einen knackigen Hintern hatte. Obwohl, ach verdammt, es war schon schön, über seinen Bauch zu streichen. Wenn er in seinen Boxershorts herumlief, erhaschte ich manchmal einen Blick auf ihn und dachte: »Heilige Scheiße, das ist mein Mann.« Aber dann aß er ein gekochtes Ei zum Frühstück, und ich schlürfte mein Müsli und fragte mich, ob er mich seinerseits jemals ansah und dachte: »Heilige Scheiße, das ist meine Frau.« Ich meine, offensichtlich hat er es nicht getan, sonst wäre er ja nicht abgehauen.

Der Mann vor mir sah freundlich und zugänglich aus. Ein Durchschnittstyp. Man würde sich auf der Straße nicht unbedingt nach ihm umdrehen, aber man wäre nicht traurig, mit ihm an einem Tisch zu sitzen. Er wirkte nicht einschüchternd, aber er war süß. Ich hatte nicht vor, ihn mit Alexander zu vergleichen. Gütiger Himmel! Würde ich jetzt jeden Typen, der meinen Weg kreuzte, mit ihm vergleichen?! Aarghh … Das machte mich rasend! Soweit ich wusste, war Alexander in Timbuktu und hatte einen Harem attraktiver Frauen um sich geschart. Sie machten alle CrossFit und bliesen ihm abwechselnd einen, pünktlich jede Stunde. »Welche Annie?«, fragte er wahrscheinlich, als ihm eine Frau mit ausladendem Arsch und Titten, die wie Basketbälle hüpften, eine weitere Weintraube in seinen perfekten Mund steckte.

Ich kam wieder ins Hier und Jetzt zurück. Der Mann vor mir, mit seinem gewellten dunkelblonden Haar und den nachdenklichen Augen, sah mich aufmerksam an.

»Du hast keine Ahnung, wer ich bin, oder?«, grinste er. Er sagte es mit einer Leichtigkeit, als würde er nicht über mich lachen, sondern als würden wir gemeinsam einen Scherz machen. Das brachte mich dazu, auch locker sein zu wollen.

Aber ich war nicht locker. Ich geriet stattdessen plötzlich in Panik. Vielleicht war er ein Freund von Alexander. War er in der

Kirche gewesen, bei der Hochzeit, die nie stattgefunden hatte? Ich wappnete mich für eine Welle des Mitgefühls. Genau deshalb hatte ich das Haus nicht verlassen wollen.

»Theatercamp. Sommer 2002 ... oder 2003?«, klärte er mich auf.

Ich schüttelte den Kopf, dann fiel der Groschen. »Du warst im Yak-Yak-Theater-Programm?«, fragte ich langsam.

»Bingo!« Er nickte. »Ich habe das Bühnenbild für *Bugsy Malone* gemacht, und ich glaube, du ...«

Ich errötete. *Das* war es also ...

»Oh mein Gott! Ich war ein Revuegirl! Und die Zweitbesetzung für Tallulah. Ich bin nur ein einziges Mal aufgetreten, als sich dieses Mädchen – wie hieß sie gleich noch mal? – am allerletzten Tag das Bein gebrochen hatte, da durfte ich auf die Bühne!«

»Und es hat Standing Ovations gegeben. Alle waren komplett aus dem Häuschen. Es war elektrisierend. Ich meine, ich war ein Teenager, also ist das jetzt keine professionelle Bewertung, aber ich erinnere mich gut daran. Ich erinnere mich an dein Gesicht. Du hast dich überhaupt nicht verändert.«

Ich staunte über seine Erinnerungsfähigkeit. Yak Yak war mein absoluter Lieblingsort, als ich ein Teenager war. Im Grunde, als ich ungefähr so alt war wie Freddie heute. Für den ganzen Monat August verfrachteten Eltern ihre Kinder in den New Forest, wo es eine große Jugendherberge gab. Das war ein bisschen wie die amerikanischen Sommercamps. Wir spielten alberne Spiele, machten Vertrauensübungen, malten Kulissen, lernten Texte auswendig und präsentierten sie auf der Bühne. Es war unglaublich toll. Und aus irgendeinem Grund ging ich in den nächsten Sommern einfach nicht mehr hin. Als ich fünfzehn war, war Schluss. Und jetzt stellte sich heraus, dass mein letzter Einsatz auf der Bühne genau der Moment war, an den sich dieser Typ, dessen Namen ich nicht kannte, erinnerte.

»Patrick«, sagte er, als ob er meine Gedanken hören konnte. »Ich bin Patrick Hummingbird. Du erinnerst dich vielleicht an mich als Paddy?«

Sobald er es sagte, war es, als ob ich sein Gesicht in einem dieser »Evolution Of«-Videos sah, wie sie auf people.com von Berühmtheiten zu sehen sind. Sie fangen mit einem Foto von George Clooney an, als er in *Emergency Room* gespielt hat, und dann wird es zu einem Foto von ihm in seinem ersten Spielfilm, dann Batman und so weiter, bis es ein Foto ist, auf dem er mit Amal am Arm zur Hochzeit von Prinz Harry geht. In meinem Kopf lief das Video rückwärts ab: Ich ließ den Bizeps vor mir schrumpfen, fügte ein bisschen mehr Haare ein, ließ seine Zähne etwas schief werden und machte ihn kleiner. Und dann konnte ich ihn plötzlich an der Lichtanlage stehen sehen, wie er herausfindet, wo er den Scheinwerfer aufstellen muss, wie er mit Lehrern spricht und den Leuten hilft, ihren Text auswendig zu lernen und zu lachen. Na klar! Ich erinnerte mich, dass er immer gelacht hat. Er war der Gruppenclown, der Junge, der immer ein Lächeln auf dein Gesicht zauberte.

»Paddy Hummingbird! Ja, natürlich! Von allen Fitnessstudios auf der ganzen Welt …«

»Bin ich Hals über Knie in dieses gesprungen«, sagte er und hatte meine Anspielung auf *Casablanca* sofort verstanden. Er fügte hinzu: »Übrigens heiße ich jetzt Patrick. Ich versuche, erwachsen zu sein und so, du verstehst.«

»Patrick«, wiederholte ich.

»Darf ich dich umarmen?«, fragte er und machte einen Schritt auf mich zu.

»Oh, ähm, ja, sicher! Ich bin so verschwitzt, aber klar!« Ich breitete meine Arme aus und versuchte zu verhindern, dass meine Achselhöhlen mit seiner Kleidung in Kontakt kamen. Ich konnte meine Nässe sogar durch den Pullover hindurch spüren – *so hart* hatte ich trainiert. Fünfzehn Minuten nach der letzten Übung war ich immer noch schweißgebadet. »Schön, dich zu treffen!«

Ich schnupperte kurz an ihm, als wir uns umarmten. Er roch weder alt noch verstaubt. Er roch männlich. Potent. Paddy Hummingbird. Was für ein Zufall!

»Wie ist es dir ergangen?«, fragte er. »Ich dachte, ich hätte dich neulich schon hier gesehen. Ich bin so froh, dass du es bist! Bist du neu hier?« Sein Blick war so offen und freundlich. Manche Menschen haben einfach diese Gesichter, denen man alles erzählen möchte, und das von Paddy – *Patrick* – Hummingbird war ein solches. »Ich meine, du siehst toll aus, muss ich sagen.« Er zeigte auf meine Athleisure-Kleidung, wobei die Adern an seinen Unterarmen hervortraten.

Ich schüttelte den Kopf. »Neeein«, sagte ich und berührte verlegen mein Gesicht. Ich hatte kein bisschen Make-up aufgelegt und spürte, dass sich der Schweiß auf meiner Stirn bereits in eine salzige Kruste verwandelt hatte. »Ich bin ein Wrack. Du musst das nicht sagen.«

»Das weiß ich«, konterte er, »aber es stimmt. Sieh dich an ...« Er brach ab und wechselte das Thema. »Bist du verheiratet? Hast du Kinder? Und eine tolle Betriebsrente in Aussicht?«

Es waren unverfängliche Fragen. Wenn man jemanden seit fast zwanzig Jahren nicht mehr gesehen hat, stellt man genau diese Fragen. Und ich hätte einfach lächeln und abwinken können. Ich hätte etwas Pauschales und Allgemeines sagen sollen, und das tat ich dann auch, irgendwie. Ich fing an zu sagen, »Oh, pffff ... bei mir nichts Neues ...« Aber ich konnte den Satz kaum aussprechen. Früher hatte ich es geliebt, nach Alexander gefragt zu werden, weil ich dann meinen Ring zeigen konnte, und ein Foto von uns im Urlaub in Cornwall hervorkramen konnte, um zu beweisen, wie sehr ich mein Leben im Griff hatte, wie sehr ich geliebt wurde. Aber jetzt … Ich schluchzte los und konnte mich nicht mehr stoppen. Es war sehr würdelos.

»Geht es dir gut? Es tut mir leid, ich wollte nicht …« Patrick stürzte sich mitfühlend auf mich. Wegen der Tränen sah ich ihn nur verschwommen. Uff, das ging so schnell, ich hatte es nicht einmal kommen sehen.

Ich fuchtelte mit den Händen vor meinem Gesicht herum. »Das ist so peinlich«, sagte ich und fächelte mir mit den Händen Luft zu, um meine Augen zu kühlen und sie am Auslaufen zu hindern. »Tut mir leid.«

Die anderen Leute in meinem Leben wussten, wie es um mich stand. Das Treffen mit diesem Fremden – diesem alten Freund – war das erste Mal, dass ich nach den Worten suchen musste, die meinen neuen Beziehungsstatus zusammenfassten. Ich hatte es seit Jahren nicht mehr gesagt. *Ich bin alleine. Ich bin Single.*

Ich bin Single. Ist das nicht ein Code für *Ich bin nicht gut genug?*

»Komm, setz dich«, schlug er vor, zog am Ärmel meines Pullovers und hob meinen Rucksack für mich auf. »Nur kurz. Es tut mir so leid, wenn ich dir wehgetan habe. Das wollte ich nicht.«

Er lenkte mich in einen Wartebereich neben dem Hauptschalter. Zwei Typen mit Oberschenkeln so groß wie Schinken und ärmellosen Marken-T-Shirts machten Smoothies und lachten und flirteten miteinander. Patrick sah, dass ich es bemerkte.

»Schrecklich, wenn andere Leute glücklich sind, nicht wahr?«, bemerkte er.

Ich stotterte zustimmend, und er reichte mir ein Taschentuch aus seiner Sporttasche. Wir saßen da und beobachteten die Szene, die sich vor uns abspielte. Ich versuchte, wieder normal zu atmen, und es ist Patrick hoch anzurechnen, dass er nicht ein einziges Mal auf die Uhr gesehen hat. Er saß einfach bei mir, wartete und ließ mich tun, was ich tun musste.

»Puuhhh, ich habe mich jetzt wieder beruhigt«, sagte ich nach einer Weile. »Wenn du jetzt denkst, dass ich völlig instabil bin, verstehe ich das. Ich bin zurzeit etwas durch den Wind.«

Er machte eine abwinkende Handbewegung. »Die Erinnerung an Yak Yak bringt jeden zum Weinen«, scherzte er, und es war sehr nett von ihm, das zu sagen. Er gab mir einen Ausweg – stellte sicher, dass ich wusste, dass ich ihm nichts offenbaren musste, wenn ich es nicht wollte. Es war ja schließlich erst sieben Uhr morgens. Und dazu noch an einem Montag! Wahrscheinlich wollte er einfach nur zur Arbeit gehen. Es war viel zu früh für eine Beichte.

»Dieses Camp, das war die beste Zeit meines Lebens«, krächzte ich. »Es waren die besten Sommer aller Zeiten.«

»Für mich auch«, nickte er. »Ich glaube, ich habe nie wieder so oft und so frei gelacht wie damals. Oder so hart gearbeitet. Ich erinnere mich, dass ich ständig so einen Geruch um mich hatte, weil ich das Prinzip Deo noch nicht kannte. Ich wurde richtig wütend, als mir klar wurde, woher der Geruch kam, dass ich es war. Warum hat mir niemand gesagt, dass ich stinke?«

Ich gluckste wieder. Gott sei Dank bin ich vor *diesem* Mann zusammengebrochen, er verhielt sich so gentlemanlike.

»Was machst du jetzt, Müffel-Paddy? Was ist aus dem großen Beleuchtungsmeister geworden?«

Ihm fiel in gespielter Empörung die Kinnlade herunter. »Haben mich die Leute so genannt? Müffel-Paddy?« Er lächelte mit einer Hälfte seines Mundes, genau wie er es zu tun pflegte, als wir zwölf waren. »Ich wusste es. Ich wusste, dass die anderen es bemerkt hatten!«

»Neeeeiiiiin.« Ich schüttelte vehement den Kopf. »Ich verarsche dich nur.«

»Lügnerin.«

Ich zuckte mit den Schultern. »Falls es dich tröstet: Ich habe keine Skrupel, dir zu sagen, dass du jetzt stinkst.«

Er warf seinen Kopf zurück und enthüllte eine Reihe perlweißer Zähne, als er herzlich loslachte. Sein Lachen brachte mich zum Lächeln – was für ein angenehmes Gefühl.

»Du auch, Annie Wiig. Das ist es, was eine Stunde mit D'Shawn aus einem macht.«

Ich kicherte und senkte meine Stimme wie eine tratschende alte Frau in einer Bingohalle.

»Hast du gesehen, wie er aus dem Handstand in einen Liegestütz geht?«

Patrick machte ein ernstes Gesicht. »Das habe ich ihm beigebracht«, scherzte er.

Ich lächelte wieder. Ich fühlte mich jetzt wirklich besser. Wir saßen noch ein wenig da, um zu testen, ob es auch anhielt. Die beiden Männer neben uns waren dazu übergegangen, ihre Handys zu zücken und Nummern auszutauschen. Ich schaute auf die Uhr an der Wand.

»Ich muss jetzt los«, sagte ich und stand auf.

Patrick stand ebenfalls auf und hielt mir die Hand hin. »Vielleicht sehen wir uns ja wieder.«

»Ja, vielleicht«, stimmte ich zu, und er ging voraus, um mir die Tür aufzuhalten. »Ich habe eine Zehnerkarte, also …«

»Also habe ich noch neun weitere Chancen, dich beim Anziehen zu beaufsichtigen«, fügte er frech hinzu.

Ich sah ihn grinsend an.

»Sechs, um genau zu sein. Ich habe noch sechs Kurse.«

»Alles klar!«

Er begleitete mich bis zum Straßenrand.

»Bis dann«, sagte er, während ich den Knopf der Fußgängerampel drückte. Wir sahen beide auf das rote Ampelmännchen und warteten darauf, dass es seine Farbe wechselte.

»Danke, dass du so nett zu mir warst«, stotterte ich und schämte mich schon wieder. »Das war toll von dir.«

»Ich bin eben ein toller Typ«, sagte er, sein schiefes Grinsen tauchte wieder auf, und seine Augen funkelten mit dem Schalk, den ich noch von früher kannte.

»Ich erinnere mich«, sagte ich.

Das Ampelmännchen wurde grün und machte mich darauf aufmerksam, dass ich die Straße nun sicher überqueren konnte.

»Wir sehen uns«, sagte ich, und er winkte mir zum Abschied zu. Als ich mich noch einmal umdrehte, sah ich, dass er mich anlächelte. Ich lächelte zurück.

7

Ich dachte, ich mache mich mal besser auf die Suche nach dir,
falls es heute wieder zu Pulli-Notfällen kommen sollte.«

Ich hatte Patrick während des Trainings nicht gesehen. Ich
war zu spät gekommen, und im Fitnessraum war es bereits dunkel, die Oberlichter waren gedimmt, die roten und blauen Lichter in den Ecken schimmerten. Ich eilte direkt zu meinem Platz,
als die Trainerin in ihrem winzigen Crop-Top und den Shorts
rief: »Geh an deine Grenzen! Du kannst nicht wissen, was möglich ist, wenn du nicht verstehst, dass die mentale Grenze die
einzige Grenze ist. Geh über das hinaus, was du jemals für möglich gehalten hast!« Wenn wir dachten, D'Shawn wäre eisern,
dann wusste Sinead, wie man uns zum Weinen brachte. Und
wir dankten ihr auch noch dafür.

Nach dem Kurs ging ich nicht direkt nach Hause, sondern
saß an der Bar im Eingangsbereich und wartete auf meinen
grünen Smoothie. Nach fünf Kursen in sechs Tagen hatte ich
schnell gelernt, dass es unmöglich war, nach dem Cool-down
mit vollem Elan weiterzumachen. Ich brauchte zwanzig Minuten, in denen ich einfach nur dasaß und mich erholte, und ein
Smoothie war die beste Ausrede dafür.

»Hey, Patrick!«, rief ich. »Ich habe mich schon gefragt, wann
ich dich wiedersehe!« Ich hatte mich umgesehen, ob er in der
Nähe war, damit wir wieder in Erinnerungen an Yak Yak schwelgen konnten. Das hat mir gefallen. Ich war selbst überrascht,
wie sehr es mir gefallen hat, mit jemandem zu reden, der mich
für so sorglos und lustig hielt, wie ich es mit zwölf Jahren gewe-

sen war. Die Zukunft war ungewiss, aber die Vergangenheit änderte sich nicht, das war ein Trost. Ich schaute in Richtung des Barista. »Ich hole mir nur meinen Spirulina-Fix für den Tag.«

»Denn was ist ein Tag ohne einen unaussprechlichen Smoothie!«, grinste Patrick.

Ich grinste zurück, mein Körper war nach dem Training mit Endorphinen vollgepumpt, und ich fühlte mich … nicht unbedingt glücklich, aber auf jeden Fall vorübergehend mal nicht einen Fuß vor dem Abgrund entfernt. Das Fitnessstudio war zu meinem Anker geworden. Ich stand auf, ging direkt hin und dachte eine glorreiche Stunde lang an nichts. Zu Hause starrte ich auf den Fernseher und achtete nicht auf das, was ich sah – Carol auf meinem Schoß, oder Mum und Dad, die weiterhin blieben, obwohl ich ihnen gesagt hatte, dass sie das nicht müssen, und die so taten, als würden sie sich keine Sorgen machen. »Genau. Ich musste tatsächlich auf die Tafel zeigen, um zu bestellen, und dann habe ich Google gefragt, wie man es ausspricht. Ich habe dir nur davon erzählt, damit ich üben kann.«

Er lehnte sich an den Tresen und wandte sich an den Typen, der bediente.

»Okay, also ich nehme einen Coco Loco, bitte – und ich bezahle auch den Drink der Dame.«

Er zog seine Karte raus und schob sie über den Tresen.

»Das ist nett«, sagte ich. »Aber ich wehre mich dagegen, als Dame bezeichnet zu werden.«

»Annie Wiig ist keine Dame?« Seine sandfarbenen gewellten Haare waren schweißglatt und wurden von einem dünnen elastischen Stirnband aus dem Gesicht gehalten, wie bei einem Fußballer. Er hatte sich noch nicht rasiert, dunkelblonde Stoppeln tänzelten über sein Kinn. Ich war mir nicht sicher, ob es am Licht lag, aber es sah so aus, als sei da auch ein leichter Rotton dazwischen. Seine grünen Augen schimmerten hell. Ich denke, die Norwegerin in mir fühlte sich mit seiner Größe, seinen hellen Haaren und seinem breiten Rücken wohl.

»Dame ist ein unterdrückerisches Wort«, sagte ich. »Es ist überfrachtet mit Erwartungen. Und ich scheine mich gerade in einer Zeit der Befreiung zu befinden.« Ich sah auf meine Hände, als ich das sagte – mein nervöses Trippeln mit den Fingerkuppen auf dem Tresen verriet, dass der scherzhafte Ton in meiner Stimme nur gespielt war. Diesmal war ich bereit, ihm von der Trennung zu erzählen, falls er fragen sollte. Ich fühlte mich natürlich immer noch beschissen, aber ich war vorbereitet. Ich wusste einfach, dass er die richtigen Dinge sagen würde.

»Ahhhh«, sagte er scherzhaft. »Da ist sie. Das ist die Annie Wiig, an die ich mich erinnere. Sie macht immer ihre eigenen Regeln.«

Ich stieß ein kleines Lachen aus. »Gott, ich wünschte, es wäre so«, behauptete ich. »Ich bin so was von angepasst, das ist schon too much. Ich werde mich für den Rest des Tages darüber ärgern, dass du mich zu einem Smoothie eingeladen hast und ich frech zu dir war.«

»Wirklich?«, konterte er, scheinbar aufrichtig überrascht. »Das solltest du ändern! Es wäre doch schrecklich, wenn dein Vergangenheits-Ich dein Gegenwarts-Ich auf einer Zeitreise besuchen kommt und sieht, wie starr sich dein Gegenwarts-Ich an Konventionen orientiert. Das Vergangenheits-Ich wäre total enttäuscht.«

Ich nahm einen großen Schluck von meinem Drink.

»Danke«, sagte ich. »Und nochmals danke, dass du neulich so mitfühlend warst. Das hat mir wirklich etwas bedeutet.«

»Ich kenne mich aus mit Liebeskummer«, antwortete er. »Du bist also nicht die Einzige, die sich allein fühlt, auch wenn du das manchmal denkst und auch wenn du an dem Morgen so traurig warst.« Ich wollte ihn fragen, warum er sich allein fühlte, aber er sprach weiter. »Was ich sagen will: Gern geschehen.«

Patrick schnappte sich sein Getränk, und wir wanderten hinüber zu der Bank, auf der ich vor zwei Tagen vor ihm geweint hatte.

»Ich hatte ziemlich viel Wumms im Theatercamp, oder?«, grübelte ich. »Das hatte ich ganz vergessen. Weißt du noch, wie wir alle beim großen Mitternachtsfest im Speisesaal von den Betreuern erwischt wurden?«

»War das nicht deine Idee gewesen?«

Ich überlegte. »Und einmal wollte ich, dass wir alle zusammenkommen und eine Petition unterschreiben, damit es nach dem Mittagessen *und* Abendessen Eis gibt«, fiel mir ein.

»Siehst du, das ist es, woran ich mich bei Annie Wiig erinnere. Sie wusste, was sie wollte und wie sie es durchsetzen konnte.«

»Ja!«, rief ich aus. »Wow. Das hatte ich … total vergessen. Du hast recht. Und es hat funktioniert, nicht wahr?«

»Du warst buchstäblich alles, worüber man den ganzen Sommer über gesprochen hat. Selbst nachdem du nicht mehr gekommen bist, haben sich alle Geschichten über dich erzählt. Du bist quasi zu einem Mythos geworden. Wetten, man spricht dort heute noch über dich?«

Er hatte recht, ich war ziemlich frühreif gewesen. In Freddie und ihrem Verhalten konnte ich viel von meinem damaligen Ich wiedererkennen. Ich nehme an, dass ich mich ihr gegenüber deshalb so beschützend verhielt, weil ich nicht wollte, dass sie ihren Biss verlor, so wie es mir passiert war … Das war ein furchtbarer Gedanke, ich hatte meinen Biss verloren … Wann war das passiert? Ich wechselte sofort das Thema.

»Was ist mit dir?«, sagte ich und zeigte mit dem Strohhalm auf Patrick. »Zu was für einem Mann ist Patrick Hummingbird herangewachsen?«

Er überlegte. Er saß mit gespreizten, muskulösen Beinen da, die Ellbogen auf die Knie gestemmt, und fühlte sich sichtlich wohl in seinem Körper. »Ich … hmmm … ich habe mich ein bisschen verloren, glaube ich.«

»Verloren?«

»Ich glaube, das ist das richtige Wort. Aber ich meine das nicht negativ. Ich habe einfach keinen Plan. Und das ist für viele Menschen ungewöhnlich. Das macht ihnen Angst. Aber mir geht's gut … ich trotte so vor mich hin.« Er rührte nachdenklich mit dem Strohhalm in seinem Becher. »Ergibt das einen Sinn?«, fragte er und sah mich an. »Dass ich im Grunde viel Trost darin finde, keinen Plan zu haben?«

Ich dachte an meine letzten zehn Tage. Und dann an die letzten fünfzehn Jahre. »Ich glaube, es gehört viel Charakterstärke dazu, nicht zu planen«, entschied ich. »Ich fühle mich immer so unter Druck – und ich weiß nicht einmal genau, woher er kommt. Wahrscheinlich mache ich ihn mir selbst. Oder ist es die Gesellschaft? Das Patriarchat? Meine Mutter?«

»Du hast Angst, Menschen zu enttäuschen«, sagte er.

War das eine Feststellung oder eine Frage? Aus irgendeinem Grund kam es mir wie eine Anschuldigung vor. Angst davor, Menschen zu enttäuschen? Das war meine Standardeinstellung. Mum, Dad, Freddie, die Arbeit, Alexander, die Viererclique, Adzo – ich wollte nichts tun, was ihnen missfiel oder was mich in ihren Augen schlecht dastehen ließ. Wenn es allen um mich herum gut ging, dann ging es auch mir gut. Auf der Liste der Prioritäten in meinem Leben stand ich ganz unten, denn das war es, was sorgende, selbstlose Frauen taten, oder nicht? Sie kümmerten sich um alle anderen, um ihre Güte unter Beweis zu stellen. Darin sahen nette Frauen ihren Wert, und ich wollte nett sein. Ich wollte gut sein.

Ich seufzte. »Ja«, stimmte ich zu. »So was in der Art.«

»Es gibt diese Autorin namens Glennon Doyle, und sie sagt, dass es sich nicht lohne, sich selbst zu enttäuschen, um einer anderen Person zu gefallen. Ihrer Meinung nach ist das Leben genau das Gegenteil. Man müsse ein Spiel daraus machen, andere Menschen so lange zu enttäuschen, bis man sich *selbst* nie enttäuscht.«

Dieser Gedanke war unerhört für mich.

»Das klingt … egoistisch«, sagte ich, aber eine Stimme in meinem Hinterkopf widersprach mir, indem sie brüllte: *Das klingt fantastisch!*

»Ich weiß nicht«, sinnierte er. »Denk mal darüber nach: Wenn wir uns alle immer wieder selbst enttäuschen, um die anderen nicht zu verärgern, üben wir dann nicht den gleichen Druck auf sie aus? Wenn wir uns selbst an die erste Stelle setzen, erlaubt das nicht auch wiederum anderen Menschen, sich selbst an die erste Stelle zu setzen? Wären wir dann nicht alle glücklicher?«

Ich dachte darüber nach, aber es hörte sich irgendwie suspekt an.

»Lebst du wirklich so?«

Er zuckte mit den Schultern. »So wie ich es sehe, suchen wir alle nach der Erlaubnis, frei zu sein, also bin ich froh, wenn ich sie mir als Erster geben kann. Niemand weiß, wie viel Zeit er noch zu leben hat, also ist es sinnlos, sie mit dem Versuch zu verschwenden, gut zu sein, wenn es so viel mehr Spaß macht, Spaß zu haben.«

»Dein Leben klingt schön.«

Er stupste mich mit der Schulter an.

»Und deins ist es nicht?«

Ich schlürfte den letzten Schluck meines Smoothies, und das Geräusch, das dabei entstand, klang absolut nicht damenhaft.

»Sorry«, sagte ich, und er schüttelte den Kopf.

»Warum?«

Ich hatte meine schlechten Tischmanieren gemeint, aber es war offensichtlich, dass ihn die nicht interessierten. Er hatte es nicht einmal bemerkt.

»Du könntest mir ein paar Dinge beibringen«, sagte ich. »Ich bin gerade sehr empfänglich für alles, was du sagst.«

»Du flirtest mit mir!«, entgegnete er mit übertrieben quietschiger Stimme.

»Quatsch«, sagte ich leicht verlegen. »So habe ich es nicht gemeint.«

Seine Augen flackerten schelmisch. »Schade.«

Ich war wohl etwas benommen von dem Training, oder weil ich nichts im Magen hatte, denn plötzlich war mein Hals ganz trocken, und mir wurde schwindelig. Ich beobachtete seinen Mund beim Sprechen – und dann bäm! –, ganz plötzlich wurde der Raum um mich ganz eng.

»Ufff...«, sagte ich, schloss die Augen und lehnte den Kopf an die Wand. »Ich glaube, ich habe es vorhin beim Gewichtestemmen etwas übertrieben. Puuuhhh...«

Ich atmete tief ein und aus.

»Alles okay?«, fragte er. »Kann ich irgendwas tun?«

Ich schüttelte den Kopf und versuchte, mich zu konzentrieren.

Als ich die Augen wieder öffnete, sagte ich: »Ich denke, es ist Zeit für ein Frühstück. Der Smoothie war für den hohlen Zahn.«

Ich stand vorsichtig auf, warf meinen Becher in den Mülleimer und holte noch einmal tief Luft. Ich sah Patrick an. Er sah gut aus, stellte ich fest. Die leichten Falten verliehen seinem Gesicht etwas Weiches, seine Körpergröße wirkte eindrucksvoll und beruhigend. Er trug eine Kombination aus Blau- und Grüntönen, die seine glitzernden Augen betonten. Seine Lippen waren voll. Sie sahen aus, als könne man sie gut küssen. Aber ich hatte wirklich nicht mit ihm geflirtet. Allein der Gedanke daran machte mich krank. Ich würde nie wieder ein Risiko eingehen, da war ich mir sicher. Wer würde mich schon wollen? Mein Schicksal war es, allein zu sterben. Das war klar.

»Bis zum nächsten Mal, dann«, sagte er.

Ich wusste nicht, was ich von der Vorstellung halten sollte, dass es ein nächstes Mal geben würde. Aber ich antwortete trotzdem mit einem schüchternen Lächeln, und mein Herz setzte einen winzigen Schlag aus: »Ja. Ich werde hier sein.«

Im Bus nach Hause brauchte ich nicht einmal Musik, um meine Gedanken zu übertönen. Ich schaute einfach nur zu, wie die Welt an mir vorbeizog, ein fast unmerkliches Lächeln im Gesicht. »Ich möchte mit diesem Mann befreundet sein«, dachte ich. Auf eine seltsame Art war ich neidisch auf ihn. Er schien so entspannt zu sein, in sich ruhend, zufrieden. War ich wirklich auch einmal so gewesen? Wenn ich in seiner Nähe war, konnte ich es beinahe glauben.

Ich hatte mir nach dem Duschen ein Handtuch umgewickelt und war auf den Ikea-Tritt gestiegen, um ans oberste Fach im Kleiderschrank zu kommen. Ich konnte die türkisfarbene Kiste gerade so sehen, stellte mich auf die Zehenspitzen, griff in das Nichts davor, bevor ich mich weit genug gestreckt hatte, einen Finger unter den Deckel schieben und die Kiste an den Rand des Regals ziehen konnte. Meine Erinnerungskiste.

Ich setzte mich aufs Bett und klappte sie auf. Seit Jahren hatte ich nichts mehr hineingetan. Seit meinem neunten Lebensjahr war ich besessen davon, meine eigene Geschichte festzuhalten. Ich sammelte Erinnerungsfragmente wie eine diebische Elster: Abschnitte von Kinokarten, Fotos, aufgenommen mit meiner rosafarbenen Polaroidkamera – der Kamera, die jeder in der Schule hatte. In diese Kiste hatte ich seit Ewigkeiten nicht mehr reingesehen, und sofort wusste ich, warum. Manchmal war es einfach zu schmerzhaft. Aus ihrem Inhalt sprach so eine Unschuld heraus, eine hoffnungsvolle Art, die Welt zu sehen – was mich traurig darüber werden ließ, wie ich die Welt heute sah.

Nach meinem letzten Sommer im Yak Yak änderte sich alles. Ich kam voller Leben und Energie aus dem Theatercamp nach Hause, aber das folgende Schuljahr veränderte mein Denken darüber, wer ich in der Welt sein durfte. Und bei diesem Denken ist es seitdem geblieben. Ich fing an, mich an die Regeln zu halten, begann, selbst zu überwachen, wie ich mich verhielt, um bloß nicht aufzufallen. Ich fand ein Foto von uns allen, wie wir auf der Bühne von *Bugsy Malone* standen, etwa hundert Kinder, ich in der ersten Reihe, stolz in einem Turnanzug und einer Federboa, freudestrahlend wie nie zuvor. Ich suchte die Gesichter nach Patrick ab und fand ihn ganz hinten, er schaute nicht in die Kamera. In der Tat sah es fast so aus, als würde er in meine Richtung starren.

Ich glättete das Foto auf dem Boden, versuchte, die Situation vor meinem inneren Auge entstehen zu lassen, und beschloss, es in die Ecke des Spiegels auf meinen Schminktisch zu stecken, neben ein Foto von Freddie und mir mit Schnurrbärten und riesigen Brillen, das wir in einem Fotoautomaten gemacht hatten, auf dem dreißigsten Geburtstag unseres Cousins. Warum konnte ich nicht immer so sorglos sein? Die Fotos, die ich an den Spiegel geklemmt hatte, reflektierten eher die Frau, die ich sein wollte, als mein tatsächliches Spiegelbild.

Ich wurde aus meinen Gedanken gerissen, als Mum in der Tür erschien.

»Mein Gott!«, sagte ich ganz außer mir. »Mum! Hast du mich erschreckt!« Ich überlegte kurz, ob ich Adzo bitten sollte, meinen Eltern nahezulegen, abzureisen. Das wurde langsam zu viel. Es ging mir schon viel besser. Ich war okay. Sie konnten gehen.

»Fernanda will dich sprechen«, sagte sie und hielt mir ihr Handy hin. »Ich denke, du solltest es tun, Annie. Komm schon.«

Ich warf ihr einen fragenden Blick zu und nahm ihr wortlos das Handy ab. Alexanders Mum rief an? Als Mum aus dem Zimmer ging, schloss sie die Tür hinter sich. Sie hatte mir in meinem ganzen Leben noch keine Privatsphäre gegönnt. Das machte mich nervös.

Ich holte tief Luft und sagte Fernanda, dass ich mich freute, von ihr zu hören.

»Annie«, in ihrem brasilianisch-portugiesischen Tonfall legte sie los. »Hör mal, mein Sohn ist ein gemeiner und undankbarer *desgraçado,* und sobald ich ihn zu Gesicht kriege, werde ihn umbringen. Ich habe ihn zu etwas Besserem erzogen! Nein, sag bitte nichts! Ich weiß, wovon ich spreche. Aber in der Zwischenzeit hatte ich eine Idee. Du musst mich bitte ausreden lassen, bevor du etwas sagst, ja?«

»Okay«, stimmte ich zu und musste zugeben, dass meine Lebensgeister, trotz des Schocks über ihren Anruf, leicht geweckt wurden, als ich erfuhr, worum es ging.

8

Im Grunde genommen«, sagte ich, während ich mit meinem Espresso-Martini gestikulierte und dabei etwas Schaum auf mein Handgelenk schwappte, »hat Fernanda mich angefleht, die Hochzeitsreise anzutreten. Allein. Ist das nicht total merkwürdig?«

Meine Eltern und Freddie waren an diesem Morgen endlich wieder abgereist. Ich dachte, ich könnte es kaum erwarten, allein zu sein, das Haus ganz für mich zu haben, ohne dass sie um mich herumschwirrten. Aber dann, zehn Minuten nachdem ich sie mit dem Versprechen, täglich in Kontakt zu bleiben, abgewinkt und Freddie mir ins Ohr geflüstert hatte: »Ich liebe dich, Annie-Doo«, war die Stille ohrenbetäubend. Es war nun etwas anderes, als wenn ich früher allein im Haus war und darauf wartete, dass Alexander vom Rugbytraining oder aus dem Pub zurückkam, oder wenn ich ihn durch die Wand in der Küche hörte. Allein zu sein, das war traurig. Dieses Haus war ein Museum für das, worum ich trauerte. Auf meine E-Mail an die Viererclique (ich hatte mein Handy *immer noch nicht* wieder eingeschaltet, ich konnte einfach nicht) reagierten meine Freundinnen wie auf einen Notfall. Sie reservierten einen Tisch in einem Restaurant um die Ecke, und eine halbe Stunde, nachdem wir zusammengekommen waren, hatten wir schon zwei Cocktails intus. Sie waren ein bisschen beleidigt, dass ich mich nicht früher gemeldet hatte, aber sie gaben auch zu, dass sie wussten, ich würde mich melden, wenn ich so weit war. Sie waren in Kontakt zu Mum; sie hatte sie per SMS auf dem Laufenden gehalten, wie es mir ging.

»Neeein!«, rief Jo aus und benutzte einen Nacho als Schaufel für etwas Guacamole. Sie trug ihr Afro-Haar offen, und ihr einziges Make-up war ein Hauch von knallrotem Lippenstift. Sie sah makellos aus – besonders im Vergleich zu mir. Ich hatte versucht, mich zu schminken, aber ich wusste, dass es mein wahres Befinden nicht kaschieren würde. Ich sah immer noch grau und fahl aus, trotz der Endorphinschübe beim täglichen Training.

»Wirst du es tun?« Ein Klecks Avocado fiel auf Jos riesigen Babybauch. Vor einer Woche war sie in Mutterschutz gegangen – sie unterrichtete als Geschichtsprofessorin an der UCL. Sie schaute auf den Avocadoklecks und kicherte. »Uuuups.«

Bri – zierlich, blond und blauäugig, Marketingdirektorin eines Start-ups, das von einem der ersten Google-Mitarbeiter geleitet wurde, und mit Abstand die klügste Person im Raum – reichte Jo eine Serviette, nachdem sie eine Ecke in ihr Wasserglas getaucht hatte. »Ich würde es auf jeden Fall tun«, sagte Bri in ihrem singenden Lancashire-Tonfall und hob ihr Gin-Fizz-Glas. Sie hat eine leichte Zerebralparese, weshalb ihre Muskeln ein wenig zittern. Ich konnte sehen, wie sie entschied, dass das Cocktailglas zu voll war, also beugte sie sich vor, um den Strohhalm zu benutzen. Kezza schlug ihr auf den Arm.

»Wage es ja nicht, dich als ihre Begleitung anzubieten. Wenn eine von uns mitreist, dann bin ich es, denn ich bin das einzige andere Mitglied des Single Girls Support Clubs.« Sie strahlte mich an und klimperte mit ihren langen Wimpern, während sie ihre Argumente engelsgleich vortrug. Das war sehr lustig, denn Kezza ist knallhart, und engelsgleich gehört ganz sicher nicht zu den Vokabeln, mit denen ich sie beschreiben würde.

Kezza hat eine Theorie, die besagt, dass immer eine Kluft zwischen verpartnerten Freunden und Single-Freunden bestehe (ob absichtlich Single oder nicht), ganz egal, wie empathisch die Liierten auch sein mögen. Sie meint, dass nur eine andere

Frau, die nach einem Date allein in ihr leeres Bett zurückkehrt, bestimmte Dinge wirklich versteht. Manchmal würde sie allein schon das Wissen, dass ihre Freunde zu einer anderen Person nach Hause gehen, seltsam schwermütig machen. Diese Theorie hatte sie schon seit der Uni. Sogar wenn eine Frau anfange, einen Mann unverbindlich zu daten, verlasse sie automatisch den Girls Support Club, weil sie *theoretisch* mit ihm nach Hause gehen könnte, und das trenne sie auch schon in gewisser Weise von ihrer Single-Freundin.

»Ich bin wieder im Club«, dachte ich. »So ein Mist.«

Ich schüttete den Rest meines Drinks hinunter, um aufdringliche und wenig hilfreiche Gedanken zu unterdrücken. Die anderen warteten darauf, dass ich weitersprach.

»Es ist alles gebucht und bezahlt. Anscheinend bekommen Alexanders Eltern ihr Geld nicht zurück, wenn sie absagen«, fuhr ich fort, und aus dem Augenwinkel sah ich, wie Kezza dem Kellner ein Zeichen gab, uns eine weitere Runde zu bringen. Ich schob mein leeres Glas an den Rand des Tisches, ganz schamlos in meinem Durst. Die Viererclique zog mich immer damit auf, ich sei zu brav, um mich auf die 1-Pfund-Shots im The Gallery Club einzulassen, wo wir die meisten unserer Nächte in Studienzeiten verbracht hatten, aber selbst nach ihren Maßstäben war ich heute Abend wild auf Alkohol.

»Versuch mal, vom nächsten Drink auch was zu schmecken«, zwinkerte Kezza. Ich unterdrückte ein Augenrollen. Wenn ich mich jetzt nicht betrinken konnte, wann dann?

»Sie haben so viel Zeit damit verbracht, die Reise zu planen«, erklärte ich und ignorierte ihren Kommentar, »und sie wollen sie mir schenken. Mum hat ihnen erzählt, dass man mir angeboten hat, mich eine Zeit lang vom Job zu freizustellen ...«

»Was?!«, unterbrach mich Jo und machte ein erschrockenes Gesicht.

»Nein, nein, nein«, sagte ich und versuchte, ihre offensichtliche Besorgnis zu mildern. »Sie haben mir nicht gekündigt oder so was. Ich hatte sowieso drei Wochen Urlaub eingereicht, für die Flitterwochen, und Chen, meine Chefin, hat mir geschrieben, dass ich die restlichen Wochen bis dahin als bezahlten Sonderurlaub nehmen kann. Das ist wirklich nett von ihr, aber ich wollte es nicht annehmen ...«

»Eine *bezahlte* sechswöchige Freistellung von der Arbeit?!«, unterbrach mich Jo wieder. »*Und* obendrein bieten dir die nettesten Schwiegereltern der Welt eine Reise nach Australien an, bei der alle Kosten gedeckt sind? Boah, Wahnsinn!«

»Tja, hm ... ja ...«, stimmte ich zu. »Der Hinflug wäre nächste Woche, und Fernanda und Mum stecken unter einer Decke und finden, ich soll es machen.«

Der Kellner erschien mit unseren neuen Drinks – weitere Cocktails für uns und ein alkoholfreies Bier für Jo.

»Möchtest du, dass ich dir einen Schluck davon abnehme, damit das Glas nicht mehr so voll ist?«, fragte Kezza Bri.

»Finger weg!«, brüllte Bri. »Benutze mich nicht als Ausrede, um an einen zusätzlichen Drink zu kommen!«

Kezza schmollte, während sie mit ihrem feuerroten Haar spielte, es zu einem Pferdeschwanz zusammennahm und zu einem Dutt wickelte, der eine Sekunde lang hielt, um sich dann langsam wieder aufzurollen.

»Es sind schon verrücktere Dinge passiert, als dass einem eine kostenlose Hochzeitsreise angeboten wird«, bemerkte Bri – und das stimmte natürlich. Ihren Mann, Angus, hatte sie in Las Vegas kennengelernt: Sie war zu einem einwöchigen Junggesellinnenabschied einer Arbeitskollegin hingefahren und mit einem eigenen Mann zurückgekehrt. Das hatte uns nicht im Mindesten überrascht, es war eine typische Bri-Aktion. Sie ist frech und lustig, aber vor allem ist sie romantisch genug, um die Liebe zu riskieren. Ich habe immer gedacht, dass das mutig ist. Sie hat Mut, an die Liebe zu glauben.

»Wie fühlst du dich, Annie? Denn ich für meinen Teil kann das alles immer noch nicht glauben.« Jo schob ihren leeren Teller von sich weg, nachdem sie die Nachos, die wir uns eigentlich teilen wollten, mal eben allein verputzt hatte. Ich kannte ihre Gelüste bereits von ihrer ersten Schwangerschaft, also wagte ich es nicht, mich zwischen sie und den geschmolzenen Käse zu stellen. Als die Geburt von Bertie bevorstand, hat sie mal vier in Parmesanbrösel getauchte Eis-Mars-Riegel gegessen – hintereinander weg –, während sie weinte und mir sagte, das seien »die Hormone«.

»Ich fühle mich … einfach …« Ich wusste nicht, wie ich den Satz beenden sollte, also machte ich mir keine Mühe. Ich wusste nicht, wo ich anfangen sollte.

»Ja«, erwiderte sie und nickte verständnisvoll. »Das wäre ich auch.«

Bri hüstelte und war im Begriff, eine Ansage zu machen. Ich sah sie konzentriert an. »Ich habe versucht, ihn anzurufen«, gab sie verlegen zu. »Immer und immer wieder. Meistens geht die Mailbox ran, aber … Ich will dir nicht noch mehr Kummer machen, aber einmal habe ich ein internationales Freizeichen bekommen. Glaubt ihr, dass er ins Ausland gegangen ist?«

Das konnte sehr gut sein. Ich hatte mich ja immer wieder gefragt, wo zum Teufel er steckte. Wo treibt sich jemand herum, der seine Braut stehen gelassen hat? Macht er weiter wie bisher? Geht so jemand einfach wieder ins Büro und hofft, dass niemand merkt, dass er keinen Ehering trägt, weil die Hochzeit nie stattgefunden hat?

»Über die Arbeit!«, sagte ich. »Daran habe ich nicht gedacht, aber in seinem Büro hieß es immer, dass er für eine Weile aus dem Hauptquartier in Singapur arbeiten sollte. Ich habe mich immer gefragt, ob er vielleicht in Urlaub gefahren ist oder so, aber es wäre total logisch, wenn er in Singapur wäre. Zwischen der Hochzeit und den Flitterwochen wollte er erst mal wieder arbeiten, so wie ich auch, und ich kann mir nicht vorstellen, dass er einfach abgehauen ist, ohne sich beim Job abzumelden.«

Wenn ich genau wüsste, wo er ist, würde mich das vielleicht etwas beruhigen. Wenn ich ein paar konkretere Details hätte, könnte ich vielleicht ein paar mentale Pflöcke in den Boden schlagen, ich hätte dann ein paar kalte, harte Fakten, an denen ich mich festhalten könnte. Mir war nicht klar, wie sehr es mir helfen würde, Gewissheit zu haben, bis Bri sagte, er könnte außer Landes sein. Ich war sonst ständig angespannt und rechnete immer wieder damit, dass er jeden Moment zu Hause auftauchen oder auf dem Weg zum Fitnessstudio im Park an mir vorbeigehen würde, oder dass er durch die Tür des Restaurants spazieren würde, in dem wir gerade saßen, und sich mit seinen alten Schulfreunden unterhalten würde, oder dass er anhalten würde, um jemandem die Hand zu schütteln, denn Alexander traf immer jemanden, den er kannte. Ich konnte nicht einmal sicher sein, dass er anhalten würde, um mir Hallo zu sagen, wenn wir uns in einem Restaurant begegnen sollten – so wenig hatte ich ihm offensichtlich bedeutet, was unbegreiflich war. Ich wollte ihn heiraten, verdammt noch mal! Und ihm war ich offensichtlich völlig egal!

»Es fühlt sich an wie eine Art Psychose«, gestand ich. »Als hätte ich mir die ganze Beziehung, die ganzen letzten zehn Jahre nur eingebildet. Es ist schwer, alles neu zu bewerten. *Alles.* Wie konnte er mir das nur antun?«

»Oh Gott, Annie«, sagte Bri und streckte mir eine Hand über den Tisch entgegen, während sie mit der Serviette spielte, die Jo weggeworfen hatte. »Ich war mir nicht sicher, ob ich es erzählen sollte, ich wollte dich nicht zum Weinen bringen. Es tut mir leid.«

Ich versuchte, mit den Augen zu rollen, um zu zeigen, wie sehr ich es hasste, meine Reaktion nicht kontrollieren zu können. Ich schüttelte den Kopf, um mich so von den Emotionen zu befreien, die sich in meiner Kehle festgeklammert hatten, und krächzte: »Wenn ich meine Braut verlassen hätte, würde ich auch aus dem Land fliehen. Ich würde mich zu sehr schämen, mein Gesicht zu zeigen.«

»Meine Güte«, murmelte Kezza. »Was für ein Arschloch!«

Ich fragte mich, wann er sein Flugticket gekauft hatte, und wie lange vor dem Tag, an dem er nicht in der Kirche aufgetaucht war, er gewusst hatte, dass er abhauen würde. Was, wenn er es schon gewusst hatte, als wir die Spotify-Playlist zusammengestellt haben, die während des Hochzeitsfrühstücks laufen sollte? Oder als wir zur letzten Menüverkostung gegangen sind? Hätte ich nachgegeben und den Mini-Yorkshire-Puddings mit Roastbeefscheiben zugestimmt, säße ich dann als verheiratete Frau hier? Hatte mich mein Beharren auf Chili-Krabben-Blinis meine Zukunft gekostet? Dabei mochte ich Meeresfrüchte eigentlich gar nicht so gern. Ich hatte nur eine ungewöhnliche Wahl treffen wollen!

»Ich kann nicht glauben, dass er dein ganzes Leben versauen darf und dann einen draufmacht. Das ist nicht fair. Das ist absolut nicht fair.« Kezza war wütend, und ich merkte, wie sehr sie sich bemühte, sich nichts anmerken zu lassen. Sie versuchte, ihre Stimme ruhig zu halten, aber ich kannte sie, seit wir achtzehn waren: Sie war völlig außer sich.

»Es muss einen Grund für all das geben«, sinnierte Jo. »Ich weiß, er konnte ein Arsch sein, aber er war nicht völlig herzlos. Irgendetwas *muss* ihn veranlasst haben …«

Ich sah sie neugierig an.

»Weißt du etwas?«, fragte ich. Sie redete so, als würde sie gleich eine wichtige Information preisgeben. Ich hatte mich gefragt, ob er sich mit einer anderen getroffen hatte. Männer springen nicht von Bord, wenn kein Rettungsboot in der Nähe wartet. Das tun sie einfach nicht. Ein Teil von mir war wie erstarrt vor Angst, dass ich endlich das fehlende Teil des Puzzles sehen würde, und der andere Teil betete sofort zum Himmel, dass Jo nichts wusste. Ich wollte es nicht wissen, und doch musste ich jedes einzelne Detail erfahren. Ich wollte gesehen werden und mich gleichzeitig verstecken. Von der Ungewissheit befreit werden, aber ohne mich mit den Konsequenzen auseinanderzusetzen.

Sie schüttelte den Kopf. »Nein, Schatz, es tut mir leid. Wenn ich es wüsste, würde ich es dir sagen. Ehrlich.«

»Ihr verheimlicht mir etwas«, begann ich und sah von Jo zu Bri und dann zu Kezza. »Wenn ihr etwas wisst ...«

Kezza streckte auch eine Hand aus. »Ehrlich, wir sind genauso ahnungslos wie du. Ich schwöre es.«

Ich atmete laut aus. »Okay. Puh ...«

»Aber«, begann Bri, und meine Augen flackerten, meine Brust war angespannt.

»Ja?«

»Wir wissen, dass du ihn geliebt hast.«

Ich sträubte mich. »Ja, klar, deshalb wollten wir ja auch heiraten ...«

»Ich glaube, alles, was Bri versucht zu sagen, ist ...«, setzte Jo leise an, »dass er sich glücklich schätzen kann, dich zur Freundin gehabt zu haben.«

Bri lächelte, aber es war ein gezwungenes Lächeln. »Und schau mal, alles, was wir uns für dich wünschen, ist, dass du glücklich bist ...«

Jo räusperte sich. »Manchmal war er schon ein Idiot, oder?«

Ich war entsetzt. »Wie bitte?«

Sie schlürfte aus ihrer Flasche, um Zeit zu gewinnen, damit sie mir nicht sofort antworten musste. »Wir finden dich unglaublich toll ...«

»Und manchmal war es so, als würde er das nicht merken«, beendete Bri den Satz.

Ihre Worte stachen wie ein Messer ins Herz. Das war Verrat. Seit wann hatten sie mir das alles schon sagen wollen? Wollten sie mir sagen, dass ich bescheuert war zu glauben, dass er es jemals in die Kirche schaffen würde?

»Du hast ihn nicht gemocht.«

»Nein!«, sagte Jo. »Es ist nicht so, dass wir ihn nicht gemocht hätten.«

Bri zuckte mit den Schultern. »Ich mochte ihn nicht«, sagte sie klar und deutlich. »Ich mag ihn nicht.«

Die anderen schnappten nach Luft.

»Wir haben gesagt, wir versuchen es auf die sanfte Tour …«, flüsterte Jo, und mir wurde ganz heiß.

»Ist das eine Art Mediation?«, fragte ich. »Wollt ihr mich verarschen? Ich mache gerade das Allerschlimmste durch, und ihr habt euch hier versammelt, um mir … was zu sagen? Dass ihr euch darüber freut?«

»Hey«, sagte Bri, ihr Tonfall war scharf. »Wir sind deine Freundinnen. Wir leiden, wenn du leidest, okay? Also darfst du das nicht tun. Du darfst nicht so tun, als wären wir diejenigen, die dir wehgetan haben. Das haben wir nicht. Dein Alexander war es, und wir sind mehr als wütend darüber.«

»Wir sind außer uns vor Wut«, sagte Jo.

»Ich würde ihm gerne den Schwanz abschneiden«, murmelte Kezza. »Dieses miese Arschloch.«

Jo riss das Ruder herum. »Aber vielleicht ist das eine Chance zu sehen, dass du so viel mehr wert bist, als er dir gegeben hat. Wenn du irgendwann so weit bist, dass du uns zuhören kannst.«

Ich warf ihr einen Blick durch die Wimpern zu. »Leg schon los«, sagte ich schmollend. Mein Herz schlug im doppelten Takt, und meine Wangen erröteten. Ich wusste, was sie sagen wollte, bevor sie es sagte, aber ich wusste auch, dass ich es hören musste.

»In eurer Beziehung gab es definitiv einen Star«, begann sie. »Und das warst nicht du. Ich kann nicht für alle anderen sprechen, aber ich fand das traurig! Es war so offensichtlich, dass er für dich die Welt bedeutete, aber es war nicht so offensichtlich, dass es auch umgekehrt so war ...«

»Er ist McDreamy, aber er ist nicht die Sonne. Das bist du«, fügte Bri hinzu und zitierte damit eines unserer Lieblingszitate aus *Grey's Anatomy.*

Ich schluckte schwer.

»Verdammt noch mal«, sagte ich. Meine Augen füllten sich mit Tränen. »Ich weiß nicht, was ich tun soll. Ich weiß nicht, was jetzt kommt. Ich dachte, ich hätte mein Leben im Griff, ich kann jetzt doch nicht vor dem Nichts stehen. Ich bin zu alt, um noch einmal von vorne anzufangen ...«

Ich ließ meinen Kopf in die Hände fallen und den Tränen freien Lauf. Musste ich stark sein? Wie lange konnte ich mir erlauben, mich schwach zu fühlen? Gab es eine Formel, um vorwärtszukommen? Ein geheimes Handbuch für stehen gelassene Bräute, das ich bestellen konnte?

Die drei ließen mir einen Moment Zeit, damit ich den Mut sammeln konnte, zuzugeben, dass sie recht hatten. Alexander stand in unserer Beziehung immer an erster Stelle. Das stimmte. Aber ich wollte nur, dass er glücklich war. Ich wollte, dass er die Beförderung bekam, dass er mit seinen Kumpels ausging, um sich auszutoben, wenn die Arbeit hart war, und dass er sich zu Hause entspannte, weil das Zuhause ein Ort sein sollte, an dem man das tun kann. Ich habe nie an ihm herumgenörgelt, weil es mir unangenehm war, diese Rolle zu spielen. Es war schlimmer, ihn immer wieder zu bitten, etwas zu tun – die Spülmaschine auszuräumen oder die neuen Schränke für das Gästezimmer zusammenzubauen oder die Wäsche zum Trocknen aufzuhängen –, als es einfach selbst zu erledigen. Ich tat alles, um Streitigkeiten zu vermeiden.

Er hatte mir gesagt, dass er mich liebt und dass ich das Beste bin, was ihm je passiert sei, aber ich konnte mich jetzt nicht mehr selbst belügen: Ein Jahrzehnt lang hatte ich den Gedanken verdrängt, dass ich es lieber gehabt hätte, wenn er es mir gezeigt hätte, statt es nur zu sagen. Das habe ich ihm aber nie gesagt, weil es irgendwie emotional belastend klang. Ich wollte keine emotionale Last für meinen Partner sein. Ich bemühte mich, seine Atempause zu sein, nicht sein Problem. Ich dachte, das sei normal, wenn man liebt. Ich dachte, so würde man jemandem seine Liebe zeigen.

»Das muss sich jetzt schrecklich für dich anfühlen«, sagte Bri teilnahmsvoll. »Ich habe zu Angus gesagt, wenn das Geheimnis des Glücks darin besteht, jemanden zum Lieben, etwas zu tun und Hoffnung zu haben, dann hat er dir gerade zwei dieser Dinge genommen.«

»Nein«, sagte Kezza. »Wir lieben dich, und du liebst uns. Das Einzige, was er dir genommen hat, ist die Hoffnung. Aber die wird zurückkommen. Du wirst eines Tages wieder hoffen können.«

»Wie soll das funktionieren?«, fragte ich. »Ich fühle mich so gedemütigt. Ich kann mir nicht vorstellen, jemals wieder zu lächeln oder zu lachen oder mich mit einem Typen zu treffen – oh Gott. Muss ich denn wieder mit dem Daten anfangen?«

Kezza knurrte: »Wenn er übrigens versucht, dich aus dem Haus zu schmeißen, werde ich ihn verklagen, das schwöre ich.«

»Irgendwann werde ich ausziehen müssen«, sagte ich. »Es ist ja schließlich seins.«

»Ja«, stimmte Bri zu. »Aber lass dir für den Schritt die Zeit, die du brauchst. Wir werden dafür sorgen, dass er dich nicht drängt. Wenn er im Ausland ist …«

»Glaubt ihr wirklich, dass er das ist?«

»Vielleicht. Ich weiß es nicht.«

»Ihr solltet mir ein großes schwarzes Zeichen auf den Rücken malen, damit jeder weiß, dass ich beschädigte Ware bin«, sagte ich. »Eine Warnung an alle, dass ich jeden Moment ausrasten könnte.«

»Wir verstehen dich. Aber, Schatz, du musst mir jetzt mal ganz genau zuhören«, sagte Kezza.

»Ich höre dir zu«, antwortete ich.

»Du musst uns sagen, was du brauchst. Wir können keine Gedanken lesen. Wir sind verdammt gut, aber wir können nicht hellsehen, okay? Es ist Zeit, dass du lernst, um Hilfe zu bitten.«

Um Hilfe bitten? Der Gedanke ließ mir einen Schauer über den Rücken laufen.

»Das kann ich«, sagte ich nickend. »Aber die Flitterwochen kann ich nicht machen. Das ist zu viel. Ich fühle mich noch zu verwundet.«

»Und das ist absolut in Ordnung«, beruhigte mich Bri. »Was auch immer du tun willst, wir sind hier. Und ich schwöre dir, das wird nicht dein Untergang sein. Du wirst dich erholen und wieder positiv in die Zukunft sehen können. Dafür werden wir sorgen.«

Als ich zu Hause ankam, nahm ich das iPad mit ins Bett und loggte mich bei Instagram ein. Ich weiß nicht, warum ich es tat. Sucht, wahrscheinlich. Gibt es nicht diese Studie, die besagt, dass eine durchschnittliche Person fünf Kilometer pro Tag scrollt? Und wissen die im Silicon Valley nicht auch, dass ihre Technologie süchtig macht, und verbieten ihren eigenen Kindern das Smartphone, weil es das Gehirn zerstört? Ich wusste, dass mich ein Blick ins Internet unglücklich machen würde, aber ich tat es trotzdem.

Ich hatte seit dem Abend vor der Hochzeit nichts mehr gepostet – das Letzte war ein Foto mit Adzo, Freddie und mir, wir alle in Bademänteln und lustige Grimassen schneidend. Darunter hatte ich geschrieben: »*Die letzte Nacht als Single mit meinen liebsten Girls.*« Als ich die Zeile jetzt wieder las, fühlte es sich an wie ein Schlag in die Magengrube.

Ich ging zum Suchfeld und tippte zitternd Alexanders Benutzernamen ein, aber er hatte seit August 2016 nichts mehr gepostet. Ich wollte wohl nur sichergehen, dass sein neues Leben ohne mich noch nicht begonnen hatte. Dann scrollte ich durch meinen Feed. Abendessen, Restaurantbesuche, Date-Abende mit anderen Paaren in tollen Outfits und der Bildunterschrift *Dinner with this one*, gefolgt von Emojis mit Herzaugen. Ich fragte mich, ob alle so glücklich waren, wie sie sich präsentierten. War ich glücklich gewesen? Ich hatte einmal ein Bild von Alexander und mir in einem schicken italienischen Restaurant gepostet, während ich allein in unserem Gästezimmer schlief. Wir hatten uns beim Abendessen, nachdem wir das Foto gemacht hatten, gestritten. Ich glaube, es ging darum, wie wir die Osterferien verbringen wollten. Bei Streitereien geht es aber nie um die Sache, über die man sich streitet, nicht wahr? Unser Streit ging weiter, nachdem die Rechnung gekommen war, und hielt den ganzen Weg bis nach Hause an.

Wenn ich jetzt darüber nachdachte, fiel mir ein, dass ich damals versucht hatte anzudeuten, dass es schön wäre, wenn wir etwas mehr Zeit miteinander verbringen könnten. Manchmal tauchte ich auf seiner Prioritätenliste erst ganz zum Schluss auf, nach der Arbeit, dem Rugby, seiner Zeit im Fitnessstudio und seiner Zeit allein, seiner »Chilling out«-Zeit. Erst danach kam ich und kriegte dann vielleicht seine volle Aufmerksamkeit. Wie auch immer. Ich postete trotzdem das Foto von uns und erzählte der Welt, dass wir zum Abendessen aus waren und Extra-Burrata bestellt hatten, obwohl ich mich kaum an das Essen erinnern konnte. In der Bildunterschrift erwähnte ich den Streit natürlich nicht, oder dass ich dachte, ich würde nie genügen, ganz gleich, wie sehr ich mich anstrengte. Je mehr ich mich anstrengte, desto mehr verweigerte er mir das, was ich brauchte. Stattdessen hatte ich genau das getippt, was alle anderen tippten: *Dinner with this one #datenight #extracheese.*

Seufzend wollte ich das Browserfenster schließen, als ich mich dabei ertappte, »Patrick Hummingbird« in die Suchleiste zu tippen. Keine Treffer. Ich versuchte es mit »Paddy Hummingbird«. Nichts. Warum tat ich das überhaupt? Warum war mir Patrick in den Sinn gekommen?

Ich klickte sinnlos herum, öffnete und schloss verschiedene Apps, ohne nachzudenken. Die Nachrichten, Pinterest, die Gesundheits-App. Bei Letzterer erschien eine Warnung:

Du hast diesen Monat noch keine Periode angegeben. Willst du das jetzt tun?

Shit. Ich hatte meine Periode nicht gehabt? Ich schaute auf das Diagramm auf dem Bildschirm und erkannte, dass das stimmte. Ich hätte sie schon letzte Woche bekommen müssen. Wahrscheinlich war es der Stress. Selbst wenn ich im Bett lag, war mein Kiefer total verspannt.

Ich ging zu meiner E-Mail-App und gab Alexanders Arbeitsadresse in die Empfängerzeile ein. Die Betreffzeile ließ ich leer. Ich tippte eine Nachricht, löschte sie und tippte erneut: *Wo bist du?* Ich zögerte kurz und hielt dann den Atem an, als ich auf Senden drückte. Ich musste es wissen.

Ich bekam sofort seine Abwesenheitsnotiz:

Hallo. Zurzeit arbeite ich von unserem Büro in Singapur aus. Aufgrund der Zeitverschiebung kann es vorkommen, dass sich meine Antwort leicht verzögert.

Ich wusste es. Singapur. Das kann doch keine Entscheidung in letzter Minute gewesen sein. Bah! Er hat eine Handgranate in mein Leben geworfen und ist dann in ein Flugzeug gestiegen. Ich war mehr als empört, aber seltsamerweise ließ mich die Tatsache, dass ich geografisch genau bestimmen konnte, wo er war, ruhiger werden. Ich hasste ihn und alles, was er mir angetan hatte, aber wenigstens hatte ich jetzt eine Richtung, in die ich meinen Hass schicken konnte.

9

Nach dem Training fanden Patrick und ich uns vor der Smoothie-Bar wieder, als hätten wir uns dort verabredet. Ihn schien das noch weniger zu überraschen als mich.

»Ich habe etwas für dich«, sagte er und lächelte.

Ich hatte ihn an diesem Morgen erst nach der Hälfte des Trainingsprogramms entdeckt, als wir vom Laufband zu den Gewichten wechselten. Er hatte mir zugezwinkert, und ich hatte den Rest der Stunde damit verbracht, nicht in seine Richtung zu schauen. Ich konnte nicht sagen, warum. Wahrscheinlich, weil er mein neuer alter Freund war. Ich unterhielt mich einfach gern mit ihm. Ich nehme an, dass wir in jenem Moment des kurzen Augenkontakts still übereingekommen waren, uns anschließend an der Bar zu treffen.

»Ist es ein Welpe?«, fragte ich.

»Nein«, sagte er.

»Ein Goldbarren, der eine Million Pfund wert ist?«

»Nope.«

»Du hast … ein Pastrami-Sandwich für mich?«

»Ich weiß nicht einmal, was Pastrami ist«, sagte er, und ich gab nicht zu, dass ich es auch nicht wusste. Ich habe nur einmal gesehen, wie jemand es in einem Film bestellt hat.

Er nahm seinen Rucksack von der Schulter und durchwühlte ihn, bis er fand, was er suchte: einen Umschlag aus Manilapapier.

»Ta-da!«, sagte er, als er ihn öffnete und ein Foto von mir im Yak Yak zum Vorschein kam. Ich war als Tallulah verkleidet, trug einen Turnanzug und eine Netzstrumpfhose, eine Feder ragte mir stolz aus dem Dutt. Ich hatte einen aufgemalten Schönheitsfleck im Gesicht und schaute zu der Person, die das Foto machte.

»Auf dem Bild lächelst du mich an«, sagte er, während ich es mir genauer anschaute. »Ich hatte dir einen Witz erzählt, damit du lächelst, und als du es endlich getan hast, war es, als hätte ich einen Oscar gewonnen. Ich hatte den ganzen Sommer versucht, dich zum Lachen zu bringen. Ich glaube, ich war in dich verknallt.«

Das ließ ich nicht gelten. »Warst du nicht«, sagte ich verlegen. »Du warst in meine Freundin Jasmine verknallt. Und du hast mich ständig zum Lachen gebracht. Ich erinnere mich gut daran, dass du die lustigste Person im Camp warst.«

Ich wollte ihm das Foto zurückgeben, aber er sagte, ich könne es behalten. Ich starrte es wieder an.

»Danke«, sagte ich. »Das sind gute Erinnerungen. Ich werde es irgendwo aufhängen, wo ich es oft sehe und es mich daran erinnert, was möglich sein kann.«

»Ich will nicht zu forsch klingen …«, begann er, und ich wusste, was er fragen wollte, bevor er es aussprach, und ich wusste auch genau in diesem Moment, dass ich wollte, dass er danach fragte. Wenn ich mich mit Patrick unterhielt, passierten keine schlimmen Dinge. Die Zukunft existierte nicht, nur die Vergangenheit, und das war eine Erleichterung. »Wenn du auch mal *außerhalb* dieses Fitnessstudios in Erinnerungen schwelgen möchtest, dann sollten wir das tun. Wir könnten einen zugigen Busbahnhof finden oder einen überfüllten Sandwich-Laden …« Er kräuselte seine Stirn, als er meine Reaktion registrierte. »Oder … doch nicht …«, schlussfolgerte er enttäuscht.

»Ja, gerne«, sagte ich schnell und streckte die Hand aus, um seinen Arm zu berühren. »Das sollten wir machen. Ich hoffe nur, es ist nicht zu viel Info, wenn ich sage, dass … meine Situation …«

»Sag es einfach«, forderte er mich freundlich auf. »Es ist okay.«

Ich schluckte. »Peinlicherweise …«, begann ich, und bei diesem Wort zitterten seine Lippen leicht amüsiert. »Ich wurde gerade abserviert.« Ich wollte ihm nicht meine *ganze* Lebensgeschichte erzählen, aber ich hatte mir vorgenommen, ihm zu erzählen, was passiert ist. »Ich date also nicht. Wenn das … ich weiß nicht, ob es das ist, was du meintest. Aber ich wollte es fairerweise klarstellen.«

Ich fühlte mich so unbeholfen. Patrick grinste nun offen, und dann sagte er, beiläufig und gut gelaunt: »Wie dämlich er sich jetzt fühlen muss. Oder sie. Oder wer auch immer *they* war.«

»Er«, antwortete ich. »Es ist total verrückt, jemanden aus der Vergangenheit zu treffen. Du kanntest mich, als ich …« Ich wollte »glücklich war« sagen, hielt mich aber zurück. »Als die Dinge noch einfach waren. Das Erwachsensein … oh Mann, das ist so hart!«

»Ich bin froh, dass du mir das gesagt hast«, sagte er. »Ich meine, es tut mir leid, dass es dir passiert ist. Abserviert zu werden ist brutal. Jemanden zu verlieren, den man liebt, ist sehr hart.«

»Ich bin ein ziemliches Wrack«, gab ich zu.

»Das Gefühl kenne ich.« Ich warf ihm einen kurzen Blick zu. Er machte es einem so leicht, ehrlich zu sein. Er war witzig, wenn etwas witzig war, aber er benutzte den Humor nicht, um von düsteren Begebenheiten oder wahren Gefühlen abzulenken. Ich kannte nicht viele Männer, die das konnten.

»Wenn du dieses Gefühl kennst, dann tut es mir leid.«

Er sah auf den Boden, und kurz dachte ich, er würde mir Details verraten. Er öffnete den Mund, um anzusetzen, aber dann schloss er ihn energisch, als hätte der Teufel auf seiner Schulter ihn zum Schweigen gebracht.

»Ich sollte dich nun mit deinem Tagesablauf weitermachen lassen«, sagte ich und beendete so das Gespräch. »Gleiche Zeit, gleicher Ort, an einem anderen Tag?« Das kam falsch rüber. Ich wollte sagen, eine *andere* Zeit, an einem *anderen* Ort, also: Ja, lass uns ausgehen und in Erinnerungen schwelgen. Wie absolut dämlich von mir! Was war nur los? Meine Zunge war wie verknotet. Warum war ich so nervös? Ich durfte doch mit einem Freund etwas trinken gehen, verdammt noch mal.

»Ich bin jeden Morgen hier«, sagte er und machte sich bereit, aufzubrechen. Ich hatte sein Ego angekratzt. Ich konnte sehen, dass er versuchte, es sich nicht anmerken zu lassen, aber das hatte ich.

»Jeden Morgen?«, fragte ich. Ich hatte ihn nur gelegentlich erwischt, aber wir mussten die ganze Woche über zur gleichen Zeit trainiert haben.

»Meistens, ja. Es hilft, die Dämonen in Schach zu halten.«

»Das ist gut. Ich habe offensichtlich Dämonen in mir, die eine ordentliche Tracht Prügel nötig hätten.«

Er legte den Kopf schief zur Seite, genau wie an dem Tag, als wir uns das erste Mal unterhalten hatten, genau so, wie Carol es tut.

»Was?«, fragte ich.

»Es ist nur, du hast dich seit dem Theatercamp wirklich nicht verändert. Es ist so seltsam. Dein Gesicht, deine Mimik, die Art, wie deine Augenbrauen auf und ab hüpfen, so ausdrucksstark. Unglaublich!«

Ich kicherte. »Meine Augenbrauen?« Ich wackelte andeutungsweise mit ihnen.

»Wie ich schon sagte«, grinste er, »unglaublich. Sag mir trotzdem Bescheid wegen eines Nicht-Dates. Es wäre schön, einfach ein bisschen zusammen abzuhängen, aber kein Stress.«

Ich wollte die Worte finden, um auf der Stelle eine Verabredung auszumachen, aber ich fühlte mich nicht mutig genug.

Das Gespräch hatte eine seltsame Wendung genommen. Ich wollte den ganzen Tag mit ihm verbringen und ihn dazu bringen, mir noch mehr Geschichten über meine Augenbrauen im Theatercamp zu erzählen und mich an die nächtlichen Proben zu erinnern; ich wollte über die Zeit sprechen, als wir – Jasmine, er, ich und noch ein weiterer Junge, an dessen Namen ich mich nicht mehr erinnerte – zum Mitternachtsschwimmen an den See gegangen sind, das Wasser war tief und kühl, der Mond beleuchtete unsere Gesichter, als wenn wir die Stars unserer eigenen privaten Show gewesen wären.

Ich konnte nicht aufhören, an Yak Yak zu denken, und an *Bugsy Malone*, und dadurch an Patrick. Als ich ihn das nächste Mal im Fitnessstudio sah, wollte ich ihn eigentlich gleich fragen, ob wir was trinken oder essen gehen wollten, aber es brauchte noch zwei weitere Begegnungen beim Training, bevor ich es auch tat.

»Ich hätte wirklich Lust, dass wir ein bisschen plaudern«, erklärte ich und kam mir lächerlich vor. »Theatercamp, Mitternachtsabenteuer. All das.«

Er erwiderte: »Was auch immer der Grund ist, warum du mich zur gleichen Zeit am selben Ort mit dir haben willst, ich werde da sein. Das wird lustig.«

»Okay«, sagte ich. »Ausgezeichnet. Morgen? Ach, morgen ist ja Samstag, und du hast sicherlich schon Pläne fürs Wochenende.«

»Nö«, sagte er unbekümmert. »Ich habe Zeit.«

»Super, dann morgen Nachmittag. Ein platonisches Alte-Freunde-kein-Date-Treffen!« Ich weiß nicht, warum ich das gesagt habe. Ich wollte es nur noch einmal klarstellen. Dates standen absolut nicht auf meiner Tagesordnung, denn ich war innerlich tot. Aber irgendwie habe ich es sehr seltsam klingen lassen. Ich war seit zehn Jahren nicht mehr Single gewesen – an der Uni hätte man jede Minute, die man mit einem Typen verbrachte, als potenzielles Techtelmechtel betrachtet. Das war alles, worauf ich hinauswollte.

»Na klar, ein platonisches Alte-Freunde-kein-Date-Treffen«, sagte er. »Darf ich dir meine Handynummer geben?«

»Ich habe mein Handy nicht dabei.« Ich dachte daran, dass es in der Schublade meines Nachttisches lag.

»Gib mir deine. Ich schicke dir eine Nachricht.«

»Meinst du, wir könnten auch mailen? Mein Handy ist zurzeit mein Feind.«

»Mailen«, überlegte er. »Aber sicher, das ist total 2002. Wie äußerst passend!«

»Ich finde es großartig«, sagte Adzo, als wir uns in ihrer Mittagspause trafen. Wir hatten uns vor dem Gebäude verabredet, weil ich mich nicht so recht hineintraute. Zu Hause fiel mir die Decke auf den Kopf, das Haus war zu leer, und gleichzeitig waren zu viele Erinnerungen darin, also hatte ich mir Carol geschnappt, und wir waren in der Septembersonne in die Stadt gelaufen, um jemandem zu erzählen, was passiert war. »Es ist die perfekte Balance! Er ist jemand, der nicht weiß, was in den letzten Wochen – oder in den letzten zwanzig Jahren – in deinem Leben passiert ist, er ist aber kein völlig Fremder. Und er ist ein Mann, also kannst du dich langsam wieder daran gewöhnen, dass nicht alle Männer Abschaum sind. Aber es ist platonisch, also musst du keinen unbequemen BH tragen, nur damit deine Möpse gut aussehen.«

»Was für eine interessante Analyse, wo ich mich doch einfach nur mit einem alten Freund treffe.«

Adzo nahm einen Bissen von ihrem Falafel-Wrap. »Würden wir ihn überhaupt so nennen? Einen alten Freund? Du hast ihn doch nicht einmal wiedererkannt, als du ihn gesehen hast.«

Wir lungerten vor dem Bürogebäude herum, doch dann befürchtete ich, auf Chen zu stoßen, also führte ich uns um die Ecke zu einer Bank.

»Ich kann es nicht erklären, aber ...«

»Du genießt es, wie er sich an dich erinnert, und du willst dich auch an diese Version deiner selbst erinnern. Ja, ich weiß.«

»Tut mir leid, wenn ich mich wiederhole.«

»Schon gut. Du hast ein gebrochenes Herz und wurdest mit Füßen getreten, und trotzdem ist da diese ...«

»... Anziehungskraft«, ergänzte ich. »Er ist lustig und unbeschwert und ...«

»... gibt dir auch das Gefühl, lustig und unbeschwert zu sein. Jawoll. Steht alles genau so im Storyboard.«

Ich warf Carol meine letzten Wrap-Ecken zu und wischte mir die Finger am Saum meines Kleides ab. »Du bist eine schreckliche Freundin.«

»Ja, das bin ich. Habe ich auch schon vermerkt. Und jetzt gib mir bitte ein paar Chips, ja? Ich hätte mir selbst ein Päckchen holen sollen.«

»Warum bin ich so aufgeregt?«, fragte ich. Sie sah mich an, und ich dachte, sie würde wieder einen Witz machen, aber stattdessen lächelte sie und sagte: »Annie, beruhige dich. Es klingt, als könnte er ein guter Freund sein. Genieße es einfach. Wenn es der alten Annie darum ging, alles bis ins kleinste Detail zu planen, kann es sich die neue Annie definitiv leisten, ein bisschen mehr im Jetzt zu sein, Konsequenzen hin oder her.«

Die neue Annie. Ich wendete diesen Gedanken hin und her und suchte nach dem Haken. Ich konnte keinen finden. Ich wollte neu sein, anders. All das musste doch *für irgendetwas* gut sein, oder etwa nicht? War das nicht die Art und Weise, wie Menschen schreckliche Dinge überlebten? Indem sie ihnen einen Sinn gaben?

»Also gut«, stimmte ich zu. »Carpe diem.«

Ich erschien absichtlich mit Brille und ungewaschenem Haar, um jeden Rückschluss auf eventuelle Absichten meinerseits im Keim zu ersticken. Ich hätte mir keine Sorgen machen müssen, denn Patrick tauchte in einem mit Farbe bespritzten T-Shirt auf, nachdem er den ganzen Vormittag gestrichen und gewerkelt hatte – und wir trafen uns auf ein nachmittägliches Bierchen, so wie es platonische Freunde tun. Wir hatten uns in einer Fensterecke des Pubs niedergelassen, die zur geschäftigen Straße hinausging, sodass uns jeder Passant sehen konnte. Das Gespräch war locker und unterhaltsam, genau wie ich es gehofft hatte.

»Warst du in dem Jahr dabei, als wir, ähm … oje … das Stück mit den Großeltern im Bett …«

Mir fiel die Kinnlade herunter, so schockiert war ich, dass er sich nicht mehr an den Titel erinnern konnte. »*Charlie und die Schokoladenfabrik!*«, kicherte ich. »Wie kann man den Titel *Charlie und die Schokoladenfabrik* vergessen?«

»Ich bin jetzt ein alter Mann«, sagte er achselzuckend. »Die Namen von Theaterstücken entgleiten mir, aber ich kann mich immer noch an alle Liedtexte aus *Aladdin* erinnern.«

Zwei Stunden und drei Drinks lang hatten wir in alten Erinnerungen geschwelgt und Lücken gefüllt.

»Das ist ja lustig«, sagte ich und wechselte dann leicht das Thema. »Was wirklich traurig ist, ist, dass ich seit Yak Yak kein Theater mehr gemacht habe. Als ich mit der Schule fertig war, dachte ich, ich sei zu alt für so was.« Ich leerte mein Glas und fühlte mich plötzlich etwas verloren und traurig. »Was hast du gemacht?«, fragte ich. »Nach der Schule.«

»Ich bin durch Europa gereist, habe mir von einer Französin das Herz brechen lassen und ein paar schlechte Songs darüber geschrieben«, gab er zu, und man sah seinem Gesichtsausdruck an, dass er sich über sein achtzehnjähriges Ich lustig machte.

»Oh, oh, das klingt verdächtig nach dem Plot von *Before Sunrise*«, konterte ich.

»Willst du damit etwa sagen, dass ich ein wandelndes Klischee bin?«

»Das kommt darauf an«, neckte ich ihn. »Hast du dir einen dürftigen Bart wachsen lassen und die darauffolgenden vier Jahre damit verbracht, eine muffige alte Lederjacke zu tragen, und hast jedem, der dir zugehört hat, erzählt, dass du sie auf deiner Europareise erstanden hast?«

»Oh wow, hast du mich etwa gestalkt, als ich in meinen Zwanzigern war?«

»Du musst es auch mit der Stimme sagen. Du kannst nicht einfach sagen: ›Oh, ich habe sie mir gekauft, als ich durch Europa gereist bin.‹ Du musst dabei ganz rau und geheimnisvoll klingen.« Ich senkte meine Tonlage um ein paar Töne und grummelte: »›Ich habe sie mir gekauft, als ich durch Europa gereist bin.‹ Du musst so klingen, als ob du in die Schlacht an der Somme geschickt worden wärst und nicht in Tschechien Bier für 50 Pence getrunken hättest.«

»Okay, okay«, sagte er und hob kapitulierend die Hände. »Verschwinde jetzt bitte aus meinem Kopf. Ich verkrafte diesen Rufmord nicht, denn heute bin ich nur ein bescheidener, sensibler Versicherungsvertreter. Und überhaupt – was hast du nach der Schule gemacht, Ms Goody-Goody?«

»Das war zu einfach«, erwiderte ich. »Ich habe dir ja schon erzählt, dass ich immer gut, zurückhaltend und unauffällig war. Und dass ich es immer noch bin.«

»Das nehme ich dir nicht ab«, erklärte er. »Da muss etwas Wildes in dir stecken, das darauf wartet, auszubrechen.«

Er hielt meinem Blick stand, während er das sagte, und provozierte mich. Die Sonne traf ihn auf eine Art, die ihn leuchtend und jugendlich wirken ließ. Sein Rücken war angenehm breit, und es war schwer, nicht zu bemerken, wie groß seine Hände waren. Ich konnte mein volles Pint kaum mit einer Hand halten, obwohl ich sehr lange Gliedmaßen habe, aber seine Hände … er hätte seine Handfläche um ein ganzes Fass legen können.

»Themenwechsel …«, sagte ich und weigerte mich, mich darauf einzulassen. Ich wollte nicht einmal zum Spaß flirten.

»Einer geht noch, tu mir den Gefallen!«, beharrte er und stand für eine weitere Runde auf. Ich machte den Mund auf, um zu protestieren, aber da fiel mir auf, dass ich es eigentlich gar nicht wollte. Ich wollte weiter trinken und reden. Es war genauso, wie ich es mir erhofft hatte. Es war genau das, wonach ich mich gesehnt hatte. Mit ihm zusammen zu sein war eine Flucht.

Der Nachmittag ging in den frühen Abend über, und unsere Unterhaltung war bei neuen Themen angelangt. Irgendwie kamen wir darauf, den Unterschied zwischen Sex und Intimität definieren zu wollen.

»Ich habe ein großes Interesse an *Intimität*«, erklärte Patrick. Ich hatte keine Ahnung, wie wir an diesem Punkt gelandet waren. Wir hatten über alles und jeden, nichts und die Welt geredet. Und angeheitert waren wir inzwischen auch. »Weil dazu gehört, sich gegenseitig sein wahres Ich zu zeigen.«

Ich schüttelte den Kopf, grinste aber dabei. »Ein echtes Interesse an Intimität? Das klingt verdächtig nach einer anderen Art zu sagen: ›Mein Hobby ist es, Leute abzuschleppen.‹«

Patrick täuschte Empörung vor. »Sieh an, sieh an – das ist ja richtig anmaßend.« Er nahm einen Schluck von seinem Pint. »Gut zu wissen, was du denkst, Annie Wiig.«

Ich hob mein Glas, um ihm zuzuprosten. »Ich spreche meine Gedanken einfach aus, wie sie kommen.« Ich war während unserer Unterhaltung immer alberner geworden. Er machte es mir leicht, so zu sein.

»Auf einer Skala von eins bis zehn, wie gut kannst du zugeben, dass du dich geirrt hast?«

»Kann ich nicht sagen«, lächelte ich. »Ist noch nie vorgekommen.«

Er stellte sein Glas ab und lehnte sich zurück. »Jetzt mal im Ernst«, erklärte er. »Ich glaube wirklich, dass Sex und Intimität zwei völlig verschiedene Dinge sind. Man kann Sex haben, ohne wirklich intim zu sein, und man kann sich jemandem näher fühlen als sonst jemandem auf der Welt, ohne ihn intim berührt zu haben.«

Ich kniff die Augen zusammen und versuchte zu ergründen, wie ernst er es meinte.

»Fahr fort«, ermutigte ich ihn.

»Intimität bedeutet nicht Champagner, Kerzen und Fußmassagen. Das kann dazugehören – aber es ist nicht alles«, fuhr er fort. »Das moderne Leben, dieses ganze ›zu einer bestimmten Zeit an einem bestimmten Ort sein zu müssen, die ganzen Rechnungen, die vielen Verantwortlichkeiten‹ – wir sind einfach vollkommen überlastet. Wir verkomplizieren die Dinge und halten uns selbst beschäftigt und denken, dass das unserem Leben einen Sinn verleiht.«

Ich dachte an all die Male, die ich bis spätabends im Büro gesessen habe, oder an Alexanders lange Schichten, oder an die Wochenenden, an denen wir im selben Raum an unseren jeweiligen Laptops gesessen, uns irgendwann was zu essen bestellt und das Aufräumen der Putzfrau überlassen hatten.

»Darüber hinaus«, fuhr er fort, »leben wir alle getrennt von unseren Familien, oft auch getrennt von unseren ältesten Freunden, und wir projizieren alle Erwartungen auf unsere Beziehung, sie soll all das erfüllen, was wir finanziell und emotional brauchen, vom Sex ganz zu schweigen. Wir verlangen der romantischen Liebe eine Menge ab, und ich frage mich, zu welchem Preis.«

Eine Bedienung erschien an unserem Tisch, den Bestellblock in der Hand und das Getränketablett unterm Arm. Wir waren schon so lange im Pub, dass sie mittlerweile zum Tischservice fürs Abendessen übergegangen waren. Ich war froh, dass er nicht gesagt hatte, er müsse irgendwohin. Er hatte nicht einmal auf seine Uhr geschaut.

»Noch zwei?«, fragte die Bedienung und deutete mit einem Stift auf unseren Tisch. Patrick schaute mich an. Ich schaute zur Bedienung. Die Bedienung schaute zwischen uns hin und her, als wollte sie sagen: *Ich kann nicht für euch entscheiden, oder soll ich?*

»Na dann los«, kapitulierte ich und reichte ihr die leeren Gläser. »Wollen wir auch was essen?«

Patrick nickte.

»Habt ihr Pizza?«, fragte ich. »Oder Burger?«

»Beides«, antwortete sie.

»Pizza«, sagte Patrick. »Die gute, alte Margherita?«

»Die größte, die ihr habt«, stimmte ich zu. »Und kannst du uns bitte Mayonnaise bringen? Danke!«

Patrick sah mich verdutzt an: »Mayonnaise?!«, als würde ihn schon der Gedanke daran ekeln.

»Ich werde meine kulinarischen Sonderwünsche nicht vor dir verteidigen«, erklärte ich. »Bitte, fahr mit dem fort, was du gerade gesagt hast … Mich interessiert, worauf das hinausläuft, denn es klingt für mich immer noch so, als ob du ein großer Spieler wärst.«

»Wo war ich?«, überlegte er.

»Wir erwarten zu viel voneinander«, wiederholte ich und hatte das Gefühl, dass es anklagend klang.

»Oh ja, das tun wir«, entgegnete er. »Aber wir führen auch alle verdammte iAffären. Wir sind zu dritt in unseren Beziehungen! Du, er/sie und die verfluchte Technologie. Wir kleben an unseren Handys und wundern uns, warum unsere Partner nicht an uns kleben.«

»Du hast dein Handy nicht einmal auf den Tisch gelegt«, stellte ich fest. »Hast du überhaupt eins dabei?«

Patrick klopfte auf seinen Mantel, der neben ihm auf der Bank lag. »Irgendwo da drin«, sagte er. »Du verdienst schließlich meine volle Aufmerksamkeit.«

Er war wirklich ein Charmeur, aber ich ließ ihm das durchgehen, weil er auch total *charmant* war.

»Wir sind also alle süchtig nach Technik«, wiederholte ich. »Wir haben keinen Sex, weil wir uns nicht verbunden fühlen … Du malst hier wirklich ein rosiges Bild des modernen Lebens. Das macht mir große Hoffnung.«

»Mein Punkt ist: Bei Intimität geht es um Verbindung. Ich habe mal einen Kurs darüber belegt, weil ich eine stärkere Verbindung fühlen wollte zu …«

Ich dachte, er würde mir nun von seiner Ex oder seinen Exen erzählen, ich dachte, ich würde ein paar reale und konkrete Infos zu seinem Liebesleben bekommen. Es war seltsam, so wenig darüber zu wissen, was er in den etwa zwanzig Jahren erlebt hatte, seit wir uns das letzte Mal gesehen hatten. Ich wusste, dass er in der Nähe der nepalesischen Berge eine Yogalehrer-Ausbildung absolviert und dort furchtbaren Durchfall bekommen hatte, und ich wusste, dass er eine Menge Jobs ausprobiert hatte, aber bei keinem länger geblieben war, weil Arbeit für ihn genau das ist: Arbeit und keine Karriere, in der er sich selbst übertreffen muss. Er war mal Personalvermittler, jetzt verkaufte er Versicherungen. Er war so … so, ich weiß nicht, so im Hier und Jetzt. Ich war in meinen Gedanken abgeschweift, während er mir erzählte, warum er diesen Kurs zum Thema Intimität belegt hatte. Mist.

101

»Wir haben viel darüber gelernt, dass es bei Intimität um Vertrauen und Teamwork geht. Ich meine, denk an deine beste platonische Beziehung – die Person, der du am meisten auf der Welt vertraust.«

»Oh, das ist einfach«, unterbrach ich ihn. »Das ist meine Schwester Freddie. Oder meine beste Freundin Adzo.«

»Und hattest du schon mit einer von beiden Sex?«

»Ich nehme an, mein Schweigen reicht als Antwort.«

»Du verstehst also, was ich meine. Diese Beziehungen sind intim, weil man der jeweiligen Person vertraut und gemeinsam ein Team bildet. Man ist präsent, zeigt, dass man ihr zugetan ist, und teilt intime Dinge – Gedanken, Hoffnungen, Träume, Ängste.«

»Mit wem teilst du diese Dinge?«

Er dachte darüber nach. »Mit vielen Leuten«, entschied er. »Ich meine, wir teilen sie jetzt ja auch, oder nicht?«

Ich wusste nicht, was ich sagen sollte. Plötzlich war es wie ein Date, aber es war *kein Date*. Das wäre ja verrückt. Ein Date, zu diesem Zeitpunkt? No way. Ich spielte mit dem Kerzenständer, der plötzlich auf unserem Tisch aufgetaucht war. Ich würde nie wieder jemanden daten, das hatte ich mir geschworen. Und überhaupt, für ihn war es ja auch offensichtlich kein Date, denn er hatte sich kaum Mühe mit seinem Aussehen gegeben. Er hatte Farbsprenkel nicht nur auf den Klamotten, sondern auch in den Haaren. Ich hätte diese Unterhaltung mit jedem führen können. Oder etwa nicht?

»Es ist schön, dass wir all diese Erinnerungen teilen«, sagte ich und wich seinem Blick aus. »Ich war damals so *frei*. Ich habe es geliebt, das habe ich wirklich.«

»Aber du bist nicht wiedergekommen …«

»Und du bist bis zum letzten Schuljahr jährlich hingefahren? Oh, ich beneide dich darum.«

»Ohne dich hat es natürlich bei Weitem nicht so viel Spaß gemacht.«

Ich lachte. »Genau das wollte ich hören«, sagte ich, und wir lachten noch mehr.

»Wow«, staunte Patrick später, als er seinen Pizzarand in die Mayonnaise tunkte. Er hatte sich schnell damit abgefunden, dass das zu meinem Pizzaessen dazugehörte. »Als du gesagt hast, dass man dir den Laufpass gegeben hat, habe ich keine Sekunde daran gedacht …«

Der Abend war offiziell angebrochen, und ich hatte ihm, während wir aßen, verraten, warum ich jetzt Single war. Er hatte direkt gefragt, ermutigt durch das Bier und das lockere Geplänkel, und ich wollte nicht lügen. Ich habe ihm alles erzählt.

»Dass ich im weißen Kleid stehen gelassen wurde? Ja, ich weiß. Das ist wohl das Schrecklichste, das ich je erlebt habe.«

»Das gehört wohl zum Furchtbarsten, das einem überhaupt passieren kann. Es tut mir wirklich sehr leid.«

Ich wischte mir die Hände an einer Serviette ab und schob meinen Teller von mir weg. Ich hatte gar nicht gemerkt, wie hungrig ich gewesen war. Wir bezahlten die Rechnung und spazierten zu einer umgebauten Lagerhalle, von der Patrick wusste, dass man dort Minigolf spielen und Zuckerwatte essen konnte. Es tat gut, sich die Beine zu vertreten – wir hatten fast sechs Stunden im Pub gesessen.

»Und sie wollen wirklich, dass du die Flitterwochen als Urlaub nimmst?«

»Es fällt mir so schwer, darüber zu sprechen. Ich fühle mich einfach so … schrecklich. Es tut ihnen so leid, was Alexander getan hat, aber das bringt ja nichts. Sie sind ja nicht diejenigen, die etwas falsch gemacht haben.«

»Es ist aber nett, dass sie es versuchen.«

Wir nahmen unsere Schläger und unsere Bälle und warteten in der Schlange, um unsere Runde zu beginnen.

»Klingt es gemein, wenn ich sage, dass es egoistisch von ihnen ist? Sie wollen, dass ich ihnen zeige, dass es mir gut geht, aber es geht mir nun mal nicht gut. Und möglicherweise schämen sie sich für ihren Sohn oder denken, dass sie das Ganze vielleicht irgendwie hätten verhindern können. Aber das ist ja nicht mein Problem, oder? Ich fühle mich immer für alles verantwortlich, aber in letzter Zeit, seit all dem …«

»Hat sich die Scheiß-auf-alles-Mentalität breitgemacht?«

Ich lächelte. »Ganz genau. Ich habe immer alles so gemacht, wie es von mir erwartet wurde, mein ganzes Leben lang. Ich war ein braves Mädchen, habe fleißig gelernt und all die richtigen außerschulischen Aktivitäten abgehakt. Ich habe mich fit gehalten, bin auf eine gute Uni gegangen, meine Freunde getroffen und versucht zu kochen und zu lesen und all das im Fernsehen zu sehen, was ich sehen sollte. Ich habe mich so hingebogen, um nett zu sein und keine Konflikte herbeizuführen, und wozu das alles? Am Ende bin ich die Gelackmeierte! Ich kann jetzt nur noch im Selbstschutzmodus leben. Ich bin erschöpft und will mich nicht mit den Emotionen anderer Leute herumschlagen. Meine eigenen reichen mir.«

Ich redete und redete, weil ich es konnte. Weil Patrick mir zuhörte, weil er mich nicht unterbrach und nicht wegschaute. Er war interessiert. Interessiert, aber auch etwas betrunken. Seine Augenlider hingen ein klitzekleines bisschen herunter. Aber es war schön, beschwipst zu sein und einfach von einem Thema zum nächsten zu wechseln und sich darüber zu freuen, wie die andere Person über etwas dachte oder es formulierte.

Er setzte zu einem Schlag an, hielt seinen Schläger ganz locker und schaffte ein Hole-in-One.

»Das freut mich für dich«, sagte er, zufrieden mit seinem Treffer. Er beugte sich zu mir vor und vollführte ein sehr schlechtes Bühnenflüstern: »Ich muss dir allerdings sagen: Du hast Glück.«

»Warum?«

»Weil dir das Leben Zitronen gereicht hat und du eine Hochzeitsreise daraus machen kannst.«

Ich seufzte hörbar und bereitete mich auf meinen Schlag vor. »Ich fürchte, eine Hochzeitsreise ohne Ehemann ist einfach nur ein einsamer Single-Horrortrip.« Ich überraschte mich selbst, indem ich ebenfalls direkt traf. Ich glaube, meine Hemmungen waren gesunken, weshalb ich einen lockeren Schwung hatte. Vielleicht war es aber auch nur Anfängerglück. Wir gingen zur nächsten Bahn.

»Dann fährst du eben nicht allein hin.«

»Patrick, Alexander ist in Singapur. Er ist weg, es ist aus. Ich bin sicher, das Letzte, was er will, ist, mit der Frau, die er sitzen gelassen hat, nach Australien zu fliegen. Und das ist auch gut so, denn ich glaube nicht, dass ich sein dummes Gesicht jemals wiedersehen möchte.«

»Ich schätze, *wir beide* könnten viel Spaß auf einer Hochzeitsreise haben«, erwiderte Patrick und drückte sich konzentriert die Zunge in die Wange, als er zum nächsten Schlag ansetzte.

Mir war etwas schwindelig, und ich sah doppelt. Ich brauchte Wasser.

»Na klar«, sagte ich spöttelnd und merkte, dass ich auch ein bisschen lallte. »Du und ich auf der anderen Seite des Globus. Auf jeden! Das machen wir!«

Wieder ein Hole-in-One für ihn, aber ich schlug dieses Mal daneben.

»Oh, du machst dich darüber lustig«, sagte er. Beim zweiten Mal traf ich. »Aber ich meine es ernst. Überleg doch mal, eine kostenlose Reise ans andere Ende der Welt! Du hast gesagt, sie sind stinkreich, oder? Und sie wollen unbedingt Geld ausgeben, um sich weniger schuldig zu fühlen. Wenn du also einen Partner in Crime brauchst, könnte diese Reise richtig viel Spaß machen. Ich bezahle auch meinen Anteil, wenn ich den bereits gebuchten zweiten Platz haben darf.«

Wir gingen weiter.

»Du willst mit mir nach Australien fliegen?«

Beim ersten Versuch schoss er daneben, aber beim zweiten traf er.

»Warum denn nicht? YOLO!«

Ich hatte wieder ein Hole-in-One. Ich warf ihm einen siegessicheren Blick zu.

»Wir kennen uns doch gar nicht.«

»Doch, das tun wir.«

Er war wieder dran, ein Punkt blitzte auf dem kleinen Score-Bildschirm auf, den wir beim Eingang bekommen hatten.

»Na, wenn das so ist, lass uns zusammen in die Flitterwochen fahren!« Sarkasmus tropfte aus jedem meiner Worte. »Du kannst die Koffer tragen, und ich werde mich im Flugzeug betrinken und dich, einmal angekommen, alles alleine erkunden lassen.«

Bis zur nächsten Bahn hatte sich der Ton unserer Unterhaltung von scherzhaft zu einem ernsthaften Austausch von Pros und Contras gewandelt. Patrick wartete darauf, dass ich noch etwas hinzufügte, also sagte ich: »Konzentriere dich bitte auf deinen Schlag. Schau, wir halten die Leute hinter uns auf.«

Er stolperte stuntmäßig über den Minigolfball, machte eine Show daraus, seine Jeans so hochzuziehen, dass er maximale Beinfreiheit hatte, und wackelte mir mit dem Hintern zu.

»Spiel einfach!«, krächzte ich.

Er schlug den Ball und traf. »Er schlägt, er punktet, er fliegt nach Australien!«, rief er und wedelte mit den Händen.

»Das ist eine saublöde Idee«, sagte ich. »Hör auf, mich damit zu ärgern.«

»Au contraire, ma chère«, konterte er, als ich meinen Ball einlochte. »Es ist eine brillante Idee. Du hast selbst gesagt, dass du von nun an unbedingt auf alle Regeln scheißen willst. Was könnte da besser passen, als mit deinem alten Kumpel Müffel-Paddy in den Sonnenuntergang zu fliegen?« Beim Gebrauch seines alten Spitznamens sog ich schnell die Wangen ein, um mir ein Grinsen zu verkneifen.

Wir gingen zur letzten Bahn. Auf dem Score-Bildschirm lagen wir Kopf an Kopf, und plötzlich wollte ich unbedingt gewinnen.

»Ladys first«, sagte er. »Wenn du punktest, kann das dein kurzer Moment des Sieges sein, bevor ich direkt hinter dir auftauche. Ähm, also so ungefähr.«

Ich legte den Ball auf den Boden und wackelte nun selbst mit den Beinen und dem Hintern. Das brachte ihn zum Lachen. Ich mochte den Klang seines Lachens, es klang so sorglos und echt. Er brachte mich dazu, dass ich mich lustig fühlte und nicht das Gefühl hatte, nur eine Rolle zu spielen. Ich musste mich nicht wie eine Freundin oder Verlobte oder Ehefrau oder wie ein braves Mädchen verhalten. Ich war einfach ich selbst.

»Wie bist du so geworden?«, fragte ich. »Wo kommt dieser YOLO-Spirit her?«

Ich schlug den Ball sanft, und wir sahen beide zu, wie er über den Kunstrasen ins nächste Loch glitt.

»Gut gemacht«, sagte er, und ich tat so, als wäre es keine große Sache. Es ging nur noch um den nächsten Schlag: Wenn er ihn verpatzte, hatte ich gewonnen.

»Okay, pass mal auf, mir ist da eine Idee gekommen. Wenn der reingeht«, schlug er vor, »darf ich entscheiden, ob ich mitkomme.« Ich zog meine Augenbrauen in die Höhe, als wollte ich sagen: *Ach ja?* »Und wenn ich nicht treffe, darfst du entscheiden, ob ich mitkomme. Aber du fliegst auf jeden Fall, egal wie's kommt.« Er zeigte mit seinem Schläger auf mich. »Fast drei Wochen Australien?! Dieses Angebot kann man nicht ablehnen.«

Ich erwiderte nichts.

»Und das YOLO«, fuhr er fort, »kommt von genau dem, was du gesagt hast. Dass es keine Preise zu gewinnen gibt, wenn man auf Nummer sicher geht. Das Leben ist kurz und kostbar, und wir haben nur *eins*. Es könnte morgen vorbei sein. Ich will nicht der Typ sein, der auf dem Weg vom Büro nach Hause stirbt, während er über Was-wäre-gewesen-wenn nachdenkt. Ich habe mich schon vor langer Zeit entschieden, im Jetzt zu leben. Alles andere ist einfach zu traurig.«

Er richtete seinen Schläger aus, schloss ein Auge und schlug den Putter gegen den Ball. Ich merkte sofort, dass er zu viel Kraft gegeben hatte und somit übers Ziel hinausschießen würde.

Ich hatte recht.

Der Ball segelte am Loch vorbei, und ich hatte gewonnen. Und musste entscheiden.

Er sah mich an. Er hatte es mit Absicht getan. Ich konnte an seinem schiefen Grinsen erkennen, dass er es genoss, mich zu mehr Spontaneität zu drängen. Zu mehr Unbekümmertsein. Aber ich hatte ihm doch gesagt, dass ich wollte, dass er mitkommt, oder etwa nicht? Er stupste mich in die Richtung, in die ich freiwillig gehen wollte. Vielleicht würde er mir guttun, vielleicht wäre es gut, wenn er mich öfter anstupste. Vielleicht war es keine schlechte Idee, die Reise anzutreten, das Geld zu nehmen, in den Flieger zu steigen und zu sehen, wie meine Probleme vom anderen Ende der Welt aus betrachtet aussahen. Alexander hätte es genauso getan. Er hätte Tausende Meilen zwischen sich und seine Probleme gelegt.

»Ich kann nicht glauben, dass ich das sage«, begann ich, und Patrick kam auf mich zu, mit hochgezogenen Augenbrauen und einem durchdringenden Blick. »Möglicherweise wird das der schlimmste Kater, den ich jemals hatte. Aber nun gut ... also ... Patrick ...«

Seine Augen funkelten wie die einer Comicfigur.

»Würdest du es in Erwägung ziehen, mich in die Flitterwochen nach Australien zu begleiten?«

Er legte eine Hand unter mein Kinn und hob mein Gesicht sanft an. Eine Schrecksekunde lang dachte ich, er würde mich küssen. Aber er tat es nicht. Stattdessen schaute er mir tief in die Augen und sagte mit einem ziemlich überzeugenden australischen Akzent: »Babe, ich dachte, du würdest mich nie fragen.«

10

Ich mag Flughäfen. Ich mag Flughäfen, und ich finde mich gut auf ihnen zurecht. Es ist eine erlernte Fähigkeit, und zwar eine, die mir Alexander beigebracht hat. Man braucht Zeit in einem Flughafen, und auch ein Flughafenbudget. Flughäfen sind das schwarze Loch des Geldes. Man geht in eine Drogerie, weil man eine Flasche Wasser kaufen will, und kommt mit achtzig Pfund Verlust wieder heraus, *puff,* einfach so ausgegeben für Last-Minute-Feuchttücher, Last-Minute-Deo und Last-Minute-Adapter.

Adapter!

Wie gut, dass ich daran gedacht habe. Ich war noch nie in Australien gewesen, also waren in meiner Reiseschublade keine Australien-spezifischen Sachen. Ich durfte nicht vergessen, einen zu kaufen. Oder zwei. So hätte Patrick auch einen.

Die Mädels waren von der ganzen Sache mit Patrick *nicht* überzeugt, ich glaube, hauptsächlich, weil sie sich Sorgen machten. Ich hatte noch nie zuvor von ihm erzählt – aber ich meine, warum sollte ich jemals einen Typen erwähnen, den ich mal vor zwanzig Jahren gekannt und seitdem nie wieder gesehen hatte? Sie machten sich wohl Sorgen, dass er mich ausnutzen könnte. Ich habe sie am Morgen nach unserem Alte-Freunde-kein-Date-Treffen zum Brunch getroffen, und sie hatten mein Gesicht gesehen, als seine E-Mail einging. Ich hatte mich an jenem Morgen gut genug gefühlt, um es endlich wieder einzuschalten und jede Nachricht zur Hochzeit ungelesen zu löschen. Es war mir egal. Ich wollte keine weitere Sekunde an die verdammte Hochzeit verschwenden. Ich hatte eine Zukunft, und nur ich entschied, wie ich sie gestalten wollte. In Patricks Betreffzeile stand: *DOWN UNDER ;)*

Hey, ich will dir hiermit eine Ausstiegsklausel anbieten. Ich habe dich gestern Abend mit mehreren Bieren und dem berauschenden Gefühl eines Minigolf-Sieges abgefüllt, schrieb er.

Ich erklärte den Mädels, dass ich mich an diesem Tag zum ersten Mal seit Ewigkeiten vor Aufregung im Bett gewälzt hatte, wenn auch ziemlich verkatert. Als ich auf Alexanders frühere Bettseite gestarrt hatte, war mir klar geworden: *Warum nicht?* Was war das Schlimmste, das passieren konnte, wenn Patrick der Kumpel war, von dem Fernanda und Charles meinten, ich solle ihn als Reisebegleitung finden? Sonne, Meer, Weinverkostung, die gute Gesellschaft von jemandem, der mich zum Lachen brachte. Eigentlich hatte ich überhaupt keine Zweifel. In meinem Kopf – und in meiner Seele – hatte sich ein Schalter umgelegt. Ich hatte verstanden, dass ich wählen konnte, wie ich mein Leben gestalten wollte. Und ich entschied mich für die Flitterwochen mit Patrick – einem Mann, der mich so in Erinnerung hatte, wie ich sein wollte.

»Machst du dir denn keine Sorgen?«, bohrte Jo nach. »Ich meine, schön und gut, du kanntest ihn mal vor zwanzig Jahren, als ihr noch Kinder wart, und er hat dich bei den wenigen Malen, bei denen ihr euch im Fitnessstudio getroffen habt, zum Lachen gebracht, aber … mit ihm in Urlaub fahren …?«

»Flitterwochen!«, warf Kezza ein. »Es sind ihre Flitterwochen … aber er ist nicht ihr Ehemann!«, quiekte sie. »Das ist einfach zu gut, großartig! Ich meine, es steht außer Frage, dass du mich hättest mitnehmen sollen, aber egal. Es ist sowieso gerade superviel los, die Vorbereitungen fürs Baby, außerdem will ich lieber etwas sparen. Ich wäre mitgekommen, wenn du mich gedrängt hättest, aber dieser Patrick-Typ klingt gut. Können wir ein Foto von ihm sehen?«

»Damit habe ich nicht gerechnet«, überlegte Bri. »Das ist *ganz schön* abgefahren.« Sie sagte es mit einer Betonung, bei der ich wusste, dass sie »zweihundertprozentig abgefahren« meinte, aber ich ließ es über mich ergehen.

»Was machst du, wenn du mal kacken musst und ihr euch ein Hotelzimmer teilt?«, fragte Jo.

Kezza erkundigte sich: »Was macht ihr, wenn ihr euch ein Bett teilen müsst?«

»Wir teilen uns kein Bett«, sagte ich. »Das wäre … nein.«

Ich hatte nicht wirklich über die Schlafmöglichkeiten nachgedacht. Das Einzige, woran ich gedacht hatte, war, dass jemand am Flughafen auf mein Gepäck aufpassen würde, wenn ich auf die Toilette musste, und dass jemand das Auto von Strand zu Strand fuhr, während das Radio lief und der Wind mein Haar zerzauste. Jetzt, wo ich mich entschieden hatte, war der Reiz des Urlaubs total überwältigend. Ich hatte mich bisher regelkonform verhalten und gerade so durch den Tag geschleppt, aber jetzt, mit der Vorfreude auf die Reise, fühlte ich mich gestärkt und motiviert. Adzo hatte es so schön auf den Punkt gebracht: Die neue Annie wuchs aus dem Schatten der alten heraus. Ich musste mich nicht mehr an die Regeln halten: Ich konnte meine eigene Geschichte schreiben, und in dieser Geschichte trug ich einen Sonnenhut und einen Kaftan.

Nach dem Brunch mit einer Extraportion Selbstverteidigung mailte ich ihm zurück: *Ja, du hast recht. Ich akzeptiere die Ausstiegsklausel. Vielen Dank.*

Er antwortete: *Aber wir könnten trotzdem irgendwann mal wieder Minigolf spielen, oder? Es hat mir Spaß gemacht.*

Ich grinste jedes Mal, wenn sein Name auf meinem Bildschirm erschien. Seine Worte waren wie eine Heliumpumpe, die mich dazu brachte, über meinen Zweifeln zu schweben. *Klar*, antwortete ich. *Lass uns Minigolf auf den Reiseplan für*

Australien setzen, Babe! Selbstverständlich habe ich meine Mei-
nung nicht geändert!!!

Adzo meinte, das ganze Set-up sei das Beste, was sie je gehört
hatte – aber sie widersprach den Mädels aus der Viererclique
oft. Ich denke, als meine beste Freundin von der Arbeit trug sie
die Verantwortung, die konservativeren Vorlieben der Mädels
auszugleichen. Adzo dachte definitiv, dass sie zu spießig waren,
weil sie so traditionell in ihren Lebenswegen waren, mit ihren
Jobs und Ehemännern und Kindern. Aber sie selbst war noch
keine dreißig. Und wenn man dreißig wird, passiert etwas mit
einem. Ich weiß nicht, ob es an der Gesellschaft liegt oder an der
Kultur, an der biologischen Uhr oder ob es vielleicht Hexerei ist.
Aber es ist eindeutig so. Und ich glaube nicht, dass es Männern
auch so geht.

»Das ist ein perfekter Plan«, lobte sie. »Absolut perfekt! Wir
unterscheiden ständig zwischen der alten Annie, die du warst,
und der neuen Annie, die du sein wirst, und ich muss sagen,
dass ich das super finde. Menschen sollten sich weiterentwi-
ckeln und verändern. Denk nur an die nette blonde Frau, über
die auch dieser Film gemacht wurde – sie ist um die Welt gereist, hat sich selbst entdeckt, ist mit Javier Bardem ins Bett gegangen, und im wirklichen Leben hat sie sich weiterentwickelt
und entschieden, dass sie nicht mit dem Typen, sondern mit
ihrer besten Freundin verheiratet sein will. Und das sage ich
nicht, weil ich möchte, dass du dich heimlich in *diese* beste
Freundin verliebst.« Sie zeigte dabei auf sich. »Ich habe einen
Dreier mit einem der Jungs vom Blue und seiner PR-Frau ausprobiert, und es war nichts für mich. Was ich eigentlich sagen
will: Du verdienst dieses YOLO-Ding. Ich gönne es dir so sehr!
Ja, wirklich, das tue ich.«

Sie ließ mich gar nicht zu Wort kommen, so begeistert war
sie.

Und meine Eltern? Sie wussten nichts Genaueres. Ich habe sie nicht direkt angelogen, denn ich habe *nie* gesagt: *Ich fliege allein nach Australien.* Aber ich habe ihnen auch nicht gesagt, dass ich mit Patrick hinfliege. Freddie wusste es, weil ich meiner kleinen Schwester keine Informationen bewusst vorenthalte – und ich hatte die Info im Tausch fürs Carol-Sitten eingesetzt.

»Wenn vor allem du mit Carol spazieren gehst, sie fütterst und mit ihr kuschelst, damit Mum und Dad es nicht tun müssen«, hatte ich ihr angeboten, »dann verrate ich dir ein Geheimnis.«

Ich hätte es ihr sowieso gesagt, aber ich musste sichergehen, dass sie beim Hundesitten so viel wie möglich mithelfen würde. Es würde ein Nachspiel haben, wenn Mum und Dad herausfänden, dass ich mit einem anderen Mann in die Flitterwochen flog. Ich konnte Mums Stimme schon hören, wie sie sich verärgert zu einer hohen Tonlage erhob, während sie sich fragte, wie es wohl nach außen wirken würde, wenn ich mit einem Mann verreiste, der nicht Alexander war, so kurz nachdem er mich verlassen hatte. Ich wusste, wie ihr Gehirn funktionierte: Sie würde sich Sorgen machen, weil »die Leute« denken könnten, dass ich eine Affäre gehabt hatte und es meine Schuld war, dass Alexander abgehauen war. Ich weigerte mich, diese Mentalgymnastik in ihrem Namen zu vollziehen. Ich war schließlich eine erwachsene Frau und konnte meine eigenen Entscheidungen treffen. So erwachsen, dass ich Angst davor hatte, was bei meiner Rückkehr passieren würde, aber immerhin.

Ich hatte auch ein bisschen Angst vor dem, was am Flughafen passieren würde. Ich hatte mir vorgenommen, selbst wenn Patrick nicht auftauchen würde, in den Flieger zu steigen.

Allerdings hoffte ich, dass er auftauchen würde.

In Heathrow wimmelte es nur so von Menschen. Unser Flug ging um kurz nach ein Uhr, um am nächsten Tag um ein Uhr in

Perth anzukommen, aber ich konnte nicht herausfinden, ob das morgen um ein Uhr britischer oder australischer Zeit war. Dad pflegte im Urlaub immer zu sagen: »Ist es heute, morgen oder gestern?« Wenn der Flug neunzehn Stunden dauerte und Perth acht Stunden voraus war, dann hieße das …

»Hey, du!«

Patrick tauchte vor mir auf. Er trug einen Hut, an dessen Krempe Korken baumelten, und hatte ein Plüschkänguru dabei.

»Sheila, halt das mal, damit ich noch eine Garnele auf den Grill werfen kann.«

Ich nahm ihm das Känguru ab. Die Leute starrten uns im Vorbeigehen an – die Urlaubsrückkehrer mit gebräunten Gliedmaßen Richtung Ausgang und die Check-in-Leute mit blassen Gliedmaßen Richtung Urlaub. Mir blieb vor Staunen der Mund offen stehen. Fand ich es gut, dass er in dieser Aufmachung erschienen war, oder fand ich es peinlich? Er hatte sich auf jeden Fall voll auf das Thema eingelassen. Er musste gemerkt haben, dass ich einen Moment brauchte, um seinen offensichtlichen Enthusiasmus zu verarbeiten, denn er sah plötzlich ein klein wenig enttäuscht aus.

»Ist der Akzent zu viel?«, fragte er mit seiner normalen Stimme. Ich entschied, Milde walten zu lassen, er war einfach süß, wenn er Grenzen austestete.

»Ich fürchte, ja«, antwortete ich ernst, aber mit flackernden Augen. »Ich bin mir ziemlich sicher: Wenn du den *Home and Away*-Akzent vortäuschst, ist es genauso nervig wie Leute, die den vornehmen englischen Akzent nachahmen und etwas über den *Five o'Clock afternoon tea* mit der Queen schwafeln. Sorry.«

Er verzog keine Miene und konterte: »Also normalerweise trinke ich meinen Tee mit Lizzie um vier Uhr dreißig.«

Ich zeigte mit dem Kinn auf die Monstrosität auf seinem Kopf. »Hast du den Hut extra gekauft?«

»Würdest du weniger von mir halten, wenn ich es getan hätte?«

Ich antwortete mit einer versteinerten Miene, und wir lieferten uns ein komödiantisches Kräftemessen darüber, wer zuerst nachgab. Ich wollte eigentlich, dass er ihn abnahm, aber ich fand es auch schön, dass er so enthusiastisch war und ihm zudem die Reaktion der anderen total egal war. Er wollte mich nur zum Lächeln bringen, und es machte ihm nichts aus, dafür den Trottel zu geben. Ich zog den Hut von seinem Kopf und setzte ihn mir auf, grinste und winkte wild.

»Himmel! Du siehst aus wie ein Million-Dollar-Babe!«, rief er, und sein Akzent kehrte zurück.

»Der Hut kann bleiben«, antwortete ich, »aber der Akzent muss weg.«

»Da haben Sie wohl recht, Ma'am«, antwortete er mit seiner normalen Stimme und verstand, dass ich es ernst meinte. Er klatschte in die Hände und schaute sich in der Halle um. »Also dann, wir fliegen nach Australien.«

»Anscheinend. Aber wenn du kneifen willst …«

»Jo, top Stichwort, danke für die Möglichkeit, auszusteigen.« Er tat so, als würde er weggehen, ließ seinen Koffer aber bei mir stehen und schwenkte die Arme wie die Schweizergarde.

»Zwing mich nicht, mein Flughafenbier allein zu trinken!«, schrie ich ihm hinterher, und er drehte sich auf dem Absatz um und brüllte, einen Hauptfeldwebel imitierend:

»Mach einen Flughafen-Gin-Tonic draus, und ich bin dabei.«

»Du zahlst«, gackerte ich, als er sein Gepäck holen wollte. »Also kannst du trinken, was du willst.«

Er nahm mir die Tickets ab.

»Darf ich?«

Ich trat einen Schritt zurück. Ich wusste zwar vage, in welche Richtung wir gehen mussten, aber ich hatte noch nicht herausgefunden, welcher Check-in-Schalter der unsere war, weil ich so damit beschäftigt war, alle zu beobachten und daran zu denken, dass ich noch in eine Drogerie wollte.

»Ich muss noch Ohrstöpsel kaufen«, sagte ich. »Wenn wir erst mal durch sind.«

»Ich habe vier dabei«, antwortete er, ohne aufzuschauen. »Ich kann dir welche abgeben.« Dann zog er seine Augenbrauen zusammen und sah verwirrt aus. »Annie, das sind Businessclass-Plätze. Hast du das gewusst?«

Ich nahm ihm die Tickets ab und schaute sie an. »Woran siehst du das?«

Er zeigte auf den Rand, dort stand: Businessclass.

»Das war mein erster Anhaltspunkt«, bemerkte er.

Businessclass? Ich meine, es waren neunzehn Stunden Flugzeit bis ans andere Ende der Welt, wenn das also stimmte, würde ich mich selbstverständlich nicht darüber beschweren – aber hatten Alexanders Eltern wirklich für die Businessclass bezahlt? Sie lebten nicht gerade am Existenzminimum, aber die Businessclass nach Australien musste Tausende von Pfund gekostet haben.

»Das kommt mir viel vor«, bemerkte ich, und er sah mir zu, wie ich die Information verdaute. »Warum gehen wir nicht zum Schalter und schauen, was die sagen? Ich sage nicht, dass du falschliegst, aber ich werde Fernanda und Charles eine *riesengroße* Toblerone schulden, wenn sich herausstellt, dass du recht hast …«

»Dann hier entlang«, wies er mich an. »Qantas, 22 bis 26 D.« Er deutete mit dem Finger auf die Abflugtafel. Es stellte sich heraus, dass meine Reisebegleitung sich auf Flughäfen auch sehr gut zurechtfand.

»Nach dir«, sagte ich, und mein Magen schlug unerklärlicherweise Purzelbäume, als er meinen Koffer hochhob. Es war schön, dass er ein Gentleman war. Er kümmerte sich um mich, und ich war nicht zu stolz, mir einzugestehen, dass mir das gefiel. Ich machte mir eine mentale Notiz über dieses Detail, um Mum später davon zu berichten. *Er hat sich richtig um mich gekümmert, Mum! Er war nett! Hör auf, mich als irgendwie unmoralisch hinzustellen!*

Ich musste aufhören, mir Sorgen um meine Mum zu machen. Fernanda hatte sich gefreut, als ich sie angerufen und gefragt hatte, ob ich Alexanders Ticket für Patrick benutzen könnte. Ich war mir nicht sicher, wie sie reagieren würde, aber sie ließ ihn nicht einmal für die Namensänderung aufkommen. Sie hatte sich einfach wahnsinnig für mich gefreut und nicht einmal gefragt, woher ich ihn kannte oder ob sie ihn schon einmal getroffen hatte. Ich versuchte, meine Schuldgefühle wegen ihrer Großzügigkeit zu verdrängen, denn es machte sie offensichtlich glücklich, das für mich tun zu können. So hatte sie argumentiert. Ihre bedingungslose Großherzigkeit berührte mich sehr.

Patrick trabte voraus, Cargoshorts, in denen man normalerweise keinen Mann sehen sollte, saßen tief auf seinen Hüften, sein Polohemd mit Kragen war an der Seite halb in die Hose gesteckt, und die Muskeln in seinen Armen zuckten, während er sich bewegte.

Über die Schulter sagte er: »Hör auf, meinen Hintern anzustarren! Komm, los, hopphopp.«

»Ich dachte, du hättest etwas unter deiner Schuhsohle«, sagte ich etwas zu schnell, und er blieb stehen, um seinen Schuh anzuheben und nachzusehen.

»Hast du aber nicht«, fuhr ich fort. »Ich habe mich getäuscht.«
Er sah mich stirnrunzelnd an.

»Hopphopp«, wiederholte ich und ließ mir den Weg weisen.

11

Patrick hatte recht gehabt: Wir waren in der Businessclass. Beim Einchecken wurden wir in eine ausgewiesene VIP-Gasse geleitet, damit wir nicht mit allen anderen in der Schlange stehen mussten, und dann wurden wir auch separat durch die Sicherheitskontrolle geschleust.

»Normalerweise hasse ich Flughäfen«, hatte Patrick gesagt, als er seine Schuhe ausziehen musste, um durch die Durchleuchtungsmaschine zu gehen. »Aber so ist das alles supereasy.«

»Ich schätze mal, mit Geld kann man sich zwar kein Glück kaufen, aber Bequemlichkeit«, scherzte ich.

»Ja, verdammt, das stimmt wohl«, stimmte er zu.

Als wir in die Lounge kamen, seufzte er: »Aye caramba.« Eine lächelnde Frau in einer Uniform, bestehend aus einem schlichten beigen Rock und einem weißen Hemd, hieß uns willkommen.

»Nehmen Sie doch bitte dort Platz, wo Sie sich am wohlsten fühlen«, erklärte sie uns und winkte mit einer manikürten Hand in Richtung des Panoramafensters mit Blick auf die Startbahn. »Sie können sich gern das Spa-Angebot ansehen und bis zu zwei Anwendungen buchen, während Sie warten – eine Rückenmassage und eine Gesichtsbehandlung zum Beispiel. Bedienen Sie sich an den Zeitungen und Magazinen, dort drüben gibt es eine Salatbar und einen Stand mit Süßigkeiten, und am Ende des Ganges finden Sie die Umkleideräume und Toiletten, wo Sie sich frisch machen können.« Der ganze Ort war ein prächtiger Palast voller Cremetöne und gut gekleideter

Geschäftsleute. »Die Speisekarte liegt auf dem Tisch«, fuhr sie fort. »Wir helfen Ihnen gerne bei allem, was Sie sonst noch brauchen – sprechen Sie uns jederzeit an.« Patrick und ich nickten. »Mr und Mrs Mackenzie«, sagte sie, »wir wünschen Ihnen einen sehr angenehmen Vormittag und schöne Flitterwochen.«

Meine Augenbrauen schossen quasi an die Decke.

»Oh, wir sind nicht …«

Ich war beschämt, dass sie Patrick als meinen Ehemann bezeichnete und dabei Alexanders Nachnamen benutzte.

Patrick streckte sofort seine Hand nach meinem Arm aus und lächelte mich sanft an, als wollte er sagen, dass es *nicht schlimm* sei. *War ja nicht böse gemeint.* Ich wollte nur nicht, dass er denkt, dass ich es *genieße,* mit seiner Frau verwechselt zu werden, das war alles. Ich wollte auf keinen Fall den Eindruck erwecken, dass ich so erbärmlich und verletzt war, ihn für einen Ersatzgatten zu halten. Das waren zwar meine Flitterwochen, aber ich fühlte mich nicht traurig oder wie ein Loser. Ich hoffte, dass ihm das klar war. Ich fühlte mich ziemlich stark. Ziemlich unverwüstlich. Barry's Bootcamp hatte mir genau das gegeben, was ich gebraucht hatte: Ich war stark. Fähig, alles Mögliche zu tun. Die neue Annie war mutig wie ein großes Mädchen und ließ die Erinnerung an Alexander am Flughafen zurück; jede Menge neue Erfahrungen warteten auf sie. Ich war entschlossen, ein Phönix zu sein, der aus der Asche aufsteigt, und die Gedanken daran, nie eine Mackenzie zu sein, in der Abflughalle zurückzulassen.

Wir setzten uns in eine Ecke mit Blick auf eine Flotte von Qantas-Flugzeugen, die strahlend und stolz in der Herbstsonne standen. Ich knipste ein Foto mit meinem Handy für Freddie, und sie antwortete sofort: *Wow! Alles sieht so schick aus. Ich wünschte, ich wäre dabei.*

Ich schrieb zurück: *Ich werde dir die tollsten Geschenke mitbringen, Käferchen xxxx*

Sie schickte ein Selfie von sich und Carol: *Für mich bitte auch eins! Liebste Grüße, Carol x*

»Ich werde nie begreifen, wie es funktionieren kann, dass uns eine große Metallkiste überall hinbringen kann, indem sie Tausende Meter über den Wolken fliegt«, sinnierte Patrick. »Das ist unglaublich, findest du nicht?«

»Ja«, stimmte ich zu. »Das ist es. Ich habe noch nie wirklich darüber nachgedacht, aber du hast recht.«

Er zuckte mit den Schultern. »Es ist unglaublich, dass wir hier sind – du und ich, in der Businessclass-Lounge eines internationalen Reiseunternehmens, wiedervereint nach all den Jahren.«

»Halten deine Freunde dich für verrückt, weil du hier bist?«

»Klar. Meinst du nicht, es wäre seltsam, wenn sie es nicht täten?«

Ich zuckte ebenfalls mit den Schultern. »Ehrlich gesagt weiß ich nicht mehr, was real ist, was unglaublich, verrückt oder normal.« Ich griff nach einer Speisekarte und fuhr mit dem Finger über den Seitenrand. »Meine Freundinnen haben darum gebeten, dass ich ihnen täglich schreibe. Nur damit sie sicher sind, dass ich noch am Leben bin.«

»Oh, das ist sehr aufmerksam von ihnen«, erwiderte Patrick und winkte einer Bedienung. »Sie freuen sich, dass du mit einem potenziellen Axtmörder wegfliegst, aber du musst ihnen alle vierundzwanzig Stunden mitteilen, ob er dich schon abgemurkst hat oder noch nicht. Verstehe.«

Ich kicherte. »Damit sie das genaue Datum und die Uhrzeit meines Ablebens erfahren, nehme ich an.«

»Würde es helfen, wenn ich ihnen einfach schreibe, sobald ich es getan habe?« Und zur Bedienung sagte er: »Einen Gin Tonic für mich, bitte. Annie?«

»Dasselbe«, sagte ich, dann änderte ich meine Meinung. »Oh, 'tschuldigung, vielleicht doch etwas Sprudeliges? Champagner?«

»Gute Idee«, erklärte Patrick. »Für mich auch. Vielen Dank.«

»Zurück zum Thema – der Mord und die Nachricht. Das wüssten sie sicher sehr zu schätzen«, witzelte ich. »So wären alle auf dem Laufenden.«

Er grinste, wurde dann aber ernst und sagte: »Was meinst du, wollen wir nicht ein paar Grundregeln für die Reise festlegen? Das soll jetzt nicht irgendwie komisch klingen, aber das könnte uns helfen, um Erwartungen zu formulieren oder Richtlinien oder so.«

Das klang logisch.

»Was zum Beispiel?«, fragte ich.

Er überlegte. »Zum Beispiel«, begann er, »nehme ich an, dass das Hotelzimmer nur ein Bett haben wird. Als dein Gast und als Gentleman würde ich in so einem Fall natürlich das Sofa oder den Fußboden nehmen.«

Die Bedienung kam mit zwei Champagnergläsern zurück und stellte sie ab.

»Oh, das ist nett, aber …«

Patrick hob eine Hand. »Nein«, beharrte er. »So fühle *ich* mich am wohlsten. Wir können immer nach Einzelbetten fragen, wenn wir einchecken, aber wenn es keine gibt, dann nimmst du das Bett, und ich schlafe woanders. So behält alles seine Richtigkeit.«

»Okay«, sagte ich. »Das ist sehr großzügig und wahrscheinlich auch vernünftig. Denn stell dir vor, du wachst auf und ich habe mich im Schlaf an dich geschmiegt, weil ich denke, du wärst …« Sein Name blieb mir im Hals stecken. Ich wollte ihn Patrick gegenüber nicht laut aussprechen. Natürlich wusste er alles über Alexander, aber ich wollte die Reise nicht durch sein Schattenbild besudeln. Außerdem wollte ich jeden Gedanken an ihn bereits im Keim ersticken. Das ist eine weitere Binsenweisheit, die meine Großmutter immer zum Besten gab: *Gieße nur die Gedanken, die du wachsen lassen willst.* Ich wollte, dass die Gedanken an Alexander verwelkten und zu Staub zerfielen. »Wie auch immer«, fuhr ich fort. »Das ist eine gute Grundregel, danke.«

»Gibt es noch etwas, das du hinzufügen möchtest? Oh, und: Prost.« Er hob sein Glas und stieß gegen meins.

»Prost«, erwiderte ich. »Auf …« Ich dachte kurz nach. Auf was wollte ich anstoßen? Darauf, dass ich hier war. Dass ich Ja gesagt hatte. Dass ich eine Chance ergriffen hatte. Das wollte ich feiern.

»Auf das ›Warum nicht?‹«, entschied ich mich.

»Auf das ›Warum nicht?‹!«

Wir nahmen zaghafte Schlucke, die Bläschen kitzelten auf meiner Zunge und prickelten in meinem Mund. Es schmeckte nach Freiheit.

»Wir sollten ein Codewort haben«, sagte ich. »Für den Fall, dass wir uns gegenseitig auf die Nerven gehen.«

»Denkst du, dass das passieren könnte?«

»Das ist es ja gerade. Wer weiß das schon? Wir kennen uns nicht wirklich gut, also könnten wir …«

»Stimmt, okay, also … Wenn wir etwas Abstand oder eine Auszeit brauchen, sagen wir … was?«

Auf dem Bildschirm direkt hinter Patricks Kopf lief ein Musikvideo, und als mein Blick dorthin abschweifte, um einen Anhaltspunkt zu suchen, fand ich sofort einen.

»Mona Lisa«, sagte ich und zeigte auf sie. »Schau sie dir an. Das ist eine Frau, die eine Pause braucht. Sie ist sogar von Jay-Z und Beyoncé genervt.«

»Ein ausgezeichnetes Codewort«, sagte er und lachte. »Ich kann es nicht ertragen, wie du dein Brot kaust, also werde ich jetzt gehen und Mona Lisa.«

»Deine Unfähigkeit, im Supermarkt zu bezahlen, ohne zwanzig Minuten lang mit der Kassiererin zu quatschen, geht mir echt auf den Keks. Lass uns einen Mona-Lisa-Nachmittag machen.«

»Deine morgendlichen Schleimhustschnupfgeräusche als Wecker sind zu viel für mich. Ich brauche ein Frühstück à la Mona Lisa.«

»Ähm, das tue ich tatsächlich«, gab ich verlegen zu. Alexander hatte es immer gehasst. »Das mit dem Schleim am Morgen – ich produziere wohl ziemlich viel Schleim und schnäuze mich sehr oft. Ich habe benutzte Taschentücher in der Tasche jedes Kleidungsstücks.«

»Ich werde daran denken, wenn ich versuche, mir deinen Bikini auszuleihen.«

»Ich kann dir einen neuen Badeanzug spendieren«, bot ich scherzhaft an. »Deine Hüften sind schmaler als meine. Wir können dir einen von diesen Tangas mit String besorgen.«

»Ooooh!«, trillerte er. »Nur ein kleines Zupfen am Stoff, und puff! Ab geht die Post!«

Plötzlich kam mir ein Gedanke. »Was ist, wenn das passiert?«, fragte ich.

»Was?«

»Was ist, wenn du jemanden triffst und du willst …«

»Meinen Bikini mit dieser Person ausziehen?«

»Das könnte ja durchaus passieren. Der süße Engländer, der wegen seines Akzents ständig angemacht wird …«

Er schüttelte den Kopf. »Nein, Annie. Ich wäre ein ziemlich schlechter Freund, wenn ich dich in deinen Flitterwochen für eine schnelle Nummer sitzen lassen würde. Danach steht mir absolut nicht der Sinn. Außerdem habe ich's nicht so mit Beziehungen. Das wird ganz sicher nicht passieren. In den nächsten drei Wochen geht es nur um dich, mich und die weite Welt, okay?«

Ich habe es nicht so mit Beziehungen, hatte er gesagt. Ich musste herausfinden, wer ihn verletzt hatte. Ich wollte es wissen. Wer würde einen so tollen, netten Mann wie Patrick, so einen Sechser im Lotto, ziehen lassen? Ich wette, sie stalkte ihn immer noch online oder über Freunde und ärgerte sich dumm und dämlich, dass sie sich so bescheuert verhalten hatte. Wer auch immer es war, sie hatte ihn offensichtlich ziemlich verletzt, denn jedes Mal, wenn wir uns dem Thema »seine Ex« auch nur ansatzweise näherten, verfinsterte sich sein Gesicht, und sein ganzer Körper schien in sich zusammenzusacken, wenn auch nur kurz. Dieser Moment ging schnell vorbei, aber er reagierte ganz eindeutig immer so.

»Kann ich die Karte der sitzen gelassenen Braut ziehen und dich dazu bringen, ein paar Zeitschriften für mich zu klauen?«, fragte ich und versuchte, die Stimmung aufrechtzuerhalten. Ich trank mein Glas aus und winkte der Bedienung nach zwei weiteren.

»Sie sind umsonst, also habe ich nicht das Gefühl, subversiv zu sein, wenn ich diese Aufgabe übernehme«, antwortete er und stand auf. »Irgendwelche Sonderwünsche?«

»Nichts mit einem glücklichen Paar auf der Vorderseite«, sagte ich. »Und nichts Politisches. Nur Single-Girl-Stoff, bitte«, schloss ich, und als er zum Regal hinüberging, fiel es mir wieder ein: Single.

Patrick wackelte verschmitzt mit den Hüften, als er zum Leseregal ging, drehte sich um, um sicherzugehen, dass ich ihn gesehen hatte, und zwinkerte dann kokett. Ich ertappte die Bedienung dabei, wie sie über ihn lachte, als sie unsere nächste Runde brachte, und als sie merkte, dass ich es sah, kommentierte sie: »Lachen ist der Schlüssel, nicht wahr? Mein Freund ist genauso.«

Sie war verschwunden, bevor ich zu einer Erklärung ansetzen konnte.

12

Der Flug ging für meinen Geschmack viel zu früh – uns blieb gar keine Zeit für eine der Spa-Behandlungen. Im Flieger saß mir Patrick direkt gegenüber, er hatte quasi den Yang-Sitz zu meinem Yin. Während ich an einem weiteren Champagnerglas nippte, spielte er mit den Knöpfen an seinem Sitz. Er ließ die Rückenlehne herunter, lag, mit den Füßen auf der Fußstütze, horizontal da, dann ließ er sie wieder hochfahren zu einem großen Kokon. Er zog den Bildschirm aus der Armlehne heraus.

»Der ist ja größer als der Bildschirm meines Laptops«, stellte er fest. Und dann: »Annie! Die haben hier das ganze Marvel-Universum!«

Das Paar auf der anderen Seite des Ganges beobachtete ihn amüsiert. Sie hatten diese edle und leicht gelangweilte Ausstrahlung von Leuten in gepflegten Jacketts und Loafers, die teure Hautpflege mit einem sagenhaften Ergebnis benutzten und für die das alles offensichtlich nichts Neues war. Aber ich musste gestehen, ich war genauso beeindruckt wie Patrick. Ich bin noch nie zuvor beim Betreten eines Flugzeugs nach links abgebogen. Zu meinem dreißigsten Geburtstag hatte Alexander für unseren Flug nach New York ein Economy-Plus-Upgrade gebucht. Doch ganz vorne zu sitzen in Sitzen, die sich komplett zurücklehnen lassen, sodass man tatsächlich schlafen kann, und mit einem freundlichen Bordpersonal, das uns noch mehr Champagner und nasse, heiße Handtücher zum Auffrischen herbeizauberte, das war wirklich etwas Besonderes. Ich konnte kaum glauben, dass Fernanda und Charles so großzügig waren. Ich konnte auch kaum glauben, dass ich beinahe abgelehnt hatte. Das war jetzt schon die unvergesslichste Reise meines Lebens. Was für ein Abenteuer! In meinem Bauch blubberte es vor Freude. Wie gut es sich doch anfühlte, sich gut zu fühlen!

Ich nahm den kleinen Kosmetikbeutel aus meinem Handgepäck und kramte ein Desinfektionstuch hervor.

»Ich sehe, du gehst keinerlei Risiko ein«, stellte Patrick fest und durchstöberte den Lesestoff, der vor ihm lag.

»Auch reiche Leute haben Krankheitserreger«, entgegnete ich und reichte ihm eins rüber.

Er machte große Augen. »Annie, die servieren hier ein Sieben-Gänge-Menü«, murmelte er und nahm geistesabwesend das feuchte Tuch entgegen. »Und hier steht auch, dass es eine Bar in der Businessclass gibt ...« Er schaute sich in der Kabine um. Der ältere Herr, der uns vorhin gemeinsam mit seinem Partner beobachtet hatte, meldete sich zu Wort: »Sie ist dort vorne, junger Mann. Öffnet nach dem Abflug.«

Sein Partner – ein jüngerer, blonder Mann – sagte: »Merken Sie sich bloß die goldene Regel: Jeder Drink in der Luft entspricht drei am Boden.«

Der ältere Mann kicherte. »Martin hat das auf die harte Tour gelernt, nicht wahr, Darling?«

Martin grinste verlegen, wir verstanden die Anspielung und lachten alle gemeinsam.

Eine Bar? In der Luft? Der Gedanke daran war aufregend. Eigentlich wollte ich mich abschminken und meine Cremes auftragen, damit es meiner Haut auf dem Flug nicht an Feuchtigkeit fehlte, doch wenn es eine Bar gab ...

Nachdem ich meinen Sitzbereich gereinigt hatte, streckte mir jemand vom Bordpersonal eine behandschuhte Hand entgegen und sagte: »Darf ich Ihnen das abnehmen, Ma'am?«

127

Patrick flüsterte mir zu: »Ma'am!«, und machte ein beeindrucktes Gesicht, das meine Gefühlslage genau widerspiegelte.

Aus den Lautsprechern über unseren Köpfen ertönte die Durchsage, dass wir unsere elektronischen Geräte in den Flugmodus setzen sollten, und ich wühlte in meiner Tasche, um mein Handy zu finden. Jo hatte mir eine Nachricht geschickt; ich las sie, bevor ich es ausschaltete.

Meine Liebe, ich unterstütze dein Vorhaben voll und ganz, wenn es dich glücklich macht, aber ich muss die gebührende Sorgfalt an den Tag legen und fragen: Bist du dir sicher, dass das eine gute Idee ist?

In einer zweiten Nachricht hatte sie ergänzt:

Wenn ihr bereits zusammen im Flieger sitzt, wünsche ich euch einen tollen Urlaub!

Ich lächelte. Sie hatte ihre Nachricht nicht via Gruppenchat geschickt. Ich wusste, dass sie vorsichtig nachfragen wollte, ob ich nicht einen Rückzieher machen wollte.

Keine Ahnung, ob es eine gute Idee ist, schrieb ich zurück. *Aber ich glaube, genau darum geht's. Ich bin es leid, vor jeder Entscheidung in meinem Leben eine Risikoeinschätzung zu machen. Falls das hier eine blöde Idee ist, bin ich mir sicher, dass ich es überleben werde, weil ich im Moment Schlimmeres überlebe!!!*

Ich fügte noch drei tränenlachende Emojis hinzu, um sicherzugehen, dass sie verstand, dass ich es nicht bitchy meinte. Sie machte sich Gedanken, das war alles. Doch ich hatte mich bereits beim Brunch rechtfertigen müssen, und ich hatte nicht vor, noch mehr Energie darauf zu verschwenden, sie – oder jemanden sonst – zu überzeugen. Vor allem nicht dann, wenn das Anschnallzeichen aufleuchtete. Ich war aufgeregt! Es war großartig, aufgeregt zu sein!

Ich vertraue deinem Instinkt, schrieb sie zurück. *Schick viele Fotos! Im Gruppenchat, aber auch an mich privat. Du wirst mir*

128

fehlen! Bitte leite mir auch Patricks Nummer weiter, nur für den Notfall. Sorry, dass ich so die Mama raushängen lasse.

Du wirst mir auch fehlen, antwortete ich und leitete ihr Patricks Kontaktdaten weiter. Sie hatte recht. *Ich bringe dir einen Koala mit xxxxx*

Als wir uns irgendwo über der Südspitze Indiens befanden, und nachdem uns das Bordpersonal eine weitere Mahlzeit serviert hatte, war es in der Flugkabine dunkel geworden. Alle dösten vor sich hin, und ich nahm mein Notizbuch heraus. Patrick und ich hatten die Bar ausprobiert, und als wir wieder zurück in unseren Sitzen waren, hatten wir gelacht und geplaudert, bis uns klar wurde, dass wir wahrscheinlich alle um uns herum ziemlich nervten. Wir sahen uns einen Film an und starrten auch viel auf die Wolken. Wann hatte ich das zuletzt getan? Meine Brust schwoll an vor Stolz – ich hatte nicht nur die letzten zwei Wochen überlebt, sondern ich saß jetzt tatsächlich in diesem Flugzeug und genoss es, und das fühlte sich schon wie ein Aufblühen an.

Ich durfte mir das erlauben, ich durfte alles tun, um wieder heil zu werden. Es half, jemanden bei mir zu haben. Wenn Patrick nicht aufgetaucht wäre, wäre ich tatsächlich auch allein geflogen, aber ich war froh, dass er bei mir war. Mit ihm fühlte ich mich einfach sicher. Mein Bauchgefühl sagte mir, dass wir gut zusammen verreisen konnten. Wie lange war es her, dass ich mir selbst vertraut hatte? Dass ich auf mein Bauchgefühl gehört hatte? Es war Zeit, diese Fähigkeiten zurückzugewinnen. Weniger Kopf, mehr Herz. Mehr Gefühle, weniger Analyse.

Ich blätterte zur ersten leeren Notizbuchseite und schrieb: *Versprechen an mich selbst.* Dann ließ ich die Kugelschreiberspitze über dem Papier schweben und überlegte, was ich auflisten wollte. Ich sah zu Patrick. Er schlief, während sein Gesicht vom Bildschirm beleuchtet wurde; er war über einer Serie eingenickt. Auf Alexander konnte ich mich nicht verlassen, aber ich würde ganz bestimmt dafür sorgen, mir von nun an immer selbst treu zu bleiben. *Me, myself, and I* – darauf konnte ich mich verlassen. Dieses Versprechen gab ich mir.

Von heute an, schrieb ich lächelnd, *werde ich nicht mehr versuchen, perfekt zu sein.*

Genau! Es war unmöglich, perfekt zu sein, denn niemand ist jemals perfekt. Kein Wunder, dass ich immer wieder versagte.

In guten wie in schlechten Zeiten, schrieb ich weiter, *werde ich alle Bedenken über Bord werfen.*

Patrick hatte es getan, oder? Weil das Leben zu kurz ist und schnell vorbei. Er hatte recht.

In Reichtum und Armut werde ich jede Gelegenheit, die sich mir bietet, beim Schopfe packen. Ich werde Ja sagen.

Wie etwa zu Australien. Und zu allem, was in Australien passieren sollte, werde ich auch Ja sagen.

Mich selbst zu lieben und zu ehren, für alle Zeiten, verpflichte ich mich zu meinem eigenen Glück.

Dies verspreche ich mir hoch und heilig.

Für immer und ewig, Amen.

Ich malte einen Rahmen um das Geschriebene, damit es auf der Seite hervorstach. Yeah! Ich wollte Spaß haben, neue Dinge ausprobieren und ein paar Fehler machen. Ich hatte bisher stets den Atem angehalten, nach Zustimmung gesucht, hatte so wenig Platz wie möglich beansprucht. Ich war so gewesen, wie mich die anderen hatten haben wollen – und ich war nicht die, die ich wirklich bin. Damit war jetzt Schluss.

Ich sah wieder zu Patrick und lehnte mich vor, um seinen Bildschirm auszuschalten. Plötzlich wurde es ganz dunkel.

Ich schloss die Augen, schlief tief und zufrieden, ohne zu träumen, und wachte rechtzeitig zum Frühstück vor der Landung auf.

13

Am Ankunftsgate stand eine hübsche Frau in Smoking und mit einer Fahrermütze und hielt ein großes Schild hoch. Die Aufschrift lautete: »Annie + Begleitung«.

»Oh«, sagte ich zu Patrick, als wir sie sahen. »Ich habe nicht damit gerechnet, dass uns jemand abholt. Ich dachte, wir nehmen einfach ein Taxi ...«

Patrick gähnte träge. »Ehrlich gesagt habe ich schnell gemerkt, dass alle meine Erwartungen übertroffen werden und ich am besten gar keine mehr haben sollte. Du hast ganz schön untertrieben, was diese Flitterwochen angeht.«

Ich wusste, was er meinte.

Ich lächelte und zeigte auf meinen Namen. »Ich bin Annie«, sagte ich und versuchte, weniger erschöpft zu klingen, als ich war. Selbst in der Businessclass war der Flug ans andere Ende der Welt kein Zuckerschlecken. »Ich bin Annie Wiig. Hat dich das Hotel geschickt?«

»Ja, genau«, antwortete die Frau – überraschenderweise mit einem Cockney-Akzent. »Ich bin Bianca. Ich werde euch nach Margaret River bringen. Die Fahrt dauert drei Stunden.« Sie stellte sich vor Patrick, um ihm den Gepäckwagen abzunehmen. »Hier entlang«, wies sie ihn munter an. »Mir nach.«

Patrick flüsterte: »Du wolltest ein Taxi für eine dreistündige Fahrt nehmen?«

Zum Glück hatte das Hotel einen Wagen geschickt.

Wir mussten einen Gang höher schalten, um mit Bianca auf ihrem Schlängelkurs durch die Menge mithalten zu können. Ihr strenger Pferdeschwanz fiel ihr über den Rücken. Es war fast zwei Uhr Ortszeit und überraschend warm – ich brauchte die Strickjacke nicht, die ich im Flugzeug angehabt hatte, um mich vor der kalten Luft der Klimaanlage zu schützen, und fragte mich, ob Bianca in ihrem Jackett nicht zu warm war. Wir traten aus der Halle, über uns ein blauer Himmel mit vereinzelten Wolken. Als ich um den hinteren Teil einer Stretchlimousine biegen wollte, um die Straße zu überqueren, rief mir Bianca zu: »Annie, das ist unser Wagen.«

Sie öffnete den Kofferraum und begann, unser Gepäck einzuladen.

»Bitte«, forderte sie uns mit einer Handbewegung auf. »Steigt ein und macht es euch bequem.«

»Gütiger Himmel!«, stieß Patrick erfreut aus, als wir die Tür hinter uns schlossen. Innen war alles mit cremefarbenem Leder überzogen; es gab Wein, Wasser und Snacks, nur bescherte mir der Gedanke an Alkohol ein leichtes Unwohlsein. Ich war ein bisschen durch den Wind nach dem Flug und wäre gerne erst mal unter eine Dusche gegangen. Die Trennwand, die den hinteren Teil vom Fahrerbereich abschirmte, fuhr herunter.

»Seid ihr bereit?«, fragte Bianca.

»Allzeit bereit«, sagte Patrick, und ich grinste. Ich hatte noch nie in einer Limousine gesessen.

»Prima«, sagte sie. »Vergesst nicht, in den Briefumschlag zu schauen, ja? Da ist eure Reiseroute drin. Flitterwochen, stimmt's?«

»Nein, eigentlich nicht«, entgegnete ich.

»Die Lady hier spendiert mir die Reise als Belohnung für meinen Job«, fügte Patrick hinzu.

»Ach, wirklich?«, fragte Bianca und fuhr los.

»Ich arbeite für den MI6, deshalb kann ich leider nichts Genaueres dazu sagen. Im Grunde habe ich schon zu viel verraten.«

Bianca blinkte, um auf die Autobahn aufzufahren. »Ich glaub dir kein Wort«, johlte sie. »Wenn du James Bond bist, dann bin ich der Gitarrist der Rolling Stones.«

»Awwww«, sagte Patrick. »Kannst du uns Tickets für die nächste Tour besorgen?«

Sie quasselte uns die Ohren voll, während wir es uns gemütlich machten und Richtung Süden nach Margaret River fuhren; ich glaube, Patrick hatte sie mit seinen Scherzen vollkommen für sich eingenommen. Die Straße verlief parallel zur Küste, und während Bianca in die Lautsprechanlage plapperte, betrachteten wir den endlosen Ozean, der den endlosen Himmel berührte. Bianca erzählte uns, dass sie in Hackney als Tochter einer mexikanischen Mutter und eines australischen Vaters geboren wurde; ihr Vater starb jedoch eine Woche vor ihrer Geburt. Sie erzählte auch, dass sie bereits Rhabarber-Gin mochte, bevor es ihn überhaupt gab.

»Aber«, fuhr sie fort, »hier draußen dreht sich alles nur um Wein. Zumindest für die Touristen.«

Sie erzählte uns ganz nebenbei, dass sie sich nichts gefallen lasse, aber sensibel sei. »Nur weil ich eine große Klappe habe, vergessen die Leute das meistens.« Meine Vermutung war, dass sie erst vor Kurzem von jemandem betrogen worden war und nun versuchte, sich bewusst zu machen, dass es nicht ihre Schuld war. Es schien ihr nichts auszumachen, dass wir außer einem höflichen »Oh, wirklich?« oder »Hmmm!« nichts weiter dazu sagten. Ich war schläfrig und entspannt – es war wunderbar, aus einem Flugzeug auszusteigen und zu unserem Zielort gebracht zu werden. Mein Gehirn schaltete eine Synapse nach der anderen ab und ließ sich einfach führen.

»Mein Vater ist hier draußen aufgewachsen«, erzählte Bianca, und ich beobachtete, wie eine Möwe durch die Luft glitt, sich sanft fallen ließ und dann wieder hochschoss. »Und als ich letz-

tes Jahr dreiunddreißig wurde, verspürte ich diesen Drang her-
zukommen und zu sehen, was er als Kind gesehen hat. Ich
kann's nicht erklären, aber es fühlt sich hier für mich mehr nach
Zuhause an als irgendwo sonst auf der Welt. Manche Dinge fühlen sich einfach richtig an, wisst ihr, was ich meine?«

»Das ist kein schlechter Ort, um sich zu Hause zu fühlen«,
stellte Patrick fest. Es war wirklich wunderschön. Ich hatte nicht
einmal Zeit gehabt, einen Reiseführer zu besorgen, und mein
Wissen über Australien war begrenzt, sogar erbärmlich, obwohl
ich mir als Kind nach der Schule immer die Daily Soap *Nachbarn* angeschaut habe. Es war grüner, als ich es erwartet hatte,
riesige Laubbäume wiegten sich in der Brise; die grasbewachse-
nen Ufer, die Gärten und Parks waren so üppig und sattgrün, als
sähe man sie durch einen Filter.

»Also, was hat es wirklich mit eurer Reise auf sich?«, fragte
Bianca, als sie durch den Rückspiegel sah, wie Patrick und ich
uns anlächelten. »Ihr habt das beste Ferienhaus der Hotelanlage. Es ist *wirklich* große Klasse, einfach top!«

Ich musste Patrick nicht einmal ansehen, um zu wissen, was
er für ein Gesicht machte. Ich wusste, dass er bei der Erwäh-
nung des tollsten Ferienhauses begeistert dreinschauen und seine Augenbrauen hüpfen lassen würde. Es fiel ihm so leicht, sich
zu freuen. Er konnte sich über jede gute Nachricht so begeis-
tern – und es schien, als ob die guten Nachrichten gerade kein
Ende nahmen.

»Wir sind hier, um das wahre Leben zu feiern«, sagte Patrick
in einem fröhlichen Singsang.

Er brachte Bianca fast so sehr zum Lachen wie mich. »Du bist
ja gut drauf«, kicherte sie. Sie schaute im Rückspiegel von ihm
zu mir. »Es ist schön, zufriedene Menschen zu sehen.«

»Das ist der einzig richtige Weg«, erwiderte Patrick. »Nicht
wahr, Annie?«

Ich schüttelte grinsend den Kopf und schaute wieder aus dem Fenster. Australien. Am anderen Ende der Welt und ein ganzes Universum entfernt.

»Früher oder später werde ich schon noch die Wahrheit über euch herausfinden«, warnte Bianca. »Von wegen MI6, ihr habt da irgendeine Geschichte am Laufen. Das weiß ich einfach.«

Als ich die Hotelanlage sah, verschlug es mir die Sprache. Bianca weckte uns vorsichtig, als wir die Privatstraße hinauffuhren. Die Dämmerung setzte ein und tauchte alles in Altrosa. Ich schaute auf die Uhr am Armaturenbrett: Da wir auf halber Strecke angehalten hatten, um uns ein wenig zu strecken, war es jetzt schon kurz nach sechs. Die Sonne strahlte die Wolken von hinten an, sie spiegelten sich perfekt in den Seen zu beiden Seiten der Straße. Es sah so aus, als würden wir durch den Himmel gleiten. Vor uns lag ein prachtvolles Haus aus hellem Stein, umgeben von einem üppigen Garten, der in den sattesten Farben blühte: leuchtende Lila-, Orange-, Blau- und Rosatöne, ein wahrlich exotisches Fest für die Sinne. Um das Haus herum war eine riesige Veranda, auf der mehrere Gäste mit ihren Drinks und Snacks saßen. Dahinter lag eine offene Feuerstelle, um die weitere Paare in Decken gehüllt auf Holzliegestühlen lagen. Zwei leuchtend weiße Hubschrauber warteten in der Ferne, und ich war mir sicher, dass da im Hintergrund auch ein Pfau seine majestätische Federschleppe hinter sich herzog. Es war einfach atemberaubend. Als wir aus der Limousine ausstiegen und ich alles auf mich wirken ließ, war es einfach nur surreal. Wir waren im Paradies vorgefahren.

»Nicht schlecht, oder?«, fragte Bianca. »Wartet nur, bis ihr euer Haus seht.«

Also, hör dir mal das an«, sagte Patrick und las aus einer Tourismus-Broschüre vor. Man hatte uns in einem kleinen Golfcart zu unserem Cottage am Rand der Anlage gefahren, damit wir unsere Beine schonen und nicht die schmalen Gehwege nehmen mussten, die sich weit über das Gelände schlängelten. Als wir die Tür zu unserem Ferienhaus öffneten, sagte Patrick, dass er Fernanda und Charles eine Niere schenken müsste, denn das mit meiner riesigen Toblerone würde niemals ausreichen. Ich nahm mir vor, sie anzurufen, sobald es zu Hause Morgen würde.

»Eine Küste, so perfekt wie ein Postkartenmotiv«, las er vor. »Weiße Sandstrände, malerische Wälder. Wenn es um gottgegebene Schönheit geht, dann ist die Region um Margaret River in Westaustralien ein Jackpotgewinn ...«

»Oh mein Gott«, murmelte ich vor mich hin. »Das alles ist für uns, Patrick. Wow!«

In unserem Ferienhaus war alles aus Glas und Birkenholz und perfekt ins Abendlicht getaucht – es gab quasi keine Grenze zwischen Innen und Außen, alles war miteinander verschmolzen. Ein riesiger Sitzbereich mit plüschigen Sofas war in der Mitte des Wohnzimmers eingelassen, und als ich zur Terrassentür ging, sah ich, dass man die komplette Glaswand aufschieben konnte. Vögel zwitscherten, und ein exotisch klingendes Wesen gab einen leisen gurrenden Ton von sich, während ich mir staunend die restlichen Räume ansah.

Zum Glück gab es drei Schlafzimmer. Das war zwar ungewöhnlich für eine Hochzeitsreise, aber ideal für den Urlaub mit einem Typen, der als Teenager mit mir im Theatercamp gewesen war. Wahrscheinlich wurden hier meist Familien untergebracht. Wir hatten an der Rezeption lediglich unter meinem Namen eingecheckt, und ich erinnerte mich daran, dass auch auf Biancas Schild nur mein Name stand. Alexanders Eltern müssen strenge Anweisungen durchgegeben haben, und ich war ihnen sehr dankbar dafür. Sie hatten nichts gesagt, als ich ihnen Patricks persönliche Daten mitgeteilt hatte, Fernanda hatte nur betont: »Ich bin so froh, dass du dich dafür entschieden hast. Ich glaube, diese Reise wird dir guttun.« Nach dem Fauxpas in der Abflughalle wollte ich wirklich sicherstellen, dass keine weiteren Mr-und-Mrs-Missgeschicke vorkamen – und bisher war es diesbezüglich gut gelaufen.

»Hast du von all dem gewusst?«, fragte Patrick, als ich wieder ins Wohnzimmer kam. Er lag auf dem großen Sofa, auf dem Bauch. »Wir befinden uns auf dem Schauplatz des guten Essens und Trinkens, und Bianca hatte recht – hier wird der *beste Wein der Welt* produziert.«

»Ach, ja, da war was«, sagte ich. Ich erinnerte mich, dass ich vor langer Zeit mit Alexanders Mum über die Flitterwochen gesprochen hatte, die Details hatte sie aber nicht verraten, es sollte eine Überraschung werden. Da Alexander und ich alles andere rund um die Hochzeit bis ins kleinste Detail geplant hatten, war Fernanda der Meinung, dass wir uns freuen würden, wenn uns jemand die Planung der Flitterwochen abnähme. Ich sollte ihr einfach vertrauen. So hatte ich mir die Flitterwochen nicht vorgestellt, aber ich musste zugeben – es war alles im wahrsten Sinne des Wortes traumhaft.

»Es gibt hier viele Kunstgalerien, und jeden Samstag findet der Margaret-River-Markt statt. Oh, den haben wir diese Woche verpasst, aber vielleicht können wir ja nächsten Samstag hin.«

Ich überlegte. »Ja, ich denke schon, wir sind sechs Nächte hier, bevor wir nach Sydney fliegen.«

»Welcher Tag ist denn heute?«

»Es ist auf jeden Fall einer, der mit ›g‹ endet«, scherzte ich. Ich war fix und fertig und hatte wirklich keine Ahnung.

Er grinste mich amüsiert an. »Mir geht's genauso. Bist du müde? Willst du was essen?«

»Ich kann *immer* essen. Aber ich spüre auch eine dünne Schweißschicht auf meinem ganzen Körper, und ich weiß, wenn ich mich nicht sofort darum kümmere, krieg ich Ausschlag. Hört sich eklig an, stimmt aber.«

»Wollen wir was beim Roomservice bestellen? Ich lad dich ein. Es ist jetzt sowieso Abend, also können wir Essen bestellen, duschen, bis das Essen kommt, satt schlafen gehen und dann morgen für Margaret River bereit sein.«

Ich seufzte und war froh, dass wir ganz auf einer Wellenlänge waren. »Das ist ein perfekter Plan«, sagte ich. »Übrigens gibt es drei Schlafzimmer. Also ist das auch paletti.«

»Cool. Such dir eins aus. Ich werde später auspacken. Diese Reiseroute, die sie zusammengestellt haben, haut mich gerade von den Socken.«

Als ich aufwachte, fühlte ich mich wie neugeboren. Patrick war schon vor mir wach und hatte mit Bianca gesprochen, die uns an unserem ersten Tag zum Strand fahren sollte. Anscheinend war sie unsere Chauffeurin für die ganze Woche an der Westküste. Ich schickte den Mädels eine Nachricht: *Wir haben eine Limousinen-Chauffeurin!,* und erhielt als Antwort viele eifersüchtige Emojis.

»Ready, ready, chicken jelly?«, rief Patrick aus seinem Schlafzimmer.

Ready, ready, chicken jelly?

»Wie bitte?«, rief ich zurück. »Was … redest du denn da?«

Er erschien im Türrahmen in gebügelten marineblauen Shorts, Birkenstocks und einem zerknitterten Oxford-Hemd mit blauen Karos. Sein Haar war zerzaust und ungekämmt, und die Bartstoppeln der letzten vierundzwanzig Stunden verliehen ihm einen nachlässig-coolen Look, der gut zu ihm passte. Er sah aus, als sei er offiziell außer Dienst. In der einen Hand hielt er ein Strandtuch, in der anderen eine Tragetasche. An der harten Kante, die sich durch den Stoff abzeichnete, konnte ich erkennen, dass er ein Buch eingepackt haben musste.

»Meine Mum – Mama Jess, wie meine Freunde sie nennen – hat das immer zu uns gesagt, als wir Kinder waren.« Er zuckte mit den Schultern. »Ich glaube nicht, dass ich diesen Spruch als Erwachsener jemals benutzt habe, außer zufällig gerade eben.«

»Wie heißt dein Vater?«

»Mark.«

»Jess und Mark, was für einen wunderbaren Sohn ihr doch großgezogen habt!«

Er sah mich plötzlich merkwürdig an, blinzelte mehrfach kurz hintereinander, und ich schwöre, ich konnte sehen, wie er etwas in seinem Gehirn rebootete. Wie ein Computer, der einen Moment braucht, um einen neuen Tab zu öffnen, weil schon so viele andere Tabs offen sind. Ich fragte mich, ob wir während der ganzen Reise immer wieder zwischen Distanz und Vertrautheit hin- und herswitchen würden, uns selbst im Moment verlieren und dann wieder einen Rückzieher machen würden, wenn wir merkten, dass es noch so viel gab, das wir nicht voneinander wussten. Ich wollte diesen Teil überspringen – den Teil, in dem wir uns aneinander gewöhnten – und einfach nur entspannt miteinander umgehen. Ich nahm an, dass das das Problem war, wenn man einen praktisch Fremden mit in den Urlaub nimmt – es gab so viel Neuland. Ich wollte schnell zu Freundschaft übergehen und mich wohlfühlen.

»Du siehst hübsch aus«, sagte er. Ich weitete meine Nasenlöcher und schielte.

»Danke«, lallte ich selbstbewusst. Da war etwas an der Art, wie sich seine Pupillen geweitet hatten, das sein unschuldiges Kompliment aufgeladener wirken ließ, als es war. Es ließ meine Haut kribbeln.

Für einen kurzen Augenblick sahen wir uns irritiert an, dann sagte er: »Hast du Sonnencreme dabei? Ich habe meine vergessen.«

»Ja, habe ich«, antwortete ich und versuchte, die Stimmung aufzulockern. »Auf zum Strand! Juhu!«

»Auf zum Strand!«, wiederholte er, doch ich traute mich nicht, vor ihm zu gehen. Ich hoffte, dass ich gut aussah. Er hatte mich als hübsch bezeichnet, und ich wollte diesem Kompliment unbedingt gerecht werden, auch wenn ich es nur ungern annahm. Ich hatte nur ein bisschen wasserfeste Wimperntusche aufgetragen, sonst nichts, denn wir wollten ja zum Strand. Ich dachte mir, dass er mich im Fitnessstudio schon in anderen Situationen gesehen hatte, und obwohl ich im Bad über meiner Schminktasche herumgetrödelt und kurz überlegt hatte, ob ich mehr auftragen sollte, wollte ich letztlich niemanden beeindrucken. Nicht, dass ich Lippenstift nur trage, um Männer zu beeindrucken. Mum würde mich als nachlässig bezeichnen, weil ich mir so wenig Mühe gegeben hatte, aber es war ja kein Schönheitswettbewerb. Und überhaupt, mit oder ohne Make-up, Patrick schien es ehrlich zu meinen, als er sagte, ich sähe hübsch aus.

Ich zog an den Trägern meines Bikinis und glättete meine Jeansshorts. Als ich mich halb umdrehte, um ihm die Tür aufzuhalten, ertappte ich ihn dabei, wie er in den Flurspiegel schaute und sich über die Haare strich – wie ein kleiner Junge beim Klassenfototermin. Es war eine kleine Geste des Selbstzweifels, die im Widerspruch zu seinem Selbstbewusstsein stand, das er sonst an den Tag legte.

»Nach dir«, sagte ich und lächelte absichtlich breit wie ein guter, netter Kumpel. Die Tür fiel hinter uns zu.

Am Strand gab es riesige grasbewachsene Dünen und gewundene, schmale Wege, die zum kilometerlangen, geschwungenen, bildschönen weißen Sandstreifen führten. Das Wasser hatte die Farbe, die man als Kind aussucht, wenn man das Meer malt: hellblau – mit strahlend weißen Brechungen dort, wo die Wellen einschlagen, obwohl es weiter draußen ruhig wirkte. Bäume und Sanddünen säumten unseren Weg, als wir zum Ufer hinuntergingen und überlegten, wo wir uns am besten niederlassen sollten. Bianca hupte, als sie losfuhr. Von einer Limousine direkt am Strand abgeliefert zu werden, war das Glamouröseste, das mir im Leben passiert ist.

»Hier?«, fragte ich und wollte alles schnell hinwerfen und sofort loslaufen, um die Füße ins Wasser zu stecken. Patrick stellte den Picknickkorb, den das Hotel für uns vorbereitet hatte, in den Sand, seufzte vergnügt und schloss die Augen.

»Wie heißt der Song über Sanddünen und Seeluft? Ich höre ihn in meinem Kopf.«

»Oh ja«, sagte ich und fischte die Sonnencreme und mein Buch aus der Tasche. »Ich weiß, was du meinst.« Ich atmete tief ein und schloss ebenfalls die Augen. Ich hörte die Wellen und fühlte die Sonnenwärme auf meinem Gesicht. Das war so herrlich, so nötig, so perfekt.

»Darf ich dich bitten?«

Ich öffnete die Augen; Patrick schwenkte die Sonnencreme hin und her.

»Meine Schultern verbrennen so schnell.«

Ich nahm ihm die Creme ab: »Na, dann komm mal her.«

Ich drückte etwas Creme in meine Handfläche, und er sah mir zu, bevor ich ihm per Kopfgeste zu verstehen gab, dass er sich umdrehen sollte. Ich rieb die Creme zwischen meinen Handflächen, damit sie sich auf seiner Haut nicht zu kalt anfühlte, und legte meine Handflächen dann auf seine Schultern. Sie waren fest und zuckten unter meiner Berührung. In langen, langsamen Bewegungen strich ich von seinen Oberarmen hoch zu seinem Nacken. Er war kräftig und durchtrainiert, logisch, bei all den Fitnesskursen. Als sich die Creme überall verteilte und in die nun schimmernde Haut eingezogen war, konnte ich leichter über seine Haut gleiten.

»Soll ich …?« Ich klopfte auf seinen unteren Rücken.

»Ja, gerne«, antwortete er. »Nur zu! Überall dort, wo du dich traust.«

Er fühlte sich glatt an, und seine Muskeln spannten sich an, als er sich leicht vorbeugte, damit die Creme nicht herunterlief. Ich verteilte die Creme über seinen ganzen Rücken und fragte mich, wie nahe ich an den Bund seiner gemusterten Badeshorts herankommen konnte. Sie saß ihm tief auf den Hüften, dort, wo der Rücken zum Po übergeht. Als ich an der Unterseite seines Rückens angekommen war, begann ich, die Creme nach vorne, Richtung Bauchnabel zu verteilen, um die überschüssige Creme von meinen Händen loszuwerden. Da hustete er plötzlich verlegen und sagte: »Okay, danke. Ich denke, das reicht. Ich geh jetzt ins Wasser.« Und ohne sich umzudrehen, lief er die kurze Strecke zum Ufer und blieb am Wasserrand stehen. Er schüttelte sein Bein ein wenig, als ob er ein schlechtes Gefühl loswerden wollte.

Ich sah zu, wie er ins Wasser watete, bis es ihm bis zu den Knien reichte. Ich konnte sehen, dass es nicht gerade warm war, aber er kämpfte nicht allzu sehr dagegen an. Ich verteilte Sonnencreme auf allen Teilen meines Körpers, die ich erreichen konnte, und beschloss, sie erst einziehen zu lassen, bevor ich ins Wasser ging. Ich genoss es zuzusehen, wie Patricks Kopf auf den Wellen schaukelte. Es war so wunderbar, einfach nur dazusitzen und zu beobachten, wie die Brise den Sand aufwirbelte. Großes, offenes Wasser hat so eine entspannende Wirkung. Ich hätte ewig auf den Horizont starren können, bis zur Trance. Ob es an dem verzögert einsetzenden Jetlag lag oder an der unbestreitbaren Anziehungskraft von Sonne, Sonnencreme und Sand, irgendwann legte ich mich jedenfalls auf den Rücken und schloss die Augen, ohne groß an etwas zu denken.

15

Hey«, sagte ich benommen, nachdem ich, ich weiß nicht wie viel Zeit später, aufgewacht war. »Da stimmt was nicht.«

Unter schweren Augenlidern beobachtete ich eine Menschengruppe, die sich unten am Steg versammelt hatte. Als wir angekommen waren, war der Strand ziemlich leer gewesen – Bianca hatte erzählt, dass hier immer die wenigsten Leute seien, weshalb wir uns auch dafür entschieden hatten –, deshalb war die plötzliche Betriebsamkeit etwas irritierend.

»Patrick?«

Er schlief neben mir auf dem Bauch und schnarchte stark. Er sah so friedlich aus, und für einen kurzen Augenblick sah er so aus wie der Teenager, den ich mal gekannt hatte. Da ich mir aber Sorgen machte, dass etwas Schlimmes passiert sein könnte, ließ ich nicht locker, bis er aufwachte.

»Hmmm?«

Ich zeigte mit dem Finger in Richtung der Menschenmenge. »Ich glaube, da ist ein Hai oder so, schau mal.«

Patrick stützte sich auf einen Ellbogen und schaute verschlafen in die Richtung, in die ich zeigte.

»Stachelrochen«, stellte er fest. »Siehst du den schwarzen Schatten im Wasser? Sie versammeln sich hier.« Er rieb sich die Augen und suchte nach seiner Sonnenbrille. »Ich habe darüber gelesen. Komm, lass uns hingehen und sie anschauen.«

Als wir uns näherten, sah ich tatsächlich einen Schatten unterhalb der Meeresoberfläche.

144

»Sind sie nicht gefährlich?«, fragte ich.

»Stachelrochen? Nee.«

»Ist Steve Irwin nicht wegen eines Stachelrochens gestorben …?«

Eine Frau mit blauem Irokesenschnitt und Septum-Piercing hörte zufällig mit.

»Seine Brust wurde von einem Stachelrochen durchstochen, ja. Das war ein total irrer Unfall, aber diese Kerlchen hier tun dir nichts. Wir haben Glück, dass wir sie sehen können.«

»Puh, das ist ja furchtbar.«

Der Mann neben ihr, ebenfalls mit einem blauen Irokesenschnitt, nur in etwas länger und heller, ergänzte: »Die sind hier, um was zu fressen und um gut auszusehen, stimmt's, Jungs?«

Die dünne, schwarze, wellige Form im Wasser war in etwa so lang wie ich und halb so breit wie lang. Das Tier sah so seltsam aus, wie ein schwarzer Müllsack, der knapp unter der Oberfläche schwamm, glänzend und spiegelglatt. Es schwamm langsam, und es schien, als habe es sich einerseits völlig unter Kontrolle, aber gleichzeitig schien es der Strömung völlig ausgeliefert zu sein. Es wirkte so gelassen. Ich war total fasziniert.

»Was fressen Rochen?«, fragte ich die Frau, merkte aber gleich, dass es lächerlich war, sie für eine Art Stachelrochen-Expertin zu halten. Der Mann sprach für sie.

»Hauptsächlich Schalentiere. Der Stachelrochen spürt die Energiebahnen in den Muskeln und Nerven seiner Beute und saugt sie ins Maul, wo er sie zerkleinert. Das Fleisch schluckt er herunter, die Schalenfragmente stößt er durch die Kiemenspalten zurück ins Meer. Solange wir die Tiere nicht stören, geht's ihnen gut. Deshalb sollte man immer ein wenig Abstand zu ihnen halten.«

»Paul«, sagte die Frau und rollte mit den Augen. »Du hast das alles gerade so erklärt, als ob du es nicht von mir wüsstest.«

»Danke euch beiden, dass ihr euer gemeinsames Wissen mit uns teilt«, sagte Patrick charismatisch. »Es ist toll, sie aus der Nähe beobachten zu können …«

»Seid ihr Touristen?«, fragte die Frau.

Ich nickte. »Wir sind für eine Woche hier.«

»Es ist ungewöhnlich, sie schon so früh im Jahr zu sehen.«

Patrick legte seinen Arm um meine Schulter, als wir uns eng aneinanderkauerten, um das sonderbare Tier dabei zu beobachten, wie es in tieferes Wasser tauchte. Ich konnte spüren, wie sich seine Körperwärme auf mich übertrug, wie seine Finger sanft meinen Oberarm umfassten. Seit Wochen hatte mich niemand mehr so sanft berührt. Ich wagte es nicht, mich zu bewegen. Ich wollte ihn nicht durch eine plötzliche Bewegung verschrecken. Er war mein menschlicher Stachelrochen, und ich war seine Beobachterin. Es war aufregend, jemandem so nahe zu sein.

»Ist das nicht unglaublich?«, seufzte er. »Ich bin so froh, dass wir das erleben konnten.«

Er ließ seinen Arm fallen, während ich ihn ansah und lächelte, und für einen Augenblick dachte ich, ich hätte es vermasselt, hätte den Moment ruiniert. Aber dann berührten seine Fingerspitzen meine, und er sagte sanft: »Komm, lass uns nachsehen, was sie uns in den Picknickkorb gepackt haben.«

Während er mein Handgelenk packte und vorausging, kam mir ein eigenartiger Gedanke: *Bilde ich mir das nur ein?*

Aber ich konnte nicht wirklich in Worte fassen, was »das« war.

Der späte Nachmittag ist meine liebste Zeit am Strand. Dann fühlt sich der Körper ganz warm und salzig an, und alles bewegt sich wie in Zeitlupe. Es ist wie ein Song von Jack Johnson zu sepiafarbenen Fotos – einfach himmlisch! Wir lagen nebeneinander auf dem Strandtuch, je eine leere Bierdose zu unseren

Füßen, in Hörweite spielten Kinder Frisbee und kreischten vor Freude, bis ihr Vater sie zum Schweigen ermahnte. Ich wachte durch ihren Lärm aus einem weiteren friedlichen Schlummer auf, genau zum selben Zeitpunkt wie Patrick.

»Hey«, sagte er verschlafen.

»Hey«, antwortete ich.

Als wir aufwachten, lagen wir nur einen halben Meter voneinander entfernt und sahen uns direkt in die Augen. Mein leicht nervös reagierender Körper war sich seiner Nähe bewusst, während die Sonne tief am Himmel stand.

»Einen Penny für deine Gedanken.«

Ich schaute knapp über seine Schulter, doch es war schöner, ihn direkt anzusehen. Wir lagen beide auf dem Bauch, als wären wir zusammen im Bett aufgewacht und nicht am Strand.

»Ich bin so entspannt«, sagte ich und merkte, dass meine Stimme sanfter klang. Ich flüsterte nicht, aber er war so nah bei mir, dass ich nicht laut sprechen musste.

»Ja«, antwortete er ebenso sanft. Kurze Pause. »Ich mag dieses Gefühl.«

»Das Urlaubsgefühl?«

»Nach einem Bier im Sand zu liegen, während die Sonne untergeht. Ich wäre jetzt nirgendwo sonst lieber als hier. Genau um diese Zeit des Tages bleibt am Meer die Zeit stehen, findest du nicht?«

»Ja«, stimmte ich zu, schloss erneut meine Augen und atmete ruhig und tief ein und aus.

»Du wirkst glücklich. Das ist schön zu sehen.«

Ich antwortete mit geschlossenen Augen. »Das bin ich«, sagte ich, ohne nachzudenken, doch dann sah ich ihn an. Ich hatte mich selbst überrascht. »Mensch!«, sagte ich mit mehr Elan. »Ich glaube, ich bin es wirklich. Ich bin zum ersten Mal nach allem, was passiert ist, richtig glücklich.«

Er setzte sich auf, um zwei weitere Bierdosen zu öffnen, reichte mir eine, winkelte dann seine Knie an und schlang die Arme um sie. Ich tat es ihm gleich. Wir saßen noch immer eng beieinander.

Wir sagten nichts.

Wir schauten aufs Wasser.

Ich war weit weg von meinem aktuellen Leben, aber so viel näher dran an meinem wahren Ich wie schon ewig nicht mehr. Ich wusste nicht einmal, wo mein Handy war. Keine E-Mails, keine Anrufe oder Textnachrichten. Ich verspürte kein Bedürfnis, das Geschehen zu dokumentieren oder einen tollen Winkel für ein Foto zu finden, um es später zu posten. Patrick hielt mit seiner Kamera die Erinnerungen fest, und das reichte mir. Ich dachte nicht an die Arbeit, und so schnell, wie Gedanken an meine Eltern aufblitzten, so schnell verschwanden sie auch wieder. Ich vermisste Freddie, aber ich vermisste Freddie immer, auch wenn sie direkt neben mir stand.

Entscheidend war, dass ich Alexander nicht vermisste. Mit ihm hätte ich das hier nicht erlebt. Er hätte sich nicht neben mich auf eine Decke an den Strand gelegt, hätte nicht gelesen, geschlafen oder geplaudert. Er wäre raus aufs Wasser zum Surfen oder Jetskifahren, während ich an Land Videos von ihm gemacht hätte. Mit Alexander wäre ich einsam gewesen, mit Patrick war ich ein Teil von etwas. Er war hier mit mir – und er war *tatsächlich anwesend*. Er hatte mir ein Sandwich belegt und einen Abschnitt aus seinem Buch vorgelesen, weil er ihn so lustig fand. Er hörte mir zu, als ich über die Vorteile von geriebenem Cheddar statt Cheddar-Scheiben in einem Sandwich philosophierte, stimmte mir schließlich zu und erzählte, dass er einmal ein sehr gutes Gedicht über ein Käsesandwich mit sauren Gurken gehört hatte und dass wir es suchen müssten, sobald wir zurück in unserem Häuschen wären.

Ich betrachtete sein Profil. Er hatte diese ausgeprägte, klassische Nase und ein breites Lächeln, sein Hals ging in einer leichten Kurve in breite Schultern über. Seine blonden Wimpern waren länger, als ich zunächst gedacht hatte, und er hatte eine Art, sich zu bewegen, die anmutig, aber voller Kraft war, fast wie bei einem Tänzer. Es stand zweifelsohne fest: Er war umwerfend. Das war mir vorher gar nicht so aufgefallen. Vielleicht wurde er immer attraktiver, je besser ich ihn kennenlernte.

»Alles klar?«, fragte er, ohne mich anzusehen.

Ich blickte zum Horizont.

»Ja«, sagte ich.

Wir tranken unser Bier.

16

Als wir zurück in unserem Ferienhaus waren, bemerkte ich einen winzigen kupferfarbenen Fleck in meiner Badehose. Ich bekam meine Periode. An welchem Stress auch immer sich mein Körper festgeklammert hatte, er begann nun endlich loszulassen.

»Annie? Dein Handy klingelt!«

Ich erstarrte auf dem Toilettensitz und traf dann die instinktive Entscheidung, meine Hose hochzuziehen und mich erst nach dem Telefonat um meine Periode zu kümmern. Es konnte nur jemand von zu Hause sein. Ich hörte Patricks Schritte näher kommen, drückte die Spültaste und wusch mir schnell die Hände.

»Freddie!«, rief ich, nachdem ich den Videocall angenommen hatte. »Na du?«

Ich merkte sofort, dass etwas nicht stimmte. Sie trug ihre Brille, ihr Gesicht war fleckig und rot, und ihre Stimme klang zögerlich.

»Ich kann Carol nicht finden …«, jammerte sie. »Es tut mir sooo leid. Ich habe sie im Park von der Leine gelassen und auf meinem Handy nach Hamelin Bay gegoogelt, wie du es mir geraten hast, und als ich wieder hochgeschaut habe, konnte ich sie nicht sehen, und sie ist nicht wiedergekommen, als ich nach ihr gerufen habe!« Vor lauter Sorgen zerfetzte sie ein Papiertaschentuch. Ich ging mit dem Handy zur Frühstückstheke und lehnte es gegen eine Wasserflasche.

»Okay«, sagte ich und rang darum, einen neutralen Stimmton beizubehalten. Im Notfall könnte ich ja weinen, nachdem wir aufgelegt hatten, aber jetzt musste ich für meine Schwester stark sein. »Froogle, du kannst nichts dafür.«

Sie wischte sich mit dem Ärmel über die Augen.

»Mum hat gesagt, ich soll es dir nicht sagen, um dir den Urlaub nicht zu versauen, aber wir haben sie überall gesucht, und jetzt weiß ich nicht, was ich tun soll, und niemand will mir helfen! Sie sagen, sie wird schon wiederauftauchen!«

Patrick stand abseits des Bildschirms, ohne Hemd und mit nackten Füßen. Man konnte seine Besorgnis erkennen. Mein Herz raste, und meine Haut kribbelte. Carol war weg?!

»Sie wird bestimmt wiederauftauchen, Froogle.« Es kostete mich viel Mühe, ruhiger zu klingen, als ich es war. »Ich weiß, es ist beängstigend, aber wenn ihr überall gesucht habt, dann hat sie vielleicht jemand gefunden und mit nach Hause genommen. Sie ist gechipt, wenn man sie also zum Tierarzt bringt, können sie ihre Daten einlesen und sich mit mir in Verbindung setzen, okay? Es ist nicht deine Schuld.«

»Doch, ist es!«, sagte sie, und diesmal weinte sie wirklich. Freddie war selbstbewusst und klug, aber sie hatte die gleichen unmöglich hohen Ansprüche an sich selbst, die ich auch hatte – und die uns Mum eingepflanzt hatte. Es tat mir im Herzen weh zu sehen, wie sehr sie sich hineinsteigerte; meine Augen brannten auch schon.

»Ist es nicht, Freddie.«

»Es tut mir so leid!«

»Es hätte jedem passieren können. Es hätte sogar mir passieren können.«

Es war furchtbar, sie so aufgebracht zu sehen, und nichts von dem, was ich sagte, konnte sie trösten. Meine freundlichen Worte schienen es nur noch schlimmer zu machen – wenn ich geschrien hätte, hätte sie wenigstens zurückschreien können.

151

Patrick machte ein Handzeichen und bat darum, mit ihr reden zu dürfen. Ich nickte hilflos.

»Hey«, sagte er und schlang seinen Arm um die Lehne des Stuhls, auf dem ich saß, damit wir beide zu sehen waren. »Ich bin Patrick. Ich bin der Freund deiner Schwester.«

Freddie winkte traurig.

»Sieh mal, ich kann mir gut vorstellen, wie fertig dich das macht. Es muss beängstigend sein, für etwas, das Annie gehört, verantwortlich zu sein und dann das Gefühl zu haben, sie enttäuscht zu haben. Stimmt's?«

Freddie nickte. »Ja«, bestätigte sie mit leiser Stimme. »Und ich habe Angst um Carol.«

Patrick zeigte ihr sein ganzes Mitgefühl. »Vor einigen Jahren ist auch mein Hund im Park verloren gegangen«, sagte er.

Freddie beäugte ihn misstrauisch. »Sagst du das jetzt bloß, damit ich mich besser fühle?«, fragte sie.

»Nein. Ich glaube, dich anzulügen, wäre nicht die beste Idee, um einen guten ersten Eindruck zu hinterlassen, oder?«

Freddie wurde milder und schüttelte den Kopf. »Und was hast du getan?«

»Das war ganz untypisch für ihn, es war noch nie zuvor vorgekommen. Er war ein kleiner weißer West Highland Terrier namens Maktub, und alles, was ich getan hatte, war, mir ein Eis vom Eiswagen in der Nähe zu holen. Ich war höchstens dreißig Sekunden lang unaufmerksam, wenn überhaupt. Er ist sonst auch immer mal losgezogen und dann wiedergekommen. Ich hatte immer wieder überprüft, ob ich ihn noch sehen konnte, und plötzlich war er weg. Ich konnte nicht mal mein Eis essen, so sehr geriet ich in Panik. Ich habe ihn überall gesucht und jede Person im Park gefragt, ob sie ihn gesehen hat.«

Freddies Augen wurden groß und neugierig, und sie hatte aufgehört zu weinen. »Hast du ihn gefunden?«

»Nicht direkt.«

Sie holte tief Luft und bereitete sich darauf vor, nicht zu mögen, was sie als Nächstes hören würde.

»Er hat mich gefunden«, fuhr Patrick fort. »Er war zwei Tage lang weg, und dann, am dritten Tag, hörte ich ein Bellen vor der Haustür, und da war er, ganz seelenruhig saß er da. Ich habe versucht, ihn zu fragen, wo er gewesen ist, aber er war ziemlich müde.«

Freddie schien seine Geschichte zu verstehen.

»Wir werden Carol schon finden«, sagte ich und spürte, dass sie mich jetzt, da sie entspannter war, tatsächlich ernst nehmen konnte. Ich hatte mich ebenfalls entspannt, Patricks Geschichte hatte auch mich beruhigt.

»Ich geh jetzt wieder raus, Annie-Doo. Sie muss irgendwo da draußen sein. Dad kommt auch mit, sobald er seinen Tee getrunken hat.«

»Super.«

»Okay.«

»Hab dich lieb.«

Patrick winkte zum Abschied. »Viel Glück, Freddie!«, sagte er. »Versuche, wie ein Hund zu denken!«

Sie lächelte und ertappte sich dabei, wo sie doch ausschließlich wie am Boden zerstört gucken wollte.

Als wir aufgelegt hatten, sagte ich: »Das war sehr mitfühlend von dir. Danke.«

Patrick lächelte. »Geht es dir gut? Machst du dir Sorgen?«

»Ja, klar. Aber es gibt ja nichts, was ich von hier aus tun kann. Sie ist eine gute Hündin. Ich hoffe nur, dass sie nicht versucht, irgendwelche Straßen zu überqueren. Wenn sie jemand so alleine sieht, wird er ja hoffentlich auf ihre Hundemarke schauen. Oder wenn sie ihr Halsband nicht umhat, dann wird sie jemand vielleicht zum Tierarzt bringen.«

»Genau«, stimmte er zu. Und dann: »Darf ich dich umarmen?«

»Ja.«

Patrick schlang seine starken Arme um mich und legte sein Kinn auf meinen Kopf, während ich meine Wange an seine nackte Brust drückte. Er fühlte sich warm an und roch nach Kokosnuss. Er strich mir über den Rücken, und ich schickte ein kleines Gebet zu den Hundegöttern, damit sie auf Carol aufpassten und sie so schnell wie möglich nach Hause kam.

»Carol wird zu dir zurückkehren«, sagte er mitfühlend. »Genau wie Maktub zu mir.«

»Den Namen habe ich noch nie zuvor gehört«, erwiderte ich. »Maktub.«

»Es ist kein richtiger Name«, erklärte er. »Es ist eine Redensart. Es ist Arabisch und bedeutet, *es steht geschrieben*. Es ist eine Art Anspielung auf das Schicksal. Alles, was geschehen soll, geschieht, weil es vorbestimmt war, dass wir hier sind«, erläuterte er. »Es hat sich alles so gefügt, um uns genau zu diesem Augenblick zu führen.«

»Maktub«, wiederholte ich, während ich immer noch an seiner Brust klebte. »Das gefällt mir. Hast du ihn noch?«

»Jess und Mark haben ihn jetzt. Sie sind im Ruhestand, also ist er bei ihnen in besserer Gesellschaft.«

»Oh«, sagte ich.

»Glaub fest daran, okay?«

Ich löste mich aus der Umarmung und hielt mich an dem Glauben fest: Wenn Patrick sagte, dass es Carol gut gehe, dann würde es auch so sein. Er beugte sich vor, um meine Wange zu küssen. Er tat es so zärtlich, dass ich anschließend instinktiv die Stelle berührte und kurz so verharrte. Er hatte sich bereits von mir abgewandt, um sich einen Apfel aus dem Obstkorb zu nehmen, als ob das, was er getan hatte, nichts Besonderes gewesen wäre.

Es steht geschrieben, dachte ich, als er in den Apfel biss, und beobachtete, wie seine Hand ihn umschloss und ein Spritzer Saft auf seiner Unterlippe landete.

In jener Nacht brauchte ich ewig, um einzuschlafen. Ich lag im Dunkeln und ließ den Tag Revue passieren. Ich dachte daran, wie Patrick auf dem Weg zum Strand sein kariertes Hemd mit zwei offenen Knöpfen getragen, auf dem Heimweg jedoch drei Knöpfe offen gelassen hatte, sodass ein Teil seines durchtrainierten Oberkörpers zu sehen gewesen war. Ich versuchte, mich daran zu erinnern, wie nahe ich ihm gekommen war, als ich die Sonnencreme auf seinem Rücken verteilt hatte.

Sein Kompliment hatte mir gefallen, doch er hatte auch ein wenig so gewirkt, als hätte er bereut, es gesagt zu haben. Wenn ich mit Freddie am Ufer gestanden und Stachelrochen beobachtet hätte, hätte ich vielleicht meinen Arm um sie gelegt, aber mir fiel keine andere Person ein, bei der ich mich so wohlgefühlt hätte wie bei ihm. Als er mir aus seinem Buch vorgelesen hatte, hatte ich mich zu ihm hinübergebeugt, und vor dem Schlafengehen hatte er das Gedicht gefunden, von dem er erzählt hatte, und es war tatsächlich so gut wie angekündigt.

Ich spielte das Ganze immer wieder in meinem Kopf durch und griff schließlich nach meinem Handy, um den Mädels ein Update zu schicken.

Liebe Grüße aus Down Under!, tippte ich. *Hier ist alles super. Patrick ist ein Gentleman, die Sonne ist für die Jahreszeit untypisch warm, und meine Periode ist endlich da. Allerdings ist Carol verschwunden, und das macht mir Sorgen. Freddie sucht sie. Ich knipse Fotos mit der Kamera, also benutze ich das Handy nicht allzu oft, ich werde euch aber eine Menge zeigen können! Xxxx*

Ich schickte auch Freddie eine Nachricht, nur um zu sagen: *Hab dich lieb, Frou. Mach dir keine allzu großen Sorgen!*

Als ich mich zurücklegte, dachte ich, ich würde mich wegen Carol hin und her wälzen, doch meine Gedanken schweiften direkt zu Patricks Schultern; ich sah ihn, wie er sich auf dem Badetuch abstützte, wie der Sandstaub an seinen festen, glitzernden Bizeps klebte, wie sich feine Schweißperlen in seinem Nacken ansammelten, als er aufs Meer hinausschaute und sagte, dass er nirgendwo lieber wäre als hier.

17

nscheinend sind die Cabernet Sauvignons und Chardonnays die besten der Region, und wir bekommen eine private Weinprobe im sogenannten Eric-Raum, benannt nach dem Gründer des Anwesens, Eric Smith.«

Als ich aufstand, fand ich Patrick in Boxershorts und offenem Bademantel auf dem Sofa vor. Das Sonnenlicht strahlte durch die geöffnete Terrassentür herein, man hörte das Rauschen der Blätter und leises Vogelgezwitscher. Ich dachte, ich sei eine Frühaufsteherin, doch anscheinend war er ein noch früherer Vogel.

»Hmmm«, sagte ich mit einem Teller Rührei mit Käse und Räucherlachs auf dem Schoß. Ich griff nach dem Krug mit dem Orangensaft. »Meinst du, Eric macht es etwas aus, dass ich ein ABC-Girl bin?«

»ABC?«

»Anything But Chardonnay.«

»Ha! Dann lass uns mal abwarten, was er für ein Gesicht machen wird. Na gut, vielleicht nicht *er persönlich*, aber hier steht, dass der Sommelier Verkostungen mit limitierten Weinen durchführt, also wird es jemand sein, der weiß, was Sache ist.«

Ich verputzte den letzten Bissen meines köstlichen Frühstücks.

»Dann zieh ich mir mal ein hübsches Kleid fürs Weingut an. Das macht man doch so, oder?« Ich stellte mir vor, wie ich in einem Baumwollkleid mit Blumenmuster durch die Weinberge stolzierte.

»Mir ist es schnurzpiepegal, was du anziehst – ich weiß nur, dass man bei einer Weinprobe weder Parfüm noch Eau de Cologne tragen darf. Damit die Gerüche nicht interferieren. Ach ja, und pack deinen Badeanzug ein, denn Surfers Point liegt nur fünfzehn Minuten entfernt, und wir können dort die tiefblaue Kraft und Pracht des Indischen Ozeans bewundern.« Er sagte es mit vornehmer Stimme, so, als ob ein Butler das Dinner ankündigen würde.

»Ich kann's immer noch nicht fassen, dass wir hier sind«, verkündete ich zum x-tausend-nervigsten Mal.

»Es ist wunderschön … Sie müssen dich wirklich mögen, wenn sie so darauf bestanden haben, dass du die Reise antrittst.«

Während wir auf das Frühstück gewartet hatten, hatte ich Fernanda eine Nachricht mit einem Strandfoto vom ersten Tag geschickt und ihr geschrieben, dass ein einfaches »Dankeschön« niemals ausreichen würde. Ich war überwältigt, dass sie so darauf bestanden hatten, dass ich die Reise antrete – ihre Güte war unermesslich.

Patrick stand auf und streckte sich theatralisch, und mein Blick richtete sich automatisch auf seinen Hosenbund und die Haarlinie, die unterhalb seines Bauchnabels begann …

Er bemerkte meinen Blick und zog schnell den Bademantel zusammen. Ich zwang mich, ihm wieder ins Gesicht zu sehen, als wäre mein Blick rein zufällig dort unten gewesen, was ja auch so war … oder nicht? Er war ein Mann, der in Unterwäsche vor mir stand. Ich hatte mich für einen kurzen Augenblick vergessen, das war alles.

»Ja«, sagte ich. »Sie mochten mich. Beziehungsweise, sie mögen mich. Ich weiß gar nicht, ob ich in der Vergangenheitsform über sie sprechen muss, weil sie nicht mehr meine Schwiegereltern sind, oder ob ich auch in Zukunft mit ihnen in Kontakt bleiben kann, was ich natürlich gerne möchte. Besonders nach dieser Reise.«

»Darüber musst du dir ja nicht jetzt klar werden, das hat Zeit«, beruhigte er mich. Er legte die Broschüre, die er gelesen hatte, auf den Couchtisch und machte sich auf den Weg in sein Zimmer.

»Ich mochte seine Mum wirklich«, sagte ich und stand ebenfalls auf. »Die meisten Leute scherzen darüber, dass sie ihre Schwiegermütter hassen, aber ich mochte sie. Ich habe gern Zeit mit ihr verbracht. Sein Dad war immer etwas launisch, aber hauptsächlich, weil er sehr alt ist. Über achtzig. Das ist seine zweite Ehe. Aber sie liebt ihn, auch wenn es so aussieht, als wäre sie eher seine Betreuerin als seine Ehefrau.«

Er blieb stehen und drehte sich um. »Ich schätze, dazu verpflichtet man sich nun mal in einer Ehe.«

»›Bis dass der Tod uns scheidet‹ kann sich aber sehr lange anfühlen, wenn man mit so jemandem zusammen ist«, sagte ich, bevor ich mir rasch auf den Mund schlug. »So habe ich das nicht gemeint«, erklärte ich. »Oje, das klingt ja schrecklich. Vor allem, nachdem sie so wunderbar gewesen sind! Oh Gott, bitte, glaub ja nicht, dass ich das wirklich denke. Ich weiß nicht, wieso ich es gesagt habe!«

»Ist schon okay«, sagte Patrick. »Ich weiß schon, was du meinst. Wirklich.«

»Nein, das ist überhaupt nicht okay. Ich muss erst denken und dann sprechen.«

Er kam zu mir und legte eine Hand auf meinen Arm. »Annie, du musst dich nicht kontrollieren, wenn du mit mir zusammen bist. Du solltest deine Worte sowieso wegen niemandem kontrollieren und zurückhalten.« Seine Berührung war fest, er meinte es ernst. Ich fühlte mich schrecklich.

Ich wollte einen Witz über meine Mutter machen und darüber, wie ich dazu erzogen wurde, mich ständig zu kontrollieren, aber ich ließ es bleiben. Wenn ich mich in der Schule anstrengte, vermerkten die Lehrer in meinen Zeugnissen, dass ich sehr hart zu mir selbst sein konnte, und auf dem Rückweg vom Elternabend hatte Mum einmal ganz offen gesagt: »Ich wünschte, ihre Noten wären besser, wenn sie ja angeblich so hart zu sich selbst ist.« Ich sollte das nicht hören. Sie dachte, ich sei weit genug von ihr und Dad entfernt, um es nicht zu hören, aber ich war es nicht. Ich hörte, wie Dad versuchte, sie zu beruhigen, indem er etwas davon sagte, dass sie mir meine Zeit lassen solle, aber ich konnte an dem scharfen, leisen Ton ihrer Antwort erkennen, dass ihr diese Idee nicht gefiel. Ich wurde dazu erzogen, mich ständig selbst zu überwachen und immer danach zu streben, noch besser zu sein, als ich es schon war.

»Machen wir uns fertig?«, sagte ich in einer Julie-Andrews-Tonart. »Aufbruch in einer halben Stunde?«

»Ich rufe an der Rezeption an und gebe Bianca Bescheid«, antwortete er. »Und mal ganz im Ernst, denk nicht mehr darüber nach, was du gerade gesagt hast. Ich werde es auch nicht tun.«

Die Weinverkostung war genau so, wie ich es mir vorgestellt hatte: riesige, höhlenartige Kellerräume mit Eichenfässern und speziellen Räumen, in denen der Wein in einem bestimmten Winkel und bei einer gewissen Temperatur gelagert wurde. Ich trug ein mittellanges Baumwollkleid mit Blumenmuster, das man in der Taille zusammenbinden konnte. Die Puffärmel waren kurz, weil Bianca uns den Hinweis gegeben hatte, dass das Tragen langer Ärmel bei den Verkostungen stören könnte. Mein Make-up war natürlich, die Lippen rosa geschminkt, und ich hatte mir ebenfalls auf Biancas Hinweis hin die Haare zurückgebunden – sie sagte, ich würde ihr für diesen Rat noch dankbar sein, wenn es zum Spucken käme. Ich fühlte mich hübsch. Es machte Spaß, sich schick zu machen.

Patrick unterhielt sich mit den Leuten, stellte Fragen und freundete sich mit allen an. Wir müssen wie ein Paar gewirkt haben, während wir kicherten und Witze machten und uns gegenseitig Sachen zeigten, die wir cool fanden, aber das war mir egal. Draußen, in den weiten Weinbergen, wo die australische Frühlingssonne meine Knochen wärmte, gab es nur das Hier und Jetzt, und das war wunderschön. Falls Patrick sich Sorgen machte, dass alle anderen auf der Tour dachten, wir seien ein Paar, ließ er es sich nicht anmerken. Er führte mich von Probierstand zu Probierstand, seine Hand berührte dabei leicht mein Kreuzbein. Oder er schnitt Grimassen quer durch den Raum, um mich zum Grinsen zu bringen, wenn wir nicht beieinanderstanden. In unserer Kennenlerndynamik herrschte an jenem Tag ein Hoch.

Der Weinberg war genauso prachtvoll wie die Hotelanlage. Ich konnte nun verstehen, weshalb Leute noch Jahre später von ihren Flitterwochen schwärmten. Alles war vom Feinsten, eine verbesserte Version dessen, was man sich normalerweise selbst gönnen würde. Für welche Aktivität auch immer uns meine Nicht-Schwiegereltern angemeldet hatten, die eindeutige Wahrheit lautete, dass es sich um die beste, tollste oder alleredelste Version handelte. Wir saßen draußen auf einer privaten Terrasse, vor uns mehrere Holzplatten mit Aufschnitt und verschiedenen Käsesorten sowie eine Reihe Gläser und Flaschen. Wir probierten alles, was das Weingut zu bieten hatte. Im Kellergewölbe hatte man uns beigebracht, wie man die Gläser schwenkt, am Wein riecht, ihn schlürft und dann ausspuckt. Der Trick war offenbar, dass man beim Spucken ziemlich viel Kraft aufwendete, damit der Wein nicht am Kinn heruntertropfte – doch nun, da wir allein waren, gaben wir uns keine Mühe und nahmen stattdessen große, unverschämte Schlucke.

»Ich könnte diese Aussicht den ganzen Tag bewundern«, sagte ich, während Patrick mein Glas mit einer Mischung aus Sauvignon und Semillon auffüllte.

»Ja, mir wurde schon oft gesagt, dass ich ziemlich gut aussehe«, grinste er.

»Haha.«

Ich sah auf sanfte Hügel und Weinreben, so weit das Auge reichte. Während ich das ganze Ambiente bewunderte, spürte ich, wie sich mein Atmen zunehmend entspannte. London verblasste immer mehr in meinen Gedanken – in weniger als vierundzwanzig Stunden würde es gar nicht mehr existieren. Alexander wäre verpufft, mein Herzschmerz aufgelöst, die ständigen Vorwürfe meiner Mutter verflogen. Es gab nur die Aussicht und den Wein, und das war alles, was ich brauchte.

»Die Last auf meinen Schultern ist über Nacht um zehn Kilo leichter geworden«, sagte ich, während ich einen weiteren Schluck Wein nahm. Ich hielt das Glas am Stiel, wie man es uns beigebracht hatte, und hatte den Wein im Glas geschwenkt, um den Sauerstoffgehalt zu erhöhen und die Aromen freizusetzen. Ich hatte es nicht einmal gemerkt, bis Patrick mich darauf hinwies – nach vier Stunden im Weinkeller war ich ein Sommelier geworden. »Sie war durch den ganzen Stress so schwer geworden, aber jetzt …«

»Jetzt hast du eine Flasche Wein intus … und …«

»Ich bin nicht betrunken!«

»Lügnerin.«

»Bin ich nicht!«, betonte ich. »Ich versuche, hier ein tiefgründiges Gespräch zu führen, wenn du nichts dagegen hast. Ich weiß, du bist ›Mr Ich-lebe-im-Augenblick‹, aber für einige von uns ist das was Neues.«

162

»Es ist eine Fähigkeit, die ich mir hart erarbeitet habe.«

Ich steckte meine Nase in mein Glas und atmete tief ein. »Glaubst du, ich werde ausgeschimpft, wenn ich einen Eiswürfel reintue?«

»Eis?! Du bist ja eine Barbarin!«

Wir bewunderten weiterhin die Aussicht.

»Wie *hast* du es geschafft, so sehr im Hier und Jetzt zu sein?«, fragte ich nach einer Weile. »Du hast vor nichts Angst und bist immer so enthusiastisch. Es macht Spaß, in deiner Nähe zu sein. Ich wünschte, ich könnte mehr so sein wie du, echt.«

»Hmmm«, antwortete er zögerlich. Er schien sich bei diesem Kompliment unwohl zu fühlen, was seltsam war, denn seitdem wir zusammen abhingen, schien Patrick nie etwas unangenehm zu sein. »Das Leben ist kurz.«

»Ist es das wirklich?«, sagte ich nachdenklich. »Oder glauben wir das nur einerseits, während wir uns andererseits so verhalten, als wäre das Leben sehr lang, weshalb wir verantwortungsbewusst handeln, alles durchdenken und ernst nehmen wollen? Denn so wurde es mir immer beigebracht.«

Patrick dachte über meine Worte nach.

»Sieh mal«, begann er, und ich hasste es, dass mein Körper spürte, dass eine große Offenbarung bevorstand, bevor es mein Verstand tat. Ging ich ihm auf die Nerven? Hatte er bereits genug von meiner neurotischen und angespannten Art? Das hätte ich ihm nicht vorwerfen können. Der, dessen Namen ich nicht aussprechen wollte, war davon auch nicht gerade begeistert gewesen. »Es wird wohl nie einen guten Zeitpunkt geben, dir das zu sagen, aber du solltest wissen … «

Scheiße.

Scheiße.

Scheiße.

Wollte er mir sagen, dass es ein schrecklicher Fehler war, mit mir hier zu sein, und dass er getrennte Wege gehen wollte? Es war offiziell erst unser zweiter Tag, und er wollte bereits unser Codewort »Mona Lisa« einsetzen …?

»Annie, ich bin Witwer.«

Seine Augen waren traurig, sein Gesicht wartete sehnsüchtig auf meine Reaktion. Mein Magen verkrampfte sich. Oh mein Gott, der Arme! Mir war klar, dass das, was ich als Nächstes sagen würde, extrem wichtig war. Ich hatte nur eine Chance, das Richtige zu sagen, aber … puuhhh … Ich kannte bisher niemanden in unserem Alter, der verwitwet war. Was waren die *richtigen* Worte? Er hatte gesagt, dass ihm das Herz gebrochen worden war, aber mir wäre nicht im Traum eingefallen, dass es der *Tod* war, der ihn von der Frau, die er liebte, getrennt hatte.

»Patrick, es tut mir so wahnsinnig leid«, sagte ich schließlich. »Das ist … so … schrecklich … Ich hatte ja keine Ahnung.«

»Ich wollte es nicht verheimlichen«, sagte er nachdenklich. »Aber es ist schon komisch. Wann erzählt man es den Leuten? Denn sobald man es tut, verhalten sie sich anders. Sie gehen auf Zehenspitzen oder sehen einen so an, wie du mich jetzt gerade ansiehst.«

Ich kräuselte meine Nase. »Tut mir leid.«

»Ist schon okay. Der Tod ist verwirrend. Ich glaube, die Leute machen sich Sorgen, dass er ansteckend sein könnte. Wenn meine Frau gestorben ist, könnte die ihre auch sterben.«

Ich schüttelte den Kopf. »Das ist es nicht«, sagte ich. »Die Leute denken das nicht.«

Patrick schenkte sich mehr Wein ein, dann schüttete er den letzten Tropfen aus der Flasche in mein Glas und spielte mit den Zahnstochern, die für die Oliven gedacht waren.

»Wie viel willst du mir erzählen?«, fragte ich. »Und müssen wir zu etwas Stärkerem übergehen? Shots pur, vielleicht? Tequila aus dem Bauchnabel des anderen schlürfen?«

Er schenkte mir ein halbes Lächeln. »Nichts Stärkeres. Wein passt. Obwohl ich Gefahr laufe, leicht beschwipst zu werden.«

»Nur mal langsam«, sagte ich. »Beim letzten Mal, als wir betrunken waren, haben wir diesen Plan hier ausgeheckt, und sieh mal an – du bist mit *mir* am anderen Ende der Welt gelandet.«

Patrick schaute auf den Zahnstocher, mit dem er spielte. »Wir waren fast drei Jahre lang verheiratet«, fuhr er fort, und mir fiel auf, dass er sich tatsächlich darauf vorbereitet hatte, es mir zu erzählen. Ich rückte meinen Stuhl so, dass ich ihn besser ansehen konnte, stützte meine Ellbogen auf den Tisch und schenkte ihm meine volle Aufmerksamkeit. »Ich habe sie sehr geliebt. Sie ist vor zwei Jahren gestorben, und es war das Schlimmste, was mir je passiert ist. Es war er absolute Albtraum. Es war so grausam, dass mir klar wurde, dass ich mich entweder die nächsten siebzig Jahre elend fühlen oder stattdessen irgendwie versuchen kann, bewusst und intensiv zu leben, als eine Art Tribut an sie. An Mala. Sie hieß Mala. Sie war siebenundzwanzig, als sie starb, und ...«

»Das ist viel zu jung«, sagte ich mitfühlend. »Das tut mir sehr leid.«

»Sie war die nervigste Person, die man sich vorstellen kann«, fuhr er mit nachdenklichen und sehnsuchtsvollen Augen fort. »Sie war rechthaberisch und eigensinnig und stammte aus dieser riesigen asiatischen Familie, die sich immer in unsere Angelegenheiten einmischte und immer alles besser wusste. Die Regel lautete, dass Mala so viel über sie lästern konnte, wie sie nur wollte, aber nach dem einen Mal – ganz ehrlich, es war nur das *eine* Mal –, dass ich etwas Negatives über ihre Familie gesagt habe, hat sie eine Woche lang nicht mehr mit mir gesprochen.

Sie war sehr stur. Sie hat immer, nachdem sie sich die Beine rasiert hatte, die Stoppel in der Badewanne kleben lassen, und sie hat sich ständig Realityshows angesehen. Wenn ich morgens runterkam, liefen schon irgendwelche Real Housewives – so begann sie ihren Tag. Ich habe es gehasst. Sie konnte nicht kochen und war unfähig, einen Küchenschrank richtig zuzumachen; ständig sang sie Songs aus Bollywoodfilmen. Sie redete ununterbrochen, oder sang, oder sah anderen Leuten beim Reden oder Singen zu. Sie war niemals still. Und ich habe es geliebt. Sie hat mich völlig kirre gemacht, hat mich in den absoluten Wahnsinn getrieben, aber sie war mir der liebste Mensch auf der ganzen Welt und vollkommen unersetzbar. Und dann … tja … dann ist sie gestorben.«

Er atmete tief durch, als ob ihn die Wörter, die aus ihm gepurzelt waren, erschöpft hätten. Er hatte Tränen in den Augen. Er nahm noch einen Schluck Wein. »Ich bin wirklich betrunkener, als ich dachte«, sagte er. »Tut mir leid.«

»Du musst dich nicht entschuldigen«, erwiderte ich. »Ich weiß gar nicht, wie du überhaupt weitermachen konntest. Das sind so unfaire, beschissene Karten, die dir das Leben ausgeteilt hat.«

»Es war ein Autounfall. Eine alte Frau, die keinen Führerschein mehr haben sollte, ist auf einer Schnellstraße in sie reingefahren.«

»Danke, dass du es mir erzählt hast«, sagte ich. »Danke für dein Vertrauen.«

Er nickte. »Ich wollte es dir schon vor unserer Reise erzählen. Ich wollte es dir in dem Augenblick erzählen, als du gesagt hast, dass du so verletzt bist, weil ich dich wissen lassen wollte, dass du damit nicht allein bist. Aber ich hab's nicht getan. Ich weiß nicht, warum. Ich nehme an, es lag daran, dass du den Eindruck hattest, ich sei so voller Leben, dass ich dich nicht enttäuschen wollte. Manchmal ist alles nur ein Schein, um den Tag zu überstehen.«

Ich hatte ja keine Ahnung, wie viel Schmerz hinter seiner frech-fröhlichen Außenhülle steckte. Er konnte ihn so gut verbergen.

»Patrick, du kannst mit mir darüber reden, wann immer du willst. Mala muss eine unglaublich tolle Frau gewesen sein, und ich kann mir gar nicht vorstellen, wie sehr du sie vermissen musst.«

»Ich vermisse sie wirklich«, stimmte er zu. »Ich glaube nicht, dass meine Sehnsucht jemals verschwinden wird. Ich werde nie wieder heiraten. Aber ich weiß auch, dass mein Leben weitergehen muss. Verstehst du? Ich muss einen Weg finden, sie zu vermissen und gleichzeitig zu spüren, dass mein eigenes Leben lebenswert ist.«

Seine Worte trafen mich im Innersten. Genau diese Einstellung brauchte ich auch, doch ich wollte nichts sagen, denn es schien mir nicht richtig, meinen noch sehr lebendigen Ex mit seiner verstorbenen Frau zu vergleichen. Doch es ergab Sinn: Wenn man jemanden vermisst, dann darf man ihn auch vermissen. Wenn man das vermisst, was man mit jemandem hatte, ist das okay. Ich hatte es zuvor noch nie so gesehen, aber es stimmte: Wir konnten mehr als nur ein Gefühl haben. Es konnten gleichzeitig Kummer und Hoffnung sein, Bedauern und Stolz, Scham und Sehnsucht, Verzweiflung, aber auch der Wunsch, weiterzumachen.

»Ich glaube, ich musste es dir sagen, weil wir gelacht haben, als ich in der Abflughalle für deinen Ehemann gehalten wurde. Aber es fühlt sich Mala gegenüber irgendwie untreu an. Ich bin ihr Ehemann. Oder war es. Ich habe eigentlich erst vor ein paar Wochen aufgehört, meinen Ring zu tragen. Tatsächlich habe ich ihn erst einen Tag, bevor ich dich im Fitnessstudio gesehen habe, in meine Nachttischschublade gelegt.«

»Von nun an werden wir es allen ganz klar sagen, dass du Mr Hummingbird bist und ich Ms Wiig«, versicherte ich ihm. »Versprochen, okay?«

»Danke«, antwortete er. »Es ist nicht so, dass ich denke, sie würde zurückkommen. Es fühlt sich nur nicht richtig an, verstehst du?«

Ich streckte meine Hand nach seiner aus. »Patrick, ich bin so froh, dass du mich an jenem Tag im Barry's erkannt hast. Ich bin so froh, dich jetzt wieder zu kennen. Wir werden auf dieser Reise viel Spaß haben, okay? Es wird uns beiden guttun. Keine Verpflichtungen, niemand, der uns sagt, wie wir uns fühlen sollen; wir müssen uns vor niemandem rechtfertigen, wir tun einfach das, was wir tun wollen, wann wir es wollen, auch wenn das etwas anderes ist als das, was der andere tun will. Einverstanden?«

»Einverstanden«, stimmte er zu.

Unsere Blicke schweiften wieder zum Weinberg. Und wir schwiegen für eine Weile.

»Annie?«

»Hmmm?«

»Das war die perfekte Reaktion. Danke.«

»Danke, dass du es mir erzählt hast«, erwiderte ich. »Mala muss sich sehr von dir geliebt gefühlt haben.«

»Ich habe mein Bestes gegeben«, antwortete er traurig. »Oft kann ich immer noch nicht glauben, dass sie wirklich nicht mehr da ist.«

Ich fand es schrecklich, dass ich mir nicht sicher war, wie ich unser Gespräch weiterführen sollte, nachdem mir Patrick von Mala erzählt hatte, und ich fand es schrecklich, dass es ihm auffiel und er deshalb offensichtlich munterer tat, als er war, als wolle er mir mitteilen, dass es okay war, wenn wir weiterhin eine gute Zeit hatten. Ich ließ mich darauf ein, denn ich wollte nicht den Eindruck erwecken, dass ich ihn nun mit anderen Augen sah, obwohl ich es tat. Natürlich tat ich es. Seine Frau war gestorben. Ich ging all unsere Gespräche durch, um nach Hinweisen zu suchen. Das ganze Carpe-diem-Zeug und das Wissen, wie sich Verlust anfühlt. Ich dachte, er wäre sitzen gelassen worden!

Ich hatte gewusst, dass er ein netter Kerl war, doch die einzige Schlussfolgerung, die ich nun ziehen konnte, war die, dass er ein noch stärkerer, liebenswürdigerer Mann war, als ich anfangs angenommen hatte. Jeden Tag aufzustehen, obwohl man jemanden auf diese Art vermisste; des Lebens mit der geliebten Person beraubt zu werden, aber trotzdem Möglichkeiten zu finden, Güte in der Welt zu verbreiten, Menschen zum Lächeln zu bringen oder hilfsbereit zu sein. Es war beeindruckend. Ich wusste, dass ich den Tod seiner Frau nicht zu einer Art skurriler Hintergrundgeschichte oder zu seinem Persönlichkeitsmerkmal machen durfte, doch meine Bewunderung für ihn wuchs immens.

»Und wie wirkt sich die Flaschenart auf den Geschmack aus?«, fragte Patrick den Winzer, der sich freute, ihm eine ausführliche und aussagekräftige Antwort geben zu können. Patrick nickte mit dem Weinglas in der Hand, während sich sein mintgrünes Poloshirt vom tiefen Rubinrot in seinem Glas und von seinem goldenen Haar abhob. Er sah so aus, als würde er für ein Gemälde in ausschließlich leuchtenden Farben posieren.

»Annie«, rief er. »Hast du den hier schon probiert? Ich glaube, ich werde ein paar Flaschen mit nach Hause nehmen.« Ich eilte zu ihm.

»Na, wenn ihr beiden mal nicht ziemlich angeheitert ausseht …«, bemerkte Bianca, als wir den Kiesweg zum Eingang des Weinguts hinunterliefen, wo sie auf uns wartete. »Danke, dass ihr runterkommt, man kann ja dieses Ding dort oben nirgends wenden.«

»Danke, dass du uns abholst«, sagte ich, während mein Gesicht vom Wein glühte. Es war gerötet, und ich konnte gar nicht aufhören zu lächeln. »Es ist echt so toll, jemanden zu haben, der uns überall hinfährt. Ich bin so schlecht im Kartenlesen, und wenn ich fahren müsste, würden wir wahrscheinlich nichts anderes als die Autobahn sehen.«

Wir kletterten auf den Rücksitz, und Bianca fuhr die Trennwand herunter, damit wir miteinander plaudern konnten.

»Ich glaube, ihr zwei würdet sogar auf einem Tankstellenparkplatz Spaß haben«, scherzte sie, und Patrick lächelte mich süffisant an.

»Das denke ich auch«, sagte er. Ich streckte ihm die Zunge raus. Jegliche Anspannung von vorhin war dahingeschmolzen.

Sobald wir in Surfers Point angekommen waren, zogen wir uns abwechselnd auf der Autorückbank um – den Bikini unters Kleid anzuziehen, wäre für eine Weinprobe zu trashy gewesen –, und Bianca gab uns einen Tipp, wo es leckeres Barbecue-Essen gab. Wir fragten sie, ob sie uns nicht begleiten wolle, doch sie beharrte darauf, dass es da einen Mann gab, den sie wegen eines Hundes in einer nahe gelegenen Bar treffen musste, also liefen wir allein los.

»Ich muss wieder nüchtern werden«, sagte Patrick. »Ich glaube, ich habe zu viel geschluckt und nicht genug gespuckt.«

»Das hat sie auch gesagt«, scherzte ich. Er kicherte.

Das Wasser war kalt, aber erfrischend, es belebte jede Zelle meines Körpers.

»Ich liebe den Ozean wirklich«, sagte Patrick. »Ich liebe das Gefühl, dass man sich im Ozean so winzig fühlt.«

»Was magst du sonst noch?«, fragte ich. Ich hörte auf zu schwimmen und drehte mich um, um mich auf dem Rücken treiben zu lassen. Dabei entfernte ich mich langsam von Patrick, um heimlich pinkeln zu können.

»Ich mag Nina Simone«, sagte er. »Und ich mag das Fitnessstudio. Ich mag mein Ehrenamt bei der Wohltätigkeitsorganisation für Alphabetisierung in Hackney …«

»Du engagierst dich ehrenamtlich?«, fragte ich. »Patrick! Du bist einfach fabelhaft!«

Auch er drehte sich auf den Rücken. »Was meinst du damit?«

»Es ist eine tolle Sache, das ist alles. Das ehrenamtliche Engagement. Sind es Erwachsene oder …?«

»Kinder.«

»Mit Kindern kann er auch gut, meine sehr verehrten Damen und Herren«, gab ich einem unsichtbaren Publikum bekannt.

»Ich verstehe nicht, warum es dich immer noch überrascht, dass ich kein Arschloch bin«, sagte Patrick. »Ich kann doch nicht die einzige Person in deinem Umfeld sein, die sich ehrenamtlich engagiert.«

»Bist du auch nicht«, antwortete ich. »Adzo geht manchmal in Schulen, um über schwarze Frauen in der Wissenschaft zu sprechen, und Freddie liest einem Rentner im Altenheim einmal pro Woche vor. Ich habe früher an der Uni bei der Studentenbetreuung mitgeholfen, aber als ich anfing zu arbeiten, dachte ich, ich würde keine Zeit mehr haben.«

Ich drehte mich wieder auf den Bauch und fing an, langsam zum Ufer zu schwimmen.

»Das ist verständlich. Dein Job ist ja auch ziemlich anspruchsvoll. Ich glaube nicht, dass mir überhaupt bewusst war, dass es theoretische Wissenschaftlerinnen gibt, geschweige denn, dass ich jemals einer begegnen würde.«

Er folgte mir im Kraulstil.

»Ich bin da irgendwie reingerutscht«, erklärte ich. »Ich hätte mich gerne mehr mit dem Schauspiel beschäftigt oder mir das Psychologiestudium genauer angeschaut. Ich denke, ich wäre gerne Therapeutin geworden. Doch nach meinem Schulabschluss waren die Jobs nach einem geisteswissenschaftlichen oder künstlerischen Studium rar gesät, während es in der Wissenschaft, dank EU-Förderungen, jede Menge Angebote gab. Et voilà, zehn Jahre später ist es nun mein Ding. Manchmal fühlt es sich ein bisschen dämlich an. Der Job ist okay, aber …«

»Er macht dir keinen Spaß?«

»Macht dir deine Arbeit Spaß?«

»Ich verkaufe Versicherungen, Annie. Ich gehe zur Arbeit, um Geld zu verdienen, und sobald Feierabend ist, denke ich nicht mehr daran.«

»Hmmm«, antwortete ich. »Um ehrlich zu sein, fange ich oft früh an und höre spät auf, und dann gibt es noch die vielen Wochenenden, die ich zu Hause am Laptop verbringe. Ich muss immer einen Schritt voraus, immer bestens vorbereitet sein.«

Wir waren schon fast am Ufer und ich setzte mich so hin, dass mir das Wasser bis zur Körpermitte reichte. Mir war kalt, aber das war mir egal. Der Horizont fing an, sich rosa zu verfärben, was den Ozean unendlich erscheinen ließ.

»Du könntest jederzeit was anderes machen«, schlug Patrick vor, und ich lachte.

»Könnte ich nicht«, sagte ich. »Vor allem nicht jetzt. Ich brauche wenigstens eine Konstante in meinem Leben.«

Patrick schüttelte den Kopf und bespritzte mich mit Wasser.

»Hey!«, sagte ich und griff ins Wasser, um wie in einer Flirtszene aus einem Neunzigerjahre-Teeniefilm zurückzuspritzen.

»Da gibt es eine Sache, von der ich glaube, dass du darin ganz schlecht wärst und die du bei einem beruflichen Wechsel bedenken solltest«, sagte er und planschte zurück.

»Was genau soll das sein?«, fragte ich und war ernsthaft an seiner Meinung interessiert.

»Alles, bei dem es um das Bewahren eines Geheimnisses geht oder darum, etwas heimlich zu tun.«

»Etwas heimlich zu tun?«, wiederholte ich. Ich verstand nicht, was er meinte.

»Du bist die schlechteste Heimlichpinklerin der Welt, Annie. Ich wusste sofort, dass du da draußen gepinkelt hast.«

»Aaahhhh!«, kreischte ich lachend und vergrub mein Gesicht verschämt in meine Hände. »Halt die Klappe!«

»Nope«, antwortete er. »Denn du bist sehr süß, wenn du rot wirst.«

Ich bespritzte ihn erneut.

»Ich meine es ernst«, fuhr er fort, sobald wir das Gespräch fortsetzten. »Ich habe dir von Mala erzählt und dass mich ihr Tod dazu gebracht hat, mehr nach dem Motto *Carpe diem* zu leben, denn ich weiß verdammt noch mal nicht, wie ich dem Leben sonst einen Sinn geben soll. Wenn dich das, was du tust, nicht begeistert und du was anderes machen willst, dann solltest du der Sache unbedingt nachgehen.«

»Ja«, sagte ich. »Vielleicht.«

»Vielleicht?«

»Du darfst mich nicht so drängen!«, lachte ich. »Die persönliche Weiterentwicklung, die ich zurzeit durchmache, ist schon sehr heftig. Eins nach dem anderen, Boss!«

Er zog mich hoch, und wir hüllten uns in Handtücher ein, bevor wir am Strand entlangliefen, um die Barbecue-Stände zu suchen, die uns Bianca empfohlen hatte. Ich checkte mein Handy, ob es Neuigkeiten zu Carol gab, aber es gab keine.

»Können wir bitte noch ein gemeinsames Gebet für Carol ans Universum schicken?«, fragte ich ihn.

»Noch immer nichts Neues?«, fragte er.

Ich schüttelte den Kopf.

»Ich frage mich, ob ich wohl Alexander Bescheid geben sollte, dass sie weg ist. Sie ist auch seine Hündin …«

»Weiß er, dass du hier bist?«, fragte Patrick, während wir an einem Teeniepaar vorbeigingen, das so heftig knutschte, dass es schon fast obszön war.

»Alexander?«

»Mhm.«

»Keine Ahnung«, sagte ich. »Und eigentlich kann er mich mal. Meine Reisepläne gehen ihn nichts mehr an. Und wenn ich genauer darüber nachdenke, werde ich ihn auch nicht über Carol informieren. Im Grunde will ich seinen Namen nie wieder aussprechen.«

Patrick verlangsamte seine Schritte, um die Speisekarte einer Ribs-Bude zu lesen. »Das ist der Spirit«, ermutigte er mich. Und dann: »Ich bin eigentlich gar nicht so hungrig, und du?«

Ich schüttelte den Kopf. »Ich hab bei der Weinprobe fast den ganzen Aufschnitt gegessen«, sagte ich. »Ich bin satt.«

Die Sonne stand ziemlich tief am Horizont, die Temperatur war deutlich gesunken, und ich rieb meine Arme mit den Händen, um mich zu wärmen.

»Uff«, sagte ich. »Es ist ziemlich kühl geworden, findest du nicht?«

»Ja, irgendwie schon. Ich denke, Bianca sollte inzwischen fertig sein und auf uns warten. Wollen wir los?«

»Gerne«, sagte ich.

Patrick kramte in seiner Tragetasche und zog einen Pulli hervor.

»Sieh mal einer an, wer da vorbereitet ist – Monsieur!«, sagte er und hielt ihn mir hin.

»Klugscheißer«, grinste ich und nahm den Pulli. »Wer packt einen Pulli für den Strand ein?«

»Gestern auf dem Heimweg war es kühl«, erklärte er. »Und ich lerne schnell!«

Ich zog mir den weichen marineblauen Wollpulli über.

»Wie sehe ich aus?«, fragte ich und krempelte die Ärmel hoch.

»Seltsamerweise sexy«, antwortete er und hielt sich die Hand vors Herz, so, als wäre er über die Aussage empört.

»Sexy!«, kreischte ich. »Awww!«

Sein Gesichtsausdruck wurde ernst. »Ja«, sagte er. »Er steht dir.«

Ich nahm meine Tasche und hängte sie mir um. Seine »sexy«-Andeutung war mir peinlich.

»Bist du sicher, dass du ihn nicht anziehen willst?«, fragte ich.

»Ja. Wir sind ja gleich beim Auto.«

Ich konnte die Limousine in der Ferne sehen. Die Scheinwerfer waren an, um uns zu leiten. Es wurde schnell dunkel.

»Komm«, sagte Patrick, als wir die klapprige alte Treppe erreichten. »Ich helfe dir.«

Er legte seine Hand um meine, ging voraus und hielt mich fest, um sicherzugehen, dass ich nicht ausrutschte. Es gefiel mir, dass jemand auf mich achtgab – es gefiel mir, dass er auf mich achtgab. Sein Handgriff war fest und beruhigend.

»Ich halte dich fest«, sagte er. »Mach dir keine Sorgen.«

Ich folgte ihm.

»Danke«, sagte ich, als wir oben angelangt waren. Er stand da, hielt einen kurzen Augenblick inne, während er von den Autoscheinwerfern angestrahlt wurde und sein verwuscheltes, sandfarbenes Haar aufleuchtete. Er ließ meine Hand los, denn wir befanden uns bereits auf festem Boden, griff dann aber erneut nach ihr, um mich zur Autotür zu begleiten; als er die Tür öffnete, drückte er meine Hand leicht.

»Danke«, sagte ich und drückte zurück, und dann ließen wir los, damit er nach mir einsteigen konnte.

19

Am nächsten Morgen beim Kaffeetrinken auf der Terrasse sagte er: »Mona Lisa.«

»Es ist nicht so, dass ich mich nicht wohlfühle mit dir, denn das tue ich auf jeden Fall«, erklärte er. »Ich habe nur gedacht, es wäre vielleicht gut, ein bisschen alleine herumzulaufen und dich dann später zum Dinner zu treffen. Ich will dir nicht auf die Nerven gehen.«

Patricks gesamtes Verhalten hatte sich verändert. Der Patrick, dem ich eine gute Nacht gewünscht hatte, war entspannt und unbekümmert gewesen, doch über Nacht hatte er sich in einen nervösen und ungewohnt distanzierten Patrick verwandelt – er wirkte, als ginge es ihm nicht so gut, wie er behauptete.

»Oh«, sagte ich und versuchte, sein verändertes Verhalten zu deuten. »Klar, können wir so machen. Wie du möchtest.« Meine Stimme war piepsig, mein Lächeln zu breit. Lag es an dem, was er mir gestern gesagt hatte? Wir hatten uns auf dem Rückweg vom Strand gut verstanden, sogar nach dem Händchenhalten, was, wenn ich jetzt darüber nachdachte, wahrscheinlich nur bedeuten sollte, dass er besonders gut auf mich aufpasste, weil er ein Gentleman war. Ich wusste nicht, warum ich immer wieder an seine Hand dachte, die nach meiner griff, oder daran, wie er mich angesehen hatte, als wir zurück in unserem Ferienhaus waren, ich seinen Pulli ausgezogen und ihm zurückgegeben hatte.

Wir waren lange wach geblieben und hatten über Lieblingsbücher und Geschwistergeschichten geplaudert – ich hatte ihm von Freddie erzählt und wie toll sie ist. Wir waren auch in Erinnerungen an Yak Yak und das Fitnessstudio eingetaucht. Es war unkompliziert und lustig gewesen.

Ich hätte ihn zwar gern einiges zu Mala gefragt, aber ich wusste, dass es unangebracht war, wenn ich das Thema ansprach. Ich hätte gern gewusst, wie es gewesen war, als er es erfahren hatte, und was er später mit ihren Sachen gemacht hatte; ob er sich weiterhin mit ihrer Familie traf. Ich wollte wissen, ob er seitdem Dates hatte oder was er von zukünftigen Dates hielt. Aber es war am besten, wenn ich ihm Zeit ließ, bis er von selbst davon sprach. Ich wollte ihm die Stimmung nicht vermiesen. Vor dem Schlafengehen hatte ich aber zum Thema Verlust gegoogelt und gelesen, dass man Menschen, die jemanden verloren haben, am besten Fragen zu der Person stellt. Was hatte Patrick über Leute gesagt, die Angst davor haben, dass Trauer ansteckend sein könnte? Nun wusste ich wieder nicht, was ich am besten tun sollte: Sollte ich Fragen stellen oder abwarten, bis er von sich aus wieder über sie sprach?

»Es macht Spaß, Zeit mit dir zu verbringen«, antwortete ich; mein Ego war etwas angekratzt. »Aber ich kann mir auch mein Buch schnappen und runter zum See gehen, das macht mich auch happy. Ich habe mir hier auf dem Gelände sowieso noch nicht alles angesehen, und wir reisen bald weiter, also sollte ich das tun.«

Er klatschte in die Hände, als wenn eine Entscheidung gefallen wäre. »Super«, entgegnete er. »Dann mach ich mich mal auf, ja? Prima, bis denn.« Er stand auf und ließ sein Getränk stehen. Er konnte gar nicht schnell genug fortkommen.

Ich wollte ihn nicht fragen, ob alles in Ordnung war, denn offensichtlich war es das nicht. Aber ich wusste, dass ich den ganzen Tag damit verbringen würde, mir Gedanken darüber zu machen, ob ich es verbockt hatte. Und daher war es besser, es gleich zu wissen, statt es nicht zu wissen und es deshalb auch nicht regeln zu können.

»Alles klar bei dir?«, fragte ich, während er seine Sachen zusammenpackte.

»Bei mir?«, antwortete er. »Ja, klar. Warum?«

»Nichts, schon gut.«

»Wir hatten uns aus einem bestimmten Grund für ›Mona Lisa‹ entschieden, stimmt's?«

»Absolut«, sagte ich, aber insgeheim hatte ich gedacht, dass wir es nie benutzen würden. »Hab einen schönen Tag. Sammle ein paar tolle Geschichten auf, die du mir dann beim Abendessen auftischen kannst.«

»Cool«, sagte er und war schon aus der Tür.

Ich streckte mich auf dem Sofa aus und beobachtete die Bäume, die sich draußen im Wind bewegten. Er hatte sich trotz seiner Beteuerungen eindeutig seltsam verhalten. Vielleicht sollte ich einen Gang runterschalten – ich hatte ziemlich viel geredet und war vielleicht ein bisschen zu albern gewesen, als wir bei der Verkostung so viel Wein getrunken hatten. Ja, genau, ich sollte mich etwas zurücknehmen.

Ich schnappte mir das iPad aus meinem Zimmer. Ich spürte einen stechenden Schmerz, als Carols Foto auf dem Desktop aufploppte; ich hatte es aufgenommen, nachdem wir das letzte Mal beim Hundefriseur gewesen waren. *Bitte lass sie okay sein*, betete ich die Sterne an. Ich ging ins Internet, um zu recherchieren, wie ich den Tag verbringen könnte. Die Mädels aus der Viererclique hatten mir über Nacht Nachrichten geschickt: Kezza hatte gerade ein neues Autorenduo für ein Projekt unter Vertrag genommen, bei dem sie sich sicher war, dass sie grünes Licht bekommen würde, Jo hatte Braxton-Hicks-Kontraktionen und wettete, dass das Baby zu früh auf die Welt kommen würde, und Bri sagte, dass Angus einen neuen Job habe, für den er sechs

Vorstellungsgespräche habe führen müssen, jeweils mit einem nächsthöheren Mitarbeiter auf der Hierarchieleiter. *Ich dachte schon, er würde nach Hause kommen und erzählen, sein finales Gespräch sei mit Gott höchstpersönlich gewesen!*, schrieb sie.

Ich schickte ihnen ein paar Schnappschüsse vom Weingut; darunter war auch ein Foto, das ich heimlich von Patrick gemacht hatte – er hielt ein Weinglas am Stiel und beugte sich vor, um am Wein zu schnuppern. Der Kragen seines Polohemdes war hochgeklappt, sein blondes Haar struppig und ungestylt, was ihn wie einen gut betuchten Schauspieler in einer Sommerromanze aussehen ließ. Schließlich wollten sie ja wissen, wie er aussah.

Auch Mum hatte eine Nachricht geschickt.

Annie, wer war der Mann, der beim Videocall mit deiner Schwester gesprochen hat? Ich weiß, dass du ihn nicht dort kennengelernt hast, denn er hatte keinen Akzent. Freddie sagt, ihre Lippen seien versiegelt, aber ich glaube nicht, dass es angemessen ist, ein Kind dazu zu bringen, ein Geheimnis für sich zu behalten. Mum.

Ich hätte ihr fast das gleiche Foto geschickt, nur um sie aufzuziehen, aber ich wusste, dass es die Mühe nicht wert war.

Ich schickte Freddie eine Nachricht, um sie zu fragen, ob es Neuigkeiten zu Carol gab, und um zu sehen, ob es ihr gut ging. Ich hatte versucht, mich von keinen schlimmen Gedanken leiten zu lassen, doch ohne einen mich ablenkenden Patrick machte ich mir plötzlich Sorgen. *Bitte lass Carol okay sein, bitte.* Niemand hatte versucht, mich anzurufen, auch nicht der Tierarzt, bei dem sie eingetragen war. Ich wollte noch weitere vierundzwanzig Stunden abwarten. Wenn wir bis dahin nichts gehört haben sollten, könnte ich dann vor Sorgen zusammenbrechen.

Schließlich drückte ich auf die E-Mail-App, auf der eine »1« prangte und den Eingang einer Mail ankündigte. Die Galle stieg mir hoch, als ich seinen Namen im Posteingang sah. Alexander. Ich öffnete die Mail, bevor ich meine Meinung ändern konnte.

Annie, fing sie an, und sie war lang, ein langer Absatz.

Ich ließ das iPad auf das Sofakissen fallen. Ich wollte es nicht wissen.

Ich wollte es nicht wissen.

Ich wollte nicht.

Ich wollte.

Annie, du musst mir verzeihen. Deine Mum hat mir eine Nachricht geschickt, und Jo hat mir in mehreren E-Mails schlimme Vorwürfe gemacht, aber wir wissen beide, dass die Entscheidung, die ich getroffen habe, für dich und mich am besten war. Wie du es wahrscheinlich schon meiner Abwesenheitsnotiz entnehmen konntest, bin ich in Singapur und arbeite vom Firmensitz aus. Ich bleibe so lange hier, bis du die Hunde zurückgepfiffen hast, denn wir können nicht miteinander reden, wenn mich alle nur anschreien – und wir müssen reden. Ich denke, du weißt, dass wir unmöglich heiraten konnten. Es wäre ein Riesenfehler gewesen. Wir waren eine Jugendliebe aus Studienzeiten, aber keine Partner fürs Leben. Wir haben uns hinreißen lassen. Die Art, wie ich es angegangen bin, war nicht toll, aber ich glaube, dass ich darauf gewartet habe, dass du es endlich aussprichst, und dann war es fast schon zu spät …

Dad hat mir erzählt, dass du ohne mich nach Australien gereist bist. Ich hoffe, du findest dort den Mut, um weiterzukommen, um dir mehr für dich selbst zu wünschen. Ich wünsche mir mehr für mich. Ich denke, das ist völlig legitim. Es ist das Beste für uns beide.

A

Alles, was in mir zu heilen begonnen hatte, stürzte mit einem Mal ein, jedes Wort machte meine Selbstachtung zunichte. Mein Magen verkrampfte sich, mein Nacken war glühend rot, ich fühlte mich krank. Wo war seine Liebenswürdigkeit, seine Sanftheit hin? *Wir waren eine Jugendliebe aus Studienzeiten, aber keine Partner fürs Leben* … Verfluchte Scheiße!

Ich ging im Wohnzimmer auf und ab und verarbeitete seine Worte. Ich wollte schreien. Ich wollte weinen. Ich wünschte, Patrick wäre da gewesen, um etwas Albernes und Witziges und seltsam Aufschlussreiches zu sagen.

Was würde Patrick mir raten?

Patrick würde sagen, dass wir nur ein Leben haben, er würde mir raten, das Beste daraus zu machen. Wenn mich Alexander nicht wollte, könne ich einfach weitermachen und ohne ihn Spaß haben. Er könne nicht plötzlich in mein Postfach platzen und meine Urlaubslaune auf den Kopf stellen. Und Patrick hatte recht.

Ich ging ins Schlafzimmer und zog mir den Bikini an, wischte mir die Tränen weg, die mir über die Wangen gekullert waren, ohne dass ich es bemerkt hatte. Entschlossen setzte ich meine Sonnenbrille auf, packte meine Tasche und eine Wasserflasche ein und riss die Tür auf. Draußen stand Patrick, und ich wäre beinahe mit ihm zusammengestoßen.

»Meine Güte!«, schrie ich.

»Hi! Hallo! Entschuldige, ich wollte dich nicht erschrecken.« Er schaute schüchtern und hielt einen Kühlschrankmagneten mit der Aufschrift *I love Margaret River* hoch.

»Was ist das?«, fragte ich und nahm ihn entgegen. Falls ich wütend klang, dann deswegen, weil ich es war. Ich war wütend auf Patrick, auf die E-Mail, auf die Welt.

»Ich habe dich vermisst«, sagte er.

Ich schmollte ihn an. »Du warst weniger als eine halbe Stunde weg.«

»Ich weiß. Ich habe mich bescheuert verhalten, ich weiß nicht, warum. Ich brauche keinen Mona-Lisa-Tag. Kannst du mir bitte verzeihen?«

Ich begutachtete sein Geschenk. Alexander hatte sich nie bei mir entschuldigt. Er hat es nie richtiggestellt, nachdem er die Beherrschung verloren hatte, oder nach einem Streit die Tür der Versöhnung geöffnet. Es war immer meine Schuld, und wenn ich darüber sprechen wollte, hat er immer gesagt, ich solle kein Theater machen. Und hier war nun Patrick, mit einem Versöhnungsgeschenk, und er übernahm die volle Verantwortung dafür, dass er sich total seltsam verhalten hatte.

»Nur, weil das ein besonderer Magnet ist«, sagte ich sanfter. »Ja.«

»Gut«, antwortete er und atmete laut aus. Ich hatte nicht bemerkt, dass er den Atem angehalten hatte, der Arme. »Ich war ganz verschlossen in meiner Gedankenwelt, aber das ist nichts für jetzt. Ich will Zeit mit dir verbringen und nicht mit meinen Gedanken. Also, wo auch immer du hingehen wolltest – darf ich mitkommen?«

Ich schmunzelte. »Ja. Na klar darfst du das. Komm, wir machen eine Entdeckungstour.«

Er streckte seinen Arm aus, damit ich mich einhängen konnte, und so zogen wir gemeinsam los.

20

Wir verbrachten die letzten Tage in Margaret River damit, auf dem Gelände der Hotelanlage herumzuwandern – es dehnte sich viel weiter aus, als mir anfangs bewusst gewesen war –, am Pool zu liegen und Gesellschaftsspiele in einem der Strandhäuschen zu spielen. Wir liehen uns vom Hotel Fahrräder aus, um die Gegend zu erkunden. An unserem letzten Nachmittag spielten wir Tennis mit einem alten Ehepaar, mit dem wir ins Gespräch gekommen waren, bevor wir eine Wasserschlacht von Kindern stürmten. Jeder von uns kaperte ein Team und warf Wasserballons auf den anderen, bis wir uns beide so hysterisch vor Lachen überschlugen, dass man uns bat, die Kinder in Ruhe zu lassen. Wir lasen am See, aßen Barbecue-Speisen, saßen auf unserer Terrasse mit einer Flasche Wein aus Margaret River, zündeten eine Kerze an, spielten das Wortspiel Bananagrams und sprachen über Carol. Ich machte mir immer größere Sorgen um sie; ich hatte dem Tierarzt eine E-Mail geschrieben und nach dem nächsten Schritt gefragt, doch Patrick war hoffnungsvoll. *Maktub*, erinnerte er mich. Es war eine heilsame, schöne Zeit, trotz des holprigen Zwischenspiels.

»Nein!«, schrie ich, frustriert darüber, wie schnell Patrick Wörter aus den willkürlich zugeteilten Buchstaben bilden konnte. »Du bist zu gut darin! Zu schnell!«

Das Ziel des Spiels ist es, mit den einundzwanzig Spielsteinen, die jeder von uns gezogen hatte, Wörter zu bilden, die miteinander verbunden sind – so ähnlich wie Scrabble, nur ohne Scrabble-Brett.

»Bananas!«, schrie er und ließ mich wissen, dass er alle Steine gelegt hatte und sich selbst zum Gewinner erkor.

Ich hatte noch zwei Buchstaben, konnte jedoch nichts mit ihnen anfangen. Ich schaute rüber, um zu sehen, welches Wort er gebildet hatte.

»*Fittie* ist kein Wort«, kicherte ich. »Du schummelst!«

»Es ist sehr wohl ein Wort. Ein *fittie* ist jemand, der heiß ist.«

Ich schüttelte den Kopf. »Jemand ist fit, das gibt es und steht im Wörterbuch, aber *fittie* steht dort auf keinen Fall. Das ist eine umgangssprachliche Neuschöpfung.«

»Ich weiß ganz sicher, dass es das gibt, denn neben dem Wort prangt ein Foto von mir«, erwiderte er.

Ich kicherte und sagte dann: »Cheeseball.«

»Wer sagt denn ›cheeseball‹?«

»Ich. Ich sage auch manchmal ›cornball‹.«

»Du hast aber nicht versucht, ein Wort daraus zu machen und es im Spiel zu benutzen, oder?«

Ich quietschte. »Also gibst du es zu! Du ›versuchst‹, ein Wort unterzubringen, das nicht zählt!«

Er prustete los. »Haha, uff, na gut, wie auch immer.«

»Nein, nicht wie auch immer«, sagte ich. »Nicht, wenn mein Bananagrams-Ruf auf dem Spiel steht. Ich gewinne immer. Alexander hat mich nie geschlagen, kein einziges Mal in der ganzen Zeit, in der wir zusammen waren!«

Patrick hörte auf zu lachen, und plötzlich waren wir nicht mehr ausgelassen, sondern wurden ernst und traurig. Ich hatte das Gefühl, ich hätte Alexanders Namen nicht aussprechen sollen.

»Sollen wir noch ein …?«, fing ich an, doch er schüttelte den Kopf.

»Nee, ich habe genug. Eigentlich könnte ich fast ins Bett gehen.«

Ich schaute auf die Uhr: zehn Uhr. Es war früher, als ich zu Hause ins Bett gehen würde, doch da wir den ganzen Tag in der Sonne verbracht und herumgelaufen waren, war auch ich ziemlich geschafft.

»Entschuldige«, beharrte ich. »Ich hätte Alexander nicht erwähnen sollen. Er hat mir neulich eine E-Mail geschickt. Ich habe seitdem versucht, nicht mehr an ihn zu denken.«

Patrick kaute auf seiner Unterlippe herum. »Was hat er geschrieben?«

»Die Wahrheit«, gab ich zu. »Dass er auf die schlimmste Art Schluss gemacht hat, aber dass wir uns nie hätten verloben sollen.«

»Stimmt das denn?«

»Vor einer Woche hätte ich das nicht so gesehen, aber nun bin ich hier und sehe das Ganze ein bisschen anders. Ich denke, wir hatten zu große Angst davor, uns zu trennen, weil wir so lange zusammen waren, also haben wir das gemacht, was von uns erwartet wurde.«

»Hmmm«, sagte er. »Verstehe.«

Der Gedanke hatte mir in den letzten Tagen immer wieder auf der Zunge gelegen. Es war wie ein Geständnis, und indem ich es vor Patrick aussprach, hatte ich seine Kraft freigesetzt. Alexander hatte recht. Wir hätten nicht beschließen sollen, zu heiraten. Ich hatte Angst davor gehabt, allein zu bleiben. Als ich das nun verstand, schämte ich mich. Es war traurig, es zuzugeben – vor allem vor einer Person, die schon einmal verheiratet und bis über beide Ohren in seine Partnerin verliebt gewesen war.

»Du hast jedenfalls alle Erwartungen konterkariert, indem du mich auf deine Flitterwochen mitgenommen hast«, sagte Patrick. »Und wenn es okay ist, dass ich mich dafür bedanke, dann habe ich eine Überraschung für unseren ersten Tag in Sydney.

Also vergiss den offiziellen Reiseverlauf, denn an unserem ersten vollen Tag an der Ostküste kommt Paddys Plan.«

»Eine Überraschung?«, wiederholte ich und erkannte in dem Moment, dass er immer wieder das Gespräch von Alexander wegzulenken schien. »Was denn?«

»Vertrau mir einfach.« Er verlagerte sein Gewicht auf dem Stuhl und sah ziemlich stolz aus.

»Bitte, bitte«, bettelte ich und klimperte mit den Wimpern. Ich wollte über übermorgen reden. Morgen sollte es besser werden als heute, und der Tag danach noch besser, denn ich würde stärker sein. Glücklicher. Ich wollte nicht, dass die Reise schnell vorbeiging, aber es war tröstlich zu wissen, dass die Zeit Wunden heilt.

Patrick verlagerte sein Gewicht erneut, dieses Mal jedoch so, dass er sich über die Armlehne seines Stuhls lehnte und mir näher kam als jemals zuvor. Ich schluckte schwer und befeuchtete meine Lippen. Meine Kehle wurde trocken bei dem Gedanken daran, was passieren könnte.

»Na, na«, sagte er mit gesenkter Stimme. »Spiel fair. Mit diesen großen Augen missbrauchst du deine Macht, Annie.«

Ich atmete laut aus. »Ich versteh nicht, was du meinst«, flüsterte ich. Wäre jemand dabei gewesen, der mich des Flirtens bezichtigt hätte, hätte ich es geleugnet, doch ich war vermutlich kurz davor, es zu tun. Zum Spaß riss ich meine Augen groß auf, spitzte die Lippen noch mehr und hielt verführerisch Augenkontakt. »Ich bitte doch nur um einen kleinen Hinweis ... «

Er lachte verschmitzt. »Du bist es gewohnt, immer das zu kriegen, was du willst, oder?«

»Nein, ganz offensichtlich nicht, oder?«

War er auch kurz davor zu flirten?

»Ich bin wie Wachs in deinen Händen«, sagte er.

Wenn dem so war, war er dann derjenige, der die Grenze verschob, oder war ich es?

»Wenn das stimmt, dann würdest du mir wenigstens sagen, was ich für diese Überraschung anziehen soll, Patrick. Damit ich vorbereitet bin.«

Er lehnte sich noch ein klein wenig vor, wenn das überhaupt noch möglich war, und kam so nahe, dass mich sein Atem unter der Nase kitzelte. Mein Herz pochte doppelt so schnell, mein Atem war flach. Zwischen seinen Bartstoppeln war definitiv ein roter Schimmer. Den Eindruck hatte ich schon mal nach dem Training gehabt, doch jetzt konnte ich es aus nächster Nähe und ganz deutlich sehen. Ein Teil von mir wollte die Hand ausstrecken und ihn berühren, seine männlichen Konturen spüren. Entlang des einen Auges hatte er einen Sonnenbrandstreifen, da er vergessen hatte, sich einzucremen, und seine Augen wirkten im Abendlicht dunkler. Statt grün sahen sie aus wie Becken voller Schokolade, seine Wimpern waren von der Sonne gebleicht, aber immer noch sehr lang. Er sah ernst aus, rang mit einer Entscheidung und war offensichtlich völlig hin- und hergerissen, welchen Weg er einschlagen sollte. Ich wollte ihm sagen, dass es okay war, dass das, worüber er sich Sorgen machte, völlig in Ordnung war. Ich wollte ihn von dem heilen, was ihn so durcheinanderbrachte.

»Sieh einfach so schön aus wie immer«, sagte er mit leiser, rauer und – es war kaum zu überhören – irgendwie andeutungsvoller Stimme. Dann fügte er noch etwas hinzu, indem er die Grenzen einer Sache austestete, die ich nicht recht benennen konnte: »Du weißt, wie es mich aus der Fassung bringt.«

Ich stieß ein nervöses Lachen aus, und der Klang meines Lachens zerbrach jede zarte Sache, die gerade noch zwischen uns lag. »Müffel-Paddy!«

Er riss sich los. »Es wird dir Spaß machen«, sagte er, stand auf und ließ seinen Nacken knacken. Er massierte sich die Schulter, und die Unbeholfenheit, mit der er es tat, ließ ihn so unsicher wirken, wie ich ihn noch nie erlebt hatte. Ich wollte nach seiner Hand greifen, ihm sagen, dass ich da war; ich wollte fünf Sekunden in der Zeit zurückgehen, um den Zauber, den er gesponnen hatte, nicht ruiniert zu haben. Er gab mir etwas, von dem ich mehr wollte – in seiner Nähe zu sein fühlte sich berauschend an, die Spannung in der Luft, wenn er mich neckte und reizte, machte alles intensiver; ich konnte tiefer einatmen und breiter lächeln. Es war furchtbar, als er neulich morgens so seltsam drauf war und alleine losziehen wollte. Neben ihm zu sitzen fühlte sich besser an, als nicht neben ihm zu sitzen. Ich konnte kaum den nächsten Morgen abwarten, damit wir erneut einen ganzen Tag zusammen verbringen konnten, und dann noch einen. Am Ende des Tages Gute Nacht zu sagen war das, was mir an unseren gemeinsamen Tagen am allerwenigsten gefiel.

»Vertrau mir einfach«, sagte er und war bereits im Wohnzimmer. »Schlaf gut …«

»Schlaf gut«, rief ich ihm hinterher. »Vergiss nicht, dass wir um acht abgeholt werden, damit wir bis zum Abflug noch genug Zeit haben.«

Nachdem er gegangen war, saß ich noch lange da und starrte in die Dunkelheit. Mein Herz raste, doch ich wusste nicht genau, warum.

21

Der zweite Teil der Reise führte uns an die Ostküste, also fuhr uns Bianca zum Flughafen, und wir flogen, wieder in der Businessclass, von Perth nach Sydney.

»Ihr seid so süß«, sagte sie, während sie uns zum Abschied beide gleichzeitig umarmte. »Ich wünsche euch alles, war ihr euch auch wünscht.«

»Danke, Bianca«, sagte Patrick. »Du warst die beste Reiseleiterin, die man sich vorstellen kann.«

Sie tat das Lob mit einer Handbewegung ab. »Ich mache nur meinen Job«, sagte sie. »Genießt die restlichen Flitterwochen.« Patrick hatte ihr schließlich die Wahrheit über unser Abenteuer verraten, und sie hatte eine Menge Fragen gehabt.

»Ich werde diese Geschichte allen erzählen, die ich kenne!«, erklärte sie feierlich. »Du bist trotz allem zu deinen Flitterwochen gekommen, Annie! Das ist so abgefahren!«

Der Flug dauerte etwas mehr als vier Stunden, in denen wir es ruhig angingen – es gab weniger Druck, sich gegenseitig unterhalten zu müssen, und so saßen wir in angenehmer Stille nebeneinander und zeigten uns nur ab und zu etwas im Bordmagazin. Ich ertappte mich dabei, wie ich diese friedlichen Momente mit Patrick genoss, in denen wir nicht bemüht waren, den anderen bei Laune zu halten. Patrick war nicht durchgehend der Spaßmacher, für den ich ihn anfangs gehalten hatte, er konnte auch schweigsam und nachdenklich sein. Ich mochte es, diese Seite an ihm zu entdecken. Ich mochte es, hinter die Schichten zu blicken, die dem Rest der Welt verborgen waren; ich schätzte seine Tiefgründigkeit und dass er mir vertraute.

In Sydney wurden wir ebenfalls erwartet. Dieser Fahrer war zwar nicht halb so freundlich wie Bianca, aber er war auch nur für diese eine Fahrt gebucht. Er fuhr uns direkt in die Stadt und ans Wasser. Unser Hotel ging zur einen Seite zum Opernhaus hinaus und zur anderen zum Hafen. Die Hotellobby war in kühlem Marmor gehalten, riesige Säulen ragten über drei Stockwerke empor; es gab viele plüschige Ecken für Drinks und Business Meetings in Samtsesseln oder auf abgenutzten, aber teuer aussehenden Ledersofas.

Ich hatte für den Flug Flip-Flops und Shorts angezogen, die hatten für Margaret River super gepasst, aber für dieses schicke Hotel in Sydney mit den vornehmen Gästen war ich underdressed. Der Ort, an dem wir die letzte Woche verbracht hatten, war gemütlich und ungezwungen gewesen. Unser neues Hotel war das schickste, in dem ich je übernachtet hatte, was man sogar an der Kleidung der Angestellten sehen konnte. Alles war perfekt arrangiert und poliert, und ich schwöre, ich nahm den Geruch von Jasmin und Patschuli wahr, als wäre sogar die Luft schicker.

»Wir haben ein Zweibettzimmer, nicht wahr?«, fragte Patrick an der Rezeption.

Der Hotelangestellte schaute von Patrick zu mir und dann wieder zu ihm. Es musste sehr merkwürdig wirken, dass wir in einer der besten Suiten untergebracht waren, aber in getrennten Betten schlafen wollten.

»Ein Zweibettzimmer ... also ...«

»Ja, wir brauchen bitte zwei Betten«, betonte Patrick und lächelte mich nervös, ja fast schon entschuldigend an.

»Sie haben die Penthouse Suite ...«, antwortete der Mann von der Rezeption, was Patrick dazu bewog, mir einen zweiten Blick zuzuwerfen, der sagte, *ja aber selbstverständlich, was denn sonst.* Ich hatte gemerkt, dass es, während wir uns näher kennenlernten, Grenzen in unserer Freundschaft gab, die er oft sichtbar markierte und betonte. Doch dann gab es auch die kleinen Momente und Insiderjokes, die nur wir beide teilten. Über die Hälfte der Zeit hatten wir unsere eigene Sprache und unsere eigene kleine Welt.

»Die Penthouse Suite hat zwei Zimmer mit Kingsize-Betten, die durch ein Wohnzimmer verbunden sind. Ich glaube, Sie werden sich sehr wohlfühlen, Mrs …«

»Ms«, unterbrach ich. »Ms Wiig passt, danke.«

»Sehr wohl, Ms Wiig. Wenn Sie in Richtung des privaten Penthouse-Fahrstuhls am Ende dieses Flurs gehen möchten, einer unserer Gepäckträger kommt in Kürze mit Ihrem Gepäck nach. Und wenn Sie diese Schlüsselkarte benutzen …«, er schob einen kleinen geprägten Papierumschlag rüber, aus dem oben zwei glänzende schwarze Schlüsselkarten herausschauten, »… öffnet sich der Fahrstuhl direkt in Ihrer Suite. Ich wünsche Ihnen einen angenehmen Aufenthalt.«

Die Suite war skandalös schick, und da wir uns an diesen anhaltenden Luxus noch immer nicht gewöhnt hatten, verbrachten wir eine gute Viertelstunde damit, durch die Räume zu gehen und uns über die ausladenden Betten, die riesige Badewanne, die Fernseher in jedem Zimmer, die Aussicht – kurzum, über absolut alles zu freuen. Alles war modern, es gab Designermöbel und raumhohe Fenster, sogar im Bad. Ich würde unter dem Himmel von Sydney duschen, und ich war mehr als dankbar dafür. Ich hätte nicht gedacht, dass ich jemals in meinem Leben einen so extravaganten Urlaub machen würde.

»Wäre es angemessen, wenn ich deine Beinahe-Schwiegereltern dann als Dankeschön zum Abendessen einlade?«, fragte Patrick. »Oder ich biete ihnen an, ein Jahr lang ihren Rasen zu mähen oder auf allen vieren in ihrem Wohnzimmer zu knien, damit sie mich als Fußbank benutzen.«

»Oh«, sagte ich und erinnerte mich plötzlich. »Sie lassen dich übrigens grüßen. Ich habe versucht, sie auf dem Laufenden zu halten. Vor allem Fernanda wollte wissen, ob du Spaß hast. Ich hoffe, es macht dir nichts aus, aber ich habe ihr das Foto von dir geschickt, nachdem du die Wasserschlacht verloren hast.«

»Nicht gerade meine Sternstunde«, gestand er. »Aber klar, schick ihr, was immer du möchtest. Es ist schön, dass ihr kommuniziert.«

»Das ist das Mindeste, was ich tun kann – sie über unsere Aktivitäten zu informieren.«

Wir standen vor dem raumhohen Fenster mit Blick auf den Hafen. Die späte Nachmittagssonne ließ das Wasser schimmern, es wirkte, als seien verborgene, funkelnde Diamanten darin. Man sah die weißen Segel von etwa fünfzig Booten. Auf der anderen Seite standen viele Hochhäuser, ich nahm an, dass es sich hierbei um Downtown oder das Businessviertel handelte. Alles, was man sich von einer Stadt nur wünschen konnte, lag vor einem: Wasser, Kultur, Business, das Versprechen von guten Restaurants und einem pulsierenden Nachtleben. Ich wusste, dass dieser Teil der Reise uns einen anderen Eindruck des Landes geben würde, und ich freute mich darauf.

»Und ja, um deine Frage zu beantworten, biete ihnen auf jeden Fall die Sache mit der Fußbank an.« Ich kicherte, während ich meine Nase gegen die Glasscheibe drückte und nach unten sah. Wir waren *ganz schön* weit oben. »Aber reden ist nicht drin. Fußbänke können nicht sprechen.«

»Ich glaube, damit hätte ich ein Problem«, erwiderte er. »Ich weiß nicht, ob es dir aufgefallen ist, aber … «

»Oh, es ist mir aufgefallen«, antwortete ich und streckte unwillkürlich eine Hand nach seinem Arm aus. Als wir uns berührten, fühlten wir einen elektrischen Schlag, und ich zog die Hand ganz schnell wieder zurück. *Was zum Teufel?* Das war total merkwürdig. Ich wollte nur meinen Standpunkt erklären, und uns nicht in Brand setzen.

Wir wurden vom Facetime-Trillern meines iPads unterbrochen.

»Freddie, Froogle, hey, hallo!«, rief ich, und Patrick stand ganz still beim Klang dieses Namens, denn er wusste, es würden Neuigkeiten über Carol sein.

»Wir haben sie gefunden!«, sagte Freddie. »Wir haben Carol gefunden!«

Ich atmete erleichtert aus und ließ den Kopf sinken, Tränen schossen mir in die Augen, denn erst jetzt, da sich Carol in Sicherheit befand, konnte ich zugeben, dass ich Angst gehabt hatte, sie zu verlieren. Ich ging ebenfalls zu Patrick zum Sofa und ließ mich erleichtert darauf fallen.

»Gott sei Dank«, sagte ich und winkelte meine Beine an. »Das sind wunderbare Neuigkeiten, Käferchen. Wo war sie denn?«

»Du wirst es nicht glauben«, sagte Freddie. »Sie war bei den Nachbarn! Im Garten! Ich habe sie heute früh bellen gehört, als ich mich für die Schule fertig gemacht habe. Sie sagen, sie haben sie im Park gefunden und mit nach Hause gebracht, aber als sie versucht haben, die Nummer auf dem Halsband anzurufen, haben sie den internationalen Rufton gehört und aufgelegt. Schau mal, hier ist sie. Sie hat uns vermisst!«

Freddie zog Carol vor die Kamera, genau als Patrick mich anschaute und fragen wollte: *Darf ich Hallo sagen?*

»Patrick!«, kreischte Freddie. »Wir haben Carol gefunden! Du hattest recht!«

»Ich hatte keinerlei Zweifel«, sagte Patrick und setzte sich neben mich. »Annie hat mir erzählt, wie klug du bist. Ich wusste, dass du einen Weg finden würdest, sie zu finden.«

Freddie strahlte. »Okay, ich muss zur Schule«, sagte sie. »Wie spät ist es bei euch eigentlich? Hier ist es Zeit fürs Frühstück.«

»Hier ist es fast Zeit fürs Abendessen«, sagte ich. »Und da ich diesen Tag bereits erlebt habe, kann ich dir sagen, es wird ein guter!«

»Ich wollte dir nur kurz Bescheid geben, dass es ihr gut geht«, fuhr Freddie fort. »Mum und Dad haben gesagt, sie kann heute Nacht bei mir schlafen, so wie sie das tut, wenn ich bei dir bin. Ich will sie nie wieder aus den Augen lassen!«

»Alles klar, Frou. Vielen, vielen Dank, dass du angerufen hast. Sie sieht wirklich glücklich aus, bei dir zu sein. Drück sie von mir, ja?«

»Ja«, sagte Freddie und erlaubte Carol, ihr das Gesicht zu lecken. »Okay.«

Nachdem wir aufgelegt hatten, drehte sich Patrick zu mir um und fragte: »Ready, ready, chicken jelly?«

Ich rollte gespielt genervt die Augen. »Versuchst du's noch immer damit?«

»Die Erkundung einer komplett neuen Stadt steht uns bevor«, rief er, streckte die Hände nach mir aus und legte sie auf meine Wangen. »Und nun haben wir einen weiteren Grund zum Feiern: Carol ist wieder da! Wir sind in Sydney! Lass uns essen gehen!«

Es war unmöglich, seinem Enthusiasmus zu widerstehen.

22

Unser erster ganzer Tag in Sydney war – wie Patrick nicht müde wurde anzukündigen – »Paddys perfekter Überraschungstag«. Nach dem Frühstücksbüfett in einem der vier Hotelrestaurants wurde ich von ihm beauftragt, für den Tag zu packen und mir etwas Bequemes, aber nicht »Unmodisches« anzuziehen.

Ich entschied mich für die abgeschnittene blaue Baggy-Hose zu meinen Birkenstocks und ein weißes Top, das mich meiner Meinung nach ziemlich heiß aussehen ließ. Ich ließ mein Haar offen und die Naturwelle drin und trug eine einfache Goldkette am Hals. Mit einem Hauch Bronzer und meiner Sonnenbrille wollte ich natürlich, aber stylish aussehen. Ich schnappte mir die kleine Lederumhängetasche, die ich bei der Weinprobe getragen hatte, und ging nach unten, wo ich am Eingang auf Patrick warten sollte.

Ich erspähte ihn sofort. Er stand auf der anderen Straßenseite des Hotels mit seinen kakifarbenen, knielangen Shorts, die die durchtrainierten Waden eines Läufers enthüllten. Auch er trug Birkenstocks und ein weißes Leinenhemd, sodass wir zufälligerweise im Partnerlook erschienen, wie die alten Ehepaare, die Fleecejacken für sie und ihn tragen. Sein Grinsen war breit, und ich lächelte sofort voller Freude zurück. Wir standen starrend und lächelnd da und sahen uns gegenseitig an wie zwei Irre, während ein paar Autos an uns vorbeifuhren. Es war schön, sich in jemandes Gegenwart so wohlzufühlen. Er machte alles besser. Wir waren eben nur fünfzehn Minuten getrennt gewesen, aber ich hatte mich bereits nach ihm gesehnt.

»Wir machen einen Ausflug!«, schrie er von der anderen Straßenseite herüber – und da sah ich, dass er neben einem schnittigen schwarzen Audi-Cabrio stand und die Schlüssel in der Hand herumwirbelte.

»Warte mal«, sagte ich. »Du fährst?«

»Ich dachte, es könnte Spaß machen«, rief er, öffnete die Beifahrertür und winkte mir zu, die Straße zu überqueren und einzusteigen. »Wind in unseren Haaren, und wir fahren dorthin, wohin der Weg uns führt. Zumindest wohin das Navi uns führt.«

»Verstehe. Wow, okay.«

Das hellbraune Leder fühlte sich weich an, der Neuwagengeruch war ziemlich intensiv. Patrick machte mich darauf aufmerksam, auf meine Finger aufzupassen, und schlug meine Tür zu, bevor er auf der anderen Seite einstieg und den Motor startete.

»Wie lautet der Plan?«

»Unser Zielort ist ein Städtchen etwa zwei Stunden südlich, immer an der Küste entlang, wo heute Abend ein Musikfestival stattfindet. Ich dachte, wir halten unterwegs immer wieder mal an, schauen uns Sehenswürdigkeiten an und halten Ausschau nach Kängurus. Wer einen Koala sichtet, kriegt Bonuspunkte.«

Ich nahm meine Tasche ab, legte den Sicherheitsgurt an und kündigte an, mein Handy an den Lautsprecher anzuschließen.

»Für all das brauchen wir einen Soundtrack«, erklärte ich.

»Enttäusch mich nicht, DJ«, antwortete Patrick und setzte seine Sonnenbrille auf. »Ein paar Klassiker zum Mitsingen, wenn ich bitten darf.«

Zehn Minuten später sangen wir lautstark »If It Makes You Happy« von Sheryl Crow, während sich auf der einen Straßenseite die Bäume immer mehr verdichteten und die andere Seite den Blick auf den Ozean freigab. Patrick war ein guter Fahrer, er fuhr langsam, aber sicher, wir hatten es ja auch nicht eilig. Wir befanden uns im Grunde genommen auf einer einzigen geraden Straße, und ich liebte es, wie der Wind durch mein Haar peitschte und mir die Sonne ins Gesicht schien. Als die Musik zu Ende war, tauchten wir in die zufriedene Stille ab, die wir bereits geübt hatten.

»If it makes you happy, it can't be that bad«, sagte Patrick und wiederholte die Songzeile. Er warf mir einen kurzen, heimlichen Blick zu. Was sollte das bedeuten? Ich antwortete nicht darauf und schaute vom Beifahrerfenster auf die Landschaft, die an uns vorbeisauste. Ich erinnerte mich daran, dass Carol wiederaufgetaucht war, und war noch erleichterter. Ich musste ein Geschenk für Mums und Dads Nachbarn besorgen, weil sie sie gefunden hatten. Patrick fing an, den Takt auf dem Lenkrad zu trommeln, und ich bewunderte seine schönen Hände zum zwanzigsten Mal.

»Mit diesen Händen könntest du Klavier spielen«, bemerkte ich, und er lächelte mich an.

»Das tue ich«, antwortete er. »Seit der achten Klasse. Ich kann's eigentlich ganz gut.«

Herrgott noch mal! Ehrenamt. Fitnessstudio. Jüngeren Schwestern in Not helfen. Und jetzt auch noch Klavier spielen. Gab es etwas, das dieser Mann nicht konnte?

In dem Städtchen, in das uns das Navi führte, war alles grün und üppig; hier standen kleine weiße Holzhäuser mit spitzen Dächern, alles war niedlich und idyllisch und viel weniger urban.

»Ich bin am Verhungern«, vermeldete ich, während wir langsamer fuhren, um uns zu orientieren. »Wollen wir was essen gehen?«

»Du kannst meine Gedanken lesen«, stimmte Patrick zu. »Lass uns parken und sehen, wo uns unsere Nasen hinführen.«

Wir stiegen aus und zogen los.

»Es ist echt cool, dass du das tust«, sagte ich. Ich sagte es schüchtern, aber ich wollte ihn wissen lassen, dass ich es bemerkt hatte.

»Was denn?«

»Dass du darauf vertraust, dass alles in Ordnung ist. Dass alles gut ausgehen wird. Auch wenn du nur parkst und sagst, dass wir unseren Nasen folgen sollen. Es ist spontan, aber nicht unverantwortlich. Ich lerne viel von dir.«

Er stupste seine Schulter gegen meine, so wie er es jedes Mal tat, wenn er versuchte, Kontakt mit mir aufzunehmen oder mich zu beruhigen.

»Es gibt nicht viel, was ich dir beibringen kann«, antwortete er. »Und das meine ich auch so.«

Wir näherten uns einem kleinen, malerischen Café auf dem Marktplatz mit Blick auf das Rathaus. Wir sprachen es nicht mal laut aus, dass wir es uns dort gemütlich machen würden – wir gingen einfach instinktiv auf einen freien Tisch zu und zogen jeweils einen Stuhl heran.

Patrick schloss seine Augen und drehte sein Gesicht in die Sonne.

»Himmlisch«, sagte er.

»Himmlisch«, stimmte ich zu.

Wir bestellten ein frühes Mittagessen – Tortilla-Wraps mit Avocado, Rührei mit Käse und Kaffee – und folgten danach dem Tipp des Café-Besitzers. Er hatte uns empfohlen, an den Stadtrand Richtung Flussmündung zu gehen. Der Fluss war breit und hatte breite grasbewachsene Ufer. Das Wasser floss still und reflektierte die skurrilen Wolken, so wie das Wasser den Himmel reflektiert hatte, als wir in Margaret River angekommen waren.

Ich fragte mich erneut, wie es wohl gewesen wäre, wenn ich mit Alexander hier gewesen wäre. Hätte er ein Auto gemietet und uns herumgefahren? Wären wir von der Reiseroute abgewichen und hätten ein winziges Städtchen mitten im Nirgendwo gefunden, ein Abenteuer, wie geschaffen für zwei? Ich bezweifelte es. Ich vermutete, er hätte mich *vielleicht* mit etwas Romantischem und Spontanem überraschen können, aber … nein, eher nicht. Alexander und Patrick waren totale Gegensätze.

Ich mochte es, wie Patrick mit der Bedienung und dem Café-Besitzer sprach. Ich mochte es, wie er mit jedem sprach. Alexander behandelte Bedienungen manchmal so, als wären sie unter seiner Würde, aber ich glaube, ich habe es nie wirklich erkennen wollen. So war Alexander nun mal. Wenn man jemanden liebt, dann akzeptiert man ihn so, wie er ist, oder nicht? Man verlangt nicht, dass sich die geliebte Person ändert, denn dann wäre sie ja nicht mehr die Person, in die man sich verliebt hat. Doch da ich nun mit einem anderen Mann so viel Zeit verbrachte, fiel mir auf, was an Alexander nicht stimmte. Oder zumindest einiges davon. Ich vermisste Alexander immer noch, das war so, und ich konnte nicht anders, als mich zu fragen, was wohl gewesen wäre, wenn er anstelle von Patrick mit mir in Australien gewesen wäre. Es tat weh, an ihn zu denken, aber ich konnte es auch nicht lassen. Er hatte so lange Zeit im Mittelpunkt meines Lebens gestanden, mich zu dem gemacht, was ich war. Aber dann tat Patrick irgendwas Nettes – er bot mir den ersten Bissen seines Vanillekuchens an oder überraschte mich mit einem Roadtrip –, und ich dachte: *Was vermisse ich eigentlich an Alexander? Ich habe mich mit Resten zufriedengegeben, während das hier eine volle Mahlzeit ist.*

Nicht, dass es mit Patrick eine Liebesgeschichte gewesen wäre. Natürlich nicht. Ich stellte den Vergleich nur an, weil er ein Mann war.

»Lass uns auf die Felsen klettern.« Patricks Worte unterbrachen meinen Gedankengang. »Oha, da war jemand aber sehr weit weg gerade. Ist alles in Ordnung? Du bist so still, seit wir in dem Café waren.«

»Ja«, sagte ich ihm. »Ja, alles in Ordnung. Ich habe nur schon wieder an Alexander gedacht.«

Ich wollte mich über mich selbst lustig machen, doch Patricks Gesichtsausdruck wurde traurig.

»Nicht auf eine positive Art«, sagte ich. »Ich habe daran gedacht, wie anders die Reise mit ihm verlaufen wäre.«

»Tut mir leid, dass du nur mit der zweiten Wahl hier bist«, sagte Patrick. Seine Stimme war leise, aber etwas an seiner Körpersprache war es nicht.

»Hey.« Ich zupfte an seinem Ärmel. »Danke für heute. Das ist großartig.«

Er nickte und setzte sich dann auf einen riesigen Felsbrocken, weiter weg von mir. Nach einer Weile sagte er: »Wünschst du dir, dass er an meiner Stelle hier wäre?«

»Nein«, sagte ich, während ich auf den Felsen herumbalancierte. »Ich weiß nicht, was ich getan habe, dass du das denkst, aber selbstverständlich wünsche ich mir das nicht.«

»Was macht es selbstverständlich?«

»Ist das ein Witz?«

»Nein.«

Wir waren so weit voneinander entfernt, dass ich nicht die Hand ausstrecken und ihn berühren konnte, wie es mir mein Instinkt sagte. Ich konnte seine Augen hinter der Sonnenbrille nicht sehen, aber sein verärgerter Ton war neu.

»Patrick«, fing ich an. »Jedes Mal, wenn Alexander mir in den Kopf kam, habe ich gedacht, dass diese Reise mit ihm nicht so schön geworden wäre. Ich kann es kaum glauben, dass ich mit jemandem hier bin, der so präsent ist. Du bist ein so viel tollerer

Mann als er, und ich kann nicht mehr nachvollziehen, warum ich eigentlich mit ihm zusammen war. Ich wusste nicht, dass es eine andere Art von Beziehung geben kann.«

Patrick wollte seine Sonnenbrille abnehmen, doch die Sonne reflektierte so grell vom Wasser, dass er die Augen zusammenkniff und sich dagegen entschied.

»Das hast du nett gesagt«, sagte er.

»Ich meine es auch so«, antwortete ich. »Das sind die besten Flitterwochen überhaupt.«

Sobald ich es ausgesprochen hatte, wurde mir bewusst, dass es für ihn wahrscheinlich nicht so war, für ihn waren es nur die zweitbesten Flitterwochen seines Lebens. Ich war nicht eifersüchtig deswegen, aber ich spürte einen leichten Stich. Auf dieser Reise gewann ich so viele Erkenntnisse über mein Leben, aber ich befürchtete, dass es für ihn nicht so war. Ich hatte eine Erleuchtung nach der anderen, und er hatte einfach eine schöne Zeit und dachte wahrscheinlich an seine Frau, die er liebte und vermisste.

»Du denkst bestimmt auch oft an deine Frau«, sagte ich, entschlossen, den Stier bei den Hörnern zu packen.

Er seufzte. »In letzter Zeit weniger«, gestand er, und es war nicht die Antwort, die ich erwartet hatte. »Und ich fühle mich schuldig deswegen. Je mehr Zeit vergeht, desto mehr entferne ich mich von ihr ... Ich weiß, dass ich mit meinem Leben weitermachen muss, aber es ist ein Leben ohne sie. Ich habe all diese Gefühle ...« Er hielt an und atmete tief durch. Ein Teil von mir wollte aufstehen und zu ihm rübergehen, doch der andere Teil war wie versteinert und wartete darauf, dass er weitersprach.

»Diese Reise ist für mich sehr besonders«, fuhr er fort und schaute noch immer aufs Wasser. »Ehrlich, ich weiß nicht, wie ich dir danken soll, dass du mich mitgenommen hast. Ich kann mehr ich selbst sein, viel mehr als in den letzten Jahren. Das ist ein bisschen erschreckend, wenn ich so …« Er führte den Gedanken nicht zu Ende.

»Also sind wir zwei glückliche Menschen, glücklich, hier zu sein, glücklich, dieses Abenteuer zu erleben, aber aus irgendeinem Grund sauer aufeinander, und deswegen sitzen wir quasi auf den gegenüberliegenden Ufern des Flusses?«, entgegnete ich.

Er lachte, aber es war ein etwas trauriges Lachen. »So ungefähr«, sagte er, und ich musste auch lachen. »Aber ich will dir nur sagen, dass ich immer noch derselbe Patrick bin, der ich war, bevor ich dir von meiner Frau erzählt habe. Das ist dir schon klar, oder?«

»Ja«, antwortete ich. »Aber du bist es auch nicht. Nicht im Negativen, aber ich lerne dich langsam kennen. Was du mir von Mala erzählt hast, hat mir viel von dir offenbart. Du hast selbst gesagt, dass es dich zu dem gemacht hat, der du bist.«

»Vermutlich«, sagte er, hob einen Stein auf und warf ihn in den Fluss.

»Es ist nicht zu deinem übergeordneten Persönlichkeitsmerkmal geworden, wenn du das meinst. Ich sehe es als etwas, das passiert ist, das dich aber nicht definiert.«

»Die Sache ist die«, murmelte er so leise, dass ich mir nicht sicher war, ob ich ihn richtig verstand, »dass es mich schon sehr geprägt hat.« Er seufzte tief. »Und manchmal wünsche ich mir, dass es das nicht getan hätte.«

Als wir ins Städtchen zurückkamen, hatte sich der Marktplatz verwandelt. Überall hingen Luftschlangen und Wimpelgirlanden; auf der einen Seite war eine Holztanzfläche aufgestellt worden, und eine Band baute ihre Instrumente auf.

»Es sieht so aus, als würde das ein großes Event werden«, sagte Patrick zu einem älteren Typen, der auf einer Bank saß und alles beobachtete. Wir kauften uns Ingwerbier und nippten daran, während wir uns vom Spaziergang erholten. Auf dem Rückweg war es viel heißer gewesen als auf dem Hinweg.

»Ich würde sagen«, antwortete der Mann, »wir wissen, wie man feiert.«

Ein Typ mit Pferdeschwanz und Levi's Jeans im Achtziger-Look kam rüber und sagte zu unserem neuen Freund: »Alles klar, Bobby?« Bobby nickte.

»Touristen?«, fragte uns Bobby später.

Ich nickte.

Patrick sagte: »Jup. Wir sind leider nicht sehr lange hier, aber wir werden wiederkommen. Nicht wahr, Annie?«

Ich lächelte und nickte. »Es ist wirklich außergewöhnlich schön hier«, sagte ich.

»Wenn ich euch beide so sehe«, bemerkte Bobby, »erinnere ich mich an meine Flitterwochen mit meiner Rosie. Fünfundvierzig Jahre lang habe ich die Augen nicht von ihr gelassen. So wie ihr beiden.«

Ich wollte ansetzen zu erklären, aber Patrick legte seine Hand sanft auf meinen Arm. Ich wartete darauf, dass er ihn wieder wegzog, aber er tat es nicht.

»Klingt so, als wärt ihr sehr verliebt gewesen«, sagte Patrick, und Bobby nickte.

»Sie war die tollste Frau überhaupt«, sagte er. »An Weihnachten sind es zehn Jahre, seit sie gestorben ist.«

Patrick ließ das auf sich wirken. »Sprichst du manchmal noch mit ihr?«, fragte er, als wäre es das Normalste auf der Welt. Das ließ Bobby aufhorchen.

»Im Haus mache ich es«, sagte er. »Ich weiß, dass sie bei mir ist. Sie hört zu. Ich höre ständig ihre Stimme, sie erinnert mich daran, die Blumen im Garten zu gießen, sie sagt mir, dass ich meinen Hängearsch aus dem Haus bewegen und runter in den Pub gehen oder unsere Söhne anrufen soll.«

»Ja«, sagte Patrick. »Sie passt auf dich auf. Ich weiß, wie das ist.«

Bobby schaute ihn schief an und schaute dann auf Patricks Hand. Dann schaute er zu mir rüber und auf meine Hand, und ich realisierte, dass er nach unseren Eheringen suchte. Ich konnte in seinem Gesicht sehen, wie er verstand.

»Trotzdem«, sagte Bobby. »Wir hatten eine tolle Zeit. Ich habe nie wieder jemand anderen gefunden, aber ich sag dir eins, Kumpel, wenn ich die Chance gehabt hätte, dann hätte ich das Glück bei den Hörnern gepackt. Wir sind dafür gemacht, als Paare zu leben. Aber das bedeutet nicht, dass wir die Person, die nicht mehr da ist, weniger lieben.«

Patrick sagte nichts dazu und ich auch nicht. Bobby stand mit wackeligen Beinen auf, und Patrick reichte mir sein Ingwerbier, um ihm helfen zu können.

»Genießt die Musik, ja? Vielleicht sehen wir uns später.« Er zwinkerte mir zu. »Vielleicht fordere ich dich ja zum Tanz auf«, neckte er mich, und ich lächelte.

»Abgemacht«, sagte ich zu ihm. »Bis später.«

Wir sahen beide zu, wie er davontaumelte, und als er um die Ecke bog und winkte, sagte ich zu Patrick, ohne ihn anzusehen: »Alles klar?«

»Ich glaub schon«, lautete seine Antwort.

Ich bohrte nicht weiter.

23

Bobby hatte recht: Die Leute in diesem Städtchen wussten, wie man eine Show auf die Beine stellte. Der Marktplatz verwandelte sich direkt vor unseren Augen. Er war nun voller Menschen, die gekommen waren, um einer Band nach der anderen zuzuhören, während sie tanzten und sich gegenseitig zuwinkten und spielend die Tanzpartner wechselten, weil jeder jeden kannte.

Patrick fing richtig Feuer – man konnte meinen, er sei betrunken, so ausgelassen, wie er auf der Tanzfläche war. Ich hoffte, dass er es nicht war, da er mich nach Hause fahren musste, aber ich freute mich, ihn so zu sehen. Er erinnerte mich an den Patrick aus Yak-Yak-Zeiten, der herumsprang, dem heiß wurde, der schwitzte und sich in der Musik verlor.

»Das macht so einen Spaß!«, schrie er mir, während die Band Indie-Songs aus den Neunzigern als beschwingte Disco-Tracks coverte. Wir lachten und drehten uns im Kreis; meine Hand lag in seiner, als er mich herumwirbelte, und dann zog er mich von hinten dicht an sich heran, und mein Rücken war an seine Brust gepresst. Ich schaute zu ihm und er zu mir.

Und dann berührten sich unsere Lippen.

Und wir küssten uns. Wir küssten uns mitten auf der Tanzfläche, auf dem Marktplatz.

Es war ein unschuldiger Kuss, unsere Lippen pressten sich aufeinander und öffneten sich leicht, um Platz für mehr zu schaffen. Es war alles egal, und dann doch wieder nicht; mein ganzer Körper schloss sich an ein Tausend-Volt-Netz an. Patrick und ich küssten uns!

Doch dann lächelte er, und ich lächelte zurück, und bevor sich das Ganze vertiefen konnte, rissen wir uns los, und was auch immer mich an das Stromnetz angeschlossen hatte, löste sich so schnell auf, wie es mich mit Energie aufgeladen hatte.

Dann stand Bobby mit seiner Gehhilfe neben uns, und so tanzten wir eine Weile um ihn herum und bezogen ihn mit ein, und Patrick fing an, den Robotertanz zu machen. Als ich sah, wie viel Freude es ihm bereitete, den alten Mann zum Lachen zu bringen, sprühten tausend Funken in meinem Herzen. Und dann wurde mir klar, dass wir die Chance gehabt hatten, unsere Freundschaft auf ein höheres Level zu heben, doch wir hatten es nicht getan. Wir hatten uns voneinander losgerissen.

Patrick war mein Freund. Er litt, und ich litt, aber ich war ja nicht blind – ich wusste, dass er ein wunderbarer Partner wäre. Doch wir hatten uns darauf geeinigt, dass das zwischen uns keine Liebesgeschichte war. Wir hatten uns hinreißen lassen, das war alles; der Kuss hatte nichts zu bedeuten. Ich wusste gar nicht, ob man ihn als Kuss bezeichnen konnte. Er war ja kaum passiert.

Ich hatte nicht einen anderen in meinen *Flitterwochen* geküsst.

Es lag bloß an der Sonne, an den Sternen und dem Abenteuer. Das war alles.

Patrick wirbelte bereits eine andere Frau herum, eine etwa Zwanzigjährige in kurzem Kleid, so kurz, dass ich und alle anderen ihr Höschen sehen konnten, und da sagte ich mir, dass ich irgendeine Person hätte sein können, als wir getanzt hatten, und er auch. Es war einfach eine flüchtige, unbedeutende Sache gewesen. Wir mussten nicht einmal darüber reden; Erwachsene pressen manchmal ihre Lippen aufeinander. Es wäre ja kindisch, sich länger damit zu beschäftigen.

»Mona Lisa!«, schrie ich ihm über die Musik und das Gelächter zu. Ich zeigte auf eine dunkle Ecke in der Nähe des Cafés, in dem wir vorher gegessen hatten, und seine Augen folgten meinem Finger, als er es verstand.

Es tat gut, von dem ganzen Lärm mal wegzukommen. Es war, als wäre die Lautstärke ums Doppelte aufgedreht worden, und was geräumig und offen gewirkt hatte, war nun geschrumpft. Meine Lungen bekamen nicht mehr genug Sauerstoff. Ich lehnte mich an die Wand, an die kühlen Ziegel und legte meine Hände auf meine heißen Oberschenkel.

»Möchtest du dich hinsetzen?«

Patrick. Er war mir gefolgt.

Kraftlos schüttelte ich den Kopf. »Nein, nein«, sagte ich. »Ich brauche nur eine Verschnaufpause.«

»Ich kann auch eine gebrauchen.«

Er lehnte sich neben mir an die Wand, zuerst mit Abstand, dann näherte er sich mir.

»Alles klar?«, fragte er, und ich wusste, dass der nicht ausgesprochene Teil der Frage lautete: *wegen des Kusses?*

»Ja, klar«, sagte ich. »Das war ein seltsamer Moment, nicht wahr? Haha.« Ich schaute ihn nicht an; wir fixierten beide einen Punkt in der Ferne. »Ich habe mich für einen kurzen Augenblick vergessen. Berauscht vom Nervenkitzel des Urlaubs! Wir brauchen gar nicht darüber zu reden. Ehrlich.«

»Oh«, sagte er. »Wenn das …«

»Natürlich ist es das, mein alter Kumpel Müffel-Paddy!«

Ich hörte mich vollkommen gestört an, aber das war mir lieber, als dass er mir eine Abfuhr erteilte. Das wäre einfach zu viel gewesen, das hätte ich nicht gepackt. Ich war stark, aber nicht so stark. Ich wollte nicht, dass der Kuss zu einem Problem wurde, auch wenn ich ihn für eine Zehntelsekunde fast genossen hatte.

Nach einer Weile sagte ich: »Ich wäre jetzt wieder bereit für die Tanzfläche. Wie sieht's bei dir aus? Wollen wir?«

»Wenn es dir besser geht.«

»Mir geht's super«, betonte ich, trottete bereits voraus und hielt entschlossen meinen Kopf hoch. »Vielleicht wünsche ich mir sogar einen Song. ›Mustang Sally‹ sollte passen, meinst du nicht? Die Typen sind wirklich sehr gut.«

Danach war erst mal nur jeder mit sich beschäftigt, und so dauerte es weitere fünfzehn Minuten, bis ich Patrick dabei erwischte, wie er auf seine Uhr schaute. Ich sagte ihm, ich sei bereit zu gehen, wenn er es war.

»Willst *du* gehen?«, schrie er über die Musik hinweg.

»Ich will das tun, was du tun willst«, entgegnete ich freundlich.

»Es ist eine Ja- oder Nein-Frage, Annie!«

Sein Tonfall überraschte mich. Er hatte mich noch nie angeschnauzt.

»Ja!«, rief ich. »Klar! Ich will zurückfahren!«

Wir schwiegen während der Autofahrt. Ich konnte mir nicht erklären, warum Patrick *so* ein Theater machte, es sei denn, er fand, dass ich mit dem Kuss zu weit gegangen war.

Hatte ich ihn geküsst?

Oder hatte er mich geküsst?

Ich versuchte, die Szene in Zeitlupe vor meinem inneren Auge abzuspulen, doch sie war verschwommen. Wir hatten getanzt, und dann waren unsere Gesichter irgendwie aneinandergedrückt worden, doch genauso schnell, wie es passiert war, war es auch wieder vorbei. Ich hoffte, dass er sich nicht darauf vorbereitete, mir zu sagen, dass er nie mitgekommen wäre, wenn er gewusst hätte, dass ich Hintergedanken hatte. Das war nicht der Grund, warum ich ihn gefragt hatte. Und außerdem hatte er eigentlich darum gebettelt, mitzukommen!

Nach einer Stunde Autofahrt stellte ich das Radio an, damit es mich von meinem Gedankenkarussell ablenkte, doch Patrick schaltete es gleich wieder aus.

»Vorhin, unten am Fluss …«, fing er an, als wären wir bereits mitten in einem Gespräch, als hätten wir die letzten sechzig Meilen nicht nachdenklich und verwirrt schweigend verbracht.

Ich sagte kein Wort. Ich wollte nicht, dass er davon sprach. Ich konnte es nicht ertragen, dass er mir gleich sagen würde, dass ich nicht die Frau war, für die sich Männer entschieden, zumindest nicht er, ein Mann, der noch immer in seine Frau verliebt war, die er auf so tragische Weise verloren hatte und die niemand jemals ersetzen konnte. Das tat mir im Herzen leid für ihn, aber ich tat mir selbst auch leid. Ich wusste, dass mich niemand wollte. Ich wollte nicht, dass er mich daran erinnerte. Und ich war ja auch nicht in ihn verliebt oder so.

»Ist schon gut«, sagte ich. »Wirklich. Wir müssen das nicht tun.«

Er trommelte auf dem Lenkrad herum. Nicht fest, nicht angstmachend, doch fest genug, dass ich merkte, dass ich ihn wirklich verärgert hatte.

»Verdammt noch mal, kann ein Mann nicht einfach sagen, war er sagen will? Meine Güte!«

Ich hielt die Klappe.

»Es macht mich völlig fertig, dass du nicht erkennst, was für ein Glück du hast, von Alexander weggekommen zu sein. Die Art, wie du über ihn sprichst, was er dir angetan hat …«

Er hielt kurz inne und seufzte. »Es geht nicht einmal darum, wie er dich vor der Kirche hat sitzen lassen. Er hat dich nicht nur einmal verletzt, Annie. Er hat dir ständig das Gefühl gegeben, dass du nicht genug bist, obwohl alles dafürspricht, dass du perfekt bist. Es macht mich wahnsinnig, dass du das nicht sehen kannst. Ich weiß, dass es dir wehtut, aber krieg es in deinen Kopf. Er hat es verbockt, alles!«

»Oh«, entfuhr es mir.

Wir fuhren weiter. Die ruhigen Straßen wurden belebter, die Lichter der Stadt wiesen uns den Weg, sie waren unser Leuchtturm auf hoher See.

»Ich bin nicht perfekt, Patrick«, entgegnete ich. »Aber ich verstehe, was du sagen willst.«

»Ich glaube nicht, dass du es verstehst. Du *bist* perfekt. Du bist rechthaberisch und schüchtern, und dir ist nicht bewusst, wie absolut umwerfend du bist. Du schnarchst …«

»Wie bitte?«

»Im Flugzeug. Sorry, dass ich es dir sagen muss.«

»Das zählt nicht. Sogar in der Businessclass liegt der Nacken in einer komischen Position.«

Er schüttelte den Kopf. »Du bist unfähig, ein Kompliment anzunehmen, also wechselst du das Thema.«

Hmmm. Ich starrte aus dem Fenster und verschränkte die Arme vor meiner Brust.

»Was ich sagen will, ist, dass er ein Volltrottel ist und dass du wunderbar bist, und wenn du dich einen kurzen Augenblick in den Mittelpunkt deiner eigenen Welt stellen könntest, würdest du sehen, wie sehr du es verdienst, dort zu sein.«

»Okay«, entgegnete ich, und die Straßen vor uns wurden vertrauter. Wir waren schon fast beim Hotel. »Alexander *war* schrecklich zu mir. Aber was bedeutet es, dass ich ihn trotzdem geliebt habe?«

»Dass du versuchst, das Gute in den Menschen zu sehen. Ich weiß nicht. Ich will nur, dass du …« Er brach den Satz ab.

»Sprich weiter.«

»Ich weiß es nicht!«

Wir hielten vor dem Hotel, und ich löste meinen Sicherheitsgurt, bevor wir geparkt hatten. Patrick griff nach meinem Knie und packte es so fest, dass ich nicht aussteigen konnte, bis der Streit geklärt war.

211

»Sag's einfach, Patrick«, sagte ich ihm. »Du bist wegen irgendwas angepisst, also spuck's einfach aus.«

Er seufzte, und dann platzte es aus ihm heraus: »Alexander! Ich bin angepisst wegen Alexander! Ich wünschte, du würdest ihn wenigstens für einen Nachmittag vergessen, für eine Stunde!«

»Na schön«, sagte ich und bemerkte, wo seine Hand lag, und zwang ihn, sie wegzunehmen. »Ich habe verstanden. Es langweilt dich, dass ich über Alexander rede. Einspruch zur Kenntnis genommen.«

Ich war verletzt, dass er so wütend auf mich war, und beschämt, dass ich etwas falsch gemacht hatte. Aber es gibt immer zwei Seiten. Patrick könnte auch ein bisschen Verantwortung übernehmen.

»Sorry, dass ich nicht schnell genug darüber hinweg bin«, sagte ich und erlaubte mir, vielleicht zum ersten Mal, wütend zu sein. Ich verdiente es! Ich durfte es sein! »Aber ich tue mein Bestes, und zu meiner Verteidigung kann ich sagen, dass ich dir sehr deutlich gesagt habe, dass das Flitterwochen für eine Ehe sind, die nie zustande gekommen ist, *weil ich sitzen gelassen wurde*. Wenn du also nicht checkst, dass ich vielleicht – nur vielleicht! – ab und zu über meine Gefühle sprechen muss, dann liegt das an dir, nicht an mir.«

Ich stieg aus dem Auto und knallte die Tür hinter mir zu. Ich fühlte mich so gedemütigt, aber auch gestärkt, weil ich meinen Gefühlen freien Lauf gelassen hatte. Es war befreiend! Ich muss die stinklangweiligste Urlaubsbegleiterin der Welt gewesen sein, die ständig über ihren Ex sprach und Patrick zu Tode langweilte, aber ich hatte auch recht – er befand sich auf einem Gratisurlaub, und wenn er dafür in Kauf nehmen musste, dass ich mich ab und zu wiederholte, dann konnte er mir das nicht vorwerfen.

Ich fuhr allein mit dem Aufzug nach oben und ging direkt in mein Schlafzimmer. Ich war wütend darüber, dass Patrick aber auch ein bisschen recht hatte, was Alexander anging. Alexander *hatte* mich verletzt. Ich hatte es ihm erlaubt. In seiner E-Mail gestand er quasi, dass er wusste, dass er es getan hatte. Und wenn ich wirklich ehrlich zu mir selbst sein wollte, war ich geblieben, weil ich Angst hatte und nicht sicher war, wie ich nach mehr verlangen sollte. Ich war mir nicht einmal sicher, ob ich mehr verdiente. Mum hatte uns immer beigebracht, dass brave Mädchen nie betteln oder nörgeln. Doch brave Mädchen konnten trotzdem wütend werden, oder etwa nicht? Ich war kein schlechter Mensch, nur weil ich Wünsche, Bedürfnisse und Gefühle hatte.

Ich warf mich aufs Bett und starrte an die Decke. Ich hörte Patrick reinkommen, den Wasserhahn in der Kochnische aufdrehen und dann in sein Zimmer gehen.

Ich konnte ohne Alexander leben.

Alexander war nicht mein Anfang vom Ende – er war das Ende des Anfangs. Ich war jetzt bereit für den mittleren Teil meines Lebens. Ich hatte gerade erst damit begonnen. Als ich mich beruhigte, konnte ich erkennen, dass ich etwas Besseres verdient hatte als das, womit ich mich abgefunden hatte. Und ich konnte erkennen, wie die Begegnung mit Patrick mich beeinflusste. Ja, ich konnte ohne Alexander überleben – und glücklich sein! Aber ich konnte nicht ohne Patrick leben, jetzt da er Teil meines Lebens geworden war. Ich wollte es nicht. Ich hatte nun gesehen, was es bedeutete, mit jemandem zusammen zu sein, der liebenswürdig und rücksichtsvoll ist. Er war lustig und ja, auch verletzt, aber er gab sich dennoch immer Mühe, ein guter Begleiter zu sein. Ich hatte gesehen, was Unvoreingenommenheit, Neugier und einfach eine allgemeine *Nettigkeit* bei einem Mann bedeuten konnten. Ich wusste jetzt, wie ein

Steak schmeckte, sodass ich den billigen Hamburger, der Alexander war, überhaupt nicht vermisste.

Oh mein Gott. In meinem Kopf machte es plötzlich klick, und ich setzte mich kerzengerade hin.

Ach du lieber Himmel.

Ich glaube, ich habe mich in Patrick verknallt!

24

Ich konnte nicht schlafen. Ich suchte meine AirPods und schickte Adzo eine Nachricht, um zu sehen, ob sie Zeit hatte. Das war ein Notfall. Ich konnte nicht in Patrick verknallt sein. Auf gar keinen Fall. Ich konnte mir nicht einmal erlauben, mit dem Gedanken zu spielen, für Patrick zu schwärmen. Wie sollte ich denn damit umgehen? Wir hatten immerhin noch acht Tage in Sydney, die wir gemeinsam überstehen mussten. Das wäre eine *lange* Zeit, um ein solches Geheimnis vor ihm zu bewahren.

Adzo antwortete nicht, was bedeutete, dass sie wahrscheinlich erst in einem Monat zurückschreiben würde. So war sie: Entweder sie meldete sich sofort zurück oder sehr viel später. Ich musste das aber besprechen. Ich dachte an die einzige andere Person im Single Girls Support Club – Kezza. In unserer Viererclique hatte sie mich am meisten unterstützt, war dann aber doch auf die Seite der Mehrheit gewechselt, als sie meinte, mit Patrick wegzufahren, wäre nicht die klügste Entscheidung meines Lebens. Dennoch musste ich sie sprechen. Sie antwortete nach dem zweiten Klingeln. In London musste es ungefähr Mittag sein.

»Hallo, Süße!«, sagte sie. »Alles gut bei dir?«

»Hey, du«, antwortete ich, meine Stimme so leise wie möglich. »Könnten wir kurz reden?«

Sie senkte ihre Stimme, um sich meiner anzupassen. »Warum flüstern wir?«

»Moment.« Ich schnappte mir ein Paar Shorts aus meinem Wäschestapel und zog mir eine Strickjacke über. Immer noch barfuß schlich ich in den Fahrstuhl und drückte den Knopf zur Lobby. Ich konnte nicht riskieren, belauscht zu werden. »Ich brauche ein Meeting mit dem Single Girls Support Club.«

»Alles klar, bleibt alles streng geheim«, sagte sie ernst. »Was ist passiert? Schieß los.«

Ich seufzte melodramatisch, während ich mich in eine Ecke der Lobby setzte. »Es geht um Patrick.«

Ich konnte hören, wie es auf der anderen Seite der Leitung knisterte, und ich wusste, dass sie lächelte.

»Sprich weiter …«

»Muss ich …?«

»Du hast ihn gebumst.«

»Kezza! Nein!«

»Oh.«

»Aber ich glaube, ich will es.«

Sie überlegte kurz. »Verstehe.«

»Was soll ich tun?« Ich war panisch und angespannt. Ich wusste, die Katze war nun aus dem Sack, und ich wollte sie unbedingt wieder in den Sack stecken, obwohl ich dabei blutig gekratzt werden würde.

»Hmmm«, sagte sie. »Glaubst du, dass er es auch will?«

Tat ich es? Die Art, wie er mir Komplimente machte, wie er sich immer häufiger meinem Gesicht näherte, wie er auf breiter Front flirtete, was ich immer abtat als etwas, das er mit jedem machte. Hm, es war möglich. Eventuell. Auf jeden Fall hasste er es, wenn ich über Alexander sprach, und er hatte am Rande angedeutet, dass er sich selbst verzeihen wollte, nach Mala weiterzuleben und Spaß zu haben. Ich wagte es kaum zu hoffen.

»Vielleicht«, sagte ich. »Ich bin so außer Übung. Und es ist keine gute Idee, oder?«

»Je nachdem«, antwortete sie. »Wie geht es dir? So insgesamt?«

»Alexander hat sich gemeldet«, verriet ich. »Ich hab's nicht im Gruppen-Chat erwähnt, denn ich wollte ihm keinen Raum schenken, aber du hattest recht. Er ist in Singapur.«

»Ist das alles, was er gesagt hat?«

»Er hat gesagt, dass wir uns nie hätten verloben sollen.«

»Dieser Mist...«

»Er hat aber recht. Ich finde es schlimm, dass er recht hat, aber ... Ach, ich weiß auch nicht. Wir waren so lange zusammen, es schien der nächstlogische Schritt. Er hat zugegeben, dass er es falsch angegangen ist, aber wenn ich mal die Hochzeit beiseitelasse, erkenne ich, dass er recht hat. Und dass auch ihr recht hattet – ich verdiene mehr als das, was ich in der Beziehung mit ihm hatte.«

»Hmmm. Und Patrick – ist es Liebe oder nur ein Abenteuer?«

»Na gut, das ist jetzt aber wirklich *top secret*, stell dir vor, er war verheiratet.«

»Er ist also geschieden? Hm, interessant.«

Ich schüttelte den Kopf, aber das konnte sie natürlich nicht sehen. »Nein«, berichtigte ich. »Sie ist gestorben. Er ist Witwer.«

»Meine Güte. Was ist passiert?«

»Ein Autounfall. Vor zwei Jahren.«

»Der Arme«, sagte sie. »Wie geht's ihm?«

»Er liebt sie wohl noch immer. Er vermisst sie. Er hat vor langer Zeit, gleich nachdem wir uns getroffen haben, gesagt, dass er kein Beziehungstyp ist ...«

»Also wäre es eher ein Abenteuer? Wäre das okay für dich? Und glaubst du, dass er damit klarkommt? Ich kann mir nicht vorstellen, wie es ist, einen Partner zu verlieren ...«

»Ich weiß. Allein der Gedanke ist schon unerträglich. Aber dann ist er so verspielt. Vielleicht flirtet er ja mit mir? Und er ist so heiß, Kez ... Ich wusste, dass er attraktiv ist, aber er ist so lustig, und er wird in der Sonne richtig schnell braun, und wir sind die meiste Zeit halb nackt, was das Ganze nur noch schlimmer macht …«

»Ich denke, es war ziemlich klar, dass ihr im Bett landen würdet, sobald du gesagt hast, dass er dich begleitet.«

»Ach, halt die Klappe!«, konterte ich.

»Ich verurteile dich nicht! Auch wenn du es nicht sehen konntest, glaube ich, dass es für alle anderen offensichtlich war. Ein toller Mann und eine heiße Frau wie du drei Wochen am anderen Ende der Welt? Das ist ein Rezept für die Liebe.«

»Keine Liebe«, warnte ich. »Zumindest glaube ich es nicht. Oje.«

»Es würde mich wundern, wenn er nicht damit gerechnet hätte, dass irgendwann etwas passiert. Es deutet alles darauf hin.«

»Ich mache mir so viele Gedanken darüber.«

Kezza kicherte. »Ich glaube, dass der eine Mann dir helfen könnte, über den anderen hinwegzukommen. Aufregende Sache! Sei aber nett zu ihm, und sei nett zu dir selbst. Da du mich um Rat fragst, kann ich dir nur sagen: Leg los.«

»Ich glaube, ich habe angerufen, um nach Erlaubnis zu fragen«, gab ich zu. »Vielleicht wusste ich, dass es passieren würde. Argh, ich weiß auch nicht! Wir haben uns irgendwie geküsst. Ich dachte zunächst, er hätte sich losgerissen, aber vielleicht war es auch ich … Wir verstehen uns so gut …«

»Versuch mal, nichts zu planen, Süße. Wenn's passiert, dann genieße es. Wenn nicht, dann hast du die ganze Reise über etwas Hübsches zum Anschauen gehabt.«

»Stimmt. Ja. Uns steht noch eine Woche bevor, also …«

»Also, vergeude deine Zeit nicht mit mir am Telefon! Geh ins Bett. Es muss schon spät sein bei euch. Ich bin hier, wenn du mich brauchst, aber ansonsten will ich dir nur noch eins sagen.«

»Was?«

»Sorge dafür, dass es dir genauso viel Spaß macht wie ihm.
Ein Gentleman lässt die Dame immer zuerst kommen.«

»Das war sehr hilfreich, danke, Kezza. Ich bin sehr froh, dass
ich angerufen habe.«

Sie lachte. »Hab dich lieb!«

Ich stand früh auf, in der Hoffnung, Patrick zu toppen, doch er
saß bereits am Frühstückstisch beim Fenster, vor der Kulisse eines weiteren schönen Tages.

»Ich muss mich bei dir entschuldigen«, sagte ich, während
ich näher kam. »Ich habe gestern überreagiert.«

»Stimmt«, sagte er. Ich wurde nicht schlau aus seiner Mimik. Ich nahm an, dass er mich reden lassen und mir dann
sagen würde, wo ich es mir hinstecken sollte, weil er keinen
Bock auf jemanden hatte, der seine Stimmungsschwankungen
nicht unter Kontrolle hatte. Ich gab mir Mühe, so mädchenhaft
und süß wie nur möglich zu sein. Ich war nicht berechnend,
aber ich versuchte eindeutig, an seine nachsichtige Seite zu ap-
pellieren.

»Es tut mir leid«, fuhr ich fort. »Ich war abweisend, und ich
hätte nicht losstürmen sollen. Dieser Beinahe-Kuss … es ist
mir unangenehm, das Thema anzusprechen, denn ich schäme
mich, aber du warst ja dort, du weißt, wie es abgelaufen ist. Ich
will dir nur sagen, dass ich dich und die Tatsache, dass du hier
bist, sehr schätze. Freunde stürmen nicht so aus dem Auto und
gehen ins Bett, ohne Gute Nacht zu sagen. Du wolltest mich
nur aufmuntern. Also, lange Rede, kurzer Sinn: Es tut mir
leid.«

»Wie's aussieht«, lächelte er, »fühle ich mich sehr geehrt, dass
du in meiner Gegenwart die Beherrschung verloren hast. Soweit ich sehen konnte, zeigst du nicht vielen Leuten diese Seite
von dir …«

Das stimmte auf jeden Fall. Ich schluckte meine Wut und den Schmerz herunter und verdrängte alles, um niemanden zu verärgern.

»Das tue ich nicht«, bestätigte ich.

»Also ist alles in Ordnung.« Er zuckte mit den Schultern. »Danke, dass du dich dafür entschuldigst, dass du rausgestürmt bist, aber es ist gut, dass du mir gesagt hast, was du fühlst. Danke. Und jetzt komm schon her, lass dich umarmen.«

Sein nackter Oberkörper presste sich an die dünne Baumwolle meines Schlafanzugs. Ich liebte seinen Geruch: holzig, erdig, warm.

»Bist du bereit für einen weiteren Tag im Paradies? Ich dachte, wir könnten am Hafen entlanglaufen, dort was zu Mittag essen und uns dann fertig machen für die Kanufahrt bei Sonnenuntergang?«

Kanu fahren bei Sonnenuntergang mit Patrick. Im unteren Teil meines Beckens pochte es, und anstatt es zu verdrängen, ließ ich es zu, es bewusst wahrzunehmen.

OMG, schrieb ich an Kezza, obwohl ich wusste, dass sie wegen der Zeitverschiebung nicht gleich antworten konnte, aber ich hatte das Bedürfnis, es trotzdem zu tun. *Ich sitze so was von in der Tinte. Es macht mich sogar an, wenn er meinen Rücken berührt. Fuck!*

Später antwortete sie: *Na, hoffentlich!*

Ich wusste nicht, wie ich es anstellen sollte. Wie ich nonverbal vorschlagen sollte, dass wir uns wieder küssen sollten, und dass es mir diesmal ernst war. Wir hatten einen perfekten Tag, an dem wir über den Hafen schlenderten, aber ich war unsicher und ein bisschen unbeholfen. Patrick fragte mich zweimal, ob es mir gut ginge. Als wir in die Suite zurückkehrten, um uns für den Nachmittagsausflug umzuziehen, merkte er an, dass ich mich anders verhielte als sonst. Klar verhielt ich mich anders. Ich hatte mich verknallt! Verknallt zu sein führt dazu, dass man sich seltsam verhält!

»Wir sollten uns sputen«, sagte Patrick, und ich konnte an seinem extra fröhlichen Ton erkennen, dass er versuchte, die Stimmung weniger seltsam zu wirken zu lassen. »Wir sollten den Fahrer nicht warten lassen.«

»Absolut«, sagte ich, schaute auf meine Uhr und sah, dass er recht hatte. Ich hatte kurz geduscht und war in einen Leinen-Playsuit mit großen Knöpfen an der Vorderseite geschlüpft. Während der Reise hatte ich zugenommen, sodass er enger saß als sonst. Aber er stand mir sehr gut, und es gefiel mir, ein bisschen fülliger zu sein. »Ich muss nur noch meine Tasche holen. Das wird sehr romantisch – eine Kanufahrt bei Sonnenuntergang!«

»Du hörst dich so an, als ob du vorhättest, mich zu verführen«, kicherte er. Er sah wie immer attraktiv aus in seinen gebügelten Shorts und einem babyrosafarbenen Shirt. Meine Großmutter hatte immer gesagt, nur ein echter Mann könne Rosa tragen.

»Was?«, sagte ich und wurde rot. Na bitte. Ich wusste, dass er wusste, dass ich über seine Lippen nachdachte!

»Annie«, sagte er. »Ich mach doch nur Spaß. Du musst nicht so erschrocken gucken.«

Wenn er nur wüsste.

Ich nahm alles an Patrick intensiver wahr, nun, da ich wusste, dass ich Gefühle für ihn entwickelt hatte. Ich konnte nichts dagegen tun, und so hielt ich körperlich Abstand, als wir zum Auto gingen. Ich lenkte das Gespräch auf die Landschaft, als wir etwa dreißig Minuten lang gefahren waren, um nicht über etwas zu sprechen, das ein Flirt werden könnte. Das war schwierig, weil wir uns natürlich gegenseitig anheizten – genau deshalb war es so toll mit ihm im Fitnessstudio, und deswegen hatte ich mich überhaupt erst unversehens in ihn verknallt –, doch jetzt war es ein Minenfeld, in dem ich mich jeden Augenblick blamieren konnte, wenn ich die Grenze überschritt, obwohl es nicht gerechtfertigt war. Mir war nicht klar, ob die Dinge, die er tat, einfach nur nett waren, oder ob er flirtete. Er hielt mir die Autotür auf, und ich dachte: *Oh, das ist aber nett.* Und dann schenkte er mir ein heimliches Lächeln, und ich dachte: *Er flirtet.* Dann lächelte er unseren Taxifahrer oder die Kellnerin oder eine zufällige Person mit einem süßen Hund auf der Straße an, und ich änderte erneut meine Meinung: *Er ist nett. Er ist einfach nur nett.*

Wir fuhren in unseren Kanus stromaufwärts. Wir glitten über das Wasser, an Kalksteinfelsen vorbei, die im Licht der späten Nachmittagssonne glitzerten. Die Flussmündung war breit und ruhig, umgeben von grüner Vegetation und dem leisen Summen der Insekten.

Mein Kanu war dunkelgrün, und seine Spitze schnitt in das tiefe Wasser wie ein Messer durch Butter, sie teilte es und glitt mit Leichtigkeit hindurch, sodass ich mich wie eine Amelia Earhart der Backwaters fühlte. Für jeden überladenen Moment, den ich mit Patrick bisher auf der Reise erlebt hatte, gab es zehn weitere Momente wie diesen – stille Reflexionen und private Rückbesinnungen, Blitze der Perfektion, die mir das Gefühl gaben, dass alles wirklich gut werden würde. Ich wusste, dass London als Konzept existierte, dass ich dort ein Leben hatte und ich bei meiner Rückkehr viele Entscheidungen treffen musste. Aber das spielte keine Rolle, als die Sonne orangefarben glühte und die Natur nur für mich ihr Bestes gab. Wie viel Glück ich doch hatte, all das zu haben. Wie froh ich war, dass mir diese ausgefallene Erfahrung geschenkt wurde, um Heilung zu finden. Fernanda hatte es sich für mich gewünscht. Und nun fing ich langsam an, es auch zu wollen. Ich fühlte mich ganz, vollkommen. Ich war genug.

Als wir an einem winzigen Privatstrand ankamen, die Sonne verführerisch hinter den Bäumen unterging und Eis in den Gläsern klirrte, die am Ufer auf uns warteten, waren wir in der totalen Ehrfurcht des Augenblicks aufgegangen.

»Wow«, sagte Patrick schließlich, während wir auf einer Picknickdecke saßen, das wunderschöne Abendlicht und die Stille auf uns wirken ließen. Wir hatten mittlerweile schon einige Sonnenuntergänge zusammen erlebt.

»Ja«, stimmte ich zu. »Ich glaube, ich habe mich in meinem ganzen Leben noch nie so selig gefühlt.«

Ich spielte mit den Zehen im Sand. Etwas tiefer, da, wo die Sonne nicht hingekommen war, war er kälter. Meine Haut war sonnengebräunt, mein Haar hing mir wild auf die Schultern, mein Lächeln war unbewusst, aber unzweifelhaft vorhanden.

»Ich will nicht in mein altes Leben zurück«, sagte ich. Ich weiß nicht, woher das jetzt plötzlich kam, wahrscheinlich, weil ich es nicht für möglich hielt, mich in London so zu fühlen – und ich wollte mich immer so fühlen. Die Zeit war aufgehoben und ich von der Natur umhüllt. Ich sah mir jede Wolke am Himmel genau an und die Blätter der Bäume, um sie mir für immer einzuprägen.

»Darf ich dich was fragen?«, sagte Patrick.

Ich machte ein Geräusch, das signalisierte, dass er es durfte.

»Warum bist du zu Hause nicht glücklich?«

»Oh, was eine kleine, einfache Frage«, scherzte ich. »Welchen Sinn hat das Leben? Bist du glücklich? Warum ist der Himmel blau?«

»Liebe. Ja. Wissenschaft.«

Ich schüttelte den Kopf. »Du hast auf alles eine Antwort, was?«

»Nur weil ich so viel Zeit damit verbringe, Fragen zu stellen.«

Sein Körper war nah an meinem. Beugte er sich auch vor? Vielleicht bildete ich es mir nur ein, weil er so nett war. Vielleicht wünschte ich es mir.

Nein, das ist real, sagte eine innere Stimme. *Es ist nicht gefährlich, so zu fühlen.*

»Sprich weiter«, forderte er mich auf. Seine Stimme war leise, wie die eines Priesters, der zur Beichte auffordert.

»Warum ich zu Hause nicht glücklich bin?«

Er munterte mich mit einer Geste auf, weiterzusprechen.

Ich fuhr fort. »Ehrlich gesagt weiß ich es nicht so genau. Ich habe das Gefühl, zu viel zu sein. Oder nein, nicht genug.«

Ich spielte weiter mit den Zehen im Sand.

Mein Körper neigte sich ein wenig mehr zu ihm hin, was ihn dazu brachte, das Gleiche zu tun. Wir kamen uns immer näher.

Ich wünschte mir, er wäre auch verknallt.

»Ich wurde in der Schule gemobbt. Ich bin nicht wieder ins Theatercamp gekommen, weil … Als ich nach meinem letzten Sommer im Camp wieder in die Schule kam und in die zehnte Klasse ging, fanden es die coolen Mädchen plötzlich doof, dass ich im Sommer etwas unternommen hatte. Es war, als hätten sie beschlossen, mich zu hassen, weil ich mich fürs Theater begeisterte, weil ich eine Sache hatte, die ich liebte. Und sie quälten mich ein ganzes Schuljahr lang. Als die Schule schließlich meine Eltern anrief, weil sich die Lehrer Sorgen machten, als ich mich zurückzog und nicht mehr mitmachte, reagierte Dad sehr nett, aber Mum … nicht. Sie meinte, wenn die anderen Mädchen an mir etwas auszusetzen hatten, dann müsse da was dran sein. Sie drängte nicht darauf, dass ich wieder ins Theatercamp ging, und ich entwickelte diesen Plan, das Mädchen zu werden, das sich alle wünschten. Ich weiß, es klingt verrückt, aber es war ein so schreckliches und einsames Jahr, als ich ich selbst war, dass ich dachte, jemand anderes zu sein, wäre gut. Wenn ich jetzt so darüber nachdenke, wird mir klar, dass ich im Grunde bis zur Hochzeit so getan habe, als wäre ich diese andere Person.«

»Annie, das ist ja schrecklich.«

»Ja. Und ich glaube, ich habe nie innegehalten, um darüber nachzudenken. Ich war in einer aussichtslosen Beziehung, hielt an einem Job fest, der mich nicht begeistert …«

»Ich habe darüber nachgedacht«, unterbrach er mich. »Du bist Theoretische Physikerin. Du bist im Grunde genommen ein Genie …«

»Aber es ist nicht meine Leidenschaft.«

»Meine Arbeit ist auch nicht meine Leidenschaft«, entgegnete er. »Es ist nur die Art, wie ich Geld verdiene, um mein Leben zu genießen. Ich denke, sich im Job verwirklichen zu wollen, ist sehr zeitgenössisch – und ich finde es übertrieben. Ich weiß, ich habe dir geraten zu kündigen, wenn dir die Arbeit keinen Spaß macht, aber was ich vergessen habe zu sagen, ist, dass es okay ist, seinen Job nicht zu lieben.«

»Ich verstehe, was du meinst«, entgegnete ich. »Aber ich habe auch noch darüber nachgedacht und bin zu dem Schluss gekommen, dass ich Begeisterung für meine Arbeit brauche. Ich kann nicht fünfunddreißig, vierzig oder manchmal sogar fünfzig Stunden pro Woche mit etwas verbringen, das mich nicht wirklich erfüllt. Die Arbeit macht ein Drittel meines Lebens aus, und das andere Drittel verbringe ich schlafend.«

»Dann solltest du das letzte Drittel zu etwas Besonderem machen«, sagte er frech.

War das nur nett oder flirtete er?

Ich schaute auf seine Lippen.

»Ich kann deutlich sehen, dass du bereit bist, das Alte loszulassen und voranzugehen mit deinem Leben. Und immer, wenn ich denke, dass alles klar ist, machst du dich selbst schlecht, oder du sprichst von Alexander, und ich denke, oh nein. Sie ist doch noch nicht so weit. Sie kann noch nicht loslassen.«

»Ich bin bereit«, sagte ich leise. »Ich muss nur den Mut finden.«

Seine Stimme war auch leise, kaum hörbar. »Und hast du ihn gefunden …«

Das war keine Frage. Mit diesem Flüsterton und seinem Kinn, das nur ein paar Zentimeter von meinem entfernt war, und dieser aufgeladenen Stille zwischen uns, war es quasi eine Einladung.

Ich schluckte.

Es passiert etwas, dachte ich klar. *Es passiert eindeutig etwas.*

Ich konnte fast die Rädchen in seinem Gehirn surren hören. Er atmete entschlossen ein, und kurz bevor er das Unumgängliche tun konnte, stieß das Kanu unserer Reiseleiterin gegen das Ufer, und sie rief uns zu: »So, wenn ich euch dann mal bitten darf … Steigt wieder in die Kanus, wir müssen los. Wenn wir später aufbrechen, wird es dunkel, und die Moskitos sind dann so groß wie Elefanten.«

Patrick sprang auf, als wäre er bei etwas Verbotenem ertappt worden. »Sofort abfahrbereit!«, rief er.

Er sah zu mir hinunter und reichte mir seine Hand.

»Danke«, sagte ich, und er murmelte: »Klar doch.«

Als wir wieder ins Taxi stiegen, dachte ich an das Versprechen an mich selbst, das ich auf dem Flug nach Australien formuliert hatte. Ich hatte mir versprochen, nicht mehr zu versuchen, perfekt zu sein. In guten wie in schlechten Zeiten alle Sorgen über Bord zu werfen. In Reichtum und in Armut jede Gelegenheit beim Schopfe zu packen.

Ich warf Patrick einen verstohlenen Blick zu. Sein Profil war mir bereits so vertraut, dass es mir ein Trost war. Die Art, wie ihm das Haar in die Stirn fiel, weckte in mir den Wunsch hinzugreifen und es ihm aus der Stirn zu streichen. Ich stellte mir vor, wie es wäre, meinen Sicherheitsgurt zu lösen und auf den mittleren Sitz zu rutschen, nur um seinen Oberschenkel an meinem zu spüren. Ich fragte mich, wie es sich anfühlen würde, mein Gesicht an seins zu pressen, diesmal absichtlich, und meine Zunge in seinen Mund gleiten zu lassen.

»Alles klar bei dir?«, fragte er.

Ich lächelte schwach. »Sydney ist einfach fantastisch.« Ich konnte ihm nicht sagen, was ich wirklich dachte.

»Total abgefahren«, stimmte er mir zu. Und dann tat er etwas Verblüffendes. Er löste seinen Sicherheitsgurt und rutschte zu mir rüber, streckte seinen Arm aus, legte ihn um meine Schultern und zog mich zu sich. Unsere Oberschenkel berührten sich. Ich erstarrte für einen kurzen Augenblick, um mich zu vergewissern, dass ich es nicht falsch verstanden hatte, bevor ich dem Gefühl nachgab, wie gut es sich anfühlte. Ich ließ meinen Kopf zur Seite fallen, sodass er an seiner Brust ruhte. Er stieß einen kleinen Seufzer aus, einen zufriedenen Seufzer. Während ich aus dem Fenster zum vorbeiziehenden Himmel schaute, ließ ich meine Hand zu seinem Knie wandern. Seine freie Hand berührte meine. Wir fuhren zum Hotel und schmiegten uns aneinander, wobei jeder Teil unseres Körpers, außer unseren Gesichtern, diese neue Normalität testete.

Als wir aus dem Auto ausstiegen, legte Patrick seine Hand in meinen Nacken, und es gefiel mir, sie dort zu spüren. Wir sprachen nicht miteinander, als wir zum Fahrstuhl gingen; die Wärme, die seine Berührung ausstrahlte, wurde intensiver, je höher wir kamen. Ich hatte die Schlüsselkarte, und als ich vor den Tasten stand, war sein Körper dicht hinter meinem. Ich merkte, dass mein Atem flach und kurz geworden war. Im Taxi hatte ich die Zeit für immer und ewig anhalten wollen, und jetzt wollte ich, dass wir so schnell wie möglich nach oben kamen, denn ich wusste, was passieren würde.

Mein Verlangen ließ jede Sekunde wie eine Ewigkeit erscheinen. Es waren nur Augenblicke, bis ich die Schlüsselkarte aus meiner Tasche zog, sie an die Sicherheitsbox hielt, das Surren des Fahrstuhls ertönte, der uns in die sechsunddreißigste Etage brachte, und doch dauerte es Stunden, Tage, *Jahrtausende*. Im Wohnzimmer der Suite stellte ich meine Tasche ab und holte meine Wasserflasche heraus. Ich trank sie leer, aber das Wasser stillte meinen Durst nicht. Ich wischte mir den Mund mit dem Handrücken ab und wusste, was ich als Nächstes tun würde.

Patrick beobachtete mich. Ich stand da und erlaubte es ihm. Ich lächelte. Ich erlaubte es mir nicht, wegzuschauen oder scheu zu sein.

Ich wollte ihn. Ich wollte ihn wahrscheinlich schon viel länger, als mir bewusst war.

»Ich werde dich jetzt küssen«, sagte ich und schraubte den Deckel auf die Flasche zurück. »Ist das in Ordnung?«

Ich war drei Schritte von ihm entfernt.

Mein Herz pochte wild.

Erster Schritt.

Bumm.

Zweiter Schritt.

Bummbumm.

Dritter Schritt.

Bummbummbummbummbumm.

Ich berührte sein Gesicht. Ich wollte mich nicht beeilen. Ich wollte mich nicht auf ihn stürzen. Ich wollte das alles nicht als selbstverständlich hinnehmen. Ich wollte es ernst nehmen. Ich wollte, dass es in Erinnerung blieb.

Ich schaute ihm in die Augen. Er war ernst. Ich ließ meinen Daumen über seine Lippen gleiten, lehnte mich dann an ihn und zögerte noch einen letzten Augenblick, bevor mein Mund seinen berührte.

25

Ich konnte mich nicht mehr daran erinnern, wann ich das letzte Mal mit jemandem geknutscht hatte. Wieso hörte man irgendwann damit auf? Warum konzentrieren wir uns so sehr darauf, dass das Küssen schnell Platz fürs Nacktsein machen muss, wenn im Küssen so viel Freude, Feuer und Leidenschaft steckt, wenn man sich schnell und intensiv küssen kann und dann wieder langsam, und dabei einfach zusammen sein kann?

»Ich muss das langsam angehen«, hauchte er, und ich verstand sofort: *Er hatte seit dem Tod seiner Frau keinen Sex mehr gehabt.*

»Ich will es auch langsam angehen«, versicherte ich ihm. Ich war seit zehn Jahren mit keinem anderen Mann außer Alexander zusammen gewesen, also war es für mich auch neu. Ein neuer Körper, neue Konturen, neue Bewegungen. »Das wäre schön.«

Ich konnte seine Erektion durch seine Shorts spüren. Er hob mich auf den Tresen der kleinen Kochnische, meine Beine waren gespreizt, und er stand dazwischen. Ich drückte meinen Schritt an seinen, weil ich nicht anders konnte, als meinen Rücken zu wölben, um ihn zu spüren, aber alles andere blieb strikt jugendfrei.

In seinen Küssen lag sehr viel Zärtlichkeit. Wir zeigten uns unsere Verletzlichkeit, und die Art, wie wir uns berührten, war, als hätten wir vereinbart, einfühlsam miteinander umzugehen, weil wir beide wussten, dass es das war, was der andere brauchte. Und als sich seine Finger in meine Oberschenkel eingruben und sich zärtlich streichelnd zu meinem Po hinarbeiteten, konnte ich spüren, wie er sich dabei verlor und sich mir hingab; das machte es ungefährlich, mich ihm auch hinzugeben.

Ich vertraue ihm, dachte ich, und dann hörte ich komplett auf zu denken.

26

Wir lagen im Dunkeln auf dem Sofa. Es musste weit nach Mitternacht gewesen sein, aber ich wusste es nicht so genau. Sein Körper war an meinen gepresst, und wir kamen vom Küssen ins Flüstern, und das Flüstern machte Platz für noch mehr Küsse.

»Ist das seltsam?«, fragte ich, denn ich konnte nicht anders. »Fühlt es sich für dich seltsam an, dass das passiert?«

Er schüttelte den Kopf, und da er so nah war, berührten sich unsere Nasen wie bei einem Eskimokuss.

»Es ist das Gegenteil von seltsam«, sagte er. »Es ist seltsam, dass es sich überhaupt nicht seltsam anfühlt. Ich will dich. Ich hatte Schuldgefühle, habe versucht, sie abzuschütteln, aber ich will dich seit dem Tag, an dem ich dir geholfen habe, diesen Pulli anzuziehen.«

Seine Fingerspitzen kitzelten meinen Oberschenkel sanft, verschwanden kurz unter meinen Shorts und tauchten wieder auf. Ich stöhnte leicht, ein Zeichen, dass es mir gefiel.

»Dir ist schon klar, wie sehr ich dich begehre, oder?«, fragte er. »Es langsam anzugehen, bedeutet nicht ... «

Er brachte den Satz nicht zu Ende.

»Es gibt kein Schema, dem wir folgen müssen«, antwortete ich sanft. »Sex wird sowieso überbewertet.«

Er riss sich los und schüttelte den Kopf. »Bullshit«, rief er lachend.

»Ja«, antwortete ich und lachte ebenfalls. »Komm schon, steig von mir runter. Es ist Zeit, schlafen zu gehen, und ich brauche eine kalte Dusche. Und …« Ich schaute spitzbübisch auf seinen Schritt, der vom Mondlicht beleuchtet war. »Ich denke, du brauchst auch eine.«

Er grinste ganz offen über das Zelt, das aus seiner Hose emporragte.

»Ich bin nur ein Mann«, sagte er und rollte von mir runter. »Ich habe dir doch gesagt, dass ich Wachs in deinen Händen bin.«

»Gute Nacht, Patrick Hummingbird.«

Er schaute mir nach und antwortete: »Gute Nacht, Annie Wiig.«

Ich drehte mich um und lächelte ihn an. Später, allein in meinem Zimmer, spulte ich noch einmal alles ab, was passiert war. Wie heftig mein Herz gepocht hatte, bevor ich angekündigt hatte, dass ich ihn küssen würde; wie seine Fingerspitzen meinen Mund, meinen Hals, meine Brust liebkost hatten. Sich meinen Gefühlen hinzugeben war wie ein Sieg und eine Kapitulation zugleich. Während ich langsam in den Schlaf sank, erinnerte ich mich an jedes Detail.

27

Ich wachte strahlend auf und wollte Kezza unbedingt erzählen, was am Abend geschehen war. Es war kaum zu glauben, dass Patrick und ich uns geküsst hatten. Und wir hatten uns nicht nur geküsst, wir hatten *herumgemacht*. Ich war eine erwachsene Frau, die es nicht nötig hatte, zu ihren Mädels zu rennen, um rumzudiskutieren, was das alles bedeutete. Schließlich war ich kein Teenager, der herauszufinden versucht, ob ihr Schwarm sie zum Abschlussball einladen würde. Außer ...

Kezza, tippte ich ins Handy. *Ich wünschte, du würdest wegen der Zeitverschiebung nicht immer schlafen, wenn ich wach bin. Ich habe so viel zu berichten!!*

Ich fing an aufzuzählen, was alles passiert war, seit sie mich am Telefon gecoacht hatte, aber es war schwierig zu wissen, wo die Geschichte eigentlich anfing und worauf ich hinauswollte. Ich dachte darüber nach. Patrick und ich hatten herumgemacht, und nun lag ich am Morgen danach im Bett und versuchte zu entscheiden, wie ich mich verhalten sollte, wenn ich aus dem Schlafzimmer kam. Er würde wie jeden Morgen schon in Unterwäsche am Frühstückstisch sitzen.

Unterwäsche, die ein ziemlich leicht erregbares Biest enthielt ...

Ich löschte die Nachricht, die ich bisher getippt hatte, und schrieb: *Patrick und ich haben uns geküsst. Ich dreh durch, weil ... ich es toll fand?! OMG! Ich wünschte, ich könnte mit dir sprechen!*

Dann fügte ich noch hinzu: *Sonst ist nichts passiert, wir haben uns nur geküsst. Er küsst so, wie man sich wünscht, geküsst zu werden.*

Ich bin hin und weg. Ich musste … du weißt schon … mir Erleichte-rung verschaffen (!), nachdem wir uns Gute Nacht gewünscht haben!

»Annie?«

Patricks Stimme ertönte aus dem Wohnzimmer, und es hörte sich so an, als würde er auf mein Zimmer zukommen.

Ich zog die Decke hoch, um mich abzuschirmen – wovor, weiß ich nicht. Ich räusperte mich und versuchte, so neutral wie nur möglich zu antworten: »Ja?«

Es klopfte leise an der Tür.

»Darf ich reinkommen?«

Patrick öffnete die Schlafzimmertür und hatte, wie morgens üblich, nur Boxershorts und einen offenen Bademantel an.

»Guten Morgen«, sagte ich, abgelenkt von seinem guten Aus-sehen. Sein Haar war zerzaust, und seine Augen waren noch immer verschlafen und klein. Ich wollte nach ihm greifen und ihn zu mir ins Bett ziehen. »Alles klar bei dir?«

Er nickte. Während ich ihn ansah, kribbelte es in meinem Bauch.

»Ich muss dir was sagen, ich hätte damit warten können, bis du auf bist, aber …«

Oh Gott. Wollte er mir sagen, dass alles ein Fehler war? Dass wir die nächsten sechs Tage auf die verlegenste, seltsamste, peinlichste Art verbringen würden? Ich wünschte, ich könnte meine Nachricht an Kezza zurückrufen. Das Einzige, was noch schlimmer wäre, als zu erklären, dass wir rumgemacht haben, wäre, zu erklären, dass ich danach abgewiesen wurde, weil – *EILMELDUNG!* – mich kein Mann will!

Ich wartete auf den Seitenschlag.

»Ich wollte nur dein Gesicht sehen«, fuhr er fort, »wenn ich dir sage …«

Ich wünschte, er würde sich verdammt noch mal beeilen und es endlich ausspucken.

»Du hast deine Nachricht von eben an mich geschickt. Du bist bei mir statt bei Kezza ausgeflippt.«

Ich sprang sofort aus dem Bett und sah auf dem Handy in den Nachrichtenthread. Beim Empfänger der letzten Nachricht stand nicht Kezza, sondern … Patrick. Ich hatte an Patrick gedacht, also hatte ich ihm die Nachricht geschickt.

»Aaaahhh!«, schrie ich, schmiss mich aufs Bett und zog mir die Decke über den Kopf. Wie peinlich! Ich hätte sterben können. Durch die Decke hindurch konnte ich sein Lachen hören.

»Nein!«, schrie ich. »Neeeein!«

Sein Lachen kam näher.

»Darf ich reinkommen?«, sagte er, und sein Gesicht tauchte am anderen Ende der Decke auf.

»Ich kann's nicht fassen, dass mir das passiert ist. Das ist *sooo* peinlich. Vergiss bitte alles, was ich geschrieben habe, *bitte*.«

»Hey«, sagte er. »Na, komm schon. Jetzt hast du mich in deinem Bett, also eine Sache ist dabei gut gelaufen … Oder brauchst du mehr Zeit mit dir allein …?«

Wieso hatte ich Kezza nur mitteilen müssen, dass ich masturbiert hatte? Patrick wusste jetzt, dass ich mir einen runtergeholt hatte, während ich daran dachte, wie wir geknutscht hatten.

»Bist du okay?«, fragte er. Er hörte nun auf zu lachen, schmunzelte aber noch immer.

»Mein Ego braucht noch zehn Minuten«, jammerte ich.

»Hast du wirklich geglaubt, dass es heute komisch wird?«

Ich zuckte mit den Schultern und schaute ihn durch meine gespreizten Finger vor meinem Gesicht an. »Vielleicht. Weiß nicht …«

»Du hast mir gesagt, dass du es schon ewig wolltest.«

»Du auch!«, sagte ich wie ein jammernder Teenager, der ich versuchte nicht zu sein, was uns beide wieder zum Lachen brachte.

»Sieh mal«, sagte er. »In erster Linie sind wir Freunde, richtig? Aber ich werde mal ganz ehrlich sein: Wenn wir uns noch mal küssen sollten, dann würde ich es nicht bereuen.«

Schließlich sah ich ihn richtig an.

»Jetzt wirst du hellhörig, was?«, scherzte er.

Ich lächelte. »Okay. Das ist mir noch immer furchtbar peinlich, und ich muss dich bitten zu gehen. Aber, cool. Abgemacht. Wir sind vor allem Freunde.«

»Und …?«, fragte er.

»Und wenn wir uns wieder küssen, dann werde ich es auch nicht bereuen.«

»Gut, dass wir das geklärt haben«, sagte er, und ich dachte, das war's. Dann drehte er sich um und zwinkerte mir zu, als er sagte: »Ich kann nicht lügen. Ich musste gestern auch die Spannung, die sich aufgebaut hatte, loswerden.«

Ich quiekte und warf ihm ein Kissen hinterher, doch er war zu schnell und schloss die Tür. Das Kissen traf die Wand und landete dann auf dem Teppich.

28

Wir verbrachten die nächsten Tage damit, alle Sehenswürdigkeiten, die Sydney zu bieten hatte, abzuhaken. Wir sahen uns eine Musical-Version von *American Psycho* im Opernhaus an sowie eine richtige Oper über Elizabeth I., die sich zwischen ihrem Herzen und ihrem Land entscheiden musste. Sydneys Gastro-Szene ist hervorragend. Es gibt sehr viele Lokale mit erstaunlichen asiatischen Gerichten; eines Mittags haben wir im Hafen Sydney-Felsenaustern geschlemmt und dazu eine Flasche Wein getrunken; ich habe zum ersten Mal Vegemite probiert (mir hat es nicht geschmeckt, aber Patrick hat gleich sechs Gläser gekauft). Dafür haben es mir die Tim-Tams-Schokokekse angetan, und der Concierge im Hotel empfahl uns, Burger mit Roter Bete zu bestellen, denn das sei der aktuelle Trend.

Wir nahmen an einem morgendlichen Kochkurs teil und an einer Stadtführung, besichtigten das Museum of Sydney, machten eine Hafenrundfahrt, tranken Tee im Queen Victoria Building und fuhren mit der Fähre raus nach Manly, um auf der Promenade zu flanieren. Fünf Tage lang haben wir Sydney dermaßen intensiv erkundet, dass wir von acht Uhr morgens bis zehn Uhr abends kaum Zeit hatten, miteinander zu sprechen. Zwischendurch haben wir uns aber immer wieder geküsst.

Die ganze Zeit über spürte ich seine Gegenwart sehr intensiv. Zum Dinner saßen wir nebeneinander an der Bar statt gegenüber an einem Tisch. Wir bestellten einen Drink und fingen an zu knutschen. Patrick rückte instinktiv die Stühle in den Straßencafés so zurecht, dass wir nebeneinandersaßen und die Aussicht betrachteten, während sich unsere Beine berührten. Auf der Fähre nach Manly Beach war es so voll, dass wir ein paar Reihen voneinander entfernt sitzen mussten, und ich ertappte ihn dabei, wie er mich anstarrte. Ich blickte aufs Wasser und lächelte in die Brise; ich genoss die Art, wie meine Unterarme Farbe bekamen, genoss es, dass sich meine Schultern so locker anfühlten und, abgesehen von Patrick, mein Kopf so leer war. Sicher, wir haben viel Zeit damit verbracht, Reiserouten zu besprechen und zu planen, wo wir essen gehen, aber das war cooles, alltägliches Zeug. Ich konnte mich, auf jener Fähre sitzend, nicht einmal mehr daran erinnern, was es sonst noch für Sorgen geben könnte; ich wusste, dass Sorgen irgendwo, irgendwie existierten, aber nicht hier bei mir. Es geschah genau dann, in jenem Augenblick, dass ich spürte, wie er mich ansah, und als ich zu ihm schaute, grinste er und winkte mir zu.

Ich vermisse dich, formte er lautlos mit den Lippen und brachte mich damit zum Lachen. Als wir von Bord gingen, verschränkten wir unsere Finger ineinander, und er hielt mich so fest, als würde er nie mehr loslassen.

Liebe Annie, begann Fernandas Nachricht, die mich erreichte, als wir ein zweites Frühstück bestellt hatten. *Ich hoffe, Sydney gefällt dir. Wenn du Zeit hast, lass uns wissen, wie's dir geht. Wir haben schon seit einer ganzen Weile nichts mehr von dir gehört. Über ein paar mehr Fotos würden wir uns auch freuen!*

Fernanda meldete sich öfter bei mir als meine eigene Familie. Freddie war offensichtlich begeistert zur Schule zurückgekehrt und hatte ihre große Schwester vergessen – aus den Augen, aus dem Sinn. Mum und Dad hatten sich nicht gemeldet, aber Fernanda fragte alle paar Tage nach, ich denke, aus Sorge, mich möglicherweise auf einen Irrweg geschickt zu haben. Sie wollte hören, dass ich Spaß hatte. Mich überkam Scham – ich konnte sie ja nicht wirklich wissen lassen, wie sehr ich mich amüsierte, oder? Um ganz ehrlich zu sein, war Sydney fantastisch, was ich aber an Sydney am liebsten mochte, war Patricks Mund.

Es war so rührend, dass sich Fernanda weiterhin meldete und sich für die Reise interessierte, doch nun, da die Dinge mit Patrick unklar waren, fühlte ich mich ihr gegenüber unehrlich. Ich schrieb ihr, alles sei wunderbar, schickte Schnappschüsse vom Hotel und wiederholte, wie sehr ich sie mochte und schätzte.

Du hast das nicht geplant, erinnerte mich Kezza, als ich sie nach ihrer Meinung fragte. Ich hielt mich daran fest, ich hatte es ja wirklich nicht geplant. Warum fühlte ich mich dann jedes Mal schlecht, wenn Fernandas Name auf meinem Display aufploppte?

»Alles okay?«, fragte Patrick, weil er merkte, dass ich in meine Nachrichten vertieft war.

»Ja«, sagte ich schnell. »Ja, klar. Es ist mal wieder Fernanda. Sie ist so lieb.«

Wir verbrachten eine Nacht in den Blue Mountains, auf einer luxuriösen Busreise, die nur ein paar Fahrtstunden dauerte. Ich hatte noch nie von den Blue Mountains gehört. Es war ein eine Million Hektar großer Hochwald mit Sandsteinklippen, Schluchten und Wasserfällen, und das alles vor einem unendlichen, blauen Horizont aus Eukalyptusbäumen. Wir wanderten tief in den Wald hinein, um das einheimische Buschland zu bewundern, staunten über die Felsformationen und erkundeten die unterirdischen Höhlen. Unser Aborigines-Reiseleiter erzählte uns von der »Traumzeit«, der Mythologie der Aborigines, wir bewunderten die Arbeiten ansässiger Künstler und suchten ein paar Souvenirs aus, die man gut transportieren konnte. Es hat uns so gut gefallen, dass wir einen zweiten Ausflug dorthin organisierten und ein Stück des Six Foot Tracks entlangwanderten, um die Wentworth Falls, das Kings Table-land und den Mount Solitary zu sehen. Anschließend wurden wir in ein nahe gelegenes Resort geführt, um uns zu entspannen, nachdem wir die majestätische Natur in uns aufgesogen und dreißigtausend Schritte pro Tag gegangen waren.

Und dann waren da noch die Küsse. Flüchtige Küsse und leidenschaftliche Zungenküsse. An zwei Abenden machten wir vor dem Schlafengehen heftig rum, der zweite noch intensiver als der vorige.

Eines Nachmittags am Pool küssten wir uns erneut, und ich war mir nicht sicher, wie lange ich ihn noch küssen konnte, ohne über ihn herzufallen. Ich versuchte, die neue Situation zu genießen, mich langsam voranzutasten, das Leben und die Persönlichkeit eines Mannes kennenzulernen, bevor ich seinen Körper erforschte, aber ich sehnte mich sehr nach ihm. Wir waren wie geladene Magnete.

Hmm … ich dachte, es ginge um Lust und nicht um Liebe, schrieb Adzo. Sie hatte mir nun endlich geantwortet, und ich konnte ihr über den Abend der Kanufahrt bei Sonnenuntergang berichten. Sie hatte eigentlich das Gleiche gesagt wie Kezza – alle außer Patrick und mir wollen gewusst haben, dass wir zusammenkommen würden. Zum Teil ging mir das wirklich auf die Nerven, weil es das Klischee bediente, dass Männer und Frauen nicht nur befreundet sein können, aber diese Frau und dieser Mann waren nun mal nicht nur Freunde, oder?

29

Nicht, dass ich nicht alles toll fand, was wir bisher unternommen haben«, sagte ich. »Aber, wow, ein ganzer Nachmittag im Spa? Großartig! Das ist genau nach meinem Geschmack!«

»Ich bin ganz deiner Meinung«, antwortete Patrick. »Meine Waden … ich bin es nicht gewohnt, so viel zu gehen. Sie sollten ›fünfzigtausend Schritte gehen‹ ins Trainingsprogramm bei Barry's Bootcamp aufnehmen. Nicht einmal D'Shawns Kurs führt dazu, dass sich meine Beine so schwer anfühlen.«

Er zog den Flyer mit unserem Zielort aus seinem Rucksack.

»Du bist echt so was von der Info-King«, sagte ich. »Ich bin noch nie jemandem begegnet, der so davon besessen ist, alles im Voraus, während und nach einer Aktivität nachzulesen. Wo steckst du nur diese ganzen Informationen hin?«

In unserem Stammcafé brachte uns die Bedienung zwei Toasties – wir kamen mindestens einmal am Tag hierher, und der Barista wusste inzwischen schon, was wir haben wollten, noch bevor wir es überhaupt aussprachen.

Patrick biss ein großes Stück ab und sagte mit vollem Mund: »Um ehrlich zu sein, bleibt nicht viel hängen, deshalb muss ich alles noch einmal lesen.«

Ich war froh, dass ich noch nicht reingebissen hatte, denn mir entfuhr unkontrolliert ein vergnügtes »Ha!«.

»Es stimmt!«, sagte er. »Vielleicht bin ich Legastheniker, es wurde zwar nie diagnostiziert, aber … ich weiß auch nicht.

Nicht, dass es irgendeine Rolle spielen würde, aber manchmal habe ich das Gefühl, dass mein Gehirn nicht so funktioniert wie bei den meisten Leuten.«

»Oh«, sagte ich, von seiner Ehrlichkeit verblüfft. »Das ist das erste Mal, dass du das erwähnst.«

Er kaute weiter. »Du bist so klug, und ich bin ...«

Ich hob eine Hand. »Wage es ja nicht, so etwas zu sagen!«

»Wieso? Stimmt doch. Du bist Wissenschaftlerin. Und du benutzt so lange Wörter, dass ich oft denke, dass ich nur ungefähr verstehe, was du meinst. Zum Glück ist dein Gesicht so ausdrucksstark. Das hilft.«

»Das kann ich so nicht stehen lassen«, sagte ich. »Wenn du Legastheniker sein solltest, dann hat es dich offenbar nicht besonders eingeschränkt. Du hast andere Fähigkeiten entwickelt, um es auszugleichen. Du forderst mich heraus, anders zu denken. Das ist etwas, das ich an dir ...«

Mist. Ich hätte beinahe *liebe* gesagt. Aber ich war ja nicht in Patrick verliebt, das war nur eine Redewendung.

»... sehr *mag*. Du bist nicht wie die meisten Menschen, die ich kenne. Ich weiß nicht, ob es daran liegt. Aber du bist toll. An deinem Orientierungssinn hingegen könntest du noch ein bisschen arbeiten ...«

Nun war er derjenige, der ein »Ha!« von sich gab.

»Fang nicht damit an, Annie. Wegen dir haben wir uns damals auf dem Weg zum Teehaus verirrt, nicht wegen mir. Also hör auf, sonst führt es zu einem Mona-Lisa-Moment.«

»Hey«, sagte ich. »Als du deinen Mona-Lisa-Moment an jenem Morgen in Margaret River hattest – als du weggegangen und kurz darauf wieder zurückgekommen bist ...«

»Ja«, sagte er.

»Was war das?«

Er zog eine Grimasse. »Ich war einfach nur neben der Spur.«

»Ich habe mir Sorgen gemacht, dass ich dich verärgert haben könnte.«

»Du könntest mich nie verärgern«, antwortete er. »Ich war nur etwas durch den Wind, das ist alles. Nachdem ich dir von Mala erzählt hatte, war ich froh, es getan zu haben, und es war auch richtig, aber ich glaube, ich wusste, dass ich anfing, Gefühle für dich zu entwickeln. Deswegen habe ich es dir erzählt. Ich wollte nicht, dass etwas passiert, ohne dass du von ihr weißt. Ich erzähle es nicht vielen Frauen, aber … du bist ja nicht wie die anderen.«

»Bin ich nicht?«, neckte ich ihn, und er rollte mit den Augen.

»Iss auf und lass uns in dieses Spa gehen«, sagte er. »Ich will durchgeknetet werden wie Sauerteig.«

»Gütiger Himmel«, sagte Patrick, als wir durch die Tür gingen. »Ist das Narnia?«

Mit seiner riesigen Glasrückwand, die einen Blick auf den üppigen Garten freigab, wirkte der marmorierte Spa-Eingang majestätisch.

»Willkommen in Serenity Gardens. Du musst Annie Wiig sein, wir haben dich bereits erwartet.«

Ich wollte etwas sagen, kam aber nicht dazu.

»Mein Name ist Storm, und ich werde mit den Personalpronomen ›they‹ und ›them‹ angesprochen. Wenn ihr etwas braucht, wendet euch bitte an eine meiner Kolleginnen oder an einen Kollegen oder verlangt direkt nach mir. Ihr seid für eine Paarbehandlung angemeldet. Also, hier sind eure Bademäntel, und euer Badehaus ist die Nummer zehn. Auf diesem Flur entlang geht es nach draußen, dort seht ihr dann die Schilder zu den Badehäusern.«

Storm redete ohne Punkt und Komma.

»Hier ist überall FKK-Bereich, außer im Hauptschwimmbad, das ich euch hier einkreise …« Storm nahm einen laminierten Plan hervor und markierte einen Bereich mit einem rotem Stift. »Bitte haltet euch daran. Das ist einfach hygienischer.«

Patrick warf ein: »Es ist hygienischer, nackt zu sein?«

»Ja, es ist besser für den Körper. Einen angenehmen Aufenthalt wünsche ich euch!«

Vorsichtig nahmen wir den Plan entgegen und gingen in die angewiesene Richtung. Schweigend und staunend wanderten wir durch die großen Flure mit viel natürlichem Licht und riesigen Steintöpfen mit grünen Pflanzen und exotisch aussehenden Blumen.

Als wir nach draußen kamen, sahen wir, dass die Badehäuser private Holzhütten mit Terrasse waren und dass dort unsere Paarmassage stattfinden würde. Im hinteren Teil des Anwesens befand sich ein offener Badebereich mit einem riesigen Whirlpool und einer Außendusche.

»Hallo und willkommen in Serenity Gardens. Mein Name ist Leslie, und ich werde mit den Personalpronomen ›sie‹ und ›ihr‹ angesprochen.« Eine junge Asiatin mit kunstvoll gestyltem tiefem Dutt stand an der Tür des Häuschens, an ihrer Seite war ein großer Mann mit Maori-Tattoos.

»Mein Name ist John, und meine Personalpronomen lauten ›er‹ und ›ihn‹. Wir sind heute eure Masseure. Geht es in Ordnung, wenn wir in fünfzehn Minuten loslegen?«

Ich schaute Patrick an.

»Absolut«, sagte er. »Tragen wir nur …?«

»Es ist ein Privatbereich«, sagte Leslie. »Jeder sucht sich eine Liege aus und bedeckt sich mit seinem Handtuch. Die Unterwäsche zieht ihr am besten aus.«

»Okidoki«, sagte ich. »Keine Unterwäsche.«

»Es erwartet euch Champagner, aber wir würden euch empfehlen, mit einem großen Glas Wasser zu starten und das Spru-
delgetränk erst nach der Massage zu genießen.«

»Das ist ein guter Tipp«, sagte Patrick. »Danke.«

Das Innere des Badehauses war hell und luftig, und es war
sofort klar, dass die kleine Toilette im hinteren Teil der einzige
abgeschlossene Bereich war. Wir erkannten es beide gleichzeitig, und Patrick sagte: »Ich geh da rein und du kannst dich hier
fertig machen. Ich komm raus, wenn du so weit bist, damit hier
alles sittlich bleibt.«

Er verschwand hinter der Tür, und ich riss mir praktisch die
Kleider vom Leib, bevor ich mich schnell mit dem Handtuch bedeckte, aus Angst, er könnte mich in irgendeiner furchtbar kom-
promittierenden Position halb nackt auf der Liege erwischen.

»Fertig!«, sagte ich, als ich zugedeckt war und es mir gemütlich gemacht hatte, und Leslie verstand es als ihr Stichwort, um
hereinzukommen, genau zum gleichen Zeitpunkt, als Patrick es
als Stichwort verstand, das Bad splitterfasernackt zu verlassen.

»Oh!«, schrie Leslie. »Entschuldigung! Ich dachte ...«

Sie drehte sich um und stieß mit John zusammen, der hinter
ihr die Hütte betreten hatte. Sie trat auf Johns Zehen, sprang
überrascht zurück und stolperte dabei rückwärts, direkt auf
meine Liege zu. Patrick versuchte, sie abzufangen, und enthüllte
dabei seinen Penis, den er zuvor mit seinen Händen abge-
schirmt hatte. So schoss mir plötzlich seine volle Pracht auf Ge-
sichtshöhe entgegen, während er Leslie abfing, John vor
Schmerzen auf und ab hüpfte und ich mich in Panik von der
Liege auf den Boden rollte.

Leslie entschuldigte sich mehrfach und gab uns einen Moment, um uns zu sammeln. Patrick warf mir ein Handtuch zu
und wickelte ein anderes um seine Hüften.

»Alles klar?«, fragte er besorgt. »Bist du hingefallen?«

»Dein … Dingsda, dein … ist auf mich losgeschossen«, stammelte ich.

»Mein Dingsda?«, er hob eine Augenbraue. Er war viel gelassener als ich. Ich war traumatisiert.

»Dein Pimmel! Ich habe deinen Pimmel gesehen!«

Er grinste.

»Und ich habe deine Möpse gesehen«, sagte er wie ein alter Lustmolch. Er lächelte übers ganze Gesicht.

Wir brachen in Gelächter aus.

»Ich nehme an, das hat das Eis unseres FKK-Tages gebrochen«, merkte ich an. »Der harte Teil liegt hinter uns.«

Patrick schaute an sich herunter und scherzte: »Um ehrlich zu sein, kann ich nicht garantieren, dass der harte Part nicht wieder zurückkommt.«

»Patrick!«

Er streckte mir eine Hand entgegen. »Komm, hoch mit dir. Wir haben uns diese Massage auf jeden Fall verdient. Ich glaube übrigens, wir müssen ihnen ein sehr hohes Trinkgeld geben. Als Fernanda und Charles das alles im Voraus bezahlt haben, haben sie wohl kaum ein Pimmelgate eingeplant.«

Er half mir hoch, und ich rückte den Massagetisch gerade.

»Dreh dich um, bis ich fertig bin«, ordnete ich an. »Ich habe für den Moment genug von Pimmel- und Tittengate.«

Er drehte sich um und schaute Richtung Wand, während ich mich auf den Bauch legte und meinen Po mit dem Handtuch bedeckte.

Noch immer mit dem Gesicht zur Wand sagte Patrick: »Annie?«

»Ja«, antwortete ich.

»Eins möchte ich klarstellen, das sind verdammt heiße Titten.«

Es gibt nicht mehr viel zu toppen, wenn man mal den Schwanz des Mannes gesehen hat, mit dem man die Nicht-Flitterwochen verbringt. Die Massage dauerte neunzig Minuten, und wir machten beide Geräusche, die so peinlich wie die ganze Situation waren. Sobald Leslie und John gegangen waren, tranken wir noch ein Glas Wasser und öffneten dann die Champagnerflasche. Wir nahmen sie mit zum Whirlpool, hatten unsere Schwimmsachen aber angezogen, wir waren noch nicht bereit für die FKK-Bereiche.

»Ich weiß nicht, ob ich die Nacktsauna ertrage«, sagte Patrick, während er sich im Whirlpool hinsetzte. »Ich weiß, ich bin angeblich so eine Art männliches Manic Pixie Dream Girl, sorglos und mutig, aber ich fürchte, wir haben gerade herausgefunden, wo meine Grenzen sind.«

»Manic Pixie Dream Girl?«, sagte ich und stieg zu ihm in den Whirlpool.

Er reichte mir seine Hand, nur für den Fall, dass ich ausrutschte. »Manic Pixie Dream Girl«, wiederholte er.

Ich sah ihn fragend an.

»Wie soll ich das erklären? Ähm, in einem Film ist das Manic Pixie Dream Girl diese exzentrische, verrückte Traumfrau, die neue Lust am Leben erwecken soll. Wie etwa Kate Winslet in dem Film über das Löschen von Erinnerungen – *Vergiss mein nicht*!«

»Patrick, oh mein Gott, das stimmt! Das bist so was von du!«

»Danke, danke«, antwortete er und gab vor, sich zu verbeugen.

»So warst du schon im Theatercamp. Du warst schon immer so.«

»Vielleicht«, sagte er. »Vielleicht aber auch nicht.«

»Was meinst du?«, fragte ich und atmete zufrieden aus. »Da gibt's kein ›vielleicht‹.«

Ich nippte an meinem Glas, dann legte ich den Kopf in den Nacken, um das Gefühl zu genießen, ein bisschen angeheitert zu sein.

»Ich war ziemlich fertig, nachdem Mala gestorben ist«, sagte er. »Ich bin etwas von der Spur abgekommen. Es war damals definitiv nicht sehr lustig, in meiner Nähe zu sein …«

»Ich mag es, wenn du von ihr erzählst«, sagte ich. »Du weißt schon, dass du so viel über sie sprechen kannst, wie du willst, oder?«

Er nickte. »Es hätte ihr hier gefallen«, bemerkte er. »Ich weiß nicht, warum ich immer so wütend war, wenn du Alexander erwähnt hast, denn ich habe wahnsinnig oft an Mala gedacht. Ich frage mich jetzt, ob das dazugehört, wenn man loslässt und wieder richtig lebt.«

Ich blieb still, vorsichtig, damit er nicht den Faden verlor.

»Ich schätze, man muss zurückblicken auf das, woher man kommt, um zu verstehen, wie man dorthin kommt, wo man hinkommen will oder so«, fuhr er fort. »Ich kann spüren, wie ich mich weiterentwickle, und es fühlt sich an, als würde ich sie betrügen. Und das macht mich traurig. Wie kann ich mich nur gleichzeitig so glücklich und so traurig fühlen?«

Ich dachte darüber nach. »Da gibt es etwas, das meine Oma zu sagen pflegte, die Mum meines Dads. Ich habe seit Ewigkeiten nicht mehr daran gedacht, und ich werde das Ganze wahrscheinlich durcheinanderbringen, aber … sie sagte, dass die Höhen und Tiefen im Leben, Glück und Trauer, so miteinander verwoben sind, dass es unmöglich ist, jemals nur vollkommen glücklich oder nur vollkommen traurig zu sein. Es ist gut und schlecht, hell und dunkel. Wir wollen, dass es ›das Richtige‹ gibt, das ultimative Glück, eine Art Ziel, wo wir all den beschissenen Dingen im Leben entkommen. So ähnlich wie bei einer Prüfung. Aber das hat mit dem Leben nichts zu tun.

Wir können nicht vor beschissenen, furchtbaren und schrecklichen Dingen davonrennen. Also besteht unsere Lebensaufgabe darin, sie neben den guten Dingen existieren zu lassen, was die guten Dinge so viel süßer macht. Verstehst du, was ich meine?«

Er nickte und schaute noch immer zum Garten: »Ja.«

Der Strahl des Whirlpools gluckste wie ein Baby, das gerade gestillt wird.

»Witwer zu sein macht keinen Spaß«, sagte er. »Und die Person, von der ich möchte, dass sie mir sagt, wie ich mit all dem umgehen soll, ist die Person, die es nicht kann. Ich wünschte, ich hätte ihre Erlaubnis.«

»Ihre Erlaubnis?«

Leise sagte er: »Du weißt schon, was ich meine.«

Ich wusste es nicht, bis er es mir sagte.

»Wegen uns?«, fragte ich.

Er nickte erneut.

»Es ist da, nicht wahr?«, sagte er. »Es ist nicht nur ...«

»Ja«, antwortete ich und schaute ihn an. »Ich glaube, das ist es. Aber ich will nicht, dass du dich deswegen schlecht fühlst.«

»Ich fühle mich schlecht, weil ich mich *nicht* schlecht fühle.«

Das überraschte mich. »Ich weiß nicht, was ich dazu sagen soll.«

»Ich auch nicht.«

Annie, ergreife die Chance, sagte mir meine innere Stimme sanft. *Es ist okay, es zu wollen.*

»Hey«, sagte ich. »Sollen wir die Bademäntel anziehen und den Garten erkunden? Ich verspreche, es ist kein ausgeklügelter Trick, um dich in die Nacktsauna zu kriegen. Aber es wäre doch nett.«

»Das klingt schön«, stimmte er zu, trank sein Glas aus und half mir aus dem Whirlpool. »Nach dir«, sagte er, folgte mir und griff dann plötzlich nach meiner Hand.

Er drehte mich zu sich herum.

»Annie«, sagte er und hob mein Kinn leicht an. Seine Lippen berührten meine, und ganz sanft, so zärtlich, dass es kaum zu spüren war, öffnete er seinen Mund, und seine Zunge kreiste um meine. Und dann wurde der Kuss intensiver. Ich schlang meine Arme um ihn und wurde auch fordernder.

»Hmmm«, sagte er lächelnd. »Mein Gott, bist du heiß.«

Wir schlenderten Hand in Hand durch den Garten. Vor allem nach dem letzten Kuss fühlte sich die Berührung unserer Hände nun so intim an wie alles, was wir nackt hätten tun können. Dieser Kuss war wie ein Schlüssel zu einem Tor gewesen, an dem wir uns freier denn je berühren konnten. Und dann legte Patrick seinen Arm um meine Schultern, und auf dem Rückweg zum Hotel lag seine Hand in meiner hinteren Hosentasche. Wir kamen an einem Supermarkt vorbei und gingen hinein, um Schokolade zu kaufen. Wir trennten uns für einen kurzen Augenblick, und das Gefühl, als seine Fingerspitzen in der Warteschlange beim Bezahlen die meinen suchten und sie streichelten, war irre schön.

Zurück im Hotel gingen wir nacheinander duschen und machten uns bettfertig, und ich lag gerade in meinem Hotelbademantel auf dem Bett, als Patrick in der Tür erschien.

»Hey«, sagte ich und wusste, was passieren würde.

Er kam in ein Handtuch gewickelt auf mich zu, und nur die Art, wie er schluckte, verriet, dass er nicht so gelassen war wie sonst – als sei er aufgeregt, aber zugleich entschlossen. Ich saß aufrecht, als er sich zu mir aufs Bett setzte, feierlich nach meiner Hand griff und meine Handfläche küsste.

»Annie«, flüsterte er meinen Namen sanft.

Ich neigte den Kopf zur Seite und sagte: »Ja?«

Mit all der Zärtlichkeit, die er in sich hatte, atmete er tief ein und hielt noch immer meine Hand an seine Lippen, und dann sagte er mit einer tiefen Stimme: »Ich habe mich gefragt, ob ich diese wunderschönen Brüste noch einmal sehen dürfte.«

30

Wenn er beim Betreten des Zimmers den Eindruck erweckt haben sollte, nervös zu sein, so dauerte es keine zehn Sekunden, um festzustellen, dass er in Wirklichkeit hart und erregt war und dass sich unsere Körper perfekt miteinander bewegten.

Er schaute mir tief in die Augen, während ich die Schleife meines Bademantels löste, dann vergrub er seinen Kopf zwischen meinen Brüsten, küsste sie und nahm meine Brustwarzen abwechselnd in den Mund. Ich fuhr mit den Fingern durch sein Haar und genoss seine Liebkosungen. Er war überhaupt nicht schüchtern, ich weiß gar nicht, was ich erwartet hatte. Er zeigte mir sehr direkt, dass er mich begehrte, dass er mich wollte, und er hatte auch keinerlei Scheu, mir zu sagen, was ich machen sollte.

Seine Küsse bewegten sich meinen Bauch entlang immer tiefer, und dann sagte er: »Spreiz deine Beine für mich.« Alles, was danach geschah, war verschwommen.

Danach lagen wir im Bett und aßen Tim-Tams-Kekse, mein Kopf ruhte auf seiner Brust, und er streichelte meinen Rücken.

»War dir klar, dass das passieren würde?«, fragte ich.

»Du und ich? Nein. Ja. Ich weiß nicht.«

»Geht mir genauso. Ich werde einfach nicht schlau daraus.«

»Nun ja ... Wie stehst du ... zu dem Ganzen?« Er zeigte auf seinen nackten Körper und dann auf meinen. »Jetzt, in diesem Augenblick?«

»Wir sind zwei Menschen, die wissen, wie der andere schmeckt«, kicherte ich.

»Du bist eine Dichterin«, antwortete er amüsiert.

»Und«, sagte ich und versuchte, Worte zu finden, die keinen von uns beiden erschreckten, »wir können ja ... sehen ... wo das Ganze hinführt.«

»Nur mit der Ruhe«, bemerkte er.

»Ich könnte dich bitten, mein Blut bei Vollmond zu trinken und dich bis zur zweiten Wiederauferstehung Jesu an mich zu binden, aber ich glaube, keiner von uns hat's mit so was, oder?«

»Sind das die Optionen?«

Ich zuckte mit den Schultern. Der Sex war unglaublich. Fantastisch. Ich hoffte, wir würden es wieder tun und immer wieder.

»Bei Alexander konnte ich nicht kommen«, sagte ich. »Ich weiß nicht, warum ich dir das sage, aber ...«

»Warte mal, wirklich? Oder willst du mich verarschen?«

Ich zog eine Grimasse, von der ich hoffte, dass sie ihm zu verstehen gab, dass ich es wirklich ernst meinte.

»Echt?«, fuhr er fort. »Wusste er es?«

»Ich bin nicht stolz darauf. Ich habe das eine oder andere Mal einen Orgasmus vorgetäuscht, um ... ich weiß auch nicht. Um ihn bei Laune zu halten? Doch ja, ich glaube, er hat es gewusst. Und ich glaube, es war ihm egal. Es war alles sehr ... auf seine Bedürfnisse abgestimmt.«

»Was gerade passiert ist, als mein Kopf zwischen deinen Beinen war, war das vorgetäuscht?« Er sah bestürzt aus, als er das fragte, sodass ich unmöglich nicht kichern konnte. Das ließ ihn noch enttäuschter dreinschauen.

»Wow«, sagte er, und ich musste sofort widersprechen: »Patrick! Ich lache, weil das absolut nicht vorgetäuscht war. Du hast mich zum Beben gebracht ...«

»Du hast dich so gedreht und gewunden«, sagte er. »Ich wollte schon eine Hand auf deinen Bauch legen und dich runterdrücken.«

Ich zog mich unter seinem Arm hervor und hob ein Bein, um mich rittlings auf ihn zu setzen.

»Niemand kann vortäuschen, sich so zu winden«, sagte ich mit leiser Stimme und bückte mich, um ihn zu küssen. »Genau darauf wollte ich hinaus. Du bist …«, ich küsste ihn erneut, »… ein sehr talentierter …«, Kuss, »… Lover.«

»Ist das so?«, fragte er und entspannte sich bei meinen Worten.

»Mhhmm.«

Ich konnte spüren, wie er härter wurde. Er hob mich plötzlich hoch, drehte mich auf den Rücken und hielt meine Arme über meinem Kopf fest.

»Mal sehen, ob wir einen zweiten Orgasmus schaffen …«, knurrte er, und ich quietschte vor Vergnügen.

31

Guten Morgen«, sagte Patrick mit sanfter Stimme, als er sich von hinten an mich schmiegte.

Ich drehte mich zu ihm um und presste meinen nackten Körper an seinen. Da ich mir meines morgendlichen Mundgeruchs bewusst war, legte ich meinen Kopf an seine Schulter und küsste leicht die Stelle zwischen seinem Hals und dem Schlüsselbein.

»Guten Morgen, Patrick«, sagte ich, ohne meine Augen zu öffnen.

Wir lagen da, seine Hand tänzelte über meinen Rücken und runter zwischen meine Beine. Als ich leicht kicherte, nahm er es als Einladung, dort zu verweilen, und bevor ich mich's versah …

»Orgasmus Nummer drei«, sagte er, während ich verschwitzt und befriedigt von ihm herunterrollte.

»Erinnerst du dich an diese beschrifteten Tassen mit dem Spruch ›Der beste Dad der Welt‹?«, fragte ich.

»Ähm, ja«, antwortete er. »Wird das jetzt ein Gespräch über Vaterkomplexe?«

»Iiihh«, sagte ich. »Nein.«

»Sorry. Bitte sprich weiter.«

Ich rollte mit den Augen. »Ich wollte sagen, dass ich dir so eine Tasse besorgen könnte mit der Aufschrift ›Die besten Finger der Welt‹, aber nun hast du's ruiniert.«

»Nein!«, sagte er. »Sag das nicht! Ich will die Tasse haben!«

Ich streckte eine Hand aus und tätschelte seinen Bauch. »Ich bin mir sicher, dass du es wiedergutmachen wirst.«

Er drehte sich auf den Bauch und streckte sich zu mir rüber für einen Kuss.

»Ich kann's nicht glauben, dass wir nur noch einen Tag haben«, sagte er. »Was wollen wir unternehmen?«

»Der Tag fing auf jeden Fall schon mal vielversprechend an …«, grinste ich.

»Sehe ich auch so.«

»Lass uns duschen und in unserem Stammcafé frühstücken. Nimm die Stadtpläne mit, vielleicht kann uns der Barista was empfehlen.«

»Du hattest mich schon bei ›lass uns duschen‹«, sagte er, rollte aus dem Bett und hielt mir seine Hand entgegen. »Ich bin total fürs Saubermachen, damit wir uns danach wieder schmutzig machen können.«

Es dauerte zwei Stunden, bis wir das Hotel verließen. Im Café servierten sie kein Frühstück mehr, die Mittagsmenüs lagen bereits aus.

»Also bereust du es nicht, mich mitgebracht zu haben?«, fragte Patrick, als wir unseren Kaffee getrunken hatten und Hand in Hand aufbrachen, um am Wasser entlangzuschlendern.

»Oh, klar tu ich das«, sagte ich und versuchte, ernst zu bleiben. »Es war die blödeste Entscheidung überhaupt. Ich kann es kaum erwarten, nach Hause zu kommen.«

»Nein«, rief er gespielt schockiert.

»Patrick«, sagte ich. »Halt die Klappe. Dich mitzubringen war die beste Entscheidung, die ich jemals in einem betrunkenen Zustand getroffen habe.«

»Die Frage ist, von wie vielen betrunkenen Entscheidungen es die beste war«, scherzte er.

Wir kauften Eis (einen Becher für mich, eine Waffel für ihn) und ließen uns von unserem Instinkt von einem schönen Fleckchen zum nächsten treiben. Wir hielten Händchen, kuschelten uns in die Halskuhle des anderen, küssten uns immer wieder, und ich erlaubte mir, es zu genießen. Ich hinterfragte nicht und versuchte auch nicht zu verstehen, was das alles bedeuten würde, sobald wir erst einmal zu Hause wären. Sollte ich wirklich von all dem zurückkehren mit einem ... nicht mit einem Freund, sondern einem ... *was?* Denn ganz ehrlich, wenn all das, was Patrick und ich waren, sich nur auf Australien beschränkte, wenn das, was hier passiert war, hierbliebe, dann würde ich auch damit leben können, dachte ich. Die Auszeit hat ihren Zweck erfüllt: Ich war frei.

»Du siehst nachdenklich aus«, sagte Patrick.

Wir saßen neben einem riesigen Weidenbaum im Gras, unsere Gesichter im Schatten, die Beine in der Sonne.

»Hmmm«, sagte ich.

»Hmmm?«, wiederholte er, und mir war klar, ich konnte mich nicht mit einer Bemerkung über die Landschaft herausreden. Wir hatten in der Zwischenzeit gelernt, wie der andere tickte – wussten, wie sich der zufriedene Seufzer des anderen anhörte und wie der sich von einem verwirrten oder wütenden Seufzer unterschied. Und er schaute mich so an, als wollte er es wirklich wissen.

»Ich bin nur ...«, fing ich an. »Vermutlich fange ich an, über zu Hause nachzudenken.«

»Geht mir genauso«, sagte er.

»Ja?«

»Ja. Ich denke, ich bin mit einigen Dingen ein bisschen leichtfertig umgegangen, und hier ist mir klar geworden, dass ich mehr Verantwortung an den Tag legen sollte.«

»Ha! Und ich habe hier genau das Gegenteil gelernt.«

Er fuhr mit dem Daumen über meinen Knöchel. »Ich höre.«

»Ich werde aufhören, ängstlich zu sein«, sagte ich. »Ich glaube ... Ich hatte immer das Gefühl, dass alle anderen es besser wissen und machen als ich, dass ich eine Versagerin bin und alle außer mir den Durchblick haben, wie man seinen Platz in dieser Welt einnimmt. Aber … ich glaube eigentlich nicht, dass das stimmt.«

Patrick lächelte, sagte jedoch nichts.

»Und ich glaube nicht, dass es daran liegt, dass alle anderen übertreiben oder großkotzig sind. So zu denken würde anderen Menschen nicht genug Anerkennung für ihre Lebensleistungen zollen. Du bist so selbstbewusst, was deinen Platz in der Welt angeht, nach allem, was du durchgemacht hast, und das hat mich wirklich zum Nachdenken gebracht. Ich sollte mich trauen, selbstbewusster zu sein. Ich bin es leid, nach einer Art Erlaubnis zu suchen, einfach nur, um zu *sein*.«

»Das klingt aber sehr vernünftig und gesund«, sagte Patrick.

»Ich habe auf dieser Reise nicht über mich selbst geurteilt«, sagte ich. »Na ja. Nicht viel. Ich war einfach … im Hier und Jetzt. Und mir ist klar geworden, dass ich nicht mehr so gelebt habe, seit ich, um ehrlich zu sein, die verdammte Tallulah spielen durfte, als ich vierzehn war. Seitdem habe ich mich selbst kontrolliert und gemobbt, und wenn ich wieder zu Hause bin … werde ich es nicht mehr tun. Ich habe sogar so eine Art Bewertungsliste geführt – ich habe festgehalten, wann ich ein guter Mensch war, wann ich einen Fehler gemacht habe, und kam oft zu dem Ergebnis, zwanzigmal schlechter zu sein als jeder andere Mensch auf diesem Planeten.«

»Annie«, sagte Patrick. »Ich wusste, dass du sehr streng mit dir warst, aber ich wusste nicht, dass es so schlimm war.«

Ich zuckte mit den Schultern. »Ich glaube, es ist mir bisher auch nicht richtig klar gewesen. Aber die Sonne, das Meer, die Gespräche mit dir, einfach mal weit weg zu sein und Spaß zu haben – all das hat dazu geführt, dass ich ganz ich selbst sein konnte, so sehr wie noch nie. Ich habe quasi zwanzig Jahre lang versucht, etwas zu sein, das ich nicht bin, und in den drei Wochen hier konnte ich tatsächlich erkennen, wer ich bin und was ich will, und das war sehr aufregend.«

»Wow«, sagte Patrick. »Annie Wiig, bereit heimzufahren und zu herrschen.«

»Im wahrsten Sinne des Wortes«, sagte ich. »Ja. Ich bin so was von darüber hinweg, dass ich ein Problem bin, das geregelt werden muss. Ich glaube, ich verstehe jetzt, dass ich kein Problem bin, sondern einfach nur ich selbst. Und ich bin ziemlich großartig.«

»Diese Erklärung unterzeichne ich auch sofort«, grinste Patrick. »Und falls es dich interessiert – es ist verdammt heiß, zu sehen, dass du endlich das in dir selbst siehst, was ich in dir sehe ...«

Ich warf meinen Kopf in den Nacken und lachte. »Ach, ist das so?«, sagte ich, und er packte meinen Kopf und gab mir einen Kuss.

32

An unserem letzten Abend genossen wir ein sehr extravagantes Fünf-Gänge-Menü in einem Restaurant in schwindelerregender Höhe, danach knutschten wir so hitzig an der Mauer eines Durchgangs, dass uns eine Gruppe Jugendlicher riet, uns ein Zimmer zu nehmen, und dann landeten wir in einer Karaokebar und bei Wodka-Shots. Da ich eine Runde *Schere, Stein, Papier* gegen Patrick verlor, musste ich Barbra Streisands »Don't Rain On My Parade« singen.

»Unglaublich«, staunte Patrick, als ich zum Tisch zurückkam. »Du kannst tatsächlich singen!«

»Tu nicht so erstaunt!«, quietschte ich. »Ich gebe mich nicht so leicht geschlagen, das weißt du doch.«

Er lachte, und wir knutschten und nahmen noch eine Runde Wodka-Shots. Sobald die Karaokebar eine Pause einlegte und Diana Ross' »I'm Coming Out« aus der Jukebox erklang, sprang ich auf und begann schon mitzusingen, während ich zur Tanzfläche lief. Und ich blieb dort, bis Patrick schließlich klein beigab und sich dazugesellte. Wir tanzten und waren betrunken, wir waren verschwitzt und glücklich, und als die Bar um drei Uhr morgens schloss, machten wir uns auf die Suche nach einem Kiosk, um Wasser zu kaufen.

Wären wir zurück ins Hotel gegangen, wäre der Abend – und die Reise – zu Ende gewesen, denn wir mussten um zehn Uhr morgens zum Flughafen aufbrechen. Wir schienen uns aber wortlos darauf geeinigt zu haben, die Nacht durchzumachen. Die Erkenntnis, dass wir nach einem mehr als vierundzwanzigstündigen Flug wieder zu Hause sein würden, fühlte sich seltsam an. Ich freute mich darauf, Freddie zu sehen, aber auf alles andere nicht so sehr. Der aufregendste Mensch befand sich eh hier bei mir, warum sollte ich also wieder nach Hause wollen?

Wir fanden einen Kiosk, der nonstop aufhatte, und kauften außer Wasser das ein, was wir immer einkauften: Tim-Tams-Kekse für ihn und eine Minidose Pringles für mich. Dann ließen wir uns auf einer Bank nieder, die von der Ozeanbrise geschützt war, aber immer noch einen Blick auf den Hafen bot. Genau da, wo ich zu dem Zeitpunkt war, wollte ich auch sein. Wie oft hatte ich das sonst in meinem Leben behaupten können?

»Können wir darüber reden, was zu Hause passieren wird?«, fragte Patrick vorsichtig.

Ich futterte meine Chips und sagte, während ich mir die Finger ableckte: »Ich weiß nicht. Können wir?«

»Für manche wird das ein bisschen viel sein«, bemerkte er.

Ich grinste. »Gut, dass mir ein unglaublich attraktiver Mann beigebracht hat, dass es egal ist, was andere Leute denken.«

Er schaute mir ins Gesicht, als ob er nach etwas suchen würde. »Ja«, sagte er. »Aber auch ...«

»Willst du meine letzten Pringles?«, fragte ich, und es brachte genau die Reaktion hervor, die ich mir erhofft hatte: Er lachte, und die Anspannung ließ nach.

»Du bist doof«, sagte er.

»So doof, dass du mir verfallen bist«, erwiderte ich belustigt.

»Du hast in deiner Nachricht an Kezza geschrieben, dass du von mir besessen bist, ich weiß also nicht, wer hier verrückter ist.«

Er griff rüber, schnappte sich die Pringles-Packung und genoss meinen entsetzten Blick. Ich schüttelte sprachlos den Kopf.

»Ich werde dafür sorgen, dass du auf dem Rückflug in der Economyclass sitzt«, drohte ich scherzhaft. »Mal sehen, wie dir das gefällt.«

»Das glaub ich dir nicht.« Er lachte und rieb seine Handflächen aneinander, um die Pringles-Krümel loszuwerden. »Du würdest mich nach einer halben Stunde schon suchen kommen.«

»Das gefällt mir zwar nicht, aber es stimmt«, sagte ich.

»Ich durchschaue deine Spielchen«, sagte er. »Ich durchschaue alles.«

Ich verdrehte die Augen. »Okay, okay, es reicht jetzt mit den Frechheiten. Du hast die Latte erreicht.«

Er zwinkerte mir anzüglich zu.

»Patrick Hummingbird, du bist so versaut!«

»Wart's nur ab, das war noch gar nichts«, sagte er, stand auf und zog mich hinter sich her.

Als wir zurück im Hotel waren, ging die Sonne bereits auf.

»Du hast etwas in deinem Blick«, fing Patrick an und drückte mich aufs Sofa, »das es mir sehr schwer macht, dir nicht die Kleider vom Leib reißen zu wollen.«

Er war nun wilder und rauer, als ich ihn bisher erlebt hatte.

»Mein Blick ist bloß mein Blick«, flüsterte ich und versuchte, hinreißend zu wirken.

»Nein, du weißt, was du tust, du weißt ganz genau, was du tust.«

Ich kicherte.

»Siehst du?«, sagte er. »Du verführst mich.«

Er fing an, mich zu küssen.

»Und jetzt werde ich dich verführen. Ich beginne mal …«, sagte er, während seine Fingerspitzen leicht über meine Brust und zum oberen Teil meines Kleides wanderten. »Hier.« Er öffnete den ersten Knopf und dann den zweiten.

»Ist das okay?«, fragte er.

»Ja«, sagte ich.

Er öffnete zwei weitere Knöpfe und schaute mir nicht länger ins Gesicht, sondern auf meine Brust. Er betrachtete die Spitze meines BHs und die Kurven meines Busens genau. Und ich wollte, dass er mich sieht. Ich wollte nicht verbergen, wie er mich fühlen ließ. Er kam beim letzten Knopf des Kleides an, schob mir den Stoff von den Schultern, sodass ich nur noch in Unterwäsche dalag.

»Du bist traumhaft schön«, sagte er, und ich wusste, dass er es auch so meinte. »Es gab so viele Male, an denen ich dich küssen wollte. Ich wusste aber nicht, ob du es auch wolltest. Ich wusste nicht, was los war.«

Er war so präsent. So aufmerksam. Er war bedächtig und entschlossen, als hätten wir alle Zeit der Welt – nicht nur noch ein paar Stunden, bevor alles vorbei war und Aschenputtels Wagen sich auf dem Rückflug in einen Kürbis verwandelte.

»Es kommt mir vor, als hätte ich im Lotto gewonnen«, sagte er an meine Brust gekuschelt.

Ich lächelte.

»Darf ich dich was fragen?«, fuhr er fort.

Mir wurde etwas flau. Wenn jemand so beginnt, dann bedeutet es, dass er oder sie etwas sagen wird, das man nicht hören will – eine Bemerkung, die als Frage ausgedrückt wird, damit sie weniger direkt klingt.

»Ich wollte dich fragen«, sagte er, »ob du meine Freundin sein willst?«

Seine Freundin! Er wollte, dass ich seine Freundin bin! Meine Haut kribbelte vor Freude.

»Ich wäre sehr gerne deine Freundin«, antwortete ich, und ich glaube, ich kicherte leicht, während ich es aussprach. Vermutlich, weil es sich leicht und lustig anfühlte, mit ihm zusammen zu sein. Wenn es bedeutete, als seine Freundin diese schwindelerregend-tolle Stimmung auch nur eine Sekunde länger aufrechtzuerhalten, dann wollte ich es auf jeden Fall sein.

So hatte ich noch nie Sex gehabt, auf dem Sofa und dann auf dem Fußboden. Ich hatte noch nie so einen schweißtreibenden Sex gehabt, das so dringende Bedürfnis, eins zu werden. Es war anders als in der Nacht davor. Es hatte eine größere Bedeutung, und es gab viel Augenkontakt, viele Berührungen im Gesicht und die Vergewisserung, dass es in Ordnung war, diesem Verlangen endlich vollständig nachzugeben.

Als wir danach glücklich und erschöpft nebeneinanderlagen, war die Welt in perfekter Ordnung.

»Meine Freundin«, sagte er, und ich konnte das Lächeln in seiner Stimme hören.

»Meinst du, unsere vierzehnjährigen Ichs könnten das fassen?«, fragte ich.

»Mein vierzehnjähriges Ich hätte es nicht einmal zu träumen gewagt.«

»Ahhh«, sagte ich und hob meinen Kopf, um mir einen Kuss abzuholen. »Das ist aber sehr süß, was du da gesagt hast!«

»Dein Freund ist ein süßer Kerl.« Er strahlte.

33

Die australische Sonne zu verlassen und nach England zurückzukehren, wo es bereits Herbst war, verschaffte mir ein leichtes Unbehagen. Meine Zehen waren selbst in den Stiefeln kalt, und ich musste mich in einen Schal hüllen. Allerdings war ich gebräunt, was einen Rollkragenpulli schicker aussehen ließ. Erst, als ich aus meinen übergroßen Leinensommerkleidern heraus und wieder in eine ordentliche Hose hineinschlüpfte, merkte ich, dass ich in der Tat eine, vielleicht sogar zwei Kleidergrößen zugelegt hatte – und dafür umso hübscher aussah. Mir stand mehr Fülle im Gesicht, ich sah zufrieden und gesund aus. Als ich mir zum Tee eine Pizza beim Italiener holte, nannte mich der Besitzer *bella*. Ich wusste, dass ich mich wegen unerwünschter Komplimente aufregen sollte, weil ich mehr war als nur mein Aussehen, aber ich holte mir dort seit zwei Jahren was zum Mitnehmen, und es war das erste Mal, dass mir der flirtende Besitzer ein Kompliment gemacht hatte. Es kam mir wie ein Zeichen vor: Ich sah anders aus, ich fühlte mich anders, und selbst Giuseppe von *L'Antica Pizzeria da Michele* erkannte es. Alles, was ich tun konnte, war, mir auf dem Nachhauseweg den Refrain von »I'm Every Woman« zu verkneifen.

Das Leben war wundervoll. Als ich nach Australien geflogen war, hatte ich mich als die größte Loserin Londons gefühlt, nun kam ich als glückliche Gewinnerin mit neuer Zuversicht nach Hause. Die neue Annie triumphierte, und jeder konnte es sehen.

Was machst du?, schrieb Patrick, sobald ich fertig gegessen hatte.

Ich musste lächeln, aber im Grunde hatte ich *nicht aufgehört* zu lächeln. Ich hatte Adzo erzählt, dass ich gefühlt nach Hause geschwebt sei. Während der ganzen Rückreise war ein Körperteil ständig mit Patrick – meinem Freund! – verbunden gewesen: Wir hatten im Auto auf dem Weg zum Flughafen Händchen gehalten, standen beim Einchecken und bei der Zollabfertigung ineinander verschlungen da. Wir hatten darüber gesprochen, es nicht zuzulassen, dass die reale Welt das veränderte, wozu wir in unserer kleinen australischen Blase geworden waren. Wir klebten aneinander, bis wir uns zum Abschied küssten, als er mich zu Hause absetzte. Wir blieben am Mund des anderen hängen, bis der Uber-Fahrer uns fragte, ob wir nicht einfach zusammen aussteigen wollten.

Auspacken, tippte ich zurück. *Also ich lege Kleiderstapel auf den Schlafzimmerboden, denn alles muss gewaschen werden. Wie hat sich denn der Sand nur überall verteilt, auch in den Sachen, die nicht am Strand waren?* Dann fügte ich hinzu: *Und was machst du?*

Die drei Punkte auf dem Bildschirm zeigten an, dass er zurückschrieb. Ich setzte mich auf den Boden und lehnte mich gegen das Bett. Ich war nach der kalorienreichen Pizza und dem Spaziergang an der kühlen Luft müde und würde nicht mehr lange wach bleiben können. Ich hatte es so lange wie möglich hinausgezögert, ins Bett zu gehen, um mich so schnell wie möglich wieder an die britische Uhrzeit zu gewöhnen.

Es fühlt sich komisch an, dass du nicht mehr im Zimmer gegenüber bist, schrieb er zurück. *Und dass wir uns heute Nacht kein Bett teilen …*

Wir hatten uns vor der Landung dazu entschlossen, die erste Nacht in unseren eigenen Wohnungen zu verbringen, damit wir uns um all die praktischen Dinge kümmern konnten – Wäsche waschen, Essen einkaufen, versuchen zu schlafen –, doch sobald er mit dem Taxi fortfuhr, begann ich mich nach ihm zu sehnen. Es war viel zu still im Haus, und ich hatte mich an das Gefühl gewöhnt, jemanden bei mir zu haben. Es hatte mir Trost gespendet zu wissen, dass sich Patrick in denselben vier Wänden der Hotelsuite befand wie ich. Ich liebte es zu wissen, dass er in der Nähe war, im Nebenzimmer las oder duschte, während ich via Facetime telefonierte. Ich wünschte, er wäre auch jetzt bei mir im Haus, selbst wenn er auf dem Sofa gesessen hätte, während ich oben Hausarbeit erledigte.

»Sich in jemanden während eines dreiwöchigen Urlaubs zu verlieben, entspricht *monatelangem* Dating im wirklichen Leben, wenn man es in Stunden misst«, kommentierte Adzo die neuesten Entwicklungen während eines kurzen Telefonats. »Rechne mal nach. Vierundzwanzig Stunden am Tag mal einundzwanzig Tage sind ...« Sie multiplizierte schnell. »Einhundertsechsundzwanzig Dates à vier Stunden. Das sind eine Menge Dates. Es ist praktisch ein Jahr voller Dates! Du hast mehr Zeit mit ihm verbracht, als es die meisten Paare in ihren ersten gemeinsamen Monaten schaffen.«

Ich kann die Tradition aufrechterhalten und für zwei morgens Kaffee kochen, schrieb ich Patrick zurück und lächelte bei dem Gedanken, es zum einhundertsiebenundzwanzigsten Date zu schaffen. Adzo hatte recht: Was die gemeinsam verbrachte Zeit anging, hatten wir ein Maximum an Stunden erreicht. Kein Wunder, dass ich ihn vermisste.

Ich werde da sein, antwortete er. *Bringe Frühstück mit.*

Super. Schlaf schön.

Du auch, schrieb er. *Träum von mir.*

Dabei musste ich gar nicht träumen, das echte Leben war gut genug.

Um sechs Uhr morgens lag ich wach da und starrte die Decke an. Der Jetlag. Ich hatte sieben Stunden lang wie ein Murmeltier geschlafen, dann war ich plötzlich putzmunter. Ich wusste, dass ich nach dem Mittagessen ein Nickerchen nötig haben würde, das wahrscheinlich den ganzen Nachmittag anhalten würde, aber was kann man tun, wenn die innere Uhr einem sagt, es sei zwei Uhr am Nachmittag? Ich entschloss mich dazu, mit den Wäschestapeln anzufangen und einen Spaziergang um den Block zu machen, um auf dem Rückweg Essen einzukaufen.

Während sich der Himmel erhellte, ging ich durch die Seitenstraßen und in den Park – meine alte Joggingstrecke. Ich konnte es kaum erwarten, Carol abzuholen und wieder mit ihr Gassi zu gehen. Sie würde auch das Haus mit etwas mehr Leben füllen. Da es so kühl war, konnte ich meinen Atem sehen, und ich blies wie ein Kind Formen in die Luft. Als ich in die Nähe der Hauptstraße gelangte, entdeckte ich ein Café, das bereits geöffnet war, also schlich ich mich hinein, um nicht nach Hause gehen zu müssen. Ich wollte mir einen Koffeinschub gönnen und auf meinem Smartphone scrollen, also das tun, was ich als meinen »Schriftverkehr« bezeichnete: all die Nachrichten beantworten, die ich während meiner Abwesenheit verpasst hatte.

Ich bestellte eine Kanne Tee und simste Freddie, um sie zu fragen, ob wir uns am Wochenende sehen würden, und bat bis dahin um ein paar Hundefotos und -videos. Ich scrollte in der WhatsApp-Gruppe mit den Mädels alles durch, was in meiner Abwesenheit hin und her geschickt worden war, erfuhr über Kezzas Fortschritte bei der Familiensuche mit ihrer Sozialarbeiterin, über den neuen Chef von Briannas Ehemann und über Jos Besessenheit, mal wieder *Mork vom Ork* anzuschauen, denn: »Niemand ist so gut wie Robin Williams. Ich vermisse ihn!« Die Geburt konnte jederzeit losgehen, und sie suchte verzweifelt nach einem Zeitvertreib, um sich abzulenken. Ich gab Bescheid, dass ich wieder zurück war, und fragte, wann das nächste Viercliquen-Gipfeltreffen stattfinden würde, in der Annahme, dass es nach der Geburt des Babys wäre. Ich sagte ihnen nicht, dass Patrick und ich offiziell ein Paar waren. Alles, was ich wusste, war, dass Kezza zwangsläufig das mit dem Kuss herausgerutscht war, und ich wiederholte in dem Thread, dass alles im persönlichen Gespräch erzählt werden müsse, und fügte ein Zwinker-Emoji hinzu, um ihren Appetit anzuregen.

Ich schickte Fernanda eine Nachricht, um zu fragen, ob ich demnächst mit ein paar australischen Souvenirs vorbeikommen könne; Dad und Mum schickte ich separat Nachrichten, um ihnen jeweils mitzuteilen, dass ich unversehrt zu Hause angekommen war. Dann schaute ich kurz bei Instagram rein, loggte mich aber sofort wieder aus, weil ich mich innerhalb von drei Sekunden schon mies fühlte. Freddie hatte mir mal gesagt: *Annie, jeder weiß, dass Privatsphäre der neue Luxus ist. Nur alte Leute posten noch über ihr Leben.* Ich hatte keine Geduld für die Highlights der anderen.

Anstatt mich mit Social Media aufzuhalten, überflog ich die wenigen Fotos, die ich geknipst hatte, und die, die mir Patrick via AirDrop zugeschickt hatte. *Wenn eine Erinnerung nicht online gepostet wird, ist sie dann überhaupt real?* Ich entschied mich für ein Ja, und dass es auf diese Weise noch süßer war. Die Fotos waren hauptsächlich Selfies und Schnappschüsse meines Reisepasses neben einem Glas Champagner und ein Aussichtsfoto aus dem Flugzeugfenster. Es war jedoch sehr interessant, sie anzusehen, denn im Laufe der Reise hatte ich weniger »Zeugs« fotografiert und mehr Fotos von Patrick oder uns beiden zusammen gemacht. Im Bademantel in der Villa war er noch so viel blasser gewesen als auf dem Heimweg. Dann der erste Strandausflug, unsere Gläser bei der Weinverkostung, ein Video auf dem Weg zum Musikfestival. Es gab eine Reihe von

Abendaufnahmen von der Kanufahrt – eine Fotoserie, in der ich mich verdutzt zu Patrick umdrehte, der mich wohl gerufen hatte, und dann lachte, und eine zweite Serie, in der ich mein Gesicht bedeckte.

Ich hielt beim nächsten Foto inne: das letzte, das er geschossen hatte, bevor ich ihn bat, damit aufzuhören. Mein Haar war offen und vom Wind zerzaust, und ich hatte goldene Sommersprossen auf der Nase. Ich lachte wieder, machte dabei ein Doppelkinn und enthüllte den schiefen Vorderzahn, von dem ich immer wieder behauptet hatte, ihn eines Tages richten zu lassen. Ich schaute nicht in die Kamera, sondern direkt darüber, meine Pupillen waren riesig. Ich schaute Patrick an, und es war ein Blick der … nicht direkt der Liebe, aber definitiv etwas Ähnliches. Hatte ich mich schon so früh in ihn verliebt? Er war in einem so entscheidenden Moment in mein Leben getreten und hatte mir das Gefühl gegeben, dass es wert war, gelebt zu werden. Ich hatte Angst, daran zu denken, wie traurig ich ohne ihn sein würde, da er meine Tage verschönerte und mich glauben ließ, dass die schlechten Zeiten vorbei waren.

Maktub.

Es steht geschrieben.

Ohne mir allzu viele Gedanken darüber zu machen, wählte ich ein Foto von uns am letzten Tag der Reise als Hintergrundbild meines Smartphones.

Sag mir Bescheid, wenn du wach bist, schrieb ich ihm. *Ich denke an dich.*

Nachdem ich das Café verlassen hatte, ging ich an einem Friseursalon vorbei. Es war nicht mein üblicher Salon drüben in Spitalfields, aber das Schild im Fenster bewarb einen freien Termin um neun Uhr. Und da traf es mich wie ein Blitz: Ich wollte mir die Haare schneiden lassen. Ich hatte mich schon immer hinter meinen Haaren versteckt. Ich verließ mich darauf, dass sie lang waren und mir ins Gesicht hingen, aber wenn mein Gesicht jetzt so hübsch war, wie es auf den Fotos aussah, dann wollte ich es stolz zeigen. Ich wollte diese neue Welt sehen, die ich zu erobern gedachte, mich nicht mehr verstecken.

»Hallo«, sagte ich zögerlich und spähte durch die Tür zu dem einzigen Mann im Laden – ein untersetzter Typ in einem gestreiften Hemd mit hochgekrempelten Ärmeln und Tattoos auf den Unterarmen. »Kann ich den Termin haben?« Ich zeigte auf die Anzeigetafel.

»Klar kannst du, Darling«, antwortete er. »Komm rein und sag mir, was du dir vorgestellt hast.«

Als ich fünfundfünfzig Minuten später den Salon verließ, war mein Haar ziemlich kurz, im Nacken rasiert, mit einem kurzen Pony, wie Twiggy in den Sechzigern, nur dunkler. Und das Beste daran? Es sah super aus.

»Mir gefällt's«, sagte Patrick, während er Croissants und Nutella aus seiner Tragetasche hervorholte. Ich lächelte. Die Tragetasche war mit uns um die ganze Welt gereist und befand sich nun in meiner Küche – in der er zum ersten Mal stand. »Du siehst aus wie Winona Ryder, bevor sie anfing, Sachen zu klauen.«

»Was für eine tolle kulturelle Referenz«, scherzte ich, fasste mir instinktiv ins Haar und strich mir über den unbedeckten Hals. Er beugte sich vor, um mich zu küssen, etwas, das wir alle paar Minuten taten, um uns daran zu erinnern, dass es etwas war, das wir in England genauso tun konnten wie in Australien. Der Reiz des Neuen war noch nicht vorbei. Wir fielen übereinander her, und nach einem halben Croissant und einem Schluck Orangensaft hatten wir Sex auf dem Sofa. Zweimal.

Er blieb den ganzen Tag, half mir, Chili für die ganze Woche vorzukochen, und hängte meine Wäsche auf, einfach, um zuvorkommend zu sein. Es gefiel mir. Es fühlte sich an, als sei er am richtigen Ort. Wie ich es bereits geahnt hatte, klappte ich am frühen Nachmittag zusammen. Wir schliefen beide vor der Soap *EastEnders Omnibus* ein und wachten erst wieder auf, als es draußen dunkel war.

Von da an kam er jeden Abend vorbei. Wir waren beide Jetlag-geplagt, unsere inneren Uhren standen Kopf, also gab es Essen zum Mitnehmen oder ein bisschen Netflix, und um halb neun fielen uns die Augen zu. Seine Wohnung lag genau elf Minuten Fußweg von meiner entfernt. Ich kannte Horrorgeschichten von Freunden, die darum kämpften, ihre Beziehungen in dem Stadtmoloch aufrechtzuerhalten – neunzig Minuten von einer Tür zu anderen mit öffentlichen Verkehrsmitteln –, und Patrick und ich waren zufälligerweise quasi Nachbarn, was einen weiteren Vorteil darstellte.

Im Gegensatz zu ihm hatte ich noch ein paar Tage frei und nutzte die Zeit zwischen Wäschewaschen und Mittagsschlaf, um zu googeln. *Kann ich mit zweiunddreißig den Job wechseln? Wie viel sollte ich gespart haben, bevor ich mich beruflich umorientiere?* Ich fand ein paar Angebote für Infoabende zu Beratungskursen, die ich abspeicherte und regelmäßig ansah, wobei ich mich jedes Mal mutiger fühlte, mich für einen Kurs anzumelden. *Vielleicht finde ich einen Job, den ich rundum liebe*, wagte ich mir vorzustellen.

Solange Patrick bei der Arbeit war, hallte die Leere des Hauses wider, und ich begann auch darüber nachzudenken, wo ich wohnen sollte. Ich erstellte eine Kalkulationstabelle mit meinen Ersparnissen und Fixkosten und warf einen Blick darauf, was ich gewöhnlich pro Monat ausgab. Ich würde die meisten meiner Luxusaktivitäten radikal streichen müssen – keine Zehnerkarte mehr fürs Fitnessstudio oder teure Strähnchen beim Friseur und auch kein Brunchen und keine Cocktails mehr. Es war

beschämend, schwarz auf weiß zu sehen, dass ich mir ange-
wöhnt hatte, ziemlich viel Geld für Unnötiges aus dem Fenster
zu werfen. Damit musste ich dringend aufhören. Ich hatte auch
in Australien viel zu viel ausgegeben, die YOLO-Einstellung
hatte ich wohl ein bisschen *zu sehr* verinnerlicht.

Ich loggte mich bei der Rentenversicherung ein, wusste aber,
dass es völlig unverantwortlich wäre, diese Reserve anzuzapfen.
Ich musste einen Weg finden, so schnell wie möglich eine er-
schwingliche Wohnung zu finden, am besten nicht in der ange-
sagtesten Gegend, aber immer noch in der Nähe der Menschen,
die ich liebte und die mich liebten und die auch in einer der
teuersten Städte der Welt lebten. Schlimmstenfalls konnte ich
wahrscheinlich für eine Weile bei Mum und Dad südlich der
Themse wohnen, doch, oh Gott – die Woche, die sie nach der
Hochzeit, die keine war, mit mir im Haus verbracht hatten,
war ziemlich unerträglich gewesen. Das wäre Plan B, oder eher
Plan Z. Adzo und die Mädelsclique kamen nicht infrage, da sowieso niemand Platz hatte.

Ich richtete ein paar Benachrichtigungen für neue Wohnungs-
inserate ein und versuchte es zu vermeiden, über eine WG auch
nur nachzudenken. Nach allem, was passiert war, würde es sich
wie ein Rückwärtsschritt anfühlen. Es *musste* einen anderen Weg
geben. Aber alles, was mir einfiel, schien darauf hinzudeuten,
dass ich mir eine neue Wohnung im Grunde genommen nicht
leisten konnte, wenn ich den Job wechseln wollte. Das wäre wohl
zu viel auf einmal. Und, wie Patrick gesagt hatte, *liebten* viele
Menschen ihren Job nicht. Ich redete mir ein, dass ich mehr als
genug hatte, solange ich gesund war und meine Freunde, meine
Familie und Patrick um mich herum waren.

Trotzdem sah ich immer wieder nach, wie es mit den Info-
abenden aussah. Ich konnte nicht anders. Der Gedanke hatte
sich tief festgesetzt.

»Wir werden schon eine Lösung finden«, versicherte mir Patrick, als ich im Bett davon erzählte. Meine Chefin Chen hatte mir eine Nachricht geschickt, in der sie mich auf einen Kaffee treffen wollte, bevor ich zurück zur Arbeit kam, und das hatte mir eine Heidenangst eingejagt. Adzo sagte, ich hätte nichts zu befürchten, doch plötzlich war ich besorgt, dass ich am Ende meinen Job ohnehin verlieren würde. Chen hatte mich noch nie auf einen Kaffee eingeladen – ich fragte mich, ob sie ein Wörtchen mit mir reden wollte, weil sie irgendwie gemerkt hatte, dass ich nicht mehr mit vollem Herzen dabei war.

»Sieh es doch mal so: Du wirst ganz sicher nicht auf der Straße landen«, fuhr Patrick fort. »Schlimmstenfalls kannst du eine Zeit lang bei mir pennen, okay?«

»Nee, nee«, sagte ich. »Das geht nicht. Ich würde dir so schnell auf die Nerven gehen …«

Er schüttelte den Kopf. »Wieso denn? Wir wissen doch, dass wir vierundzwanzig Stunden am Tag miteinander verbringen können. Das wäre durchaus eine Option.«

Mum würde einen Anfall bekommen, wenn ich mit Patrick zusammenziehen würde, auch wenn es nur vorübergehend wäre. Es war eine Sache, einen neuen Freund nach Hause zu bringen, aber nach so kurzer Zeit mit ihm zu leben? Niemals.

»Bist du *sicher*, dass du meine Familie treffen willst?«, fragte ich ihn zum dritten Mal. »Sie sind vollkommen meschugge. Du musst das wirklich nicht. Ich kann Carol auch alleine abholen und dich später treffen.«

Er zog mich an sich heran, sodass mein nackter Körper an ihn gedrückt war.

»Schämst du dich meinetwegen?«, fragte er scherzhaft.

»Ich mache mir Sorgen, dass sie deine Cargoshorts auf den Urlaubsfotos entdecken«, scherzte ich zurück. »Ich muss an meinen guten Ruf denken.«

»Was stimmt denn mit meinen Cargoshorts nicht?«

Ich kicherte. »Nichts … wenn du vorhast, der All Saints Tribute Band beizutreten.«

»Autsch!« Er lachte.

Ich zuckte mit den Schultern und deutete an, dass man der Wahrheit ins Gesicht sehen muss.

»Ich will sie trotzdem treffen«, erklärte er. »Eltern lieben mich, versprochen. Mütter sehen in mir den Musterschwiegersohn. Ehrlich.«

»Hmmm«, sagte ich, während es in meinem Bauch kribbelte. »Nimm es aber bitte nicht persönlich, wenn sie es nicht tun sollte. Vergiss nicht, sie mag mich nicht.«

»Ich hasse es, dass sie dir dieses Gefühl gibt, Annie. Wirklich.«

»Freddie wirst du ganz sicher mögen.« Ich wollte nicht, dass er mich bemitleidete. Die neue Annie wollte kein Mitleid, wenn es sich verhindern ließ. »Ihr werdet euch prima verstehen.«

»Ich freue mich«, sagte er, und mein Herz pochte doppelt so schnell wegen dem, was bevorstand. Ich konnte Patrick ja nicht ewig verstecken. Und es war auch Zeit, sich gegen Mum ein für alle Mal zur Wehr zu setzen. Sich über sie zu ärgern war bestenfalls langweilig und schlimmstenfalls kräftezehrend.

»Gute Nacht«, sagte ich und schaltete das Licht aus.

Seine Stimme hallte in der Dunkelheit: »Ich meine es wirklich ernst. Du kannst bei mir wohnen, wenn du magst.«

Meine Antwort war ein Kuss.

34

Ich behielt recht, was Freddie und Patrick anging: Sie verstanden sich auf Anhieb so, als wäre Patrick schon seit Jahren ein Teil der Familie gewesen. Ich hatte mein ganzes Leben damit verbracht, mein eigenes Urteilsvermögen anzuzweifeln, hatte aber nie auch nur einen Augenblick lang das von Freddie infrage gestellt. Sie war wie ein Spürhund der guten Absichten. Mir wurde ganz warm ums Herz, als ich sie so unbeschwert miteinander plaudern sah.

»Und nun«, schlussfolgerte Freddie mitten in einer Anekdote über eine Schüler-Lehrer-Pattsituation, die sie in der Schule initiiert hatte, während sie die Gastgeberin spielte und Patrick ein Bier reichte, »haben sie gesagt, dass sie die Schulpolitik diesbezüglich offiziell überprüfen werden. Mum meinte, dass ich aus einer Fliege einen Elefanten mache und mir nicht als Unruhestifterin einen Namen machen sollte, aber Dad ist in mein Zimmer gekommen und hat mir gesagt, ich solle nicht auf sie hören und das tun, was ich für richtig halte. Aber ich *hatte* offensichtlich recht, denn sie werden sie ändern. Also hoffe ich, dass Mum sich entschuldigen wird.«

Sie hatte seit unserer Ankunft ohne Punkt und Komma geredet, und Patrick lauschte aufmerksam.

»Wow«, sagte er aufrichtig beeindruckt. »Das ist … krass.«

Freddie strahlte ihn an, zufrieden über sein Kompliment.

»Es ist echt krass«, sagte ich ihr, während Carol glücklich in meinem Schoß kuschelte, überglücklich, wieder bei mir zu sein. »Du bist so mutig, Froogle. Es ist viel einfacher, den Status quo beizubehalten, als die Dinge zu hinterfragen, vor allem in so großen Institutionen wie der Schule.«

»Was bedeutet Status quo?«

»Oh, ähm, es bedeutet, dass Menschen die Dinge so weitermachen, wie sie schon immer waren, denn Veränderungen können Angst einflößend sein.«

»Dad sagt, die einzige Konstante ist Veränderung.«

Ich lächelte. »Er hat nicht unrecht.«

Patrick fiel mir ins Wort. »Eine Menge Gutes kann aus Veränderungen entstehen«, bemerkte er, und Freddie schaute zwischen uns hin und her, während wir uns gegenseitig ansahen. Es tat fast schon körperlich weh, ihm gegenüberzusitzen. Wenn ich in seiner Nähe war, wollte ich seine Hand auf meinem Bein oder dem unteren Teil meines Rückens spüren. Ich wollte seine physische Nähe, ich brauchte sie schon fast, aber ich wusste, dass es die Dinge nur verkomplizieren würde, wenn wir zu offen mit unserer Zuneigung umgingen. Ich wendete meinen Blick von ihm ab und schaute erneut zu meiner kleinen Schwester. Sie kniff ihre Augen misstrauisch zusammen. Ich ignorierte die Neugierde in ihrem Gesicht.

»Willst du die Urlaubsfotos sehen?«, fragte ich.

Ihr war klar, dass ich mich nicht darauf einließ.

»Ja«, sagte sie. »Zeig mal her. Mum sagt, Australien ist zu weit weg für einen Familienurlaub, aber Mias große Schwester verbringt ihr Auslandsjahr in Australien, und Mia meint, wir sollten nach dem Schulabschluss hin. Sie hat erzählt, ihre Schwester arbeitet in einer Mandelfabrik und teilt sich ein Haus mit elf anderen Leuten! Sie sagt, es ist immer so toll, wie auf einer großen Party, und sie schlafen kaum und essen kaum Gemüse, denn niemand sagt ihnen, was sie tun und lassen sollen.«

Der Gedanke an elf Leute in einer WG erinnerte mich an meine eigene Wohnsituation. Als Jo zum ersten Mal nach London gezogen war, hatte sie ein Zimmer in einer umgebauten Lagerhalle in der Nähe des Stadtviertels Seven Sisters gemietet, und es dauerte fünf Tage, bevor sie in eine Dreier-WG mit zwei Lehrern die Straße weiter runter zog, eine Wohnung, für die sie sich ursprünglich zu cool fand. Es hatte sich herausgestellt, dass das selbst angebaute Gras und die ständige Schlange vor dem Badezimmer nichts für sie waren. Für mich wäre das auch nichts gewesen. Meine Angst im Hinblick auf meine Wohnsituation wurde immer größer. Ich wollte nicht das Gefühl haben, einen Rückschritt im Leben zu machen. Nicht, wenn ich in so vielen anderen Dingen einen Schritt nach vorn gemacht hatte.

»Rutsch rüber«, sagte ich zu Freddie und versuchte, mich auf den Augenblick zu konzentrieren anstatt auf mein zukünftiges Problem.

Patrick beugte sich von seinem Platz auf dem Boden vor, um Carols Ohren zu kraulen. Das weckte sie auf, sodass sie von meinem Schoß herunterhüpfte, um sich von ihm kitzeln zu lassen. Er plauderte entspannt mit Dad, während ich mein Handy für Freddie hervorholte. Patrick unterhielt sich mit Dad über winterfestes Heidekraut und fragte nach Tipps, wie er seiner Terrasse zu dieser Jahreszeit etwas Farbe verleihen könnte. Dad fand Patricks Gesellschaft angenehm, das konnte man deutlich erkennen.

Ich sagte zu Freddie: »Ich werde dir nicht alle Fotos zeigen, Frau, denn das ist langweilig, aber du kannst die offiziellen Highlights sehen.«

»Okay. Ich gebe dir Bescheid, wenn ich nicht mehr kann.«

Ich lachte. »Abgemacht.«

Wir überflogen Fotos mit Sonnenuntergängen und Kängurus und von der Begegnung mit dem Stachelrochen. Ich erzählte ihr die abenteuerlicheren Geschichten, wie etwa von dem Tagesausflug und dem Musikfestival, und sie stellte viele Fragen zum Essen, an das ich mich mit Freude und fast schon schockierender Genauigkeit erinnern konnte. Dann sagte sie genauso locker, als ob sie sich nach einer neuen Nagelfarbe erkundigen würde: »Also ist Patrick jetzt dein neuer Freund?«

Patrick schaute hoch, als er seinen Namen hörte, und Mum erstarrte in der Tür mit einer Schale Oliven und Zahnstochern in der Hand. Sie blieb aus der Schusslinie unter dem Vorwand, das Mittagessen in der Küche vorzubereiten, aber ich wusste, dass sie Patricks Anwesenheit störte. Ich wusste auch, dass sie in meiner Abwesenheit mit Fernanda gesprochen hatte und dass sie sauer war, weil Fernanda über meine Reisebegleitung mehr wusste als sie. Ich hätte zu ihr hingehen können, um zu sehen, ob es ihr gut ging, aber ich wollte es nicht. Ich hatte nicht vor, in ihre emotionale Falle zu tappen und mir leise Schuldgefühle einreden zu lassen. Ich wollte ihr nicht die Chance geben, mein Glück zu zerstören.

Dad zwinkerte Mum zu und schielte verschmitzt zu mir rüber, wohl wissend, dass meine Antwort die Stimmung unseres bevorstehenden Essens prägen würde. Wenn Mum auch nur für fünf Minuten Teil des Gesprächs im Wohnzimmer gewesen wäre, hätte sie nicht das Gefühl gehabt, dass Patrick ein Fremder war. Ich hätte sie dazu bringen können, sich wohler zu fühlen und mehr Gemeinsamkeiten aufzubauen. Sie *wollte* diese Kontrahaltung einnehmen. Doch hier ging es nicht um sie.

Ich schaute von Patrick zu Dad, dann zu Mum, und dann wieder rüber zu Freddie. »Ja«, sagte ich und entschied kurzerhand, dass allzu viele Erklärungen schlimmere Folgen haben würden, als es einfach und direkt auszusprechen. »Das ist er.«

Patrick schenkte mir ein zufriedenes Lächeln und ein Augenzwinkern und kraulte weiterhin Carols Bauch.

»Und ich bin sehr froh darüber«, fügte ich hinzu.

»Gut«, vermerkte Freddie und schenkte mir ebenfalls ein zufriedenes Lächeln. Sie lehnte sich vor und flüsterte: »Ich mag ihn wirklich, Annie-Doo. Und Carol tut es auch. Sieh nur.«

Es stimmte: Carol war wie Wachs in seinen Händen.

Mum lehnte sich über den Couchtisch, um die Schale abzustellen, die sie mitgebracht hatte, und murmelte so etwas wie »Oh, wie nett«, was sich jedoch wie das Gegenteil anhörte, doch Dad hob sein Glas, prostete in meine Richtung und ließ mich wissen, dass ihm ihre Reaktion schnurz war. Manchmal fragte ich mich, wie es ein so entspannter und toleranter Mann mit einer so arroganten Frau wie Mum aushalten konnte. Es war sicher nicht einfach für ihn. Mum verließ das Zimmer, und ich scrollte erneut mit Freddie durch die Fotos.

Es dauerte ewig, bis das Mittagessen fertig war, und als wir uns dann endlich an den Tisch setzten, zeigte Freddie Patrick ihre Petition und erzählte ihm stolz von ihren Plänen, nicht zur Uni zu gehen, denn sie glaubte nicht an ein System, das einen zwang, dreißigtausend Pfund für ein Diplom auszugeben, nur um einen Job zu finden.

»Ich werde Unternehmerin«, sagte sie stolz.

»Was für eine Art Unternehmerin?«, fragte Patrick. »Oder muss das noch ausgeklügelt werden?«

Sie kicherte. »Das muss noch ausgeklügelt werden«, antwortete sie. »Aber ich will vom Profit mehr für Wohltätigkeitsorganisationen abgeben, als ich für mich selbst behalte.«

»Das hört sich sehr bemerkenswert an«, sagte Patrick und Mum starrte mich an, als ob es meine Schuld gewesen wäre, dass ihre jüngste Tochter keine Chirurgin werden wollte. Dad öffnete eine weitere Bierflasche, doch Patrick ging über zu Wasser, was ich süß fand. Er wollte nüchtern bleiben.

Es gab Braten, und ich war ausgehungert. Ich freute mich

auf einen richtigen englischen Braten und häufte eifrig Kohlrübenpüree und Yorkshire Pudding auf meinen Teller, wobei ich mich schon fragte, was es zum Nachtisch geben würde. Ich hoffte auf einen Crumble, Mum war eine Crumble-Spezialistin.

»Nur mal langsam«, sagte sie leise, während Dad mit der Bratensoße herumhantierte. »Übertreib mal nicht.«

Sie nickte gezielt zu dem Fleischberg auf meinem Teller, und ich schämte mich. Niemand sonst hatte es mitbekommen. Ich benutzte rasch meine Gabel, um alles bis auf ein Stück zurück auf das Tablett zu schieben. Meine Hand zitterte, als ich den ersten Bissen Brokkoli und Erbsen nahm. Ich konnte nichts davon schmecken. Wieso gab sie mir immer das Gefühl, dass ich etwas falsch machte? Wieso war ich nie gut genug für sie?

Wir schafften es bis zum Dessert – und dann ließ Mum ihre erste missbilligende Bemerkung los.

Dad hatte ein bisschen zu lange und ein bisschen zu laut über Patricks Witz gelacht, und das hatte sie ihm übel genommen. Ihre Bemerkung war so unhöflich, dass Dad sofort aufhörte zu lachen und wir sie alle anstarrten. Mir klappte die Kinnlade herunter, als sie sich davon unbeeindruckt weiter Pudding auftrug, und es war klar, dass sie nicht einmal versuchen würde, sich zusammenzureißen. Patrick schaute mich hilfesuchend an, er wusste nicht, wie er damit umgehen sollte. Für mich hieß das jetzt oder nie!

»Wie bitte?«, sagte ich.

Sie antwortete nicht, sondern reichte Freddie wortlos die Schüssel.

»Ich weiß, dass es dir nicht gefällt, dass wir eine gute Zeit in Australien hatten«, fuhr ich fort. »Woran denkst du, Mum? Was ist dein Problem. Sag es doch einfach, du hast ja anscheinend etwas auf dem Herzen.«

Ich war ihr gegenüber noch *nie* so direkt gewesen. Ich hatte jahrelang geschwiegen, hatte Konfrontationen vermieden und war immer davon ausgegangen, dass ich falschlag, aber nun war es zu viel, es ließ mir keine Ruhe, dass sie sich nicht so für mich freuen konnte wie Dad und Freddie. Hatte ich das nicht verdient? Ich wollte sie wissen lassen, dass mir ihre Meinung egal war, schließlich war es mein Leben. Ich hatte genug von ihrer ständigen negativen Einstellung.

»Ist das dein Ernst, Annie?«, sagte sie, während sie auf den Pudding blies. »Du hast das Geld der Mackenzies genommen und hast dich von einem anderen Mann begleiten lassen. Das ist einfach heftig! Ich schäme mich für dich. Entschuldige, Patrick. Aber das tue ich.«

Patrick räusperte sich, und bevor ich merkte, dass er vorhatte, mich zu verteidigen, legte er schon los.

»Ich fand es eigentlich ziemlich cool von ihr«, sagte er einfach. »Sie hat Limonade aus Zitronen gemacht.«

Mum gab ein missbilligendes Geräusch von sich. »Nun, für dich ist dabei ja ein kostenloser Urlaub rumgekommen, also überrascht es mich gar nicht, dass du das sagst.«

Ich konnte es nicht fassen, dass Mum ihn so offen beleidigte.

»Mum!«, schrie ich, und zur gleichen Zeit sagte Dad: »Herrgott noch mal, Judy!«

»Nein, Peter«, erklärte Mum. »Jemand muss ja was sagen. Du kommst her mit deinen abgeschnittenen Haaren, als hättest du eine Midlife-Crisis, und machst einem Mann von dieser schrecklichen Schauspielschule schöne Augen, als würdest du versuchen, wieder vierzehn Jahre alt zu sein. Du bist eine erwachsene Frau, Annie. Du kannst dich nicht hinter einem neuen Freund verstecken. Du musst für dich selbst einstehen.«

»Das ist nicht fair, Judy«, sagte Dad.

»Ich will nur das Beste für sie«, sagte sie zu mir gerichtet. »Und ich will das Beste für deine Schwester.«

Freddie quiekte: »Was habe ich damit zu tun?«

Mum schaute sie an. »Sie sollte dir ein Vorbild sein, Frederica.«

»Freddie.«

»Sie sollte dir ein Vorbild sein, *Freddie*.«

»Aber das ist sie«, sagte Freddie entschieden. Sie zeigte Rückgrat, als sie sagte: »Annie ist das beste erwachsene Vorbild, das ich kenne. Sie ist lieb, witzig und klug und gibt mir nie das Gefühl, allein zu sein. Sie ist immer für alle da, die sie liebt. Und ich mag Patrick. Du bist hier die Einzige, die es nicht tut.«

Es wurde still am Tisch.

»Danke, Schwesterherz«, sagte ich, legte meine Gabel ab und griff nach ihrer Hand.

Mum nahm einen tiefen Atemzug, während sie darüber nachdachte, wie sie fortfahren sollte. Sie entschloss sich dazu: »Patrick, ich bin mir sicher, dass du ein sehr netter Mann bist. Aber meine Tochter war noch bis vor einem Monat mit jemand anderem verlobt und hatte noch keine Zeit, um darüber hinwegzukommen. Ich bin mir sicher, dass es ein wunderbarer Urlaub war, aber ich wäre schön blöd, wenn ich bei dieser Komödie hier mitspielen würde. Hast du dir überhaupt Gedanken darüber gemacht, wo du wohnen wirst, Annie?«

»Ich habe ihr gesagt, dass sie jederzeit bei mir wohnen kann, bis sie was findet«, sagte Patrick, und ich wusste, dass es nur nett gemeint war, doch ich zuckte zusammen.

»Nun, wenn das mal nicht das Sahnehäubchen ist«, kommentierte Mum. Ich wusste nicht, was ich darauf sagen sollte.

Wir aßen still weiter. Ich schüttelte den Kopf in Patricks Richtung, um ihm mitzuteilen, dass er es nicht übertreiben sollte.

Als wir schließlich fertig waren, sagte ich: »Die Reise war auf jeden Fall schön, Mum. Und nicht, dass jemand gefragt hätte, aber es hat wirklich geholfen, so einen enormen Abstand zwischen mich und jenen Tag zu legen. Es geht mir gut. Ich brauche deine Erlaubnis nicht, um mit meinem Leben fortzufahren. Es war naiv von mir zu glauben, dass du dich für mich freuen würdest. Für uns.«

Mum stand auf, um die Teller abzuräumen. Es war erstaunlich, wie normal sie das Familienessen weiterführen konnte, während sie so unfreundlich war. »Behalte bloß etwas Würde, bitte«, sagte sie.

»Was soll das denn bitte schön heißen?«

»Das soll heißen, dass du vor Kurzem erst sitzen gelassen worden bist und bereits einen neuen Freund an der Backe hast. Was meinst du, werden die Leute darüber sagen?«

Ich richtete mich auf, mein Gesicht errötete, und meine Stimme erhob sich: »Wie wär's mit, ist mir total egal? Es ist mir scheißegal, was die Leute über irgendetwas sagen, denn ich habe mein ganzes Leben bisher damit verbracht, mich darum zu kümmern, und es hat mich nur unglücklich gemacht.« Ich steigerte mich richtig hinein, die Worte purzelten nur so aus mir heraus. »Was ist, wenn in Wirklichkeit sowieso niemand über mich redet, weil alle so sehr mit ihrem eigenen Leben und ihren eigenen Problemen beschäftigt sind? Was ist, wenn wir nur ein einziges kostbares Leben haben und versuchen sollten, das Beste daraus zu machen, statt durch die Spitzenvorhänge anderer Leute zu spähen?«

Mum sagte leise: »Ich will nicht streiten. Alles, worum ich dich bitte, ist, ein bisschen besser nachzudenken, okay? Willst du dich wirklich von einer Beziehung in die nächste stürzen?«

Ich hätte erwartet, dass Dad sich einmischt, aber er tat es nicht, er starrte nur auf den Tisch, schüttelte den Kopf und schwieg. Mum brachte die leeren Teller in die Küche, und Freddie grinste mich über den Tisch an, weil sie sich darüber freute, dass ich Mum die Meinung gegeigt hatte.

»Du bist die beste Erwachsene, die ich kenne«, sagte sie.

»Du bist auch die beste Erwachsene, die ich kenne«, stimmte Patrick leise zu und drückte mein Knie.

Dad griff nach dem Wasserkrug. »Ich werde mit ihr reden.«

Kurz danach brachen wir auf.

35

Patricks Stimme weckte mich aus einem tiefen komatösen Schlaf.

»Annie«, murmelte er in der Dunkelheit. »Annie, hörst du das auch?«

Kezza hatte mir mal gesagt, dass ein Jetlag wochenlang anhalten kann, und sie hatte wohl recht. Ich fühlte mich, als wäre ich in einer dunklen Höhle und würde angeschrien werden.

»*Annie!*«

Ich drehte mich widerwillig um.

»Bin wach«, sagte ich benommen und streckte die Hand aus, um nach ihm zu tätscheln. Es war stockdunkel, also muss es etwa drei Uhr morgens gewesen sein. Draußen tobte der Wind, sodass mir selbst unter der Bettdecke kalt war.

»Hör nur«, antwortete er.

Ich konnte nichts hören. Dann kam von unten ein lauter Knall, der mich sofort hellwach werden ließ.

»Einbrecher?«, fragte ich leise. Ich wollte nach meinem Handy greifen, aber es lag nicht auf dem Nachttisch. Ich brauchte ja kein iPhone, wenn ich mit Patrick im Bett war. Es war unten in der Tasche; ich hatte sie im Flur fallen gelassen, als er mich gegen die Wand gedrückt hatte, nachdem wir zu Hause angekommen waren. Seine eiskalte Hand hatte sich unter meinen Pulli geschoben und an meinem BH herumgefummelt, »um sich aufzuwärmen«. Ich liebte es, wie er mich begehrte und wie ich ihn begehrte. Ich liebte es, der Welt die Tür vor der Nase zuzuschlagen und in unserer kleinen Blase zu leben, wo es nur uns zwei gab.

Da war das Geräusch wieder. Falls es ein Einbrecher war, war er nicht besonders talentiert.

»Ich glaube, da ist einer an der Tür«, sagte Patrick, und in mir stieg leichte Panik auf. War es Dad, weil mit Freddie etwas nicht stimmte, oder war es Mum, weil mit Dad etwas nicht stimmte?

»Uff«, grummelte ich und kletterte aus dem warmen Bett. »Bleib hier«, wies ich ihn an. »Falls es ein Einbrecher ist, schreie ich, und das ist dann unser Stichwort. Es macht keinen Sinn, dass uns beiden kalt wird.«

Ich schob den Dimmer der Lampe so weit hoch, dass ich gerade genug sehen konnte. Ich war erleichtert, dass meine Hausschuhe neben der Tür standen, und zum Glück hatte ich auch meinen großen flauschigen Bademantel, denn ich hatte bereits eine Gänsehaut. Ich ging die Treppe hinunter, Carol bei Fuß, und achtete erneut auf die Geräusche. Dann hörte ich es: Jemand rief meinen Namen. Auf der anderen Seite der Eingangstür war ein Mann. Carol bellte nicht. Wer auch immer da draußen war, sie kannte ihn. Sie gurrte wie ein neugeborenes Baby.

»Alexander?«, fragte ich und öffnete die Tür, während der Regen gegen die Fenster platschte. »Was zum Teufel?«

»Annie«, antwortete er, als ob er geschockt wäre, mich zu sehen, als ob es nicht meine Tür gewesen wäre, gegen die er mitten in der Nacht gepoltert hatte.

Ich sagte kein Wort. Er sah ... aufgedunsen aus. Seine Wangen waren rosig, und seine markante Kieferpartie wirkte etwas weicher. Es war der Mann, den ich früher geliebt hatte, nur mit etwas weichgespülten Kanten. Carol stürzte sich auf ihn, und er hob sie hoch, damit sie ihm das Gesicht ablecken konnte. Wenn sie sich an dem einen Ende der Freudenskala befand, war ich definitiv am anderen. Mein Verstand raste, und ich bemühte mich krampfhaft, irgend etwas zu empfinden.

Umarme ihn, war mein erster Gedanke. *Es ist Alexander!*

Und dann: *Nein, umarme ihn verdammt noch mal nicht. ES IST ALEXANDER.*

Es ist echt kalt, dachte ich und rieb mir die Arme. *Ich bin froh, dass ich die Hausschuhe anhabe.*

Carol leckte immer noch hocherfreut sein Gesicht ab. *Er sieht so traurig aus*, dachte ich, dann sagte ich mir, dass mir das vollkommen egal sein sollte. *Wen juckt es schon, dass er traurig aussieht?*, entschied ich. *Knall ihm die Tür vor der Nase zu.*

Dann: *Vielleicht wird er sich nun endlich entschuldigen.*

Und dann: *Keiner von uns beiden sagt irgendetwas, vielleicht sollte ich etwas sagen.*

Letztlich: *Nein, sprich nicht als Erste. Lass ihn zappeln.*

»Annie«, wiederholte er, und ich unterbrach ihn skeptisch: »Was machst du hier?«

Er wollte was sagen, ließ es aber bleiben, als hätte ihn der Mut verlassen. Er setzte Carol ab, und sie bellte streng und ermahnte ihn, dass es an der Zeit war, reinzukommen.

»Darf ich aus dem Regen raus?«, fragte er, und Hand aufs Herz, es war wahrscheinlich das erste Mal in zehn Jahren, dass er sich auch nur ein bisschen unsicher anhörte. Er wusste nicht, wie ich reagieren würde, und ich merkte es. Es ließ mich ein wenig auftauen. Er schien unglücklich zu sein.

»Wieso sollte ich?«, antwortete ich.

»Annie, bitte. Es ist eiskalt.«

»Es ist ja auch mitten in der Nacht.«

Ich sagte es streng, trat jedoch sofort beiseite, um ihm klarzumachen, dass er an mir vorbeigehen konnte. Er kam rein, murmelte ein Dankeschön und blieb stehen, als müsste ich ihm weitere Erlaubnis erteilen, ins Wohnzimmer zu gehen.

»Wo ist denn dein Schlüssel?«, fragte ich.

»Ich habe ihn in Singapur betrunken ins Meer geworfen.«

»Verstehe.«

Er folgte mir, und Carol eilte voraus, um ihren Lieblingsball zum Spielen zu holen. Er schaute sich im Haus um. Ich schaltete das Licht ein und ging hinter die Kücheninsel zum Tassenständer. Warum kochen wir eigentlich immer Tee, wenn wir nicht wissen, was wir tun sollen?

»Ich habe es vermisst, zu Hause zu sein«, sagte er leise und lehnte sich mir gegenüber gegen die Arbeitsplatte. Ich warf zwei Teebeutel in die Tassen und blinzelte in das Licht, das vom Kühlschrank ausging, als ich die Milch herausholte.

Ich beschloss, erst mal nichts dazu zu sagen und mich hinter dem Geräusch des kochenden Wassers zu verstecken. Er vermisste es, zu Hause zu sein?! Was für eine verdammte Unverschämtheit! Er blieb stehen, auch nachdem ich ihm sein Getränk überreicht hatte. Ich lehnte mich an die Wand neben dem Kühlschrank. Wie viel könnte es zu sagen geben? Sicherlich nicht so viel, dass ich mich dafür aufs Sofa setzen müsste. Wir hatten vorgehabt zu heiraten, doch dann haben wir es nicht getan, weil er abgehauen ist. Ich wollte kein großes Gespräch darüber führen. Irgendwann hatte ich mir ausgemalt, was ich ihm alles sagen würde, wenn ich ihn wiedersehen würde, aber jetzt war es mir so egal wie noch nie zuvor. Ich fühlte nichts, außer etwas Mitleid mit dem schmuddeligen Gespenst, das vor mir stand.

»Alexander«, seufzte ich. »Warum bist du hier?«

Er überlegte, und dann sagte er: »Um mich zu entschuldigen. Um es wiedergutzumachen.«

Carol machte es sich an seinen Füßen gemütlich, verärgert darüber, auf dem kalten Boden liegen zu müssen anstatt auf dem kuscheligen Sofa, jedoch glücklich, dass er da war. Ich wusste nicht, was ich dazu sagen sollte.

Schließlich fragte ich: »Warum hast du es getan? Warum hast du es auf diese Weise getan? Du hast mich komplett im Stich gelassen.«

Ich habe mir diesen Augenblick so oft vorgestellt – ich hatte geübt, was ich sagen wollte –, aber es war viel zu schmerzhaft, um groß Theater zu machen. Ich hatte meinen Kummer in Australien gelassen.

»Ich weiß nicht«, flüsterte er. »Ich glaube, ich wollte eine Reaktion von dir.«

»Eine Reaktion«, wiederholte ich. Blut rauschte in meinen Ohren.

Alexander biss sich auf die Unterlippe, bevor er dazu ansetzte, das Gesagte zu erklären. »Es war so, als wäre ich mit einem Roboter zusammen gewesen. Du hast nie geschrien oder gebrüllt, du bist nie wütend geworden. Ich bin mir ziemlich sicher, dass du fast alle deine Orgasmen vorgetäuscht hast. Es hat … die Leidenschaft hat gefehlt. Ich liebe dich, aber manchmal kenne ich dich gar nicht.«

»Wie kannst du mich dann lieben?«, fragte ich. Ich war berechtigterweise neugierig. Habe ich ihn überhaupt gekannt? Konnte man das, was wir gehabt hatten, wirklich Liebe nennen? Oder war es nur Bequemlichkeit gewesen?

»Ich weiß es nicht«, antwortete er. »Ich weiß nicht, wie oder warum ich dich liebe, ich tue es einfach. Du gehörst zu mir, Annie. Ich will, dass wir es noch einmal versuchen. Das Leben ist zu hart ohne dich.«

»Alexander, du hast mich an unserem Hochzeitstag sitzen gelassen. Das hier ist kein *Sex and the City*-Film. Du kannst dich nicht entschuldigen und charmant sein und mir ein Paar Schuhe kaufen, um alles wiedergutzumachen. Du hast mich vor dem *Altar* stehen gelassen. Ich nehme es dir beinahe ab, wenn du sagst, dass du mich liebst, aber du hast überhaupt keinen Respekt vor mir.«

»Doch«, protestierte er. »Natürlich. Ich war nur … verwirrt. Die Ehe ist eine so große Sache. So groß und so endgültig …«

Ich hob eine Hand. Ich zitterte. Mir war schlagartig klar geworden, dass das, was er mir angetan hatte, deshalb so schrecklich war, weil man Menschen, die man respektiert, nicht demütigt. Ich hatte ein Jahrzehnt mit einem Mann verbracht, der mich nicht respektierte. Das war demütigend. Wieso hatte ich mich nur mit so wenig zufriedengegeben? Mir war zum Heulen zumute, aber ich wollte nicht, dass Alexander sah, dass ich wegen ihm weinte.

»Hör auf damit«, sagte ich. »Das reicht.«

Er sprach erneut mit flehender Stimme meinen Namen aus. Er klang wie ein kleiner jammernder Junge, und das konnte ich nicht ertragen. Ich hasste nicht *ihn*, sondern wie er sich verhalten hatte, und fand es unglaublich, dass er sich jetzt traute, um eine zweite Chance zu flehen. Dabei wollte er sie gar nicht wirklich. Wenn ich nachgeben würde, würde er irgendwann wieder abhauen. Ich würde nie genau wissen, wann, ob in einer Woche oder in einem Jahr, aber er würde es tun. Er würde immer nur darauf achten, dass es ihm selbst gut geht, und nur Menschen, die sich nicht selbst lieben, lassen sich so behandeln.

»Es ist vorbei, Alexander. Du hast der Hochzeitsplanerin eine SMS geschickt, bevor du daran gedacht hast, mich zu informieren. Ich war bereits im Hochzeitskleid, ich stand bereits vor der Kirche. Ich bin *ohne dich* in die Flitterwochen geflogen. Weißt du, wie abgefuckt das alles ist? Ich weiß nicht, warum du hergekommen bist. Ich will diese verzerrten Halbwahrheiten nicht mehr hören, die kannst du mit deinem Therapeuten besprechen oder mit deiner neuen Freundin. Das ist alles nicht mehr mein Bier.«

»Ich versaue das hier«, sagte er und weinte nun.

»Du musst in der Vergangenheitsform sprechen«, antwortete ich. »Es gibt kein ›das hier‹ mehr.« Ich schloss die Augen und griff an meinen Nasenrücken. Mein Kopf fühlte sich schwer an, hinter meinen Schläfen pochte es.

Und dann hörte man das Geräusch von Wasser, das durch die Rohre im Obergeschoss rauschte.

Patrick hatte offensichtlich die Toilette gespült, und ich konnte sehen, wie Alexander aufging, dass noch jemand im Haus war.

»Freddie?«, sagte er, und ich nickte viel zu schnell. Ich geriet in Panik. Ich hätte ihm problemlos sagen können, dass es mein Freund war, aber aus irgendeinem Grund kam es mir nicht in den Sinn, die Wahrheit zu sagen.

»Mhm.«

Alexander kannte mich zwar in vielerlei Hinsicht nicht besonders gut, gerade jetzt, nach allem, was in den letzten Wochen geschehen war, doch wir hatten genug Zeit miteinander verbracht, dass er sofort merkte, dass ich log.

»Was geht hier vor sich, Annie?«

Ich fühlte mich hin- und hergerissen – sollte ich an der Lüge festhalten oder mit der Wahrheit rausrücken?

»Es ist ein Mann, nicht wahr? Hast du einen Mann hier?« Er wirbelte herum, und kurz dachte ich, dass er nach oben laufen wollte. »Ist da ein Mann in unserem Bett?«

Carol war ganz aufgeregt, als er seine Stimme erhob. Ich schüttelte den Kopf und versuchte, eine Antwort zu finden.

»Da ist ein Mann in unserem Bett?! Annie, komm schon, nein …«

Sein Weinen wurde nun zu einem geräuschvollen Schluchzen. Carol fing an zu kläffen, verzweifelt über seinen Schmerz.

»Annie …«, sagte er immer wieder und legte seinen Kopf auf den Tresen. »Annie …«

Ich ging zu ihm und wollte ihm über den Rücken streichen, aber er wich zurück.

»Nein«, sagte er. »Nicht.«

Er sammelte sich.

Er stand auf, ohne aufzuschauen.

»Das ist nicht zu fassen«, sagte er zum Wasserhahn. Er schlug mit voller Wucht mit der Handfläche auf die Arbeitsplatte. Ich zuckte zusammen, aber bevor ich etwas sagen konnte, stürmte er zur Eingangstür.

Ich folgte ihm nicht. Ich hörte, wie sich die Tür öffnete und dann hinter ihm zufiel. Er war weg.

»Bist du okay …?«

Patrick stand im Flur. Sein Gesicht war das freundlichste, das ich je gesehen hatte. Er war ein guter Mann. Ein gut aussehender, gebräunter, *sexy*, guter Mann.

»Ich glaub, er hat kapiert, dass es vorbei ist«, sagte ich. »Ist das nicht seltsam? Er begreift erst jetzt, was er getan hat. Er sprengt mein Leben in die Luft, und sechs Wochen später ist er derjenige, der sich darüber aufregt.«

Patrick legte seine Arme um mich, und ich konnte den Duft von Sex an ihm riechen.

»Komm wieder ins Bett«, flüsterte er mir in den Nacken.

Bevor wir einschliefen, fragte ich ihn: »Meinst du, es ist gut, dass wir zusammen sind, obwohl sich der ganze Wahnsinn mit Alexander noch nicht gelegt hat?«

Schläfrig antwortete er: »Lass dich nicht von ihm verrückt machen.«

Er schmiegte sich von hinten an mich, und ich spürte seinen Atem an meinem Ohr, was ich normalerweise liebte. Ich liebte es, dass er mir so nah war, wie es ein Mensch nur sein konnte, und es ihm immer noch nicht nah genug war. Er schlief innerhalb weniger Sekunden ein, aber ich lag wach und grübelte. Ich konnte schon nachvollziehen, dass Alexander aufgebracht war, soweit ich wusste, kannte er die Details auch nicht – dass ich es nicht geplant und nicht beabsichtigt hatte, mich in einen anderen Mann zu verlieben. Ich fragte mich, ob Fernanda ihm erzählt hatte, dass ich jemanden mit auf die Reise genommen hatte. In ihren Nachrichten klang sie immer noch immer ziemlich sauer auf ihn. Sie konnte ihn lieben und seine Entscheidung trotzdem nicht gut finden. Ich wusste auch, dass sie sich schämte. Das war ein seltsamer Gedanke – dass die Wut seiner eigenen Mutter meine Wut übertreffen könnte.

Ich hatte nicht vorgehabt, mich von einer Beziehung in die nächste zu stürzen. Es ist einfach so passiert.

Aber vielleicht war das nicht gut.

In der rauen Londoner Wirklichkeit konnte ich nicht anders, als zu denken: Ich wollte mein Leben doch von nun an aktiv gestalten. Ich wollte es nicht mehr einfach dahintrotten lassen. Jeder konnte Urlaub machen. Im Urlaub konnten Sachen passieren. Aber jetzt, zurück im richtigen Leben, musste ich schlau sein. Patrick nuschelte im Schlaf und wälzte sich auf die andere Seite. Hatte ich mir das ausgesucht? Oder hatte ich mich gar nicht verändert? Ließ ich mich immer noch einfach treiben, obwohl ich eigentlich alles hinterfragen und meine Entscheidungen bewusst treffen wollte?

Ich erinnerte mich daran, was Mum gefragt hatte.

Willst du dich wirklich von einer Beziehung in die nächste stürzen?

Scheiße, dachte ich, als Patrick anfing zu schnarchen. *Scheiße, Scheiße, Scheiße.*

36

Am nächsten Morgen auf dem Weg zu Jo schickte mir Alexander eine Nachricht.

Ich verkaufe das Haus. Du hast einen Monat Zeit, um auszuziehen oder mich auszuzahlen, bevor ich Anwälte einschalte.

Ich hatte kaum geschlafen, genau wie damals, als alles passiert war. Patrick fragte, ob alles in Ordnung sei, bevor er aufbrach, und ich log und sagte Ja. Ich hatte ihn noch nie zuvor angelogen. Nicht, seitdem wir richtig zusammen waren. Ich weiß nicht, warum ich es tat.

Soll mir recht sein, antwortete ich Alexander.

Ich wollte nicht in seinem blöden Haus wohnen. Ich fragte mich, wie es sich rechtlich damit verhielt, dass ich Miete gezahlt hatte, ob ich dieses Geld irgendwie zurückbekommen könnte. Es mussten fast zwanzigtausend Pfund sein! Ich wollte so schnell wie möglich jede letzte Verbindung zu ihm kappen, damit ich wieder so glücklich sein konnte wie in Australien. Ich ärgerte mich, von Gefühlen übermannt zu werden, von denen ich geglaubt hatte, sie losgeworden zu sein, und je mehr ich darüber nachdachte, desto unverschämter fand ich es, dass Alexander, wenn er schon auftauchen musste, es um zwei Uhr nachts tat. Typisch – es waren die Zeit und der Ort, die *ihm* passten.

Sims mir nicht mehr, fügte ich hinzu. *Wenn wir schon über Anwälte reden, bevorzuge ich die Datenspur des E-Mail-Verkehrs.*

»Also, das war's«, sagte ich Jo bei selbst gebackenen Crumpets und Marmelade in ihrem Wohnzimmer. »Ich befinde mich offiziell im Countdown, eine neue Wohnung zu finden, und mache mir in die Hose. Ich habe mich ein wenig umgeschaut, aber nicht ernsthaft. Ich habe meinen Kopf in den Sand gesteckt.«

»Es ist schon ein bisschen viel, dass du zusätzlich zu allem anderen auch noch die psychische Kraft für eine Wohnungssuche aufbringen musst.« Sie kniete sich auf ein Kissen neben den Couchtisch und benutzte einen kleinen Holzlöffel, um ihren Crumpet mit der von ihrer Mutter gekochten Feigenmarmelade zu bestreichen. »Und er wird eh nicht innerhalb eines Monats einen Käufer finden, also sollte er sich nicht wie ein Arsch verhalten.«

Ich kicherte und bediente mich wieder an der Marmelade. »Vermutlich hilft's ihm, das Ganze schnell über die Bühne zu bringen und dann einen Schlussstrich zu ziehen.«

»Lieber ein Ende mit Schrecken als ein Schrecken ohne Ende?«, sagte Jo.

»So in der Art, ja«, antwortete ich. »Alles, was ich mir erträumt hatte, ist zusammengebrochen, also muss ich nun bei null anfangen. Wobei ich versuche, es als Chance zu sehen.«

Jo überlegte, was ich gesagt hatte, während sie die Krümel von ihren Fingern ableckte. »Es scheint dir echt gut zu gehen«, bemerkte sie. »Diese Reise hat dir gutgetan. Ich freue mich für dich. Und weißt du, ich glaube, eine Menge Leute wünschen sich heimlich einen Neuanfang.«

»Meinst du?«, fragte ich.

»Ja. Ich sage nicht, dass ich von vorne anfangen würde, aber um ehrlich zu sein, ist der Gedanke, dass ich nach einer Probefassung das Leben noch einmal leben könnte, ziemlich verführerisch.«

Ich fühlte mich erleichtert. Mir war nicht klar gewesen, wie sehr ich es gebraucht hatte, dass mir jemand sagte, dass es nicht allein meine Schuld war, dass alles den Bach runtergegangen war.

»Danke«, erwiderte ich. »Ich könnte es nicht ertragen, wenn du mir sagen würdest, ich solle erwachsen werden.«

»Wieso sollte ich denn so was sagen?!«, schrie sie auf.

Ich schenkte mir koffeinfreien Kaffee ein und fügte etwas Sahne hinzu, die sie aufgeschlagen hatte, und eine kleine Prise Meersalz.

»Das ist so hipstermäßig«, bemerkte ich. »Aber so lecker.«

»Jedes Mal, wenn Kwame von einer Geschäftsreise aus L.A. zurückkommt, bringt er neue kulinarische Ideen mit. Ich tue so, als fände ich sie ein bisschen albern, aber eigentlich mag ich sie sehr.«

Ich rührte in meiner Tasse und sah zu, wie sich die Sahne verflüssigte. »Ich dachte wohl, wir kämen in ein bestimmtes Alter, und dann wäre alles stabil«, fuhr ich mit dem eigentlichen Thema fort.

»Das wäre ja deprimierend«, antwortete sie. »Wir sind erst Anfang dreißig. Soll es sechzig Jahre lang genau so weitergehen? Sollen wir auf der Stelle treten? Nein, danke.«

Ich seufzte. »Und warum sind dann alle so sesshaft geworden?«

»Soll das ein Scherz sein?«, keuchte sie. »Ich denke nicht, dass irgendeine von uns weiß, was als Nächstes kommt. Ich meine, Kwame redet permanent darüber, seine eigene Beratungsfirma gründen zu wollen, und ich kann ihn auf keinen Fall davon abhalten, nur weil es mir Angst macht. Es ist sein Leben, er sollte seine Träume verwirklichen können. Aber es beeinflusst auch mein Leben, und Berties, und das Leben dieses ungeborenen Babys, von dem ich Miete kassieren werde, wenn es nicht bald auf die Welt kommt. Und das ist … nicht ideal.«

Ich streckte die Hand aus, um ihren Bauch zu berühren. Sie sah so aus, als könnte es jederzeit losgehen.

»Oder schau dir Bri an – sie redet darüber, aus London wegzuziehen, aber ich glaube, sie macht sich Sorgen, dass wir sie alle vergessen, wenn sie nicht mehr sechs 141er-Busstationen entfernt wohnt. Kezza ist dabei, ihr sorgenfreies Singleleben fürs Mutterdasein aufzugeben, was aber nicht bedeutet, dass sie nicht ab und zu in Tränen ausbrechen und uns fragen wird, was sie eigentlich getan hat.«

»Aber das sind solche Erwachsenenprobleme …«, sagte ich.

»Und deine sind es nicht, oder wie?«

Ich zuckte mit den Schultern.

»Du wurdest an deinem Hochzeitstag sitzen gelassen und datest einen Mann – einen Witwer –, den deine Mutter hasst, *darüber hinaus* verkauft dein Ex das Haus, in dem du wohnst, und du musst dir schnellstens eine neue Bleibe suchen.«

»Patrick hat angeboten, dass ich erst mal bei ihm wohnen könnte, aber …«

Sie sagte nichts, sondern wartete ab, dass ich weitersprach, aber ich war noch nicht so weit, weitere Gedankenschleifen zu diesem Punkt zu artikulieren.

»Wie auch immer«, sagte ich. »Ihr habt alle Hypotheken und Ehemänner und Kinder …«

»Inwiefern ist das erwachsener als das, womit du dich herumschlägst?«

»Ich weiß nicht«, sagte ich unsicher. »Eine Wohnung zu suchen und über eine Weiterbildung nachzudenken – vielleicht als Therapeutin? – ist etwas, das Fünfundzwanzigjährige tun.«

»Ich glaube, du wärst eine großartige Therapeutin. Und Annie, wenn du mich fragst: Ich finde es ziemlich cool, dass du dir ein Leben aufbaust, anstatt dich mit dem zufriedenzugeben, in das du hineinrutschen würdest.«

»Auch wenn ich mich dabei fühle wie ein Kind?«

»Wir fühlen uns alle wie Kinder. Ich habe die Hypothek für dieses Haus unterschrieben, als ich den schlimmsten Kater meines Lebens hatte. Letzte Woche hat Kwame eine Badehose unter seiner Jeans getragen, weil keiner von uns Wäsche gewaschen hatte.«

Ich lachte. »Stimmt das?«

»Nein«, antwortete sie und legte ein Kissen in ihren Lendenwirbelbereich. Ich konnte sehen, dass sie wirklich unbequem saß. Die Ärzte hatten gesagt, wenn das Baby nicht innerhalb der nächsten Tage käme, würden sie die Geburt einleiten. »Ich habe nur versucht, dich aufzumuntern. Aber Kwame *könnte* so was durchaus tun, und das würde ihn nicht zu einem weniger guten Partner, Vater oder Menschen machen.«

»Das würde Patrick auch so sehen«, sagte ich zustimmend. »Er ist sehr für eine nicht-perfekte Lebensweise.«

»Ich kann's wirklich kaum erwarten, ihn kennenzulernen.«

Ich biss mir auf die Zunge, aber sie konnte erkennen, dass ich etwas verheimlichte.

»Annie?«

Ich schüttelte den Kopf. »Nein«, sagte ich. »Nichts.«

Sie lächelte. »Wenn's nichts ist, dann besteht ja kein Grund, es mir nicht zu sagen, oder?«

Ich rührte in dem Kaffeesatz in meiner Tasse. »Ich mag ihn wirklich«, sagte ich. »Aber Mum hat etwas gesagt, und es hat sich in meinem Kopf eingenistet.«

»Das ist ja mal ganz was Neues«, erwiderte Jo und streichelte ihren Bauch. »Deine Mum gibt ständig etwas von sich, und meistens liegt sie falsch. Das kennen wir doch schon, das ist nichts Neues.«

»Ich weiß!«, sagte ich. »Aber sie hat mich darauf hingewiesen, dass es ein bisschen überstürzt ist, eine Verlobung zu lösen und einen Monat später einen neuen Freund zu haben.«

»Es ist schnell«, sagte Jo unbeeindruckt. »Aber das bedeutet nicht, dass es falsch ist.«

»Ich hatte kaum Zeit, über alles nachzudenken. Ich war so traurig, und dann habe ich Patrick getroffen, und es kam so schnell zu unserer gemeinsamen Reise, und Australien war nicht das wirkliche Leben, es war …«

»Ein Urlaub *vom* Leben«, steuerte sie bei.

»Ja.«

»Es ist nicht zu spät, um einen Gang runterzuschalten. Und, schau mal, wenn es sich nicht richtig anfühlt, dann müsst ihr nicht zehn Jahre lang zusammenbleiben. Es kann sich nur für einen Monat richtig anfühlen, oder nur für ein Jahr. Wer sagt denn, dass es ein Leben lang halten muss – nicht einmal deine Mutter!«

»Er ist sich so sicher. Ich denke, das hat ihn alles viel Kraft gekostet, nach dem Tod seiner Frau.«

»Das glaube ich auch. Aber, hey, Süße, das liegt nicht in deiner Verantwortung. Das hast du doch nach allem, was passiert ist, gelernt. Du machst ihn nicht glücklich, wenn du dein eigenes Glück opferst. Er ist ein großer Junge. Du musst ihm deine Bedürfnisse mitteilen, und wie er darauf reagiert, ist sein Problem.«

»Du hast recht«, sagte ich. »Ich weiß, dass du recht hast.« Ich überlegte weiter. »Aber zuerst muss ich eine Wohnung finden. Danach kann ich entscheiden, wie es mit Patrick weitergeht, und mit Mum und allem anderen, was mich nachts wachhält.«

»Verschieberitis?«

»Genau«, sagte ich und leckte den letzten Rest Marmelade von meinen Fingern.

Ich verbrachte den restlichen Tag damit, das Internet auf der Suche nach einer bezahlbaren Wohnung zu durchforsten, und schrieb Patrick, dass ich mich mit den Mädels traf, statt ihm einfach zu sagen, dass ich mal einen Abend allein sein wollte. Ich weiß nicht, warum ich es nicht tun konnte, ich glaube nicht, dass es ihm was ausgemacht hätte. Die Lüge ist mir einfach so rausgerutscht.

Es ist absolut frustrierend, wie teuer eine Einzimmerwohnung in London ist. Es war schön und gut, darüber zu reden, dass ich meinen Job nicht mochte und über eine Weiterbildung nachdachte, aber ich konnte es mir nicht leisten, eine Weiterbildung zu machen und allein zu wohnen. Ich wusste, dass das keine existenziellen Probleme waren. Ich war nicht direkt von Obdachlosigkeit bedroht und musste auch nicht zur Tafel gehen. Meine Version von Not gehörte zu den zeitgenössischen Mittelschichtsproblemen; es fühlte sich aber trotzdem unfair an, zwischen Wohnen und Jobwechsel wählen zu müssen. Ich weigerte mich weiterhin, eine WG in Erwägung zu ziehen. Es ist lustig, wenn man jung ist, aber wieder ein Regal in einem Gemeinschaftskühlschrank zugewiesen zu bekommen und morgens fürs Bad anstehen zu müssen … nein, danke. Auf keinen Fall. Erwachsene treffen Entscheidungen, und meine Entscheidung war es, allein zu wohnen, auch wenn das andere Pläne zunichtemachte.

»Dann bleibst du länger in deinem Job«, ermutigte mich Adzo während eines Morgenspaziergangs zur Besichtigung einer der Wohnungen, die ich gefunden hatte. »Gib bei der Arbeit weniger Gas und mach die Weiterbildung in deiner Freizeit.«

»Ja«, sagte ich. »Ich nehme an, ich hatte einfach diese Idee in meinem Kopf, meinen Job zu kündigen und etwas zu tun, das ich liebte, und eine süße Wohnung einzurichten und alles nach meinen Wünschen zu gestalten.«

»Meine Liebe«, erwiderte Adzo. »Es ist alles gut! Behalte erst mal den Job, such dir eine süße Wohnung, und in einem Jahr oder in achtzehn Monaten kannst du den Berufswechsel immer noch angehen. Du weißt nie, was das Leben sonst noch bringt. Wozu die Eile?«

Es gab keine, um ehrlich zu sein. Ich denke, es ging mir eher darum, meinen bisherigen schlafwandlerischen Lebensstil zu beenden und alles sofort zu verändern, für den Fall, dass ich wieder einschlafen sollte. Doch ich wusste, dass die Dinge nicht so funktionierten.

Um wahre Kontrolle über mein Leben zu bekommen, musste ich die Kontrolle über die Sachen abgeben, die sowieso nicht in meiner Macht lagen. So hätte ich genug Energie, mich auf die wichtigen Dinge zu konzentrieren. Aber hey, ich will hier nicht wie Patrick klingen.

»Es gibt keine Eile«, sagte ich. »Du hast recht. Und außerdem habe ich kaum eine Wahl. Ich will nicht in eine WG ziehen, was bedeutet, dass ich den Job behalte, um eine Wohnung bezahlen zu können.«

Sie packte mich am Arm und zog mich zur Seite, damit eine alte Frau mit einem Einkaufswagen vorbeigehen konnte. »Ich weiß, ich bin eine Überfliegerin bei der Arbeit«, sagte sie. »Aber ich mag sie nicht wirklich.«

Ich hielt an. »Wie bitte? Was? Du magst die Arbeit nicht?« Ich war ehrlich geschockt. Ich dachte, Adzo vergötterte unseren Job.

Sie blinzelte langsam. »Ich meine, es passt schon«, sagte sie. »Und es ist ja nicht so, dass ich jeden Tag runter in den Stollen muss oder dass wir nicht jeden Monat einen ordentlichen Geldbetrag überwiesen bekommen würden. Aber ja, klar, manchmal wünsche ich mir, Krankenschwester, Buchautorin oder Startup-Gründerin zu sein.«

»Und warum bist du es dann nicht?«, drängte ich sie.

»Keinen Bock«, antwortete sie, während wir einen Zahn zulegten. Als wir wieder anhielten, schaute sie in die Richtung, in die ich deutete. »Dieses Haus kann's nicht sein, oder?«, fragte sie.

Ich öffnete meine E-Mails, um nachzusehen. »Nummer dreizehn. Ja, das ist es.«

Sie begutachtete den dunklen Backstein und die maroden Fenster. »Hmmm, okay …«

»Hmmm«, stimmte ich mit ein. »Ich meine, ich weiß, dass das nicht wirklich ein Palast ist …«

»Und die Miete ist sechshundertfünfzig Pfund im Monat?«

»Ja.«

»Ach du Schreck.«

Genau in dem Moment tauchte eine Ratte so groß wie ein Kaninchen neben der kaputten Mülltonne am Tor auf. Wir schrien beide gleichzeitig und sprangen einen Schritt zurück.

»Was zum Teufel?!«, rief Adzo.

»Iiihh, wie eklig«, sagte ich und zog an ihrem Arm, und wir prallten beinahe mit einem vorbeifahrenden Radfahrer zusammen und holten uns ein: »Passt auf, ihr Arschlöcher!« und einen Stinkefinger ab.

Wir schrien erneut, worauf Adzo mich um die Straßenecke führte und fragte: »Willst du da überhaupt reingehen?«

Ich schüttelte den Kopf. »Nein«, antwortete ich. »Aber sie liegt mehr oder weniger im richtigen Stadtteil, und ich kann sie mir leisten.«

»Ich glaube, wir müssen uns die Hände waschen gehen«, sagte sie. »Ich glaube nicht, dass das der richtige Ort für dich ist.«

Ich nickte. »Na gut, ich habe morgen eine weitere Besichtigung und übermorgen noch eine.«

»Schick dem Typen eine E-Mail, dass du nicht kommst«, forderte sie mich auf.

Ich nickte zustimmend. »Wenigstens kann ich dann früher zu meinem Meeting mit Chen.«

»Geh schon«, bestand Adzo drauf. »Rette dich selbst. Tu so, als ob das hier niemals passiert wäre.«

37

Als ich das Hotel betrat, in dem ich mich rätselhafterweise mit Chen treffen sollte, schauderte es mich noch bei dem Gedanken an die Riesenratte. Das wäre mein erster Arbeitstag nach der langen Auszeit, und Chen hatte mich gebeten, nicht direkt ins Büro zu kommen, sondern erst mal zu einem Brunch.

»Das ist alles sehr mysteriös«, sagte ich, als sie aufstand, um mich zu begrüßen. »Ich kann mich nicht erinnern, dass wir uns jemals außerhalb des Büros getroffen haben.«

»Das kann doch gar nicht sein«, antwortete sie und tat meine Bemerkung ab. Ihr glatter, schwarzer Bob umrahmte ihr zierliches Gesicht perfekt, aber ich wusste, dass Chen, so mädchenhaft sie auch aussah, mehr Feuer hatte als jeder Mann *oder* jede Frau, mit der ich jemals zusammengearbeitet hatte. »Wir haben uns schon öfter so getroffen.«

Na ja, das hatten wir ehrlich gesagt nicht, aber ihre Bestimmtheit ließ mich an meinem eigenen Verstand zweifeln. Ich fragte mich, wie es wohl war, als Chen durchs Leben zu gehen, so selbstsicher, dass sie die Realität anderer Menschen verbiegen konnte, bis sie zu ihrer eigenen passte. Es war bemerkenswert, wenn nicht sogar ein wenig einschüchternd.

»Tee?«, fragte sie, als der Kellner behandschuht und mit einem gestärkten weißen Tuch über dem Arm erschien. Ich wandte mich an ihn.

»Ja, einen Tee bitte«, sagte ich, setzte mich gerade hin und wartete darauf, den Grund unseres Meetings zu erfahren.

»Nun, Annie«, sagte Chen. »Wir müssen über deine Jobsituation reden.«

»Okay«, sagte ich, während mein Magen knurrte. »Ist alles in Ordnung? Ich habe die Auszeit wirklich sehr zu schätzen gewusst, ich konnte mich wieder sammeln …«

»Ich mache mir Sorgen wegen dir.«

»Oh«, sagte ich und versuchte, einen neutralen Gesichtsausdruck zu bewahren.

»Es ist offensichtlich, dass du unterfordert bist«, fuhr sie fort.

Als mein Tee kam, fragte Chen: »Bist du hungrig? Ich fürchte, ich kann nichts Festes essen vor Mittag, aber du kannst dir ruhig was bestellen.«

Ich war am Verhungern, aber es schien unhöflich, Eier mit Sauce Hollandaise zu bestellen, wie die Frau am Tisch gegenüber, und dazu auch noch Kartoffelpuffer. Ich warf einen verstohlenen, hungrigen Blick auf ihren Teller, doch auch die neue Annie traute sich nicht zuzugreifen, wenn ihre Chefin nur Tee trank – und zwar schwarzen, ohne Milch.

»Vielleicht Toast?«, sagte ich mit leiser Stimme, und der Kellner nickte freundlich.

»Wie ich bereits sagte«, fuhr Chen fort. »Du verschwendest im Moment deine Zeit. Du erledigst deine derzeitigen Aufgaben mit geschlossenen Augen, und das lastet dich nicht aus. Ich habe es schon vor einer Weile bemerkt.«

Mist. Eindeutig gefeuert.

»Das Labor in Antwerpen liebt dich. Ich habe mir das Projekt angesehen, das du im Frühling für sie erledigt hast, und Adzo stimmt mir zu: Es ist ziemlich außergewöhnlich. Es gäbe dort einen Job für dich, und zwar als Teamleiterin. Du solltest ihn annehmen.«

»Wie bitte?«

»Du brauchst was Neues, Annie, und ich wäre eine furchtbar schlechte Chefin, wenn ich dich nicht für diese Position freigeben würde.«

Ich war baff. Antwerpen?!

»Es ist die Diamantenhauptstadt der Welt und ein sehr guter Ort zum Shoppen. Brüssel wäre bestimmt interessanter für dich, aber es liegt nur vierzig Minuten mit dem Zug entfernt, und natürlich gibt es von dort eine Direktverbindung mit dem Eurostar nach London, also wärst du nie wirklich weit weg von uns. Ich kann es so einrichten, dass du alle paar Monate eine Woche lang hier vor Ort wärst. Sie bieten ein sehr gutes Gehalt, mehr, als ich aus unserem Budget für dich lockermachen könnte, und Jules hat mir gesagt – ich glaube, du hast ihn ein paarmal bei Zoom-Meetings getroffen? –, er will alles tun, um dich dazu zu bringen, den Job anzunehmen. Ich denke nicht, dass da noch viel Überzeugungsarbeit nötig ist, oder? Ich werde dir jedenfalls nicht erlauben, abzulehnen.«

»Alles klar«, sagte ich. »Dann bin ich also nicht gefeuert?«

»Gefeuert?«, wiederholte Chen. »Warum sagst du so was?«

»Ich dachte, ich sei in Schwierigkeiten«, entgegnete ich und errötete.

»Ganz im Gegenteil«, stellte Chen fest. »Deine Abwesenheit im letzten Monat hat gezeigt, dass wir alles tun sollten, um dich zu halten. Du bist eine Bereicherung für die Firma, Annie, und wir haben dich vermisst. Wir werden natürlich sehr traurig sein, dich nicht mehr immer hier in London zu haben, aber die Kollegen in Antwerpen werden sich sehr über dich freuen. Du solltest am besten gleich mal für ein paar Tage hinfahren. Dann kannst du alles sehen und alle persönlich kennenlernen.«

»Okay«, antwortete ich, während ich das, was sie gesagt hatte, auf mich wirken ließ. Die vergangenen zwölf Minuten waren die merkwürdigsten meines Lebens gewesen.

38

Ich weiß, dass sie dir die Stelle in Antwerpen angeboten haben«, sagte Adzo, als ich sie anrief. Ich war am Ausflippen. War es das, wonach ich gesucht hatte? War das ganze Geschwafel über eine Weiterbildung und einen Jobwechsel dazu da, mich wachzurütteln, mir klarzumachen, dass ich insgesamt eine Veränderung brauchte, und nun … konnte es so einfach sein? Ich war noch nie in Antwerpen gewesen; aber als ich in Australien war, hatte ich London überhaupt nicht vermisst. Vielleicht war das das Problem, vielleicht lag es nicht am Job, sondern an der Stadt.

»Warum hast du mich nicht vorgewarnt?«, schrie ich ins Handy. »Wir haben uns doch vorhin erst gesehen!«

»Chen hat mich um Rat gebeten. Sie wollte wissen, ob ich denke, dass du das Angebot annehmen würdest. Ich wusste nicht, wann sie dich fragen würde.«

»Denkst du, dass ich das kann?«

Adzo atmete tief ein. »Mensch, Annie, komm schon. Du bist toll in dem, was du tust. Antwerpen kann sich glücklich schätzen, wenn es dich bekommt.«

»Danke.« Ich ließ mich auf eine Bank fallen. »Wäre Antwerpen nicht etwas für dich?«, fragte ich. »Ich meine, von uns beiden bist du …« Ich hielt inne, denn plötzlich wurde mir etwas klar. »Oh! Du willst sie nicht!«, stellte ich fest. »Sie haben dir die Stelle zuerst angeboten, und du hast abgelehnt.«

»Nein!«, protestierte sie. »Antwerpen hat ausdrücklich nach dir gefragt. Aber«, fuhr sie fort, »San Francisco hat ausdrücklich nach mir gefragt.«

»Nein!«, schrie ich.

»Doch«, erwiderte sie.

»Oh mein Gott, das ist ja so großartig, Adzo. Herzlichen Glückwunsch! Ich freu mich so für dich!«

»Ich bin aber traurig«, sagte sie. »Denn das würde bedeuten, dass wir uns quasi nicht mehr sehen.«

»Verdammt, ja«, sagte ich.

Seit ich in der Firma angefangen hatte, waren Adzo und ich sehr eng. Ich glaube, meine Neigung, ein »braves Mädchen« zu sein, amüsierte sie, und ich bewunderte diese mondäne Frau und all ihre skandalösen Geschichten. Wir ergänzten uns perfekt, sowohl auf der persönlichen als auf der beruflichen Ebene, und beendeten oft die Sätze der anderen – beziehungsweise die Theorien der anderen. Wir hatten im Büro unsere private Steno-Schrift – es war wirklich nicht übertrieben, von uns als dem »Dream-Team« zu sprechen. Wegen ihr freute ich mich meistens auf die Arbeit, sie war meine »Work Wifey«, meine Arbeitsehefrau.

»Hast du denn zugesagt? Zu San Francisco?«

»Theoretisch ja«, sagte sie. »Ich werde nächsten Monat hinfliegen, um mir alles anzusehen, ob es passt und so, und ich habe auch Fragen zu dem Programm, das sie mir anbieten. Aber ja, im Grunde ist es schon ziemlich sicher. Ich meine, es ist San Francisco!«

»Du bist so gut im Verhandeln«, stellte ich fest. »Chen will, dass ich nach Antwerpen fliege, um die Lage zu checken. Ich habe weder zu- noch abgesagt. Im Grunde genommen hat sie mir keine Wahl gelassen.«

»Wow.« Ich wusste, dass sie grinste. »Du wirst nun endlich den attraktiven Jules persönlich kennenlernen. Als ich letztes Jahr dort war, kam es mir vor, als würde ich mit einem Model durch die Stadt gehen. Er ist *der Wahnsinn*. Ich weiß nicht, wie jemand so gut aussehen und so clever sein kann. Aber ...«

»Aber er *ist* nun mal so attraktiv und so clever«, sagte ich. »Seine Arbeit ist wirklich außergewöhnlich.«

»Das ist echt heiß«, stimmte Adzo zu.

»Aber ich bin ja jetzt mit Patrick zusammen«, stellte ich klar, und es war das erste Mal, dass ich bei dieser ganzen Sache an ihn dachte. Patrick. *Ah!*

»Ja, ja, natürlich bist du das«, sagte Adzo. Und dann: »Wir sollten ausgehen und feiern. Aber in einem schicken Restaurant; vor dem Essen stoßen wir mit Cocktails an, zum Dinner trinken wir Wein und danach bestellen wir Shots. Und wir erzählen uns immer wieder gegenseitig, wie fantastisch wir sind, bis man uns bittet zu gehen, weil das Lokal schließt.«

»Abgemacht«, sagte ich, doch ich fragte mich bereits, wie Patrick auf die Neuigkeiten reagieren würde, und war ein klein wenig verärgert, dass ich ihn bei all dem überhaupt berücksichtigen musste. Ich wollte mir keine Erlaubnis von ihm oder von sonst jemandem einholen müssen. Ich wusste, dass ich mit ihm reden musste, dass ich mich meinen Zweifeln stellen musste. Das hatte er verdient.

Ich verabschiedete mich von Adzo und tippte bei Google *Mietwohnungen, Antwerpen* ein. Nur um eine ungefähre Vorstellung zu haben.

Ich war in Gedanken versunken, als ich zum Supermarkt an der Ecke ging, um ein paar Kleinigkeiten zu besorgen. Seit meiner Rückkehr aus Australien hatte ich mich bemüht, die Vorräte aus dem Tiefkühlschrank aufzubrauchen, also kaufte ich nicht auf Vorrat, sondern nur, wenn ich etwas Spezielles brauchte. In diesem Laden gab es keine Kokosmilch, und ich wollte unbedingt aus dem eingefrorenen Butternusskürbis ein srilankisches Currygericht kochen. Also ging ich ein paar Straßen weiter zu einem größeren Laden. Wenn es da auch keine Kokosmilch geben sollte, würde ich mir eine Pizza holen. Carol musste sowieso ein bisschen Gassi gehen.

Ich band Carol vor dem Laden fest, tätschelte ihren Kopf, und ging hinein. Als ich aufschaute, sah ich Patrick, der Melonen auf ihren Reifegrad prüfte. Er muss meinen Blick gespürt haben, denn er schaute hoch, und es war ganz seltsam: Ich freute mich nicht, ihn zu sehen. Er erkannte es sofort, denn er lächelte nicht breit, wie sonst. Er stellte die beiden Melonen ab, die er gewogen hatte, und nahm seine AirPods aus den Ohren. Jemand kam hinter mir durch die Tür, und ich trat zur Seite, dankbar für die Möglichkeit, den Blickkontakt kurz zu unterbrechen. Als ich wieder aufschaute, hatte sich Patrick nicht bewegt. Ich ging auf ihn zu.

»Hallo.«

»Hallo«, antwortete er. »Was macht ein nettes Mädchen wie du an einem Ort wie diesem?«

Er lehnte sich nach vorne, um mich zu küssen, doch anstatt zu einem feuchten Zungenkuss überzugehen, spitzte ich meine Lippen ganz keusch, berührte seine kurz und zog mich zurück.

»Kokosmilch«, sagte ich.

»Im Regal vor dem Klopapier«, antwortete er und zeigte in die Richtung.

Ich folgte seinem Blick und sagte: »Danke.«

Und dann standen wir da.

»Also, es gibt Neuigkeiten«, fing ich an.

»Vom Meeting?«

»Ja. Chen hat mich gebeten, mir Gedanken darüber zu machen, in der Firmenzentrale in Antwerpen zu arbeiten.«

»Antwerpen, Belgien?«

»Belgien, ja.«

»Und was hast du gesagt?«

»Ich habe gesagt, dass ich hinfliege und mir das Ganze ansehe. Mein Flug geht Ende der Woche. Ich bleibe nur eine Nacht.«

Er schaute mich verdutzt an. »Du hast bereits zugestimmt, hinzufliegen? Ich meine, es ist toll, dass sie an dir interessiert sind, aber … du hast zugestimmt, ohne vorher mit mir zu sprechen?«

»Es ist ja nur so was wie eine Rechercherreise«, sagte ich achselzuckend. »Ich habe den Job noch nicht angenommen oder so.«

Ein alter Mann machte eine missbilligende Bemerkung, als er versuchte, an uns vorbeizukommen. Wir hatten den Gang versperrt.

»Das ist … wow … Na dann, herzlichen Glückwunsch. Aber … ich finde es nicht gut, dass wir nicht einmal darüber gesprochen haben. Selbstverständlich kannst du hinfliegen und überhaupt, aber ich bin dein Freund, erinnerst du dich? Ich freue mich, dass sie sehen, wie großartig du bist, aber das hört sich nach etwas an, das auch mein Leben beeinflussen könnte. Gehst du mir aus dem Weg? Warum wolltest du nicht darüber reden?«

Seine Fragen waren berechtigt. »Es tut mir leid«, sagte ich. »Ich war zu sehr mit mir selbst beschäftigt. Ich weiß nicht. Mum hat damals beim Mittagessen diese Bemerkung gemacht, und ich habe mich gefragt …«

»Seit wann hörst du auf deine Mutter?«

»Das tue ich nicht! Aber seitdem sie gesagt hat, dass es nicht gut ist, sich aus einer Beziehung in die nächste zu stürzen, denke ich … Ach, ich weiß auch nicht. Ich sage ja nicht, dass sie recht hat, aber …«

»Also willst du das hier nicht?«, fragte er entsetzt. Es lief anders, als ich es mir vorgestellt hatte. Alles kam falsch rüber. Nachdem ich in den letzten Tagen auf Abstand gegangen war, wollte er sich einiges von der Seele reden – was ihm auch zustand.

»Natürlich will ich das hier«, sagte ich. »Aber ich verstehe schon auch, was sie meint, das ist alles. Ich habe mein ganzes Leben um Alexander herum geplant. Ich hätte nichts hinzugelernt, wenn ich jetzt anfinge, mein Leben um dich herum zu planen.«

»Verstehe. Mir war nicht bewusst, dass du dich so fühlst.«

»Ich muss diese Chance wenigstens in Betracht ziehen, oder? Du würdest nie von mir verlangen, es nicht zu tun.«

»Nein«, antwortete er. »Das würde ich nicht. Aber wenn es andersherum wäre, würde ich nicht in Erwägung ziehen, irgendwohin, geschweige denn ins Ausland zu ziehen, ohne es vorher mit dir zu besprechen. Merkst du den Unterschied? Ich weiß, dass das alles neu ist, Annie, aber ich dachte, es wäre ernst … «

Ich ging zur Seite, um einer Mutter und ihrem Kind Platz zu machen.

»Du und ich«, fuhr er fort. »Das war doch gut, oder nicht? Das könnte wirklich Zukunft haben. Wenn du nach Antwerpen ziehen möchtest, wegen eines Jobs, den du liebst, dann okay, cool, lass uns darüber reden. Aber vor zehn Minuten wolltest du diesen blöden Job noch kündigen.«

Eine einzelne Träne kullerte mir über die Wange, bevor ich sie mit dem Handrücken wegwischte. Ich wusste nicht, warum ich weinte. Es geschah einfach, ich konnte es nicht kontrollieren.

»Nenn meinen Job nicht blöd.«

»Das kommt nicht von mir, du hast ihn so bezeichnet.«

»Dann verwende meine Worte nicht gegen mich.«

Er rollte mit den Augen. »Wann soll denn diese ›Recherchereise‹ sein?« An der Art, wie er es sagte, konnte ich die Anführungszeichen heraushören.

»Ich fliege Donnerstagmorgen. Und bin Freitag zurück.«

»Lass mich dann wissen, wie du weitermachen willst«, sagte er. Wir starrten uns an.

»Das ärgert mich, Annie«, drängte er. »Ich verstehe nicht, was in den quasi fünfzehn Minuten, seit wir aus Australien zurück sind, passiert ist, aber ich habe das Gefühl, dass du dich von mir entfernst. Wir haben gesagt, dass uns die Rückkehr nicht verändern würde. Aber ich kann nicht um jemanden kämpfen, der nicht auch um mich kämpfen würde. Ich bin kein Vollidiot.«

»Es hat sich nichts verändert«, betonte ich, aber sobald die Worte aus meinem Mund kamen, wusste ich, dass es nicht stimmte. Sie klangen hohl.

»Wie gesagt«, fuhr Patrick fort. »Mich ärgert das, und ich kann das hier nicht. Ich gehe jetzt nach Hause und beruhige mich, okay? Danach können wir reden. Ich glaube nicht, dass ich unangemessen reagiere.«

Ich nickte bedrückt und weinte noch immer, und die Tränen trübten mir die Sicht. Er ging, und die Glocke über der Ladentür bimmelte. Ich wusste, ich hätte ihm folgen sollen, aber ich wollte es nicht. Vielleicht weinte ich deswegen. Ich hatte Schuldgefühle, weil ich zwischen den Stühlen saß. Es war mir ernst mit dem, was ich gesagt hatte: Ich konnte mein Leben nicht um ihn herum planen. Ich wollte ihn nicht »fragen« müssen, ob es »okay« war, nach Antwerpen zu fliegen, um die dortige Büroatmosphäre kennenzulernen. Ich wollte keine »Erlaubnis«, um eine Chance zu ergreifen, von der ich mir noch nicht einmal sicher war, dass ich sie ergreifen würde. Ich wollte es einfach nur tun. Ich wollte frei sein, die Art Frau, die sagt: »Antwerpen? Klar, schau ich mir an!«, ohne an mir zu zweifeln. Ich hatte doch nichts Falsches getan, als ich Chens Assistentin meine Passdaten für die Flugbuchung übermittelt hatte. Oder doch?

Uff. Ich fühlte mich furchtbar. Ich hatte nicht erwartet, dass sich der Tag so entwickeln würde. Es ging alles zu schnell. Es war zu viel, um hinterherzukommen. Ich mochte Patrick sehr! Was sollte dann der ganze Unsinn? Dennoch ... Jene Nacht war die erste, die wir getrennt voneinander verbrachten und in der ich ihm keine Nachricht vor dem Schlafengehen schickte. Er schickte mir auch keine. Nach so vielen ersten Malen – erster Drink, erster Kuss, erstes Treffen mit den Eltern – hatten wir nun unseren ersten offiziellen Streit.

39

Mein Flug ging um sieben Uhr morgens vom London City Airport und sollte mit der einen Stunde Zeitverschiebung ebenfalls um sieben Uhr in Antwerpen ankommen. Es war ein vierundzwanzigstündiger Aufenthalt in der Stadt geplant: Meet and Greet mit dem Laborteam, gemeinsames Mittagessen und ein Abend, an dem ich Touristin spielen durfte. Am nächsten Morgen sollte ich wieder nach London fliegen und Chen meine Entscheidung mitteilen.

Lass uns reden, wenn du wieder zurück bist, schrieb Patrick, während ich auf den Abflug wartete. Ich hatte ihm zuvor einen Guten Morgen gewünscht.

Okay, antwortete ich, da ich nicht wirklich wusste, was ich sonst schreiben sollte. Adzo hatte mir den Rat gegeben, meinen Gefühlen freien Lauf zu lassen, anstatt zu versuchen, sofort alles wieder hinzubiegen. Das war hilfreich.

»Beeile dich nicht, die Wogen zu glätten, bis du nicht genau weißt, was du willst«, sagte sie. »Nach einer so intensiven Zeit sind ein paar Tage, in denen ihr getrennt seid, vielleicht genau die richtige Medizin. Er wird hier sein, wenn du zurückkommst.«

»Ja«, stimmte ich zu, aber ein Teil von mir vermisste ihn bereits. Allein auf einem Flughafen zu sein machte viel weniger Spaß, und mein letzter Flug war natürlich mit ihm gewesen und mit seiner riesigen Begeisterungsfähigkeit. Ich musste ständig an ihn denken und an alles, was auf unserer Reise passiert war. Ich hatte ihn seit dem Vorfall in dem Laden vor drei Tagen nicht mehr gesehen. Er hatte gesagt, er brauche Zeit, um seine Gefühle zu sortieren. Er wolle nichts sagen, was er danach bereuen könnte. Ich hatte den Eindruck, bestraft zu werden.

Ich mag nicht streiten, schrieb ich ihm zurück.

Geht mir genauso, schrieb er und schickte eine Zeile Kuss-Emojis, die entweder ernst gemeint waren oder das Ende dieser Konversation markieren sollten. Ich schickte eine Zeile Kuss-Emojis zurück und schaltete mein Handy in den Flugmodus.

»Annie!«

Ich ging lässig durch den Zoll und wurde von einem großen, blauäugigen Mann begrüßt, der mir aus der Menschenmenge zuwinkte. Ich erkannte Jules sofort, in echt und in besserer Auflösung konnte ich sofort erkennen, was Adzo mit seinem Filmstar-Aussehen gemeint hatte. Er war umwerfend.

Er streckte mir seine Riesenhand entgegen, und ich schüttelte sie.

»Freut mich sehr, dich persönlich kennenzulernen«, sagte er. Sein Englisch war perfekt. Er hatte einen klitzekleinen Akzent, der mich an Sean Connery erinnerte. »Wie war dein Flug?«

Er nahm trotz meiner Beteuerungen gentlemanlike meine Reisetasche, und wir gingen zum Parkhaus, während ich ihm von der Reise erzählte und wie unglaublich ich es fand, nun hier zu sein.

»Weißt du viel über die Stadt?«, erkundigte er sich.

»Ist es schlimm, wenn ich Nein sage …?«, fragte ich kleinlaut.

Er schmunzelte. »Keiner kennt Antwerpen so wirklich«, gab er zu. »Was bedeutet, dass es umso mehr Spaß macht, den Stadtführer zu spielen. Ich kann dir die besten Plätze zeigen, und nicht nur, weil wir dich unbedingt in unserem Team haben wollen. Ich bin auch sehr stolz auf meine Geburtsstadt.«

»Du bist in Antwerpen geboren und aufgewachsen?«, fragte
ich, als er vor einem schwarzen Toyota Hybrid stehen blieb, auf
eine Taste drückte, um den Kofferraum zu öffnen, und meine
Tasche hineinlegte.

»Es gibt in dieser Stadt keinen Marktplatz, keine Straße oder
Imbissbude, die ich nicht kenne.« Er lächelte, drückte eine weitere Taste, um den Kofferraum automatisch zu schließen, und
kam auf mich zu, um die Beifahrertür zu öffnen. »Du wirst
schon sehen.«

Jules fuhr schnell, aber sicher, und trommelte mit den Fingern auf dem Lenkrad zum Rhythmus der Radiomusik. Mir fiel
auf, dass er keinen Ehering trug, doch er erwähnte am Rande
seine zwei kleinen Jungs, Mathis und Victor.

»Wir fahren ins Labor«, erklärte er, während wir von der Hauptstraße abfuhren und in weniger befahrene Seitenstraßen einbo-
gen. »Und nach dem Lunch checken wir dich im Hotel ein.«

Es war keine Frage, also stimmte ich murmelnd zu und sah
mir die vorbeisausende Stadt an. Jules grinste, als er merkte,
dass mir auffiel, wie schön die Gebäude waren.

»Man sagt, Antwerpen ist eine Weltstadt in kompakter Größe«, erklärte er und stellte die Musik leiser. »Es gibt immer etwas zu sehen, zu unternehmen und zu essen, aber man kann
fast alles zu Fuß erreichen, und es hat einen freundlicheren,
dörflicheren Vibe als etwa London.« Er schaute mich erneut an,
und ich zog meine Augenbrauen hoch.

»Wärst du beleidigt, wenn ich sage, dass ich in London geboren und aufgewachsen bin und *das* für mich das Zentrum der
Welt ist?«, widersprach ich. Ich war mir nicht sicher, dass ich es
auch wirklich so meinte, aber ich fühlte mich verpflichtet, meine Stadt zu verteidigen.

Er lachte. »Ist notiert!«, sagte er. »Und nur damit eins klar ist,
ich liebe London. Aber wir hatten ein paar Leute, die hierher

versetzt wurden, und alle sagen, wie nett es ist, es ein bisschen langsamer angehen zu können. Und dass es in London ein bisschen wie auf einem Laufband zugeht – man macht immer und immer weiter, ohne Pause.«

»Na gut. Ich *habe* mir in letzter Zeit gewünscht, es etwas langsamer anzugehen«, gab ich zu. »Ein Tapetenwechsel wäre schon schön.« Als wir in einer kleinen Seitenstraße an die Bordsteinkante heranfuhren, ging ein Mann vorbei, der wie Patrick aussah, und ich zitterte innerlich vor Schreck, bis ich begriff, dass er es natürlich nicht war. Wie könnte er es auch sein? Jules parkte ein und schaute auf die Uhr, während ich mein Handy in der Tasche berührte, es mir aber verkniff nachzusehen, ob Patrick geschrieben hatte.

»Wollen wir erst mal einen Kaffee trinken, bevor wir ins Labor gehen?«, fragte Jules.

»Gerne«, antwortete ich und zog meine Hand schnell aus der Tasche, als ob ich dabei erwischt worden wäre, etwas Verbotenes zu tun.

Ich war nicht auf das vorbereitet, was ich zu sehen bekam, als wir um die Ecke bogen. Auf einem großen Platz standen hohe Steinhäuser nebeneinander und hatten auffällig viele große und schmale Fenster an der Fassade – ein bisschen so wie in der Gegend rund um die Londoner Fleet Street. Es sah majestätisch aus. Richtig imposant.

»Wow«, sagte ich voller Bewunderung.

Die Sonne schien, der Himmel war klar, und die hellen Häuserfassaden bildeten einen Kontrast zu den bunten Fahnen am größten Gebäude auf dem Platz, das wie eine Art Rathaus oder wie ein zentrales Gerichtsgebäude aussah.

»Das ist der Grote Markt«, verkündete Jules, und mir fiel seine Designersonnenbrille auf und seine Bartstoppeln und das Weiß seines gebügelten Hemdes, das sich vom Marineblau seines Anzugs abhob. Seine Zähne waren elfenbeinfarben und perfekt aneinandergereiht, und seine vollen Lippen glitzerten an der Stelle, die er kurz zuvor mit seiner Zunge befeuchtet hatte. Ich konnte es kaum erwarten, Adzo zu berichten, dass er wirklich unglaublich attraktiv war.

»Diese Häuser sind aus dem dreizehnten Jahrhundert«, sagte Jules. »Ihre absolute Glanzzeit erreichte die Stadt im fünfzehnten und sechzehnten Jahrhundert. Antwerpen wurde damals zur wichtigsten Stadt der Beneluxländer.«

Er stellte sich hinter mich und legte mir sanft eine Hand auf die Schulter. Er senkte seine Stimme, schaute in dieselbe Richtung wie ich und zeigte mit dem Finger auf den Marktplatz: »Stell dir ein lebendiges Treiben vor, in dem flämische Kaufleute mit Händlern aus ganz Europa Geschäfte machen. Das sind all die Zunfthäuser, und das ist das Stadhuis, das Rathaus.«

»Sehr beeindruckend«, sagte ich, drehte mich zu ihm um und errötete. Ich konnte nicht anders. Ich fühlte mich Patrick gegenüber untreu; es machte etwas mit mir, in so unmittelbarer Nähe eines so attraktiven Mannes zu sein. Kezza hatte mal einen Schauspieler aus *Killing Eve* gedatet, und wir waren uns alle einig: Manche Menschen sind einfach übernatürlich heiß. Und Jules gehörte auch zu dieser Spezies. Ich machte einen kleinen Schritt zur Seite. »Sehr malerisch«, fügte ich hinzu.

»Und an Weihnachten, Annie, ist es unvergleichlich, mit dem Weihnachtsmarkt und der Schlittschuhbahn …« Er küsste seine Fingerspitzen wie ein glücklicher Chefkoch.

Es war atemberaubend schön, ich war wirklich beeindruckt. Noch vor ein paar Stunden war ich in einem leeren Haus in London aufgewacht, Carol hatte ich am Abend zuvor bereits zu den Nachbarn von gegenüber gebracht; ich hatte Zoff mit meinem Freund und mit meinem Ex-Verlobten, musste dringend eine neue Bleibe finden, und das Geld auf meinem Konto reichte kaum für ein, zwei Monatsmieten. Und nun war ich hier, in Antwerpen, in Begleitung eines gut aussehenden Mannes, der schon fast zu attraktiv war für einen Arbeitskollegen, und fühlte einen Hauch Abenteuerlust in mir. War mein *Maktub*-Moment die Tatsache, dass ich eventuell in ein anderes Land und in ein anderes Zuhause ziehen würde? Es könnte ein verdammt guter Neuanfang sein. Falls ich eine Beförderung hierher bekäme, könnte ich es mir leisten, allein zu wohnen, und eine Umzugsprämie wäre sogar inklusive. Die alte Annie hätte niemals einen Umzug in ein anderes Land in Erwägung gezogen. Dass ich nun hier war, war ein Beweis dafür, dass ich mich verändert hatte. Australien und Patrick hatten dafür gesorgt.

Patrick.

Ich war so wütend auf ihn, weil er von mir erwartete, abenteuerlustig zu sein, aber erst, nachdem ich ihn um Erlaubnis gebeten hatte. Unsere kurz gehaltenen Nachrichten waren so untypisch für uns, doch wir waren beide verletzt. Ich hasste die Konfrontation, aber irgendwie wusste ich auch, dass sie wichtig war. Ich hatte mich nie gegen Alexander gewehrt. Bei Patrick musste ich es tun, sonst wäre alles umsonst gewesen.

»Was den Kaffee angeht ...«, sagte Jules und unterbrach meine Tagträumerei. Ich schenkte ihm erneut meine Aufmerksamkeit. »Das hier ist ein Touri-Hotspot. Lass mich dir mein Antwerpen zeigen ...«

Ich trottete ihm hinterher und schaute dabei zurück, um einen letzten Blick auf diesen majestätischen Platz zu werfen. *Patrick würde es hier gefallen*, dachte ich.

»Nun«, sagte Jules, und sein Schritt wurde langsamer, damit wir nebeneinander gehen konnten. »Wir müssen Hausnummer sechzehn finden.«

»Nummer sechzehn?«

»Ja, das ist der Oude Koornmarkt, und bei Nummer sechzehn werden wir ein Schild zum Vlaeykensgang sehen. Ich denke, es wird dir gefallen.«

»Du bist ein ziemlich guter Stadtführer«, bemerkte ich. »Das ist alles traumhaft. Ich bin begeistert.« Ich schaute nach oben, genau rechtzeitig, um das verblasste blaue Schild zu sehen, das an einer schmiedeeisernen Anbringung hing. »Oh!«, rief ich. »Sechzehn!«

»Dann mal hier entlang«, forderte mich Jules auf und streckte seinen Arm aus, um mir den Vortritt zu lassen.

Wir betraten ein Labyrinth aus kleinen, gepflasterten Gassen. Die Gebäude hatten weiß getünchte Backsteinmauern, hier und da blitzten Elemente aus Sandstein hervor, zwischen den Gebäuden und an den Fassaden rankte sich Efeu. Die Häuser hatten bemalte Holzfensterläden, die zu den Blumenkästen voller leuchtend bunter Blüten passten. An einem Haus sah ich ein »Kunstgalerie«-Schild, in den Schaufenstern und auf Tischen waren ein paar Schätze ausgestellt – Gemälde und Nippes. An einer Ecke, an der sich zwei Gassen trafen, befand sich ein kleines Café mit Tischen und Stühlen davor, und wir setzten uns in die Sonne. Ich wünschte, ich hätte daran gedacht, meine Sonnenbrille mitzunehmen. Das Licht war strahlend hell, auf eine Art, wie es in London in den kälteren Monaten nicht vorkommt, da herrschen eigentlich nur *fifty shades of grey*.

»Komm«, bot Jules galant an, »setz dich hierher, da hast du die Sonne im Rücken.«

Er bestellte Kaffee, Kuchen und Wasser, und mir fiel ein, dass ich müde und zerzaust aussehen musste, ich war ja um halb sechs aufgestanden. Ich glättete mein Haar mit der Hand und kramte meinen Labello aus der Tasche.

»Also«, stellte Jules fest. »Chen hat gesagt, dass ich dich mit meinem Charme umgarnen solle, als ob mein Leben davon abhinge.«

»Hat sie das?«, sagte ich, während ich Labello auftrug. Flirtete ich, während ich das sagte? Ich fühlte mich locker und verspielt. Das war genau das, was Australien mit mir gemacht hatte – ich war lebhafter geworden, weil sich dadurch mehr Chancen boten. Hoffnung ist eine gefährliche Einstiegsdroge.

Jules war amüsiert. »Ich habe keine Angst, mich der Herausforderung zu stellen.«

»Das ist sehr großzügig von dir«, entgegnete ich.

Er grinste. »Ich habe das Gefühl, das wird gar nicht so schwer«, sagte er, und ich zuckte mit den Schultern. Antwerpen war definitiv ein schnuckeliges Städtchen. Vielleicht würde Patrick mitkommen und einen Job finden, oder vielleicht würden wir eine Fernbeziehung führen. Er ließ mich glauben, dass diese Chance ein Entweder-oder bedeutete, aber es gab so viele verschiedene Möglichkeiten, wie wir sie zusammen gestalten konnten. Falls ich das wollte. Falls *er* es wollte. Oder vielleicht würden wir auch Schluss machen. Ich wusste es nicht, aber der Gedanke daran machte mir Angst. Meine Zukunft selbst in die Hand zu nehmen war unangenehmer als erhofft. Das ist es, was es mit der Qual der Wahl auf sich hatte – sich für eine Sache zu entscheiden bedeutete, zehn andere abzulehnen.

Was die Ästhetik anging, war das Büro in Antwerpen dem in London meilenweit voraus. Es hatte eine Glasfront, eine schicke Lobby und einen Fahrstuhl, der, wie mir Jules versicherte, nicht alle zwei Wochen kaputtging wie unserer in London. Es war sonniger. Antwerpen war wie eine leichte Frühlingsjacke im Vergleich zu dem feuchten Herbstmantel, als der sich London oft anfühlen konnte. Ich war daran gewöhnt, aber vielleicht wäre es schön, wenn die kalten Monate nicht durchweg feucht wären.

»Luke!«, rief ich, als wir im Forschungszentrum ankamen.

»Da ist sie ja!«

Luke hatte bis vor zwei Jahren ebenfalls in London gearbeitet. Wir hatten uns gut verstanden, und ich hatte auf Firmenevents immer mehr Spaß, wenn er dabei war.

»Wie schön, dich zu sehen«, sagte er. »Wie geht's dir? Sicherlich hat dir dein attraktiver Kerl inzwischen einen Ring an den Finger gesteckt. Als Adzo das letzte Mal hier war, hat sie gesagt, dass du deine Jahrhunderthochzeit planst.«

»Oh, na ja, eigentlich … ist es aus«, antwortete ich und spürte, wie mich Jules ansah. »Zum Glück«, betonte ich. »Es war an der Zeit. Die Jugendliebe aus Studienzeiten ist halt nichts für immer.«

»Oh«, sagte Luke und guckte mich mitleidig an. »Tut mir leid, das zu hören. Heißt das, dass er wieder zu haben ist? Ich habe noch nie solche markanten Wangenknochen außerhalb von Filmen gesehen!«

Ich rollte scherzhaft mit den Augen und wechselte das Thema. Ich befragte ihn zum Labor und wie es ihm in der Stadt gefiel. Er war rundum glücklich und zufrieden – die Kultur, die Work-Life-Balance und das problemlose Reisen durch ganz Kontinentaleuropa begeisterten ihn.

»Ich fahre alle paar Monate nach Hause, aber um ehrlich zu sein, kommen mein Bruder und seine Frau, wann immer sie Zeit haben, sehr gerne her. Und sogar meine Eltern haben sich daran gewöhnt, einen undankbaren Verräter als Sohn zu haben, der im Ausland lebt. Ich sehe meine Familie vielleicht sechsmal im Jahr. Ich glaube nicht, dass ich sie so oft gesehen habe, als wir in einem Land gelebt haben!«

Ich lachte und fragte mich heimlich, was wohl meine Eltern davon halten würden, wenn ich ihnen mitteilte, dass ich hierherziehen würde – doch dann sagte ich mir, dass mir ihre Meinung egal war. Freddie würde bald alt genug sein, um allein zu reisen, falls sie jemand in London in den Zug setzen und ich sie abholen würde. Ich würde es vermissen, einfach kurz mal vorbeizuschauen, um sie zu sehen, doch falls ich das hier wirklich wollte, dann würde ich es auch hinbekommen. Es wäre nicht unbedingt einfach, aber machbar.

Man führte mich auf eine Labor-Tour, und ich konnte mit den verschiedenen Leuten plaudern, deren Gesichter ich schon mal online gesehen hatte. Wir sprachen über die Formel, an der wir gearbeitet hatten, und ich verriet ein paar zukünftige Ideen, die Adzo und ich hatten, und alle rund um den Konferenztisch waren beeindruckt. Ich erzählte ihnen von Adzos bevorstehendem Umzug nach San Francisco und bekam ebenfalls ein paar Häppchen Tratsch und Klatsch aus der Gerüchteküche serviert, die ich Adzo weitererzählen konnte.

Gegen ein Uhr gingen wir in die Mittagspause, als Zehnergruppe in ein nahe gelegenes Restaurant, wo Jules einen Tisch reserviert hatte. Ich schlug den Wein, den man mir anbot, aus, weil ich nach dem Adrenalinrausch am Morgen und dem frühen Aufstehen ziemlich müde war.

»Ein Powernap vor unseren Abendaktivitäten wird dir guttun«, stellte Jules fest. »Es sei denn, du willst den Abend lieber für dich selbst haben?«, fügte er hinzu.

Ich dachte darüber nach. »Nein«, entschloss ich mich. »Es wäre toll, wenn du mir mehr von der Stadt zeigen könntest. Ehrlich gesagt frage ich mich auch, wo der Haken ist bei dieser ganzen Sache!«

»Prima, dann haben wir ein Date«, sagte er, und ich versuchte nicht, etwas in diese Wortwahl hineinzuinterpretieren, Englisch war ja nicht seine Muttersprache.

Luke blieb nach dem Mittagessen, als alle anderen zurück ins Büro gingen, noch kurz neben mir sitzen, und ich bedankte mich für alle Tipps und Hinweise.

»Du findest schnell Freunde«, sagte er.

»Wie meinst du das?«

»Na, James Bond da drüben.« Wir schauten beide in Jules'
Richtung, und ich musste lachen, denn sein Akzent hatte mich
ja schon an Sean Connery erinnert, aber ich hatte nicht die Verbindung dazu gemacht, dass sein ganzes Auftreten dem eines
internationalen Spions ähnelte. Der Anzug, das Lächeln, der
Charme.

»Ich bin geschäftlich hier«, sagte ich. »Beleidige mich nicht.«

Luke hob seine Hände in einer kapitulierenden Geste. »Ich
wollte dich nicht kränken«, sagte er. »Ich bin wahrscheinlich
nur eifersüchtig.«

»Ich habe einen Freund«, fügte ich eilig hinzu und sah Patricks Gesicht vor mir.

»Tun wir das nicht alle?«, lachte Luke. »Wie lautet das Zitat?
›Wir sind alle sterblich bis zum zweiten Glas Wein und dem
ersten Kuss.‹«

»Halt die Klappe!«, sagte ich, doch etwas an seinem Kommentar machte mich nachdenklich.

40

Jules fuhr mich nach dem Lunch ins Hotel, gab mir Anweisungen, ein Nickerchen zu halten, mich frisch zu machen und ihn dann um sechs Uhr in der Lobby zu treffen. Als ich auf dem Zimmer war, schickte ich Freddie eine Nachricht mit einigen Fotos. Sie wusste nicht, dass ich mit dem Gedanken spielte, nach Antwerpen zu ziehen, sondern nur, dass ich beruflich unterwegs war. Sie schrieb zurück: *Cool! Ich kann's kaum erwarten, auch auf Geschäftsreise an schicke Orte fahren zu können!* Ich schickte ihr ein GIF mit einer Frau in einem Power-Suit, die den Daumen hochhält, und schrieb, dass ich sie lieb hatte.

Können wir dieses Wochenende etwas Lustiges unternehmen?, schrieb sie ein paar Minuten später.

Klar, Frou, machen wir. Woran hast du gedacht?

Sie antwortete: *Vielleicht bowlen? Oder die Trampolinanlage? Danach Burger. Du fehlst mir!*

Freddie hatte früher nie gesagt, dass ich ihr fehle – bis ich nach Australien geflogen war.

Ich bin ja bald zurück, simste ich zurück.

Ich wünschte, du würdest bei uns wohnen, schrieb sie. *Mia wohnt mit ihrer Schwester zusammen und sagt, dass sie zwar manchmal nervt, aber dass es auch echt cool ist. Und Sofies größere Schwester wohnt auch mit ihr zusammen!!*

Ich wusste nicht, woher dieser Sehnsuchtsausbruch kam. War ich in letzter Zeit etwa eine schlechte große Schwester gewesen? *Ist etwas passiert?*, fragte ich.

Ich will nur mehr lustiges Zeug machen, schrieb sie. *Muss jetzt los, bye!*

Bye, Froogle. Wir werden dieses Wochenende Spaß haben, ver-sprochen! Ich benutzte zwar Ausrufezeichen, aber ich fühlte mich emotional abgestumpft. Ich hatte es nicht einmal geschafft, sie oft genug zu sehen, als wir in derselben Stadt lebten – wie sollte es werden, wenn ich ins Ausland zog?

Ich sah mich traurig im Hotelzimmer um. Es war klein und kompakt, meilenweit entfernt von den luxuriösen Suites meiner letzten Auslandsreise. Ich brauchte keine schicken Sachen, aber der Luxus, den wir in Australien erlebt hatten, hatte mir schon sehr gefallen. Es war aber vor allem durch Patricks Anwesenheit so besonders gewesen. Das konnte ich nicht leugnen.

Es ist schön hier, schrieb ich ihm. *Es würde dir gefallen.*

Unter meiner Nachricht ploppte zwar ein »Gelesen: 14:22 Uhr« auf, aber er antwortete nicht.

Hallo aus Antwerpen, schrieb ich Adzo. *Wie sich herausstellt, ist man noch immer man selbst, egal wo man ist. Ich durchlebe gerade eine Achterbahn der Gefühle.* Sie rief mich sofort an.

»Ich wollte nicht alarmierend klingen«, sagte ich anstelle von »Hallo«. »Du musst nicht anrufen, nicht, wenn du beschäftigt bist.«

Sie kicherte am anderen Ende der Leitung. »Sprechen geht schneller als schreiben«, antwortete sie. »Entspann dich. Wo bist du? Im Büro?«

Ich zog mich aus, während ich erklärte, dass ich im Hotel war und Jules wirklich hot. Ich nahm die Gratis-Wasserflasche aus dem Kühlschrank.

»Ja«, sagte sie. »Sie haben sogar in New York über ihn gesprochen. Sein Ruf eilt ihm voraus.«

»Oh Gott«, sagte ich. »Legt er etwa alle flach?«

»Oh ja, zweihundert Prozent«, sagte Adzo. »Ein Geschiedener, der so aussieht? Der hat jedes Mal eine andere am Start.«

»Wie ...?«, fragte ich schockiert. »Sogar ...«

»Jep«, bestätigte sie. »Erwischt. Wir haben rumgemacht, als ich dort war. Kannst du es mir verdenken?«

Ich kroch in Unterwäsche unter die gestärkten Hotellaken. »Nein«, gab ich zu. »Kann ich nicht. Aber ich komme mir jetzt ein bisschen dämlich vor. Ich hatte den Eindruck, dass er ein wenig mit mir flirtet? Kann das sein?«

»Ganz sicher!«

»Hmmm«, sagte ich und fragte mich, ob ich das Treffen am Abend absagen sollte. Das Risiko, Zeit mit einem Playboy zu verbringen, fühlte sich nicht verlockend an. Ich fragte mich, ob ich allein nicht mehr Spaß haben könnte.

»Aber mal abgesehen von Jules, was denkst du?«, fragte Adzo.

Ich starrte an die Decke. »Einerseits denke ich, dass es der beste Ort überhaupt ist«, sagte ich, »und dann denke ich, dass ich London nie im Leben verlassen kann. Es wird scheiße werden ohne dich, aber will ich wirklich von Freddie getrennt leben? Und von den Mädels?«

»Und was ist mit Patrick?«

»Ich versuche, ihn vorerst aus der Entscheidung rauszulassen. Die Sache mit meiner kleinen Schwester bringt mich definitiv ins Schwanken. Ich liebe das Gefühl, an einem neuen Ort zu sein, und die Möglichkeit, alles hinter mir zu lassen, um jemand Neues *zu sein*, aber gleichzeitig ...«

»Ist es zu viel«, beendete sie meinen Satz.

»Ja. Vielleicht sollte ich einfach ich selbst sein, dort, wo ich herkomme. Ich kann nicht immer wieder weglaufen.«

»Interessant«, sagte Adzo vielsagend. »Sehr interessant.«

»Was meinst du?«

Meine Augenlider fühlten sich schwer an. Ich wusste, ich musste unbedingt ein wenig schlafen.

»Hmm«, fing sie an. »Sagen wir einfach, wenn du in London bleibst, könnte ich dir vielleicht mit der Wohnungssuche helfen. Also lass dich bei deiner Entscheidung nicht zu sehr vom Geld beeinflussen, okay?«

»Wie meinst du das?«

»Ich habe von einer Wohnung gehört«, sagte sie. »Sie passt zu deinem Budget und ist schön. Aber lass dich davon nicht durcheinanderbringen. Schätze Antwerpen für das, was es ist.«

»Wie kann ich das jetzt noch tun, wo du mir gesagt hast, dass du eine Wohnung für mich gefunden hast?!«

»Hör nicht auf mich«, betonte sie. »Ich hätte es nicht erwähnen dürfen. Mach ein Nickerchen, geh mit Jules aus, und wenn du morgen wieder da bist, ruf mich an, und ich nehme dich mit auf ein Abenteuer. Okay? Versprich mir, dass du ernsthaft über Antwerpen nachdenken wirst.«

»Versprochen«, sagte ich.

Natürlich war das gelogen.

Ich schlief, bis mich das Hoteltelefon weckte. Jules war an der Rezeption und fragte, wo ich bliebe.

»Oh, Mist«, sagte ich benommen. »Ich habe die Zeit vergessen. Bin in zehn Minuten da, okay? Nein. Fünfzehn.«

Er schien ziemlich wütend zu sein, als ich unten ankam.

»Ich hasse es, zu warten«, sagte er. »Sogar auf so charmante Arbeitskolleginnen wie dich.«

»Es hört sich so an, als hätte ich meinen Dad beleidigt«, murmelte ich.

»Wir sind spät dran, das ist alles«, sagte er. »Wie auch immer. Komm schon.«

An seinem schnellen Gang erkannte ich, dass er immer noch sauer war, und ich musste an Patrick (mal wieder!) denken, wie er in Australien jeden Morgen *Ready, ready, chicken jelly?* sagte.

Und wenn ich noch nicht fertig war, saß er ruhig da und las eine Broschüre oder betrachtete die Bäume. Patrick stürmte nie voraus und behandelte mich nie wie einen frechen Teenie. Selbst wenn wir uns stritten, wie zurzeit, war er nicht beleidigend oder gemein. Jules war irgendwie … launenhaft.

»Hey«, sagte ich. »Es tut mir leid, dass ich mich verspätet hab. Ich kann die Stadt auch allein erkunden, wenn dir das lieber ist.«

»Danke, dass du dich endlich entschuldigst.« Seine Worte klangen abgehackt. Dann sagte er in einem etwas weicheren Ton: »Passt schon. Lass uns bis zum anderen Ufer spazieren, und dann können wir zu Abend essen. Okay?«

»In Ordnung«, sagte ich, aber ich merkte, dass er noch immer beleidigt war.

Wir gingen eine Weile schweigend nebeneinanderher, nahmen die Unterführung zum anderen Flussufer, um zu sehen, wie die Seite, von der wir gekommen waren, aufleuchtete, als es dunkler wurde. Ein Feierabendjogger sprintete an uns vorbei, Eltern mit Kindern waren auf dem Weg zu einem abendlichen Eis. Ich lächelte einem älteren Paar zu, das Arm in Arm ging.

»Das ist eine sehr romantische Stadt«, sagte ich, als mich ein Rentner nett anlächelte. »Die Menschen scheinen glücklich zu sein. Als ob sie Zeit hätten, das zu tun, was sie möchten.«

»Ja, das kommt hin«, stimmte er zu. »Ich bin sehr stolz auf meine Heimatstadt.«

»Es erinnert mich an den Hafen in Sydney. Das Wasser und die Aussicht, die Menschen …«

»Ich war erst einmal in Australien«, sagte er, und ich lächelte und freute mich über diese Gemeinsamkeit.

»Ich war erst vor Kurzem da«, sagte ich. »Es war so toll.«

»Aber bestimmt nicht so toll wie hier.« Er schaute voller Bewunderung aufs Wasser.

Ich ließ seinen schicken Anzug und den aufgeknöpften Kragen, die blauen Augen und die blonden Haare auf mich wirken, und wie alles in der Dämmerung verschwommen und blau schien. Ich wollte nicht lügen, deshalb entgegnete ich lieber nichts.

Das Abendessen war ein Festmahl mit Moules et frites und frischem, knusprigem Brot in einem winzigen Restaurant. Wir tranken Wein und lachten, während Jules versuchte, mir ein paar elementare flämische Vokabeln beizubringen.

»Nein, die Betonung ist falsch«, sagte er und verbesserte die Art, wie ich »Hallo« sagte.

»Hallo«, ich versuchte es erneut, und er nickte.

»Genau«, sagte er. »Es liegt eine bestimmte Härte darin. Nun lass uns *Auf Wiedersehen* probieren.«

Ich aß mit den Fingern und benutzte eine der Muschelschalen als kleine Zange, um die anderen Muscheln auseinanderzubrechen. Und ich schwärmte von den Pommes.

»Das Schlimmste, was du tun kannst, ist, sie French Fries zu nennen«, klärte Jules mich auf.

»Wieso?«, fragte ich.

»Das ist ein Dauerstreit zwischen Frankreich und Belgien«, sagte er lächelnd. »Dabei haben wir Belgier Aufzeichnungen, die belegen, dass wir sie schon lange vor den Franzosen zubereitet haben.«

»Man lernt jeden Tag etwas Neues«, antwortete ich.

Zum Dessert gab es Mattentaart, eine Art Blätterteigkruste mit einer cremigen Käsekuchenfüllung, und der Kaffee wurde mit echten belgischen Pralinen serviert. Ich nahm mir vor, am Flughafen einen Riesenvorrat für Freddie und die Mädels zu besorgen.

»Wow, das hat alles unglaublich gut geschmeckt«, gab ich zu, während Jules die Rechnung beglich. »Und du warst ein wunderbarer Stadtführer. Vielen Dank.«

Während wir zurück zum Hotel schlenderten, bot Jules mir seinen Arm an, und wir spazierten im Gleichschritt über das dunkle Kopfsteinpflaster.

»Es tut mir leid, was ich über deinen Ex-Verlobten gehört habe«, sagte er, als aus der Ferne Straßenmusik erklang. »Luke wirkte ziemlich verblüfft über eure Trennung.«

Luke konnte diese Bemerkung nur gemacht haben, nachdem Jules ihn darauf angesprochen hatte.

»Ach, es muss dir nicht leidtun«, sagte ich. »Solche Dinge passieren, nicht wahr?«

»Ja, das tun sie«, stimmte er zu.

Wir entdeckten, woher die Musik kam, und hielten an, um ein wenig zuzuhören. Eine junge Frau sang auf Flämisch, ein Mann begleitete sie auf dem E-Piano. Es war traurig und wunderschön. Sie war noch so jung und verstand schon so viel über Kummer und Schmerz.

»Sie singt über eine verflossene Liebe«, erklärte Jules und kam näher an mein Ohr, sodass ich seinen Atem in meinem Nacken spürte. »Sie singt: ›Ich habe meinen Liebsten fortgeschickt, doch ich wollte, dass er wiederkommt. Mein Liebster kommt nicht wieder, also bin ich jetzt allein.‹«

Tränen stiegen mir in die Augen. Ich fühlte mich, als hätte man mir einen Tritt direkt in die Magengrube verpasst.

»Sie ist sehr gut«, flüsterte ich leise, und als das Lied zu Ende war, applaudierten wir, und Jules legte einen Geldschein in ihre Sammelbox.

Wir gingen schweigend weiter. Ich dachte an Patrick. Wie konnte ich es wieder hinbiegen, jedoch ohne mich zu entschuldigen? Ich wollte nicht zugeben, dass ich was falsch gemacht hatte, denn ich war nicht der Ansicht, etwas falsch gemacht zu haben. Aber ich vermisste ihn. Alles war so viel besser, wenn ich es mit ihm teilte.

»Wir sind da«, sagte Jules, als wir vor dem Hotel ankamen. Wir blickten beide aufs Gebäude, und dann drehte er sich zu mir.

»Danke noch mal«, sagte ich. »Für alles, was du heute für mich getan hast. Es war wirklich … sehr *informativ*.« Mir fiel kein passenderes Adjektiv ein.

Jules nickte und hielt mir zum Abschied die Hand hin. »Dein Ex-Verlobter ist ein Idiot. Wie kann man nur so jemanden wie dich sitzen lassen?«, sagte er und wünschte mir eine gute Nacht.

Aber ich dachte nicht daran, was mir Alexander angetan hatte. Ich dachte daran, wie äußerst dumm ich wäre, wenn ich meine Beziehung zu Patrick aufs Spiel setzen würde.

41

Vom Flughafen nahm ich gleich ein Taxi in die Nähe von Newington Green. Adzo gab mir Anweisungen, sie vor dem Eingang des nahe gelegenen Parks zu treffen. Das war ganz in der Nähe des Friseursalons, wo ich mir die Haare hatte schneiden lassen.

Ich war geschockt – und das ist noch untertrieben –, dass sie in diesen Stadtteil vorgedrungen war, denn ich war mir nicht sicher gewesen, ob sie überhaupt wusste, dass dieser Teil der Stadt existierte. Adzo ist wahnsinnig viel in der Welt herumgekommen, aber ich hatte immer angenommen, dass ihr alles östlich der Oxford Street zu weit weg war, und ich lebte praktisch in Essex. Doch da war sie.

»Moment mal«, sagte sie. »Ich muss mich mal kurz orientieren.« Sie hielt ihr iPhone mit der Stadtplan-App vor sich.

»Geht es um die Wohnung? Bitte, sag's mir endlich! Eine Mariachi-Band spielt in meinem Kopf, weil ich gestern Abend zu viel Wein getrunken habe, diese Reisetasche ist lästig, und es ist kalt.«

»Ja, stimmt, es ist kalt«, sagte sie. »Warum holst du uns nicht von dort drüben einen Tee? Lass den Koffer stehen. Ich brauche nur einen Augenblick.«

Ich befolgte ihre Anweisung, überquerte die Straße, bestellte zwei Becher Chai zum Mitnehmen und sah durchs Caféfenster, wie sie angeregt mit jemandem telefonierte.

»Du gehst mir auf die Nerven«, sagte ich, reichte ihr den Tee und kramte in der Papiertüte nach ihrem Stück Kuchen.

»Ooooh, ja, bitte«, sagte sie und nahm Tee und Kuchen mit leuchtenden Augen an. »Hab noch ein wenig Geduld, es wird sich alles in … drei Minuten aufklären. Hier entlang.«

Wir gingen durch den Seiteneingang des Parks Richtung Wohnstraßen, die mir von meinen morgendlichen Joggingrunden vage bekannt vorkamen. Seit meiner Rückkehr aus Australien bin ich überhaupt nicht mehr gelaufen und war auch nicht beim Training. Es sei denn, Sex zählte als Training, aber selbst der war im Augenblick eine ferne Erinnerung.

»Ich muss mit Patrick reden«, sagte ich, nachdem ich ihr erklärt hatte, dass wir uns in den letzten Tagen kaum mehr als fünf Nachrichten geschickt hatten. »Ich versuche nur, verantwortungsbewusst zu sein und sicherzugehen, dass ich die Entscheidungen endlich mal für mich treffe, aber ich glaube, ich habe ihn weggestoßen. Ich habe Angst! Aber ich hoffe, er wird es verstehen.«

»Nun ja, ich habe Gerüchte über Paare gehört, die direkt miteinander über ihre Probleme reden«, gestand Adzo. »Es ist eine urbane Legende, aber der Gedanke ist in Umlauf gebracht worden.«

Das brachte mich unwillkürlich zum Lachen. »Adzo!«, ermahnte ich sie grinsend. »Ich meine es ernst! Ich weiß nicht, wie man streitet! Ich bin es nicht gewohnt, sauer zu werden!« Es stimmte: Ich hatte früher alles getan, um Auseinandersetzungen zu vermeiden. Es ging mir wirklich schlecht damit, einen Streit mit Patrick zu haben, aber ich wusste, dass es für mich ein Fortschritt war, auch wenn sich das merkwürdig anhörte.

Adzo blieb stehen. Ich schaute mich um. Wir standen inmitten einer Straße mit viktorianischen Reihenhäusern, groß, geräumig und mit hohen Decken, die ein Vermögen kosteten, wenn man ein ganzes besaß, aber die meisten waren in Wohnungen aufgeteilt.

»Hör mal«, sagte sie. »Ich kann dir mit Patrick nicht helfen.«
Ich blinzelte.

»Aber wie ich schon sagte …«, fuhr sie fort, »ich kann dir in
Sachen Wohnung behilflich sein.«

Sie marschierte durch das pulvergrüne Eingangstor am Ende
der Häuserreihe, entlang des kleinen Pfades standen zahlreiche
Blumentöpfe. Unter einem von ihnen, neben den Mülltonnen,
zog sie einen Schlüssel hervor. Sie hielt ihn hoch und sagte:
»Tada!«

»Das ist die Wohnung, die in meinem Budget liegt?«, fragte
ich.

»Süße«, antwortete sie. »Du wirst sie lieben.«

»Das ist hier viel zu schick für mich!«

»Komm schon«, rief sie und stand schon mit einem Fuß im
Flur.

Die Wände waren weiß. Es war eine teure Farbe, das zeigte
sich daran, wie das Licht aufgefangen statt reflektiert wurde. Ich
kannte mich wegen Bris Küchenrenovierung zufälligerweise
mit Farbe aus. Der Teppich bestand aus gewebter Jute und sah
gemütlich und einladend aus. Auf einem kleinen Tisch unter
dem Spiegel lagen zwei kleine Stapel Post.

»Hier wohnt Mrs Archway«, sagte Adzo und deutete auf die
erste Tür, an der wir vorbeigingen. »In der Erdgeschosswoh-
nung. Sie ist um die hundert Jahre alt, wurde aber vor ein paar
Wochen wegen Ruhestörung getadelt, als sie ein paar Freunde
zu Besuch hatte und diese etwas zu Gin-selig wurden. Sie war
früher Theaterschauspielerin und hat Geschichten parat, die sogar mich erröten lassen.«

Sie ging die Treppe hinauf. Ich konnte den Duft von Gewür-
zen riechen. Jemand kochte gerade etwas Köstliches.

»Dort wohnt Brigitte. Sie ist eine Foodbloggerin und stellt
gern Essenspakete vor die Wohnungstüren ihrer Nachbarn,

weil sie so viel kocht. Du wirst sie mögen – sie hat gerade erst vor drei Monaten mit ihrer Langzeitfreundin Schluss gemacht und hat sich schnell davon erholt, was faszinierend ist.«

Wir stiegen weiter die Treppen hoch.

»Und die«, sagte sie und steckte den Schlüssel ins Schloss, »ist für dich – wenn du sie haben willst.«

Ich musterte sie misstrauisch und ging an ihr vorbei in den Flur, der dem im Erdgeschoss sehr ähnlich war: weiße Wände, gewebter Juteteppich. Auf der linken Seite war ein Schlafzimmer, auf der rechten Seite kam erst ein kleines Bad mit schwarzweißen Fliesen und einem mattierten Fenster, danach eine Nische, etwa so groß wie ein Einzelbett.

Ich betrat den Hauptteil der Wohnung, einen offenen Küchen- und Wohnbereich. An einem Ende des Wohnzimmers befand sich ein riesiges Erkerfenster mit Straßenblick, und das Zimmer war ungefähr groß genug, um ein Sofa und einen Couchtisch, vielleicht auch einen winzigen Esstisch hinzustellen. Die Küche war schmal, aber weil sie mit dem Wohnzimmer verbunden war, fühlte sie sich auch großräumig an, besonders mit den riesigen Fenstern und der Helligkeit des Teppichs und der Wände.

»Was ist das für eine Wohnung?«, staunte ich. »Wieso hast du einen Schlüssel?«

»Ich kenne jemanden, der jemanden kennt.« Sie zuckte mit den Schultern, und ich warf ihr einen Blick zu, als ob ich sagen wollte: *Du musst schon mehr ausspucken.*

»Na gut«, erläuterte sie. »Erinnerst du dich an den Typen, mit dem ich mal ausgegangen bin und der mich vor zwei Jahren in den Weihnachtsferien in die Dominikanische Republik mitnehmen wollte? Der mit dem Schnurrbart und einem Faible für Zitate aus *Der Pate*?«

»Ja, ich erinnere mich! Er hat dir ziemlich gut gefallen, oder?« Sie nickte.

»Ich kann mich im Moment gar nicht mehr erinnern, warum du mit ihm Schluss gemacht hast.«

»Ein Grund war der, dass er Eigentümer von etwa fünfzehn Wohnungen und Häusern war«, sagte sie mit großen Augen. »Ich dachte, es sei moralisch nicht vertretbar, vom Mietmarkt zu leben … aber das war, bevor meine Freundin dringend eine Wohnung brauchte …«

»Das ist Mr Schnurrbarts Wohnung?«

»Jep. Und er ist irgendwie noch immer in mich verliebt, also bist du offiziell die Erste, die sie besichtigt. Sie ist noch nicht beim Wohnungsmakler gemeldet.«

»Wie viel?«

»Am oberen Rand deines Budgets, aber mit allen Nebenkosten inklusive.«

»Neeeein«, sagte ich und schmunzelte wie eine Grinsekatze.

»Ja«, betonte Adzo. »Ich kann mir dich hier total gut vorstellen. Es ist klein, aber schnuckelig, die Nachbarn sind super, es ist nicht allzu weit weg von der Gegend, in der du jetzt wohnst, aber weit genug, um nicht täglich Wege der Erinnerung gehen zu müssen, wenn du das nicht möchtest.«

Ich stürzte mich auf sie, umarmte sie fest und schrie: »Oh mein Gott!«

»Also gefällt sie dir?«, fragte sie und riss sich von mir los.

Ich nickte. »Total, ich will hier wohnen«, sagte ich und streckte die Hand aus, um die Wand zu berühren. »Das fühlt sich wie zu Hause an. In meinem Inneren weiß ich, dass ich hier glücklich sein könnte. Darf ich Carol mitbringen?«

Sie legte einen Arm um meine Schulter. »Ja, das darfst du«, sagte sie. »Ich habe nachgefragt. Und falls es dich interessiert«, fügte sie hinzu, »das Einzige, was mich das hier gekostet hat, war eine Happy Hour. Es stellte sich heraus, dass Mr Schnurrbart noch immer ganz reizend ist.«

»Dann sind wir quitt? Ich bekomme die Wohnung und du einen Freund?«

»Annie, bitte. Komm mir nicht mit deinem heteronormativen Scheiß. Ich gehe nach Amerika, schon vergessen? Aber ja, wir sind quitt.«

Angesichts der Wohnung war ich nun gezwungen, eine endgültige Entscheidung zu treffen: Ich wollte in London bleiben, und ich wollte in dieser Wohnung leben. Antwerpen wäre nicht das Richtige für mich – ich könnte Freddie nicht zurücklassen. Das zu erkennen und zuzugeben war eine Erleichterung. Ich wollte abenteuerlustig sein, doch ich wusste auch, was mir wirklich wichtig war.

Ich schoss ein paar Fotos von den Zimmern und überlegte schon, wie ich sie einrichten wollte. Da sie so hell und geräumig waren und weil alle Möbel aus dem Haus ohnehin zu sperrig wären, entschied ich mich auf der Stelle, es minimalistisch und aufs Wesentliche konzentriert halten zu wollen. Gab es einen besseren Zeitpunkt in meinem Leben, um all den angesammelten Müll zu reduzieren und nur Dinge zu behalten, die mir Freude bereiteten?

Ich schickte den Mädels ein Foto und dachte daran, auch Patrick zu zeigen, was Adzo für mich gefunden hatte, aber dann entschied ich mich, dass es besser wäre, persönlich mit ihm zu reden. Adzo telefonierte mit ihrem Mr Schnurrbart – meinem neuen Vermieter – und legte die Details der Unterzeichnung eines privaten Vertrags ohne Makler fest. Sie kämpfte mit harten Bandagen, um ihn dazu zu bringen, es eher früh als spät zu tun. Ich schickte Patrick eine Nachricht und fragte, ob wir uns sehen könnten.

Klar, schrieb er sofort zurück. *Dienstag? In der Pizzeria? Um sieben?*

Dienstag?, schrieb ich zurück. Das war noch Tage entfernt.

Ich bin in Manchester. Ich bin hergekommen, um für ein paar Tage mit meinem Bruder abzuhängen x

Es verletzte mich, dass er London übers Wochenende verlassen hatte, ohne es mir zu sagen, und ich fragte mich sofort, ob er sich genauso gefühlt hatte, als er von meiner Reise nach Belgien erfahren hatte. Wenn ja, dann verstand ich seine Reaktion umso besser. Wenn man ein Team ist, gibt es gewisse Umgangsformen – wie etwa, *nicht* ohne Ankündigung wegzufahren. Aaahhh!

Ich sagte für Dienstag zu. *Viel Spaß mit Conor! Grüß ihn von mir! xxxx*

»Okay«, sagte Adzo, sobald sie auflegte. »Mr Schnurrbart kommt am Montagnachmittag im Büro vorbei, um uns zu treffen, wenn du Zeit hast. Er bringt die Verträge mit, und dann gehen wir essen, falls ich früher Feierabend machen kann.«

»Ich war noch nie so produktiv mit einem Kater«, sagte ich. »Ich kann dir ganz ehrlich nicht genug danken. Ich dachte, ich würde in eine feuchte Einzimmerwohnung in Zone 24 verbannt werden und nie wieder glücklich sein. Aber ich werde hier glücklich sein, das merke ich jetzt schon.«

»Ich auch.« Sie grinste. »Auf den Neuanfang.«

Sie hob ihren leeren Chai-Becher, und wir prosteten uns zu.

»Auf den Neuanfang«, sagte ich und akzeptierte, dass mein nächster Schritt wirklich so einfach sein könnte, wenn ich es zuließe.

42

Am selben Tag, an dem ich offiziell den Mietvertrag für die Wohnung unterschrieb, ging ich zu einem Infoabend zur Therapeutenausbildung. Auch wenn es etwas war, das ich mir im Moment nicht leisten konnte, wollte ich Informationen für später sammeln. Die Veranstaltung fand in einem großen Steingebäude statt, das versteckt auf einem der extravaganten, begrünten Plätze stand. Drinnen stand eine Frau hinter einem ausklappbaren Tisch und verteilte vorgedruckte Namensschilder. Wir waren so um die fünfundzwanzig Leute, aufgeteilt in Fünferreihen, und ich entschied mich für einen Sitzplatz hinten in der Nähe des Gangs.

Wir waren eine bunte Mischung; ich gehörte eher zu den Jüngeren. Nicht die Einzige zu sein, die sich für einen Berufswechsel interessierte, machte mich ein wenig traurig: der Therapeutenberuf war nicht unsere erste Wahl gewesen. Gleichzeitig dachte ich aber, dass es ein Beruf war, zu dem man vielleicht erst nach dem Sammeln von Lebenserfahrung gelangte. Sicherlich war das eine gute Eigenschaft für eine Therapeutin. Niemand möchte Ratschläge von einem Jungspund, dem noch nie etwas Schlimmes passiert ist.

»Guten Abend.«

Eine Frau stand vorne am Pult, hinter ihr auf einer riesigen weißen Leinwand eine PowerPoint-Präsentation. »Mein Name ist Esther Essiedu, ich bin Vorstandsmitglied des britischen Verbands für Beratung und Psychotherapie. Willkommen zu unserem Informationsabend zum Thema Ausbildung zum Berater oder Psychotherapeuten.«

342

Ich machte es mir gemütlich und hörte mir an, wie alles ablief, machte mir Notizen, während Esther erklärte, dass die meisten Arbeitgeber und Kunden nach Fachleuten mit Berufsqualifikationen und Mitgliedschaften in Berufsverbänden suchen. Als ich bei Google den Begriff »Beratung« eingegeben hatte, konnte ich keine Informationen zur Grundausbildung finden, und sie erklärte, dass der Grund dafür der war, dass es keine gab – ihr Verband, der einer von vielen ist, setzt seine eigenen Maßstäbe fest, sodass es keine Pflichtfortbildungen oder -qualifikationen als solche gibt. Die Wartezeit zur Aufnahme in den Verband betrage drei bis vier Jahre.

»Es ist eine Mischung aus Selbststudium, Praktika, Fachaufsicht und oft auch Ihrer persönlichen Therapie. Als Erstes empfehlen wir einen Einführungskurs, um sicherzustellen, dass es der richtige Beruf für Sie ist. Sie können sich innerhalb von acht bis zwölf Wochen einen Überblick über die Ausbildung an einer Fachoberschule oder Volkshochschule verschaffen.«

Als es anschließend Tee und Kaffee gab und wir ermuntert wurden, länger zu bleiben und uns auszutauschen, sammelte ich ein paar Broschüren ein.

»Na, da haben Sie aber eine Menge Lesestoff eingepackt«, sagte Esther hinter mir, während ich versuchte, meine Handtasche, die vielen Broschüren, den Tee-Pappbecher und zwei Butterkekse zu jonglieren. Sie hatte mich erschreckt, und ich hätte beinahe den Tee verschüttet, aber sie nahm ihn mir in letzter Sekunde aus der Hand.

»Danke«, sagte ich. »Ich denke, ich war ein bisschen zu ehrgeizig, was meine Jonglierfähigkeiten angeht.«

»Wir haben hier nichts gegen Ehrgeiz«, sagte sie freundlich. »Hat Ihnen der heutige Abend weitergeholfen …«, sie blickte auf mein Namensschild, »Annie?«

»Ja, das hat er«, antwortete ich. »Ich glaube, ich habe etwa zehn Seiten voller Notizen«, scherzte ich, und sie lachte.

»Ich habe Sie mitschreiben sehen. Sie sind eindeutig innerlich eine Studentin, die versucht, sich einen Weg nach draußen zu bahnen, nicht wahr?«

»Ich war schon immer so«, sagte ich. »In der Schule liebte ich es, zu lernen.«

»Und seitdem?«

»Ich habe studiert, und jetzt arbeite ich. Aber ich muss schon sagen, es ist schon lange her, seit ich etwas Neues ausprobiert habe. Ich glaube, seit der Mittelschule nicht mehr.«

Esther überlegte. »Mein Mann und ich gehen seit Kurzem tanzen – Swing!«, sagte sie.

»Oh, wie schön!« Ich war ein klein wenig neidisch, als ich von einer glücklichen Beziehung hörte.

»Nicht wirklich«, sagte sie. »Das Einzige, was mir Spaß macht, ist, sagen zu können, ›wir lernen Swing tanzen‹. Es umzusetzen ist ziemlich mühsam.«

Das war nett, dass sie das sagte. Sie sagte mir nebenbei, ich solle nicht so streng zu mir sein. Ha!, war nicht genau das mein ewiges Problem?

»Wie auch immer. Schön, dass Sie heute Abend gekommen sind. Gibt es einen bestimmten Aspekt der Therapiearbeit, der Sie besonders interessiert?«

»Ich glaube, mich interessiert vor allem Kinderpsychologie oder die Arbeit mit Teenagern.«

Mir war nicht klar gewesen, dass mich das im Besonderen interessierte, bis ich es aussprach. Für mich war diese Information genauso neu wie für sie, und wir nickten beide.

»Meine Teenagerjahre waren sehr schmerzhaft, und ich habe bis heute gebraucht, um zu verstehen, welchen Einfluss sie auf mein Leben hatten«, sagte ich. »Ich nehme an, ich fände es deshalb besonders schön, jungen Leuten zu helfen.«

»Das ist wunderbar«, sagte sie. Sie streckte die Hand aus und berührte meinen Arm, während sie sprach, und ich erkannte darin ein kleines Zeichen, dass sie sich nun unter die anderen mischen würde.

»Vielen Dank für Ihre Einblicke«, sagte ich. »Es war wirklich super.«

Auf der Busfahrt googelte ich noch nach dem Grundkurs der Ausbildung und den genauen Kosten.

Langsam nervt es so richtig, schrieb Patrick vor dem Schlafengehen, und ich fühlte mich ganz erleichtert.

Das tut es!, antwortete ich. *Ich wünschte, es wäre jetzt schon morgen Abend. Eine Woche ohne dich ist viel zu lang.*

Dito, schrieb er zurück und schickte ein Herz-Emoji.

43

Am nächsten Morgen wurde ich zu einem Meeting mit Chen in den Konferenzraum gerufen. In einer theatralischen Geste schob sie mir einen teuer aussehenden Briefumschlag über den Tisch.

»Was ist das?«, fragte ich.

»Dein Angebot«, antwortete sie mit ausdrucksloser Miene. Sie deutete meine Coolness in Bezug auf Antwerpen wohl als Verhandlungstaktik und war von ihrem drängenden Enthusiasmus etwas abgerückt.

Im Umschlag befanden sich ein dreiseitiger Vertrag und ein Anschreiben. Ich las es, während Chen so tat, als ob sie seelenruhig E-Mails auf ihrem Handy checken würde.

Sehr geehrte Ms Wiig,
es war uns eine Freude, Sie letzte Woche in unserem Firmensitz in Antwerpen getroffen zu haben. Ihr Ruf als Geistesgröße und außergewöhnliche Denkerin eilt Ihnen voraus, und Ihre Gedanken zu den Manipulationen des Kodierungsverfahrens bei der Fehleraufdeckung in der Quantensoftware sowie weitere Einblicke in Ihre aktuelle Arbeit in London zum Thema Systemmodellierung und Simulation von Glasfaserlasern sind spannend und äußerst vielversprechend. Ihre Versetzung in das Antwerpener Büro wird zweifelsohne einen positiven Beitrag zum intellektuellen Leben der Firma leisten. Anbei erhalten Sie unser Angebot, das Ihnen sicherlich zusagen wird.

Sollten Sie Fragen haben, stehen wir Ihnen jederzeit gerne zur Verfügung. Ansonsten freuen wir uns darauf, so schnell wie möglich von Ihnen zu hören.

Ich überflog die Vertragsbedingungen und die Absätze zu den Umzugskosten, die sie übernehmen würden. Sie würden sogar die Kosten eines sechswöchigen Aufenthalts in einer Airbnb-Wohnung übernehmen, bis ich eine eigene fände. Sie boten mir im Prinzip eine fünfunddreißigprozentige Gehaltserhöhung an, zwei Hin- und Rückflüge pro Jahr nach London und fünfundzwanzig Urlaubstage.

»Das ist wahnsinnig großzügig«, sagte ich, als ich alles gelesen hatte.

»Ich werde es noch bereuen, dass du gehst«, stimmte Chen zu und legte ihr Handy wieder auf den Tisch.

Ich schüttelte den Kopf. »Ich kann aber nicht zusagen.«

Sie blinzelte. »Aber selbstverständlich sagst du zu.«

»Ich will nicht in Antwerpen leben«, sagte ich. »Es ist schön, aber es ist nichts für mich. Ich habe zu viel, was mich hier in London hält.«

Sie blinzelte. »Wirst du es nicht wenigstens als Druckmittel einsetzen, um hier eine Gehaltserhöhung zu bekommen?«

»Ich möchte, dass ich zu diesen Bedingungen hier am Londoner Standort arbeite, ja«, sagte ich. Ich hatte Adzo versprechen müssen, mit Chen zu verhandeln, und sie hatte mich gecoacht, wie ich das, was ich wollte, einfordern sollte.

»Du willst eine Beförderung.«

Es war keine Frage.

»Nein«, sagte ich. »Ich will, dass meine Loyalität dieser Firma gegenüber berücksichtigt wird, wenn es um meine jährliche Gehaltsüberprüfung geht. Ich werde nicht nach Antwerpen gehen, aber das bedeutet nicht, dass ich mich nicht hier nach etwas anderem umsehen würde, wenn ich das Gefühl bekomme, nicht wertgeschätzt zu werden.«

Ich war über mich selbst überrascht, wie selbstbewusst ich klang – genauso sachlich, wie Adzo es mir beigebracht hatte. Es ging nicht um mich, es war nur ein Vertrag. Das ist alles.

»Wenn es keinen Spielraum beim Gehalt gibt«, fuhr ich fort, »würde ich eine Arbeitszeitreduzierung auf neun Arbeitstage in zwei Wochen vorschlagen. Im Grunde …« Nun hatte ich mich warmgelaufen. Es machte Spaß, das zu verlangen, was ich wollte! »… wäre mir das lieber. Ich würde es vorziehen, im Londoner Büro zu bleiben, in meiner jetzigen Position, aber anstelle einer Gehaltserhöhung würde ich jeden zweiten Freitag freinehmen. Ich möchte nämlich eine Fortbildung machen.«

An ihrem Gesichtsausdruck konnte ich erst mal nichts erkennen, bis ein ganz leichtes Grinsen aufflackerte.

»Bist du dir sicher, dass du keine Bedenkzeit willst? Sobald ich ihnen deine Absage per E-Mail schicke, kannst du deine Meinung nicht mehr ändern.«

»Ich werde meine Meinung nicht ändern«, versicherte ich ihr, und während ich es aussprach, wusste ich, dass es auch so war. Antwerpen würde für jemand anderen toll sein, aber nicht für mich. Mein Leben war in London, zusammen mit den Mädels und Freddie und einer neuen Wohnung und einem freien Freitag alle zwei Wochen. Das reichte mir. Eigentlich war es mehr als genug. Es war viel zu viel, um es aufzugeben.

Ich war sehr zufrieden mit mir und meiner Verhandlungstaktik. Die Sonne schien, auch wenn es kühl war, und London war hektisch und busy. Ich ging an Theaterplakaten vorbei und an Frauen, die mit Hunden Gassi gingen, an Paaren, die Händchen hielten, und an einer Gruppe Schulkinder, die sich auf dem

Bürgersteig drängelten und laut und albern waren. Ich lächelte über ihr Lachen, als sich ein Mann räusperte und sagte:

»Herrgott noch mal, könnt ihr nicht leiser sein?«

Eine der Sechstklässlerinnen rief dazwischen: »Okay, Boomer. Musst ja nicht gleich die Zähne fletschen.« Die Kinder drängelten sich auf dem Bürgersteig, und ich musste ihnen ausweichen. Und plötzlich sah ich Alexander.

»Annie.«

Er saß mit einer jungen Mittzwanziger-Brünetten in einem Straßencafé. Irgendwoher kannte ich sie, ich kam aber nicht drauf. Er trug ein Jeanshemd und eine eng anliegende Chinohose; die nackten Knöchel standen ihm nicht. Die weißen Sneakers passten nicht zu seinem Gesicht mit den leichten Fältchen, seine obere Hälfte schien das Memo nicht weitergegeben zu haben, dass seine untere Hälfte nicht das gleiche Alter hatte wie seine Begleitung. Ich wollte zunächst einfach weitergehen, doch er sah so hoffnungsvoll aus, als er meinen Namen rief, dass ich stehen blieb.

»Hallo«, sagte ich.

Ich sah, dass die beiden Händchen hielten, aber als er bemerkte, dass es mir aufgefallen war, zog er seine Hand schnell weg. Die Frau schaute gekränkt.

»Cameron«, sagte sie und winkte leicht. »Wir haben uns letztes Jahr bei der Weihnachtsfeier kennengelernt.«

»Ja«, sagte ich und konnte sie nun einordnen. »Alexanders neue Assistentin. Na ja, mittlerweile wahrscheinlich nicht mehr.«

»Nein«, sagte sie. »Mittlerweile nicht mehr.«

»Wir legen gerade eine Pause ein, um ein Projekt zu besprechen, das wir morgen präsentieren«, sagte Alexander.

»Okay«, murmelte ich. Ein Teil von mir fragte sich, ob das vielleicht der Grund war, warum er mich verlassen hatte, doch so schnell mir der Gedanke kam, so schnell war er wieder verschwunden. Es war mir egal. Er war nicht mehr mein Problem. Ich hätte etwas Ätzendes sagen können und sie fragen, ob ihr bewusst war, wozu er fähig war, aber das war es nicht wert. Vielleicht würde er sie besser behandeln als mich. Die Wahrscheinlichkeit war gering, aber alles war möglich.

»Vermutlich ist es gut, dass ich dich treffe«, sagte ich. »Das spart mir eine E-Mail.«

»Klar«, sagte er.

»Ich habe dir deinen Anteil an den verkauften Möbeln überwiesen, und ich werde dir am Samstag den Schlüssel unter den Blumentopf legen. Mein Anwalt wird sich bei deinem melden, um die Sache mit meinen geleisteten Zuzahlungen zur Hypothek zu klären. Ich weiß, du wirst fair sein.«

»Ja, klar. Natürlich«, sagte er. Dann schaute er zu Cameron und sagte ihr: »Dauert nur eine Minute, ja? Bin gleich wieder da.« Er stand auf und machte mir ein Zeichen, dass ich ihm folgen solle. Als wir uns außer Hörweite befanden, sagte er: »Danke, dass du höflich bleibst.«

»Es gibt keinen Grund, es nicht zu sein«, antwortete ich.

»Doch, den gibt es«, bestand er. »Also, danke.«

»Hast du mich wegen ihr verlassen?«

Er wurde rot, und ich hatte wenigstens die Genugtuung, dass er verlegen schaute. »Es ist nichts passiert, bis es nicht mit uns vorbei war«, sagte er.

Ich nickte.

»Meine Eltern vermissen dich«, sagte er. »Ich habe gehört, dass du ihnen ein sehr schönes Geschenk als Dankeschön aus Australien mitgebracht hast.«

»Sie waren sehr gut zu mir.«

»Besser, als ich es war«, sagte er. »Es tut mir leid. Alles. Ich glaube nicht, dass ich mich jemals so richtig entschuldigt habe.«

»Hast du nicht.«

Er blieb stehen. »Echt?«

»Ja.«

»Nun ja. Es tut mir wirklich leid. Ich habe mich furchtbar verhalten, das hast du nicht verdient.«

Ich verzog das Gesicht. »Du hast mich im Grunde befreit«, sagte ich. »Und ich habe seitdem keinen Gedanken mehr an dich verschwendet.«

Ich beugte mich vor und gab ihm einen Kuss auf die Wange. Mir war klar, dass er nicht wusste, was er mir sagen sollte. Ich lächelte ihn an und ging weiter. Als mein Handy vibrierte, blieb ich stehen, um nachzusehen, wer mir schrieb. Es war Kezza: *Jo hat entbunden! Das Mädchen ist da!!*

44

Bei Jos erster Geburt hatte sich die Viererclique voller Freude im Krankenhaus versammelt. Es war übertrieben, aber sie war die Erste von uns, die ein Baby bekommen hatte, und wir wollten sie wissen lassen, dass wir für sie da waren. Es war eine Art zu sagen, *Hey, wir lieben dich*, ohne im Kreißsaal dabei zu sein, auch wenn Jo erst im Nachhinein erfuhr, dass wir da waren. Freunde machen das nun mal so. Also war unausgesprochen klar, dass wir das auch bei der Geburt der kleinen Estelle Grace machen würden. Es war im Grunde genommen Tradition.

Die Sache war die, dass ich mich mit Patrick hätte treffen sollen.

Darf ich dich anrufen?, schrieb ich ihm per SMS aus dem Wartesaal, während ich auf die Ankunft der anderen wartete.

Ja, schrieb er. *Bist du spät dran?*

Ich atmete tief ein und rief ihn an.

»Bitte sei nicht sauer auf mich«, sagte ich, als er ranging. »Aber Jos Baby ist da. Ich bin gerade im Krankenhaus und warte darauf, die beiden sehen zu dürfen, deshalb bin ich noch nicht auf dem Weg zu dir und zur Pizza.«

»Oh«, rief er. »Jos Baby ist da? Das ist ja wunderbar! Grüße sie von mir und gratuliere ihr herzlich!«

Ich war sehr erleichtert. Vor dem Anruf hatte ich mir Sorgen gemacht, dass er wütend sein könnte, doch genau das Gegenteil war der Fall. Er war lieb und nett.

»Du bist nicht sauer?«, fragte ich.

»Nein, ich bin nicht sauer, dass deine beste Freundin ein Baby bekommen hat.«

»Ich wollte dich wirklich sehen.«

»Ich wollte dich auch wirklich sehen.«

Ich konnte nicht fassen, dass er so wundervoll war. Wenn ich Alexander versetzt hätte, hätte er geschrien oder mir das Gefühl gegeben, unbedeutend zu sein, oder er hätte nicht verstanden, warum Jo in jenem Augenblick wichtiger war als er. Aber Patrick verstand es.

»Ich gehe nicht nach Antwerpen«, platzte es aus mir heraus. Ich konnte es kaum erwarten, es ihm zu sagen. »Ich habe mir gedacht, das würde dich interessieren.«

Ich konnte sein Lächeln hören. »Weißt du, Annie, du musst nicht wegen mir bleiben.«

»Ich weiß«, sagte ich. »Das tu ich auch nicht.«

»Wie charmant.«

»Ich will dir nicht diese Last aufbürden. Ich bleibe für mich. Für Freddie. Du bist der Bonus.«

Er antwortete nicht.

»Ich habe eine Wohnung gefunden«, fuhr ich fort. »Adzo hat sie für mich gefunden. Dritte Etage, klein, aber ich kann sie mir leisten. Eigentlich ganz in deiner Nähe. Dad wird mir am Wochenende beim Umzug helfen.«

»Warte mal«, sagte er. »Hast du gerade gesagt, dass du *nicht* wegen mir bleibst?«

»Ich meinte nicht ...«

»Was *hast* du gemeint? Denn es fühlt sich so an, als ob du ständig versuchst, mir klarzumachen, dass ich nicht einmal annähernd ganz oben auf deiner Liste stehe, aber du sagst trotzdem, dass du diese Beziehung willst. Du kannst dir sicherlich vorstellen, wie verwirrend das ist, oder? Es fühlt sich nicht sehr gut an.«

Mein Gott, er konnte seine Gefühle so deutlich ausdrücken. Es war entwaffnend.

Ich konnte mir meine Gefühle kaum eingestehen, geschweige denn laut ausdrücken.

»Hey, lass uns doch bitte damit warten, bis wir zusammen Pizza essen«, bettelte ich. »Morgen?«

»Nächste Woche«, antwortete er, und ich konnte nicht genau sagen, wo ich das Gespräch vermasselt hatte, aber ich hatte es getan. »Nachdem du fertig gepackt hast und ausgezogen bist. Passt schon. Vielleicht sind wir das Ganze zu schnell angegangen, Annie. Ich weiß nicht. Ich kann das nicht, wenn du nicht mit vollem Herzen dabei bist. Zweifel sind normal, aber …«

Mir wurde ganz heiß im Gesicht. »Nein«, sagte ich. »Ich bleibe hier. Das kann funktionieren. Ich hatte Zweifel, aber jetzt nicht mehr.«

Er brauchte einen Augenblick, um zu antworten. »Ich hoffe, dass es funktioniert«, sagte er. »Aber wenn es so gewesen sein sollte, dass wir nur in Australien ein Paar sein konnten, dann habe ich dir wenigstens geholfen, weiterzukommen, und du hast mir geholfen, weiterzukommen …«

Ich konnte seine Worte nicht fassen. Wie konnte es nur so weit kommen?

»Meinst du das wirklich so?«, fragte ich und betete, dass es nicht so war. Ich hoffte, ich hätte ihn missverstanden. Ich wollte mir das, was wir hatten, zurückholen. Ich wollte ihm nicht das Gefühl geben, dass er für mich keinen Vorrang hatte.

»Ich weiß nicht«, sagte er. »Deine Mutter hatte recht, es ging alles zu schnell. Ich habe auch Angst, weißt du. Aber wenigstens bin ich immer noch freundlich.« Er missbilligte das Ganze und hielt sich selbst davon ab, irgendetwas zu sagen, was mich noch mehr verletzen könnte. »Geh und besuch das Baby. Zieh um.

Wenn wir zusammen sein wollen, musst du dir sicher sein, und bis du dir sicher bist … nun ja … Da musst du alleine durch.«

»Ich gebe mir Mühe«, sagte ich. »Versprochen.«

Er seufzte. »Ich weiß«, sagte er schließlich. »Ist schon gut. Ich bin ja hier, ich hau ja nicht ab. Jedenfalls noch nicht.«

»Okay«, sagte ich.

»Okay«, antwortete er.

Ich legte auf und fühlte mich bloßgestellt und traurig, aber ich wollte diese Stimmung nicht in Jos Zimmer mitnehmen. Als ich die kleine Estelle Grace – benannt nach Jos Großmutter – in meinen Armen hielt, sagte ich zu Jo, sie sei perfekt.

Und dann weinte ich, weil ich es so ungerecht fand, dass das Leben gleichzeitig so schön und doch so hart sein konnte, genau wie mich meine Großmutter vorgewarnt hatte.

45

In der Nacht vor dem Umzug lief ich das ganze Haus ab, wahrscheinlich, um mich zu verabschieden. Ich stand in der Küche und erinnerte mich an all die gekochten Mahlzeiten und passiv-aggressiven Auseinandersetzungen, starrte lange in den Badezimmerspiegel und entschied dann, dass mir mein Aussehen gefiel. Am nächsten Morgen stapelte ich die Sachen, die ich nicht mitnahm, in eine Ecke und bedeckte sie mit einem Bettlaken, damit kein Durcheinander entstand, wenn Dad und Freddie zum Helfen vorbeikamen; dann füllte ich die letzten beiden Kartons mit Sachen, die ich mitnehmen würde. Ich versuchte, nicht an Patrick zu denken, denn jedes Mal, wenn ich es tat, wollte ich ihn anrufen, und jedes Mal, wenn ich das, was ich ihm sagen wollte, übte, kam eine andere Variante dabei heraus.

Lass uns Freunde sein.

Ich will mit dir zusammen sein.

Mach nicht Schluss mit mir.

Heirate mich.

Nur mit dir fühle ich mich ganz.

Du hast mich ruiniert.

Ich weiß nicht, was ich will – sag du es mir!

Es klingelte an der Tür.

»Wir sind's!«, rief Freddie durch den Briefkasten. »Wir haben einen Transporter!«

Ich öffnete die Tür und stellte schockiert fest, dass Mum mitgekommen war.

»Ihr seid ja alle da!«, sagte ich, und mir war mulmig.

»Wie angeordnet«, antwortete Mum. »Wir können dich hiermit ja nicht alleine lassen, oder?«

Es stellte sich heraus, dass sie einen Transporter gemietet hatten, sodass wir alles mit einem Weg erledigen konnten, statt wie ursprünglich gedacht mit Dads Ford Focus hin- und herzufahren, doch nun, da ich die Größe des Transporters sah, wurde mir bewusst, wie naiv ich gewesen war zu glauben, dass wir ohne auskommen würden.

»Wow«, sagte Freddie und schlenderte den Flur entlang. »Es sieht so anders aus.« Sie sah sich im größtenteils unmöblierten Haus um. »HALLO!«, rief sie, und ihre Stimme hallte im Flur wider. Das Einzige, was unberührt geblieben war, war Alexanders Flachbildfernseher, wie von ihm erwünscht.

»Komm her«, sagte ich zu Freddie. »Ich hab dich seit Ewigkeiten nicht mehr gesehen!«

»Du hast mich schon seit Ewigkeiten nicht mehr eingeladen, bei dir zu übernachten«, sagte sie nüchtern.

Es traf mich mitten ins Herz. »Es ging ein bisschen hektisch zu, Freddie-Frou«, sagte ich. »Es tut mir leid.«

»Hektisch, was deinen neuen *Freund* betrifft«, neckte sie mich. Und dann muss sie mir was angemerkt haben. »Was?«, sagte ich. »Wieso guckst du so?«

»Tu ich doch gar nicht.«

»Er hat mit dir Schluss gemacht, oder?«, fragte Mum aus der Küche. Dad schaute mich traurig an.

»Nein«, sagte ich ziemlich barsch. »Vielleicht. Ich weiß es nicht. Ich glaube, wir sind dabei, miteinander Schluss zu machen«, sagte ich. Und dann fügte ich Mum zuliebe hinzu: »Nicht, dass es jemals ernst war.«

Freddie sagte: »Aber ich dachte, du hast gesagt, dass du dich in ihn verliebt hast?«

Ich errötete bis über beide Ohren und sagte schnell: »Ja, das habe ich. Und dann nicht mehr. Und überhaupt, ich habe eine Menge um die Ohren. Der Umzug, die Therapeutenausbildung, die ich mir leisten kann, wenn mir Alexander das Geld für die Hypothek zurückgibt. So, aus und vorbei. Ende der Geschichte!«

»Ich bin schockiert«, sagte Mum und meinte genau das Gegenteil. »Das einzig Gute daran, dass du Patrick mit in die Flitterwochen genommen hast, war, dass ihr es ernst miteinander gemeint habt. Aber nun Schluss, aus, vorbei, noch einer vom Hof verjagt. Der arme Kerl. Er hat es wahrscheinlich nicht einmal kommen sehen, oder? Meine älteste Tochter, der Orkan.«

Ich weiß nicht, welchen Gesichtsausdruck ich zu diesem Kommentar machte, aber Freddie schaute von Mum zu mir, dann zu Dad und dann wieder zu mir. Die alte Annie hätte das so durchgehen lassen, aber ich hatte nicht mal mit Mums Anwesenheit an diesem Tag gerechnet, geschweige denn damit, dass sie mir einen superwichtigen Tag ruinieren würde. Ich würde ihren Bullshit nicht mit in mein neues Zuhause nehmen.

»Mum, bist du heute hergekommen, damit ich mich schlecht fühle?«, fragte ich. »Ich werde nicht zulassen, dass du das schaffst. Der heutige Umzug soll eine fröhliche, glückliche Angelegenheit sein. Das ist mein Neuanfang. Also komm nicht her und mach alles kaputt, ja?«

»Ach, sei doch nicht so melodramatisch«, antwortete sie. »Also wirklich.«

Dad versuchte, die Lage zu beruhigen, indem er vorschlug, den Transporter zu beladen.

»Danke, Dad«, sagte ich. »Es steht alles da, und ich habe alles beschriftet, damit wir wissen, welche Kiste in welches Zimmer gehört. Freddie, würdest du meine beiden Koffer aus dem Schlafzimmer holen?«

Sie nickte und ging nur widerwillig, da sie wusste, dass sie was verpassen würde.

Mum folgte Dad durch die Küche, aber ich streckte einen Arm aus und stoppte sie.

»Ich bin nicht melodramatisch, Mum«, sagte ich. »Mach dich nicht auf diese Art über meine Gefühle lustig. Du kannst heute entweder nett sein oder einen Spaziergang machen und wiederkommen, wenn wir fertig sind, okay? Das ist ganz deine Entscheidung.«

»Annie«, sagte sie. »Ich bin deine Mutter. Sprich nicht so mit mir.«

Ich riss mich zusammen, denn eigentlich wollte ich schreien. »Nein, Mum. Sprich *du* nicht so mit *mir*. Ich hab es so satt. Ich bin eine erwachsene Frau, und ich bin stolz darauf, wer ich bin, vor allem nach all dem, was ich durchgemacht habe. Du kannst das entweder respektieren oder ... keine Ahnung, was die Alternative wäre. Aber du könntest mich wenigstens heute unterstützen. Mir fehlt die Kraft zum Streiten.«

»Okay«, sagte sie verzagt. »Oh, Annie, ich weiß nicht, warum wir beiden nicht besser miteinander auskommen.«

»Weil es so aussieht, als würdest du mich nicht mögen«, antwortete ich zähneknirschend.

»Natürlich *mag* ich dich, meine Süße!«, antwortete sie. »Natürlich tu ich das. Es ist nur so ... dass du mich fast immer verwirrst. Es ist so frustrierend, mit anzusehen, wie jemand so Intelligentes und Talentiertes wie du sich unter den Scheffel stellt.«

Hat Mum gerade gesagt, ich hätte Talent?

»So kommt das bei mir aber nicht an«, sagte ich. »Du meckerst ständig an mir rum. Du kritisierst mich und machst mich schlecht!«

»Ich meckere nicht, Annie. Das ist meine Art, mich zu kümmern. Ich denke, dass du eine bemerkenswerte junge Frau bist. Ich wünschte, du würdest ... ich weiß nicht ... mehr Elan haben. Rückgrat zeigen. Ich weiß, es hört sich unbeholfen an, aber das ist alles, was ich sagen will …«

»Vorsicht!«, rief Dad und stürmte mit einem großen Karton auf die Haustür zu. »Lasst mich mal durch!«

»Mich auch!«, sagte Freddie. »Platz da, Koffer auf Rädern wollen durch!«

»Oha!«, rief ich. »Die Tür ist nicht mal offen. Wartet mal!«

Ich öffnete die Tür und nahm Dads Schlüssel aus seiner Hosentasche, um den Transporter aufzuschließen. Mum kam mir hinterher und sagte: »Ich habe dich lieb, Annie. Ich werde mir Mühe geben, dir das besser zu zeigen, okay? Ich weiß, dass wir nicht immer einer Meinung sind. Aber ich möchte, dass wir uns verstehen, ich werde mich ändern. Lass uns heute einen richtig schönen Tag miteinander verbringen.« Ich war so verblüfft, dass ich nur nickte und mich von ihr umarmen ließ. Ich konnte mich nicht daran erinnern, wann sie mich das letzte Mal umarmt hatte. Mein ganzes Leben lang haben wir uns aneinander gerieben, und jetzt, da ich für mich selbst eingetreten bin, erklärte sie mir, warum das so war? Wow. Ich hatte gerade in drei Minuten größere Fortschritte mit ihr gemacht, als ich es in meinem ganzen Leben für möglich gehalten hätte.

Ich wünschte, ich könnte auf diese Art mit Patrick alles besprechen, dachte ich.

Ich hasste es, dass ich ihn wahrscheinlich verloren hatte. Wir hatten uns immer noch nicht getroffen. Ich war überzeugt davon, dass das bestimmt ins Leere laufen würde. Wahrscheinlich waren wir gar nicht im Begriff, uns zu trennen, wahrscheinlich hatten wir uns bereits getrennt, nur hatte ich es einfach noch nicht kapiert.

»Annie?«, forderte mich Mum auf, ihr mit einer Kiste zu helfen.

In fünfundvierzig Minuten hatten wir alles im Transporter verstaut, und während die drei draußen warteten, sah ich zum letzten Mal nach, ob ich nichts vergessen hatte. Mein Handy vibrierte – Adzo, die mir schrieb, dass sie an mich dachte. Ich lud sie zu Pizza und Schampus später am Abend ein. Ich hatte alle Räume überprüft und entschieden, dass alles in Ordnung war. Dann schloss ich die Haustür ab.

Es dauerte nicht lange, den Transporter vor der anderen Wohnung abzuladen. Es war bereits Mittag, und Mum und Dad machten sich auf die Suche nach etwas Essbarem und nahmen Carol mit. Freddie und ich sagten, uns würden Sandwiches reichen, Mum meinte, sie bräuchte etwas mit mehr Kalorien, und Dad sagte, er hätte wirklich Lust auf Sprite, aber nur ohne Zucker, also blieb Freddie bei mir, während ich versuchte, die Kiste mit den Tellern und dem Besteck zu finden.

»Froogle, kannst du bitte die Kiste dort drüben öffnen?«, fragte ich. »Die weiße, nicht die große braune.«

»Mhm«, antwortete sie.

Ich war damit beschäftigt, die Kisten zu sortieren, die Dad im Wohnzimmer gestapelt hatte, obwohl ich ja ganz deutlich »Schlafzimmer« oder »Bad« draufgeschrieben hatte. Als ich zurückkam, saß Freddie vor meiner Erinnerungsbox.

»Sorry«, sagte sie. »Sie ist runtergefallen und aufgegangen, und nun kann ich nicht aufhören, mir die ganzen Fotos anzusehen.«

Ganz oben lagen einige ausgedruckte Schnappschüsse aus Australien – meine Lieblingsfotos von Patrick und mir. Freddie nahm einen Atemzug, und ich wusste sofort, dass sie etwas sagen würde, das mir nicht gefallen würde. Ich konnte es daran erkennen, wie ruhig sie geworden war, was bedeutete, dass sie sich darauf vorbereitete.

»Sieh mal«, sagte ich. »Es tut mir wirklich leid, dass ich keine allzu gute große Schwester gewesen bin. Aber nun bin ich hierhergezogen, und du kannst kommen und bleiben, wann immer du möchtest. An der Nische dort drüben sollte ein Schild mit ›Freddies Zimmer‹ hängen.«

»Ja«, sagte sie. »Okay.«

»Freddie, Käferchen?«

»Ich bin traurig, dass du und Patrick Schluss macht. Ich mochte ihn. Er hat dich so angesehen, als wärst du der wichtigste Mensch auf der Welt. Ich denke, du solltest es nicht tun.«

»Oh«, sagte ich. Ich nahm ihr die Fotos ab und schaute sie selbst an. Auf fast allen lächelte ich breit. »Es ist an der Zeit, dass ich eine selbstständige Frau werde, Frou. Eine Single-Frau.«

»Aber warum solltest du mit jemandem Schluss machen, der dich liebt?«

»Ich glaube nicht, dass er mich liebt, Piggy Poo. Wir hatten Spaß zusammen, das ist alles.«

»Aber warum hat der Spaß aufgehört? Warum willst du nicht, dass der Spaß weitergeht?«

Darauf hatte ich keine Antwort.

»Wenn mich jemand lieben würde, würde ich ihn nicht abservieren.«

»Wir haben uns nie *Ich liebe dich* gesagt, Fred.«

Sie seufzte. »Aber hättest du's nicht irgendwann gesagt?«

Ich dachte über die Frage nach und schaute mir die Fotos wieder an. »Ich weiß es nicht.«

»Liebst du ihn?«

Mein Verstand und mein Herz waren verschiedener Meinung. »Ich habe Angst, es zu tun«, gab ich zu.

»Was heißt das?«

»Es heißt …« Jetzt dämmerte es mir allmählich. »Es bedeutet ja. Ich glaube, ich tue es.«

»Also was ist passiert?«

»Freddie Wiig, du bist dreizehn. Was soll diese ganze Ausfragerei? Ich dachte, es sei für deine Generation uncool, alle Hoffnungen auf einen Partner zu setzen. Ich dachte, es sei cool, Single und sorglos zu sein! Komm schon!«

Sie wimmelte mich ab. »Annie. Ich weiß, dass ich jünger bin als du, aber ich bin nicht blöd.«

Ich nickte weise. »Nein«, stimmte ich zu. »Das bist du nicht.«

»Ich glaube, du machst einen Fehler. Ich denke, du solltest den Mut haben, ihm zu sagen, dass du ihn liebst, bevor es zu spät ist.«

Ich weiß nicht, woran es lag, vielleicht daran, dass meine kleine Schwester es sagte, aber plötzlich stiegen mir Tränen in die Augen. Meine Stimme zitterte, als ich sagte: »Ich glaube, er will mich nicht mehr. Ich habe ihn weggestoßen.«

»Kannst du dich nicht entschuldigen?«, fragte sie. »Ich dachte, es geht darum, Angst zu haben und mutig zu sein, oder nicht?«

»Wow«, lachte ich. »Das hast du gerade *nicht* gesagt! Wie bist du nur so klug geworden?«

»Meine große Schwester hat mir alles beigebracht, was ich weiß«, grinste sie. »Du hast gesagt, dass dir genau das an Bris Hochzeit gefallen hat. Sie hat der Liebe erlaubt, über die Angst zu siegen.«

»Halt die Klappe.« Ich lachte nun, aber sie wusste, dass ich sie nur neckte. Ich *hatte* das über Bri gesagt. Es ist schon lustig, was sich Geschwister alles merken können.

»Wohnt er nicht irgendwo hier in der Nähe?«, drängte Freddie, und ich nickte.

»Im Grunde um die Ecke«, sagte ich. »Ungefähr zehn Minuten entfernt.«

Sie grinste verschmitzt. »Na dann, los! Worauf wartest du noch? Mach's wieder gut!«

Ich starrte sie an, und sie wackelte mit den Augenbrauen.

»Ich … weiß nicht«, sagte ich.

»Geh!«, rief sie. »Geh schon!«

Ich zitterte, während ich nach meinem Handy und meinem Schlüssel griff, und schaute gedankenverloren in den Spiegel, ohne mich wirklich zu sehen. Sie hatte recht. Es war Selbstsabotage. Ich war innerlich so versteinert, dass ich Patrick absichtlich und unbewusst von mir wegstieß, obwohl es stimmte: Wir passten perfekt zueinander. Ich liebte ihn. Mum hatte mich nach der Rückkehr aus den Flitterwochen gefragt, ob ich mich nach dem Ende meiner Verlobung wirklich in eine neue Beziehung stürzen wolle, als gäbe es darauf nur eine Antwort. Aber die gab es nicht. Ich *wollte* mich in diese neue Beziehung stürzen, weil sie gut und solide und voller Güte und Liebe war. Es war die bestmögliche Beziehung, in die ich mich stürzen konnte, denn sie war alles, was ich mit Alexander nicht gehabt hatte.

Ich liebte ihn!

ICH. LIEBTE. IHN!

»Willst du bleiben oder mitkommen?«, fragte ich Freddie mit zitternden Händen, aber entschlossen. Sie hatte recht. Sie hatte vollkommen recht.

»Klar, ich komme mit«, antwortete sie lächelnd. »Da will ich dabei sein!«

46

Wir machten uns auf den Weg zu Patricks Wohnung und wurden unterwegs immer schneller.

»Ich war noch nie in seiner Wohnung«, sagte ich und achtete auf jede Hausnummer.

»Wie kann man noch nicht in der Wohnung seines Freundes gewesen sein?«, fragte Freddie und legte noch einen Zahn zu.

Ich wollte mit ihr mithalten, irgendwann rannten wir beinahe, übersahen die Nummer 34 b, in der er wohnte, und mussten zurückkehren.

»Okay«, sagte ich zu Freddie, als wir vor seiner Eingangstür standen. »Wie sehe ich aus?«

»Ähm, irgendwie verschwitzt«, antwortete sie und strich mir das Haar aus dem Gesicht.

»Uff. Wie ist mein Atem? Ich krieg immer Mundgeruch, wenn ich gefühlsduselig werde.«

»Da kann ich Abhilfe verschaffen, warte mal«, sagte sie und durchwühlte ihre Taschen.

Sie reichte mir ein Minzbonbon, und ich fragte: »Kommst du mit bis zu seiner Tür, oder …?«

»Geh schon!«, sagte sie, und ehe ich mich's versah, klingelte ich und widerstand dem Verlangen, durch sein vorderes Erkerfenster zu spähen, denn ich wollte nicht, dass er bei meinem Anblick durchs Fenster beschloss, mich nicht reinzulassen.

Die Tür ging auf.

»Patrick«, sagte ich und schwieg dann. Seit Freddies Aufforderung in meiner Küche waren erst zehn Minuten vergangen,

365

und in diesen zehn Minuten hatte ich mir keine Gedanken darüber gemacht, was ich ihm sagen wollte.

»Hallo«, sagte er, schaute sich um und entdeckte Freddie auf dem Bürgersteig. »Hey, Freddie«, sagte er, und seine Stimme klang verwirrt.

»Ich habe Mist gebaut«, sagte ich. »Und ich bin gekommen, um mich zu entschuldigen. Und auch, je nachdem wie diese Entschuldigung verläuft, um zu sagen … dass ich kalte Füße bekommen habe. Aber. Eigentlich. Nun ja. Die Sache ist die …«

»Sag's einfach!«, schrie Freddie.

»Ich liebe dich«, sagte ich. »Ich liebe dich! Nun ist es raus. Meine Güte, fühlt sich das gut an. Patrick, ich liebe dich, und es tut mir leid, dass ich dich weggestoßen habe. Du bist nicht meine Vergangenheit. Du bist einfach nur DU! Und dafür liebe ich dich!«

Ich atmete schwer, aber ich konnte nicht sagen, ob es vom Laufen war oder vom ganzen Chaos der Gefühle.

Plötzlich sah ich ziemlich viele Kisten hinter ihm stehen und stellte fest, dass er eine Klebebandrolle in den Händen hielt. Er schaute auch auf seine Hände und verstand, dass ich die Dinge miteinander verband, und sah verlegen aus.

»Ziehst du um?«, fragte ich.

Er schüttelte den Kopf.

»Nicht wirklich.« Er trat zurück, sodass ich in den Flur eintreten konnte, und fügte hinzu: »Willst du reinkommen?«

Ich nickte. Ich war mir *sehr* bewusst, dass ich ihm meine unsterbliche Liebe erklärt hatte, aber er hatte nichts darauf erwidert.

»Freddie«, rief er ihr zu. »Willst du auch reinkommen?«

Freddie kam zu uns, sah zu mir, dann zu ihm, dann zu den Kisten, und verstand es, keine Fragen zu stellen.

Patrick holte uns allen ein Glas Wasser, und wir tranken es so gierig, als wären wir tagelang durch die Wüste gewandert.

»Kann ich mir deine Bücher ansehen gehen?«, fragte Freddie anschließend, und ich wollte sie für ihre emotionale Weisheit unendlich fest drücken, da sie erkannte, dass es an der Zeit war, Patrick und mich kurz mal allein zu lassen.

»Was ist mit diesen Kisten …?«, fragte ich, und er zog einen Stuhl hervor, um sich mir gegenüber hinzusetzen.

»Du bist zum ersten Mal hier«, lautete seine Antwort.

»Ja«, sagte ich. »Ich habe Freddie gesagt, dass ich noch nie hier war, und bis heute habe ich mir nie etwas dabei gedacht.«

»Bei dir ist so viel mehr Platz.«

»War«, widersprach ich ihm. »Heute ist mein Umzugstag.«

»Ich weiß!«, sagte er. »Ich musste mich stark zusammenreißen, um nicht dazuzustoßen und mit den Umzugskisten zu helfen. Ich dachte, du willst mich sicher nicht dabeihaben.«

»Doch, ich wollte dich dabeihaben«, sagte ich. »Bitte verzeih mir. Du bedeutest mir sehr viel.« Ich wartete darauf, dass er etwas sagte, dass er erklärte, was es mit den ganzen Kisten auf sich hatte, und wusste, dass ich nichts weiter sagen durfte, sonst würden wir komplett abschweifen und am Ende über das Wetter oder Sandwiches reden.

»Ich glaube, ich wusste ziemlich schnell, dass das anders sein würde«, sagte er und zeigte auf uns beide. »Deswegen wollte ich nicht gleich mit dir schlafen. Ich wollte … oh Gott, das klingt so lächerlich, aber … ich weiß nicht. Ich hatte Angst, dass es mein letztes erstes Mal mit jemandem sein könnte. Und die letzte Person, für die ich so empfunden habe …« Tränen stiegen ihm in die Augen. »Sie ist gestorben. Und es war das Schlimmste, was ich jemals habe durchmachen müssen. Ich habe mir gewünscht, an ihrer Stelle gestorben zu sein, aber gleichzeitig wollte ich niemandem den Schmerz bereiten, jemanden zu verlieren.«

»Ich kann sicher kaum ermessen, wie schwer das alles für dich gewesen sein muss«, sagte ich. Und dann: »Ich dachte, du wolltest nicht gleich mit mir schlafen, weil ich die Erste war, seit du Witwer geworden bist.«

Patrick schüttelte den Kopf. »Ich hatte sehr viele Frauen in den letzten Jahren.«

»Oh«, sagte ich. »Okay, alles klar. Nicht schlecht.«

»Ich will nicht angeben. Es war immer nur vorübergehend und flüchtig und ein bisschen so, als würde man ein Pflaster auf eine klaffende Wunde kleben. Und dann haben du und ich angefangen zu reden, und ich bin mit dir ans andere Ende dieser verdammten Welt geflogen …«

»Ja«, sagte ich lachend.

»Und ich habe Sachen gefühlt. Ich wusste, dass ich Mala aus tiefstem Herzen vermisse, aber mit dir zusammen zu sein, hat mir wieder Hoffnung gegeben. Ich wusste, wenn wir miteinander schliefen, würde es nicht so wie mit den anderen sein. Und ich wusste nicht, ob ich für dich nur ein Trost war …«

»Ich glaube, ich dachte, dass du es sein könntest«, gab ich zu. »Ich weiß auch nicht.«

Nun lachte er. »Ich habe dich nie hierher eingeladen, weil all unsere Sachen noch immer so waren wie damals, als sie noch gelebt hat. Alle haben mir gesagt, dass ich einige der Fotos abmachen, ihren Kleiderschrank leeren müsste, aber ich wollte es nicht. Daher die ganzen Kisten. Seit ich von dem Besuch bei meinem Bruder zurückgekommen bin, habe ich damit angefangen. Er hat mir gesagt, dass es an der Zeit ist, und dieses Mal habe ich auf ihn gehört. Er hat mir geholfen, den Mut zu finden, endgültig loszulassen und nach vorne zu blicken, denn …«

Ich legte meine Hände auf seine, die Hände dieses zärtlichen, gütigen, verständnisvollen, verletzten, hoffnungsvollen Mannes.

»… denn wenn ich es nicht tun würde«, fuhr er fort, »würde ich es riskieren, die nächste Frau, in die ich verliebt bin, zu verlieren.«

Man hörte eine Stimme aus dem Flur. »Hab dir gesagt, dass er in dich verliebt ist!«, sagte Freddie. »Ich wusste es! Ich wusste es seit dem Sonntag, als ihr zu Mittag da wart!«

Patrick gab ein heiseres Lachen von sich. »Ja«, sagte er und nickte ihr zu, und dann drehte er sich zu mir und sagte: »An dem Tag im FKK-Spa wusste ich, dass ich mich in dich verliebt hatte. Ich musste so viel lachen, und du warst so heiß – sorry, Freddie – und …«

»Sag es«, drängte ich ihn.

»Ich liebe dich«, sagte er.

»Ich liebe dich auch«, antwortete ich, und er lehnte sich vor, um mich zu küssen, und Freddie sagte: »Igitt, okay, ich geh dann mal ins andere Zimmer! Ich bin zu jung für so was!«

Wir rissen uns voneinander los, aber unsere Nasenspitzen berührten sich weiterhin.

»Es tut mir so leid für alles, was du durchmachen musstest«, sagte ich. »Und ich verspreche, dass ich nie von dir verlangen werden, dass du Mala vergisst. Ich liebe dich, und ich weiß, dass du sie auch immer lieben wirst, auch wenn du mich liebst.«

»Ich liebe dich«, sagte er und zog mich zu einem weiteren Kuss heran. »Habe ich das schon erwähnt?«

»Hast du«, hauchte ich ihm in den Mund. »Aber ich habe nichts dagegen, wenn du es mir immer und immer wieder sagst.«

Epilog

Das frühe Morgenlicht warf Schatten auf die weißen Wände der Wohnung. Die extra hohen Fenster bedeuteten, dass man viel mehr von den Jahreszeiten mitbekam, weil es so viel mehr vom Himmel zu sehen gab. Es war unmöglich, den Regen zu übersehen, als er gegen die Glasscheiben im obersten Stockwerk peitschte, aber mit den richtigen Lampen und Kerzen und gesalzener Sahne zum Kaffee war es stimmungsvoll und gemütlich. Und da die Tage länger und heller wurden, war es ebenso unmöglich, die Veränderung der Wolken nicht zu bemerken, die langsam und bedächtig vorbeizogen, ohne Eile, ohne ein Ziel. An Morgen wie diesen schien alles möglich zu sein, und als ich das Bett machte und mit der Hand über das glatte Laken strich, meine Dekokissen an einem Bettende willkürlich verteilte und am anderen eine gewebte Decke kunstvoll hinwarf, seufzte ich zufrieden darüber, dass alles, was ich sehen konnte, von mir gestaltet war. Meine Wohnung war wohl eher shabby chic und gemietet statt gekauft, doch es war ein fairer Preis und ein Ort für mich allein.

Ich ging ins Wohnzimmer, um mir den restlichen Kaffee zu holen, und mein Blick ruhte auf der eingerahmten Notizbuchseite, die einen stolzen Platz über meinem Kaminsims einnahm. Sie lautete:

Von heute an werde ich nicht mehr versuchen, perfekt zu sein.

In guten wie in schlechten Zeiten, las ich weiter, *werde ich alle Bedenken über Bord werfen.*

In Reichtum und Armut werde ich jede Gelegenheit, die sich mir bietet, beim Schopfe packen. Ich werde Ja sagen.

Mich selbst zu lieben und zu ehren, für alle Zeiten, verpflichte ich mich, zu meinem eigenen Glück.

Dies verspreche ich mir hoch und heilig.

Für immer und ewig, Amen.

Es hatte sich alles gefügt.

Ich ging zum Schreibtisch, den ich vor dem Erkerfenster am anderen Ende des Wohnzimmers aufgestellt hatte, und warf einen Blick auf meine To-do-Liste. Am Montag war eine Hausaufgabe fällig, doch sie war größtenteils fertig, ich musste sie nur noch Korrektur lesen; und ich hatte ein paar Post-its mit Telefonnummern von Unistudenten gesammelt, die bereit waren, für einen ermäßigten Tarif mit Therapeuten in Ausbildung zu arbeiten.

Eine Nachricht leuchtete auf meinem Handy auf.

Bin unten!

Ich schaute aus dem Fenster und sah Patrick in einem Mietauto sitzen, mit laufendem Motor. Es erinnerte mich an den Tag in Australien, als er uns zum Musikfestival gefahren hatte. Hatte ich damals zu ahnen gewagt, was in den Wochen und Monaten danach passieren würde? Es fiel mir schwer, ohne ein Schmunzeln an die alte Annie zu denken. Sie hatte so viel Angst davor zu glauben, dass sie Gutes verdiente.

Zwei Minuten!, schrieb ich Patrick zurück.

Jetzt war ich überzeugt, Gutes zu verdienen.

Auf dem Weg schauten wir bei Jo und Baby Estelle vorbei, das tief und fest in seinem Bettchen schlief, während wir ihm über das Köpfchen streichelten. Kezza schaute mit Lacey vorbei, ihrem frisch adoptierten kleinen Mädchen, das mit Carol und Patrick im Garten spielte.

»Er wird mal ein toller Dad.« Bri grinste, als sie mich dabei erwischte, wie ich ihn aus dem Küchenfenster anstarrte.

Ich zuckte mit den Schultern. »Wir wissen nicht, ob wir Kinder haben wollen«, sagte ich. »Wir haben uns noch nicht entschieden. Wir sind ganz relaxed. Und glücklich dabei.«

Sie fragte mich nach Adzo, und ich sagte ihr, wie sehr sie San Francisco liebte – so sehr, dass es schwer war, mit ihr in Kontakt zu bleiben. Die Sache mit Mr Schnurrbart hat nicht geklappt, denn er hatte sich entschieden, in England zu bleiben, anstatt mit ihr mitzugehen, doch soweit ich das beurteilen konnte, hatte sie eine fantastische Zeit.

»Ich beneide sie«, sagte Jo. »Ich hab's hier ganz gut, aber boah, es wird noch so lange dauern, bis Kwame und ich wieder frei sein werden.«

»Du weißt, was Patrick dazu sagen würde, oder?«, fragte ich. »Dass Freiheit nicht dort draußen ist.« Ich zeigte theatralisch auf die Außenwelt und sagte mit einer Hippie-Stimme: »Sondern hier drin.« Ich klopfte mit geschlossenen Augen auf meine Brust und deutete auf mein Herz.

»Habe ich gerade meinen Namen gehört?«, fragte er und erschien in der Hintertür mit Lacey auf dem Arm.

»Mami, können wir einen Hund haben?«, fragte sie Kezza, die zu mir rüberschaute, als ob sie sagen wollte: *Danke, dass du mir das eingebrockt hast, Annie.*

»Vielleicht«, antwortete sie. »Oder vielleicht können wir Carol ab und zu sitten.«

Bri lachte. »Dann ist ja für jeden was drin!« Sie kicherte.

Ich schaute Patrick an. »Manchmal fügen sich die Dinge einfach«, sagte ich, und alle seufzten fröhlich. Dann fuhren Patrick und ich los.

Wir fuhren raus aus London, Richtung Osten, bis wir an der Küste ankamen. Wir spielten »unsere« Musik – alle Songs, die eine Bedeutung für uns hatten oder die uns an die Zeit erinnerten, als wir vierzehn waren, oder an unsere Australienreise, oder daran, was in den letzten Monaten im Radio gespielt worden war, während wir Eier gekocht und sie in meinem neuen Bett gegessen hatten und dabei kommentierten, was wir am Himmel sehen konnten.

»Ich glaube, ich bin bald so weit, den Sprung zu wagen«, stellte ich fest, während der Verkehr nachließ, die Straßen ruhiger wurden und unsere Playlist zu Ende ging. »Ich glaube, ich werde es wirklich tun.«

Er legte seine Hand auf meinen Oberschenkel. Es war nicht mein Knie, wie bei einem Freund, sondern ganz oben, an einer Stelle, die nur er anfassen durfte.

»Ich denke, das ist ein guter Plan«, antwortete er. »Und eines Tages wirst du deine eigene Praxis haben und ein Schild an der Tür und all das.«

Ich lachte. »Ein Schritt nach dem anderen«, betonte ich. »Ich plane nicht mehr so weit voraus, erinnerst du dich?«

Er nickte, als ob er sagen wollte, dass er nicht streiten wolle, aber auch, dass er das Schild bestellen würde – nur für den Fall.

Er sagte: »Ich hätte an dem Morgen im Fitnessstudio fast nicht Hallo gesagt. Habe ich dir das jemals erzählt?«

Wir fuhren auf einen fast menschenleeren Parkplatz, und Carol begann auf dem Rücksitz vor Ungeduld zu winseln, weil sie instinktiv verstand, dass wir angekommen waren und sie bald die glorreiche Freiheit eines Strandes erleben würde. Wir ließen sie raus und folgten ihr zum Ufer.

»Echt?«, fragte ich. »Weil ich mir einfach keine Welt vorstellen kann, in der das wahr ist.«

»Ha! Wirklich?«

Ich zuckte frech mit den Schultern und war glücklich, dass wir noch immer auf diese Art miteinander flirten konnten.

»Ich bin froh, dass ich es getan habe.«

Ich warf ihm einen Blick zu und konnte nicht widerstehen, ihm daraufhin einen Kuss zu geben.

»Wofür war der denn?«

Wir standen da, Nase an Nase, zufrieden und erfüllt.

»Nur so«, sagte ich, aber was ich meinte, war: *weil ich dich liebe.*

Nachdem wir die Küste entlanggelaufen waren, damit Carol sich austoben, mit dem Wasser spielen, sich im Sand wälzen und langsam zur Ruhe kommen konnte, ließen wir uns nieder, um zu essen.

»Ich habe auch Neuigkeiten«, sagte er, nachdem er ein halbes Wurstbrötchen vertilgt hatte.

»Oh?«, antwortete ich.

»Ich habe mich um eine Beförderung beworben.«

»Das ist wunderbar!«, japste ich. »Ich wusste gar nicht, dass du überhaupt darüber nachdenkst!«

»Was soll ich dazu sagen? Du inspirierst mich.«

»Sieh uns nur an.« Ich grinste. »Ich gebe Verantwortung ab, und du bist dabei, mehr auf dich zu nehmen …«

»Wir färben aufeinander ab.«

»Ja«, sagte ich. »Das tun wir. Du machst mich zu einem besseren Menschen, Patrick Hummingbird.«

»Übertreibe mal nicht.« Er zwinkerte, und das brachte mich zum Lachen. Ich musste immer mit ihm lachen. Mein Handy piepste, und Mums Nachricht leuchtete auf.

Sie lautete: *Agatha Mills Sohn hat sein eigenes Zentrum für psychische Gesundheit und hat gefragt, ob er deine Nummer haben kann. Geht es in Ordnung, wenn ich sie ihm gebe? Ich glaube, er stellt Leute ein, und ich habe dich wahrscheinlich ein wenig gelobt …*

»Mum hat einen Hinweis wegen eines Jobs bekommen«, sagte ich. »Kannst du das fassen? Ich glaube, sie unterstützt mich wirklich.«

»Judy Wiig punktet kurz vor Spielende«, kommentierte er. »Wer sagt denn, dass die Katze das Mausen nicht lassen kann?«

Ich stand auf und schüttelte die Essenskrümel ab, dann zog ich mein T-Shirt aus und öffnete meine Jeans.

»Was machst du?«, fragte Patrick panisch. »Du wirst doch wohl nicht ins Wasser gehen?«

»Hast du ein Handtuch eingepackt?«

»Ja, aber nur für den Fall, dass Carol nass wird.«

Ich zog mich weiterhin aus, bis ich in Unterwäsche vor ihm stand.

»YOLO, oder nicht?«, sagte ich und ging Richtung Ozean.

»Hast du nicht Angst, dass es eisig ist?«, rief Patrick mir hinterher.

Über die Schulter rief ich ihm zu: »Angst zu haben bedeutet nicht, dass man was verpassen muss. Hast nicht du mir das beigebracht?«

Carol begann zu bellen, begeistert von der Aussicht auf noch mehr Zeit im Wasser, und Patrick hatte recht: Es war eiskalt. Einen Moment lang blieb ich stehen, ließ die Wellen meine Zehen kitzeln, während das Wasser sich zurückzog und wiederkam. Ich schaute auf den Horizont und genoss die Sonne auf meiner Haut und erlaubte der Brise, meinen Nacken zu kitzeln, während ich den Augenblick in meinen Gedanken fotografierte und im Gedächtnis festhielt. Das ist es, worum es im Leben geht – faule Samstage an einem Strand mit dem Mann, den ich liebte, eine vage Hoffnung für die Zukunft, aber das Hier und Jetzt war völlig ausreichend. Ich konnte nichts kontrollieren außer meinem eigenen Glück, und ich hatte es getan – ich hatte mit beiden Händen gierig und schamlos danach gegriffen. Ich musste nicht wissen, was im nächsten Jahr passieren würde, oder in zehn Jahren, oder wie der Rest meines Lebens verlaufen würde, solange es Samstage am Wasser gab.

Patrick stellte sich in seinen Boxershorts neben mich.

»Wenn du es tust, tue ich es auch.«

Ich gab ihm einem Kuss. Wir grinsten uns an, und die Zeit stand nur für eine Sekunde still, bevor ich mich bückte, so, dass meine Fingerspitzen die Wellen erreichten, Wasser in meiner hohlen Hand aufnahm und es in seine Richtung spritzte.

»Na dann, los«, sagte ich und spritzte ihn nass, und er stürzte sich mit einem freudigen Schrei auf mich. Er folgte mir ins kalte, tiefe Wasser, und wir genossen den Moment, wenn man ins Wasser taucht und das Herz kurz stehen bleibt.

Dank

Dieses Buch ist Katie gewidmet. Als meine Lektorin begeistert sie mich jeden Tag aufs Neue mit ihrer Arbeitsmoral, ihrer Freundlichkeit und ihrem Talent, das Beste aus einem Text herauszuholen. Ich fühle mich bei ihr sowie bei Sabah Khan und Ella Kahn, den drei Frauen, mit denen ich am meisten während des Schreib- und Veröffentlichungsprozesses in Kontakt stehe, wirklich geborgen und unterstützt. Dadurch kann ich meine Arbeit besser erledigen, und dafür gebührt euch großer Dank!

Ich habe dieses Buch auf dem Höhepunkt einer weltweiten Pandemie geschrieben, in der ich, um meine Mitmenschen zu schützen, nichts anderes tun konnte, als zu Hause zu bleiben und in einer bequemen Hose vom Sofa aus zu arbeiten. Den Menschen, die für uns alle gekämpft und die uns beschützt haben, gelten meine ganze Dankbarkeit und allergrößte Demut. Das wirkt vielleicht ein bisschen seltsam, das in ein Buch zu schreiben, aber ich weiß nicht, wo ich es sonst veröffentlichen soll. Papier und Druckertinte – das scheint mir ein guter Ort zu sein, um laut *fucking hell* – verdammter Mist – zu rufen! Euch, die ihr in den systemrelevanten Berufen arbeitet, verdanken wir alles.

Ein großer Dank geht auch an alle Leser:innen, an die Buchhändler:innen und alle Bookstagrammer:innen, die mir geschrieben haben, dass ihnen meine Bücher gefallen, und dafür, dass sie über meine Bücher sprechen. Ich hoffe, dass Sie und

ihr findet, dass dieses Buch mein bisher fröhlichstes und eska-
pistischstes ist. Ich denke bei jedem Wort, auf jeder Seite an
meine Leser:innen. Ich möchte Sie und euch alle zum Lächeln
bringen und hoffe, *Say yes – perfekter wird's nicht* hat seine Mis-
sion erfüllt. ☺

Dank an den Verlag

Es braucht ein ganzes Team, um ein Buch zu veröffentlichen
(und eine Karriere zu erschaffen!). Ich bin dem Team von *Say
yes – perfekter wird's nicht* äußerst dankbar.

Das Avon-Team:
El Slater – Managerin für Marketingkommunikation
Elisha Lundin – Redaktionsassistentin
Ellie Pilcher – Marketing Managerin
Hannah Avery – Key Account Managerin, Vertrieb International
Hannah O'Brien – Leiterin Marketing
Helen Huthwaite – Herausgeberin
Katie Loughnane – Redakteurin
Molly Walker-Sharp – Lektorin
Oli Malcolm – geschäftsführender Verleger
Rachel Faulkner-Willcocks – Senior Redakteurin
Sabah Khan – PR-Leiterin
Sammy Luton – Key Account Managerin

Das HarperCollins-Team:
Alice Gomer – Leiterin Vertrieb International
Ammara Isa – Marketing Managerin
Anna Derkacz – Leiterin Group Sales
Anne Rieley – Korrektorin

Ben Hurd – Leiter Trade Marketing
Ben Wright – Leiter Vertrieb International
Caroline Bovey – Key Account Managerin
Caroline Young – Designerin
Catriona Beamish – Produktionssteuerung
Charlotte Brown – Assistentin Audio Editor
Charlotte Cross – Key Account Managerin, Vertrieb International
Georgina Ugen – Digital Sales Managerin
Helena Newton – Lektorin
Melissa Okusanya – Leiterin Publishing Operations
Mia Jupp – Film & TV Team
Tom Dunstan – Vertriebsleiter Großbritannien

Rechte und Lizenzen:

Zoe Shine, Emily Yolland, Iona Teixeira Stevens und das Team
    von HCUK Rights
Michael White und das Team von HarperCollins in Australien
Peter Borcsok und das HarperCollins Team in Kanada
Emily Gerbner, Jean Marie Kelly und das Harper360-Team

Vielen Dank an Bianca für die Hintergrundgeschichte!

Und last but not least danke ich Calum McSwiggan, meinem ersten und stets ermutigenden Leser. Baby, wir sind weit gekommen!

*Was wäre, wenn du die Liebe deines Lebens
jeden Morgen knapp verpasst?*

LAURA JANE WILLIAMS

Dein Lächeln um halb acht

Roman

Normalerweise nimmt Nadia die 7.30-U-Bahn – es sei denn, es kommt etwas dazwischen. Sie weiß ja nicht, dass Daniel jeden Morgen auf sie wartet, seit er sie in einem mit Kaffee bespritzten Kleid gesehen hat. Dann entdeckt Nadia eine Anzeige in der Zeitung: »An die hinreißende Frau mit den Kaffeeflecken auf dem Kleid: Lust auf einen Drink?«
Nach einigem Zögern sagt sie zu, und damit beginnt eine ebenso romantische wie amüsante Reihe von Beinahe-Begegnungen …
Wie Daniel und Nadia einander in London immer wieder um Haaresbreite verpassen, erzählt die britische Autorin Laura Jane Williams in dieser modernen Liebeskomödie ebenso romantisch wie amüsant.

»Zum Seufzen schön, wunderbar modern und locker-leicht erzählt« FÜR SIE

*Zwei Herzensbrecher
sind (k)einer zu viel*

MHAIRI MCFARLANE

Du hast mir
gerade noch gefehlt

Roman

Seit Studienzeiten sind Eve, Susie, Ed und Justin beste Freunde – genauso lange ist Eve mehr oder weniger heimlich in Ed verliebt. Die Katastrophe nimmt ihren Anfang, als Eds Freundin ihm ausgerechnet während eines gemeinsamen Pub-Quiz-Abends einen Heiratsantrag macht. Dann ruft ein Unfall Susies älteren Bruder Finlay auf den Plan, und das schwarze Schaf der Familie sorgt für jede Menge Chaos. Als Eve feststellt, dass sich unter Finlays rauer Schale ein gar nicht so unattraktiver Kern verbirgt, spielt Ed plötzlich mit dem Gedanken, die Hochzeit abzusagen. Was für Eve ein Grund zur Freude sein sollte, hat ihr jetzt gerade noch gefehlt …

Mhairi McFarlane schreibt hinreißend humorvolle und moderne Liebesromane für alle Frauen, die ihr Glück nicht von einem Mann abhängig machen – und trotzdem gern von der Liebe träumen.

Amor muss Brite sein!
Very charming, very British, very Mhairi

MHAIRI MCFARLANE

Aller guten Dinge sind zwei

Roman

Von heute auf morgen steht die 36-jährige Laurie vor den Scherben ihres ganzen Glücks: Ihre große Liebe Dan trennt sich von ihr. Um sich selbst neu zu finden, wie er sagt – eine Neue hat er allerdings auch schon gefunden. Und die ist bald darauf auch noch schwanger, obwohl Dan Lauries Kinderwunsch jahrelang abgeschmettert hat … Eines Abends bleibt Laurie im Fahrstuhl stecken, und das ausgerechnet mit ihrem als Weiberheld verrufenen Kollegen Jamie. Gezwungenermaßen kommen die beiden ins Gespräch – und stellen fest, dass sie einander nützlich sein könnten. Es geht ja nur um ein bisschen Schauspielerei. Oder?

Mit treffsicheren Dialogen voller Wortwitz erweckt die Bestseller-Autorin Laurie und Jamie zum Leben und sorgt dafür, dass neben Herz-Schmerz und Romantik auch der typisch britische Humor nicht zu kurz kommt.